— 3 ç

PORTES OUVERTES

Né en 1960 dans le comté de Fife, Ian Rankin a étudié la littérature à l'université d'Édimbourg, interprété ses chansons dans un groupe de rock et écrit son premier polar à la place de sa thèse. Il a obtenu un nombre impressionnant de récompenses, dont l'Edgar du meilleur roman policier en 2004, le Grand Prix de littérature policière et le prestigieux Diamond Dagger en 2005 pour l'ensemble de son œuvre.

IAN RANKIN

Portes ouvertes

TRADUIT DE L'ANGLAIS (ÉCOSSE) PAR STÉPHANE CARN

ÉDITIONS DU MASQUE

Titre original :

DOORS OPEN
Publié par Orion Books (Londres)

Cette porte ouverte, à quelques mètres d'eux… et au-delà, le calme du monde extérieur, indifférent à ce qui se tramait dans la salle de billard désaffectée. Deux hommes de main étaient à terre, couverts de sang. Quatre des prisonniers attendaient, pieds et poings liés, solidement ligotés à leurs chaises. Le cinquième avait renversé la sienne et, ondulant comme un serpent, tentait de ramper vers la sortie sous les encouragements de son amie, quand le dénommé Hate, relevant la tête, alla fermer la porte qui claqua sur leurs derniers espoirs. Au retour, il souleva la chaise renversée et son occupant, et les traîna sur le sol pour les ramener dans l'alignement.

— Je vais tous vous massacrer ! cracha-t-il, barbouillé de son propre sang.

Pour ça, Mackenzie lui faisait confiance. Qu'attendre d'autre de quelqu'un qui se faisait appeler Hate ? Les yeux toujours rivés sur la porte, Mike remonta le fil des événements. Ça avait commencé en toute innocence par un verre entre amis.

Et par une tentation.

Un désir.

Mais avant tout, par ces portes qui ne cessaient de s'ouvrir et de se refermer.

Quelques semaines plus tôt...

1

Mike les avait repérées. Deux portes jumelles, dont l'une, en s'ouvrant, faisait se refermer l'autre. Chaque fois qu'un serveur en livrée poussait la première pour apporter les plateaux de petits-fours dans la salle des ventes, l'effet était le même : elle s'ouvrait à la volée sur son passage, tandis que sa voisine se refermait doucement. Ce qui en disait long sur la qualité des œuvres exposées, songea Mike. Il s'intéressait davantage aux réactions des portes de l'office… Mais non. En toute honnêteté, l'expo n'y était pour rien. C'était plutôt de lui qu'il s'agissait.

Mike Mackenzie avait trente-sept ans, il était riche et s'ennuyait ferme. À en croire les pages financières des journaux spécialisés, il était le type même du *self-*

made man, un de ces jeunes « rois de l'informatique » dorés sur tranche – sauf qu'il ne régnait plus sur grand-chose depuis que sa boîte avait été revendue clés en main à un consortium d'investissement. Selon certaines rumeurs, peut-être fondées, Mike était même un cas typique de dépression professionnelle. Fraîchement émoulus de la fac, lui et son copain Gerry Pearson avaient lancé leur start-up. Gerry avait le génie de la programmation, mais ni l'étoffe ni le culot d'un directeur commercial, et Mike s'était vite retrouvé aux commandes du secteur relations extérieures de leur petite entreprise. Après le rachat de la boîte, ils avaient partagé entre eux le produit de la vente puis, sans crier gare, Pearson lui avait annoncé qu'il déménageait pour l'Australie. Les e-mails qu'il lui envoyait de Sydney chantaient invariablement la vie nocturne de la grande ville et les plaisirs du surf, qui, cette fois, n'avaient rien à voir avec ceux de l'informatique ! Gerry y joignait une foule de photos : des paysages et des portraits des beautés qui croisaient son chemin et qu'il mitraillait avec son portable. L'ancien Gerry, timide et studieux, s'était métamorphosé en un turbulent playboy, ce qui ne protégeait nullement Mike d'un certain sentiment d'imposture. Pearson avait été le cerveau de leur entreprise. Mike savait qu'il devait tout au talent de son ami.

Le lancement de leur start-up avait été une aventure aussi passionnante qu'épuisante : Mike vivait dans des chambres d'hôtel, dormait trois ou quatre heures par nuit, tandis que Gerry resté à Édimbourg se colletait avec ses problèmes de codes et de circuits intégrés. La mise au point du plus célèbre de leurs logiciels les avait plongés dans un état de surexcitation dans lequel ils avaient vécu des semaines, portés par l'adrénaline. Et côté fric… Eh bien, ils avaient décroché le jackpot. L'afflux de liquidités avait entraîné un déferlement d'experts, de conseils juridiques et financiers, d'assistants et de secrétaires, d'attachés de presse et de journalistes, sans compter les constantes sollicitations de divers banquiers et gestionnaires de portefeuilles qui leur faisaient du gringue, et puis… pas grand-chose d'autre. Mike s'était vite lassé des voitures : sa Lamborghini ne lui avait duré qu'un week-end, et sa Ferrari guère davantage. Il conduisait actuellement une Maserati d'occasion, achetée sur un coup de tête par petite annonce. Il avait tout aussi vite fait le tour des voyages en avion, des suites cinq étoiles, du bling-bling et autres hochets. Le somptueux appartement avec terrasse qu'il occupait au dernier étage de son immeuble avait fait l'objet d'un reportage dans un magazine de déco, qui s'extasiait sur la vue : un panorama des toits d'Édimbourg hérissés de cheminées et de flèches d'église, avec, rompant la ligne d'horizon, le célèbre piton volcanique au sommet duquel culminait le château. Mais comme pouvaient l'attester ses rares visiteurs, Mike ne se souciait guère d'ajuster son mode de vie à ce nouvel environnement : il avait toujours son vieux canapé de cuir crème, rescapé de son appartement précédent, tout comme la table et les chaises de son ancienne salle à manger. Magazines et vieux journaux s'empilaient toujours de part et d'autre de la cheminée et rien n'indiquait que sa grosse télé à écran plat, avec haut-parleurs Dolby à six canaux, lui fasse beaucoup d'usage.

Non, ce qui accrochait l'œil des invités, c'était plutôt ses toiles de maîtres.

Ses conseillers financiers l'avaient poussé à investir dans l'art. L'un d'eux l'avait même envoyé chez un courtier spécialisé qui prétendait lui faire « optimiser la gestion de son patrimoine », selon ses propres termes. Mais Mike avait vite compris que cette « rationalisation » de son portefeuille le contraignait à acheter des œuvres qu'il n'aimait pas particulièrement, à des artistes déjà richissimes dont il n'avait pas spécialement envie d'accroître la fortune ; tout en se séparant de ses toiles préférées, pour suivre les fluctuations du marché. Il avait donc résolu de n'en faire qu'à sa tête et s'était pris de passion pour les ventes aux enchères qu'il fréquentait assidûment, assis dans les trois premiers rangs. Au début, il ne comprenait pas pourquoi de nombreuses places restaient libres autour de lui, alors que les gens allaient s'agglutiner au fond de la salle. Mais là encore, ses yeux s'étaient dessillés.

Depuis le fond, on avait une vue d'ensemble de l'assistance, ce qui permettait d'ajuster ses enchères aux réactions du public. Comme son ami Allan Cruikshank devait plus tard le lui faire remarquer, il avait ainsi payé au moins trois mille livres de trop une nature morte de Bossun : un marchand d'art avait repéré ce candide qui s'obstinait à lever le bras, au troisième rang, et en avait profité pour faire monter les enchères.

— Mais bon sang, pourquoi ? lui avait demandé Mike, effaré.

— Il doit avoir quelques Bossun dans ses coffres, avait répliqué Allan. Son intérêt est de faire monter la cote de l'artiste. Il vendra d'autant mieux les siens quand il les remettra sur le marché.

— Mais si j'avais calé, il risquait de se retrouver avec un Bossun de plus sur les bras…

Pour toute réponse, Allan n'avait eu qu'un haussement d'épaules, assorti d'un sourire.

Son ami devait être quelque part dans la salle, le catalogue à la main, à l'affût d'acquisitions potentielles. Ce n'était certes pas avec son salaire de cadre à la First Caledonian Bank qu'il ferait des folies, mais Allan avait du goût et un œil de lynx. Le jour de la vente, ce serait avec mélancolie qu'il verrait partir ses œuvres favorites aux mains de parfaits inconnus. Ces toiles risquaient de disparaître totalement de la circulation pendant une génération ou plus, avait-il expliqué à Mike.

— Au pire, elles seront traitées comme de vulgaires placements et enfermées dans des coffres.

— Il vaudrait mieux cesser d'acheter, tu veux dire ?

— Achète, mais uniquement ce qui te plaît. Et pas pour spéculer.

Résultat, les murs de Mackenzie s'étaient peu à peu couverts d'œuvres, écossaises pour la plupart, du XIXᵉ et du XXᵉ siècle. Ayant des goûts assez éclectiques, il n'hésitait pas à faire cohabiter des toiles cubistes avec des paysages champêtres, des portraits ou des collages… Et le plus souvent, Allan approuvait ses choix. Ils s'étaient rencontrés un an plus tôt, lors d'une réception au siège social de sa banque, sur George Street. La First Caledonian Bank – la *First Caly,* pour les intimes – s'était constitué de superbes collections. Deux grandes toiles abstraites de Fairbairn dominaient le hall d'entrée de la banque, avec un triptyque de Coulton derrière le comptoir de la réception. La First Caly avait même chargé un expert maison de découvrir de nouveaux talents, lors des expositions de fin d'études qu'organisaient les grandes écoles d'art. Ils attendaient ensuite que les prix aient monté pour revendre les œuvres et reconstituer leurs collections. Mike avait pris Allan, en l'abordant, pour le conservateur de la banque.

— Allan Cruikshank, avait répondu ce dernier en serrant la main qu'il lui tendait. Mais vous, on ne vous présente plus !

— Désolé pour ce pataquès, monsieur Cruikshank. Eh bien, on dirait que nous sommes les seuls, vous et moi, à nous intéresser un peu à ce qui est accroché aux murs…

Allan Cruikshank approchait de la cinquantaine. Il venait de s'offrir ce qu'il appelait un « divorce de première classe », et avait deux fils ados et une fille d'une vingtaine d'années. Il était chargé de la GGC à la First Caly – la gestion des grands comptes – mais, que Mike se rassure, il ne chassait pas le client. Là-dessus, en l'absence du conservateur en titre, il lui avait fait visiter toutes les salles ouvertes au public.

— Notre directeur a un Wilkie et deux Raeburn, mais je crains que son bureau ne soit fermé…

Ils avaient échangé leurs mails, s'étaient retrouvés pour prendre un verre et avaient sympathisé. Ce soir-là, c'était sur les conseils éclairés d'Allan que Mike était venu à l'exposition préalable. Pour l'instant, il n'avait rien vu d'intéressant, à la possible exception d'une étude au fusain signée d'un des plus grands coloristes écossais dont il possédait déjà trois œuvres. D'autres croquis, provenant sans doute du même carnet.

— Dis donc, tu as l'air de te barber ! lui lança Allan avec un sourire.

Il l'avait rejoint, brandissant d'une main son catalogue corné et de l'autre sa flûte vide. À en juger par sa cravate pleine de miettes, il avait déjà testé les petits-fours.

— Si j'en avais que l'air !

— Pas de blondes chercheuses d'or traversant la foule pour venir t'assiéger de propositions toutes plus irrésistibles les unes que les autres ?

— Rien en vue, non.

— Ça, c'est Édimbourg. On aurait plus de chances de se faire inviter comme quatrième à une table de bridge ! ricana Allan en survolant les alentours. Ça se presse au portillon, à part ça… L'habituel cocktail de marchands, de parvenus et de pique-assiettes.

— On peut savoir dans quelle case tu nous mets ?

— Celle des amateurs d'art, Michael. Tout simplement.

— Et toi, tu ne vois rien qui pourrait te faire craquer, le jour de la vente ?

— Pas pour l'instant, non.

Allan soupira, lorgnant le fond de son verre vide d'un œil mélancolique.

— D'autant que les prochaines factures du collège m'attendent sur mon bureau. Je te vois venir : pourquoi m'entêter à payer des écoles, plutôt que de profiter de l'enseignement public, obligatoire et gratuit ? Toi, tu as fait toutes tes études secondaires dans ton petit lycée technique polyvalent de banlieue, et ça ne t'a pas empêché de faire ton chemin – oui, je sais… Mais c'est une tradition familiale, Mike. Trois générations de Cruikshank se sont succédé sur les bancs de cette vénérable institution. Si j'envoie les garçons ailleurs, mon père va se retourner dans sa tombe.

— Et Margot elle-même y trouverait à redire, j'imagine…

L'allusion à son ex-épouse avait tiré d'Allan un haussement d'épaules quelque peu appuyé. Mike sourit et se borna à jouer sa partie. Il avait déjà proposé à Allan son aide financière et n'était pas près de renouveler sa tentative. Pour un banquier qui avait quotidiennement affaire aux plus riches particuliers d'Écosse, il était exclu d'accepter ce genre de coup de pouce.

— Exige au moins qu'elle en paie sa part, insista Mike, goguenard. Puisqu'il paraît qu'elle gagne autant que toi.

— Ouais. Pouvoir d'achat qu'elle a su mettre à profit, en choisissant ses avocats.

Un énième plateau de petits-fours mal cuits arrivait droit sur eux. Mike déclina d'un signe de tête, tandis qu'Allan demandait s'il restait une bouteille de champagne en vue.

— Quoique… marmonna-t-il pour Mike. Je doute que ça en vaille la peine : c'est du mousseux, si tu veux mon avis. D'où ce mal qu'ils se donnent pour entortiller leurs bouteilles dans des serviettes blanches. Ils planquent les étiquettes.

Autour d'eux régnait un joyeux brouhaha.

— Mais où peut bien être Laura ? enchaîna Allan. Tu as pu lui faire la bise ?

— Je n'ai eu qu'un clin d'œil et un sourire. Elle n'a pas une seconde, ce soir.

— La vente de cet hiver était la première qu'elle dirigeait seule, lui rappela Allan, et elle n'a pas fait un tabac, si j'ai bonne mémoire. Elle doit faire la chasse aux clients potentiels.

— Et nous, alors ? On compte pour du beurre ?

— Sauf ton respect, mon cher Mike, tu es un peu cousu de fil blanc. Au poker, tu ne vaudrais pas un clou. Le coup d'œil que vous avez échangé tout à l'heure a dû suffire à la renseigner : quand tu repères une toile qui te plaît, tu restes planté devant au moins dix minutes, et quand tu te décides à acheter, tu te mets sur la pointe des pieds et tu te balances, comme ça…

Allan lui fit une imitation convaincante, tout en tendant sa flûte vers une bouteille qui passait à portée de main.

— Tu as vraiment l'œil ! rigola Mike.

— Déformation professionnelle. Mes gros clients s'attendent à ce que je lise dans leurs pensées.

— Vas-y… à quoi je pense, là ?

Comme Mike recouvrait son verre de sa paume, le serveur esquissa un petit salut, avant de s'éloigner.

Allan feignit de se concentrer, en serrant les paupières.

— Eh bien, tu te dis que tu te passerais bien de mes remarques à la con, dit-il en rouvrant les yeux. Et que tu préférerais aller te planter dix minutes devant notre charmante hôtesse, pointe des pieds ou pas. D'ailleurs, je sens que tu ne vas pas tarder à suggérer qu'on change de crémerie. Pour un vrai bar où on pourrait s'offrir du vrai champagne, par exemple…

— Alors là, j'en reviens pas ! dit Mike, avec un geste de capitulation feinte.

— Attends, j'ai pas fini ! ajouta Allan, le verre brandi. On dirait que l'un de tes vœux va s'accomplir…

Oui, ça aussi, Mike aurait pu le prédire. Laura Stanton fendait la foule dans leur direction. Près d'un mètre quatre-vingts sur ses hauts talons, une jolie chevelure auburn, souplement réunie en queue de cheval. Ce soir-là, elle portait une petite robe noire sans manches, au genou, dont le profond décolleté mettait en valeur l'opale qu'elle avait au cou.

— Ma chère Laura, susurra Allan d'un air alangui, en l'embrassant sur les deux joues. Félicitations pour ce joli petit lot que vous nous avez réuni !

— Eh bien, n'hésitez pas à le raconter à qui de droit, à la First Caly ! Et dites-leur bien que j'ai au moins deux courtiers qui prospectent pour des banques rivales, ce soir. À croire qu'ils sont tous en quête de chefs-d'œuvre pour égayer leurs bureaux… Mais bonjour, vous ! fit-elle, en se tournant vers Mike, à qui elle tendit la joue pour un deuxième échange de bises. Quelque chose me dit que rien ne vous a tapé dans l'œil, ce soir.

— Là, je ne serais pas aussi définitif, rectifia Mike, avec un sourire qui fit rosir leur hôtesse.

— Où avez-vous dégoté votre Matthewson ? s'interposa Allan. À George Street, nous en avons un de la même série au quatrième, juste en face des ascenseurs.

— Il vient d'un petit domaine du Perthshire. Le propriétaire aimerait s'acheter quelques hectares de plus, pour empêcher d'éventuels promoteurs de lui gâcher la vue. Pourquoi ? s'enquit-elle en pivotant vers lui. La First Caly serait-elle intéressée ?

Allan répondit d'un haussement d'épaules, avec le gonflement de joues assorti.

— C'est lequel, le Matthewson ? demanda Mike.

— Le paysage sous la neige, là-bas, répondit Laura, l'index pointé. Cadre ouvragé, doré à la feuille ; pas du tout votre truc, mon cher.

— Ni le mien, s'empressa d'ajouter Allan. Une bande de moutons perdus dans les Highlands, serrés les uns contre les autres pour se tenir chaud dans la tempête…

— Ce qu'il y a de marrant avec les Matthewson, poursuivit-elle en se tournant vers Mike, c'est que leur prix grimpe si on voit les yeux des animaux.

C'était le genre de tuyau dont Mike pouvait faire bon usage… Il la remercia d'un signe de tête.

— Des nouvelles du continent ? demanda Allan.

Laura eut une moue songeuse et soupesa sa réponse.

— Les Russes restent solides, tout comme les Chinois et les Indiens. J'attends pas mal d'ordres d'achat par téléphone, le jour de la vente.

— Toujours pas l'ombre d'une préemption ?

Laura le menaça d'un coup de catalogue.

— Vous, je vous vois venir, avec votre canne à pêche !

— Soit dit en passant, j'ai enfin accroché le Monboddo, lui glissa Mike.

— Ah ? demanda-t-elle. Où ça ?

— En face de ma porte d'entrée.

Une nature morte d'Albert Monboddo qu'il lui avait achetée à la dernière vente.

— Vous aviez promis de venir le voir.

— Je vous enverrai un mail. (Ses yeux s'étaient réduits à deux fentes.) Mais j'espère que d'ici là, vous aurez démenti certaines rumeurs…

— Oh oh ! renifla Allan, le nez dans son verre.

— Quelles rumeurs ?

— On vous aurait vu tourner autour d'autres salles des ventes de notre belle ville. Des concurrents nettement moins attractifs, sous tous rapports !

— Qui a pu vous dire ça ?

— Le monde est petit, répliqua-t-elle. Et tellement bavard !

— Mais je ne leur ai rien acheté, protesta Mike, sur la défensive.

— Il en rougit, le traître… fit Allan.

— Vous ne m'inviteriez tout de même pas à venir admirer votre Monboddo pour me faire fuir en découvrant sur vos murs la moitié du stock de Christie's et de Sotheby's !

Sans laisser à Mike le temps de répondre, une grosse patte s'abattit sur son épaule. Comme il tournait la tête, son regard croisa l'œil noir de Robert Gissing, dont l'énorme crâne déplumé de sexagénaire miroitait, luisant de sueur. Sa cravate de tweed était de guingois et sa veste en lin bleu froissée et déformée au-delà de tout espoir de rédemption. Mais ça ne nuisait en rien à son charisme et sa gouaille tonitruante ne faisait pas de quartier.

— Salut, les play-boys ! Je vois que vous débarquez juste à temps pour me détourner de cette infâme piquette ! proclama-t-il, en agitant sa flûte vide telle une baguette de chef d'orchestre ; ses petits yeux acérés s'étaient fixés sur Laura. Ce n'est pas vous que je vise, chère amie. Après tout, vous ne faites que votre boulot…

— De fait, c'est Hugh qui s'est occupé du buffet.

Gissing secoua la tête, théâtral.

— Je vous parle de cette exposition, mon enfant. Je ne sais vraiment pas pourquoi je continue à venir dans ce genre de traquenard.

— Pour picoler à l'œil ? suggéra Allan, mais Gissing fit mine de ne pas entendre.

— Des dizaines et des dizaines d'œuvres, le meilleur du travail de chaque artiste. Une vie entière derrière chaque coup de pinceau. Chaque objet, chaque sujet placé et éclairé avec amour, représenté avec une telle finesse…

Le pouce et l'index réunis, Gissing manœuvrait un pinceau imaginaire.

— C'est notre patrimoine à tous. Notre conscience collective, notre identité nationale, notre histoire !

Et c'était reparti. D'un bref clin d'œil, Mike intercepta le regard de Laura. Ils connaissaient la rengaine et ses innombrables variations.

— Ils n'ont rien à faire dans des bureaux ou des salles de conférences, ces chefs-d'œuvre ! poursuivit Gissing, en s'échauffant. Ni dans ces immeubles où on n'entre qu'avec une carte magnétique, pas plus que dans les coffres-forts des compagnies d'assurances ou les pavillons de chasse de Dieu sait quel roi du pétrole !

— Et encore moins dans les couloirs de nos jeunes nababs de l'informatique, ricana Allan, mais Gissing lui brandit sous le nez un index plus gros qu'une saucisse.

— Silence, la First Caly, vous êtes les pires ! Vous surévaluez de jeunes talents à peine matures, qui ensuite ne se sentent plus pisser !

Il s'interrompit, essoufflé, pour envoyer une grande claque sur l'épaule de Mike.

— Silence ! Pas un mot contre mon ami Michael, ici présent ! déclara-t-il – Mike fit la grimace en sentant la poigne de Gissing se refermer sur son bras. D'autant qu'il s'apprête à me payer un coup…

— Eh bien, je vous laisse, les garçons, dit Laura en agitant sa main libre. Nous nous reverrons dans une semaine. Faites une croix dans vos agendas !

Mike aurait juré que son dernier sourire, juste avant qu'elle ne s'éloigne, avait été pour lui.

— Et maintenant, si nous filions rejoindre notre *Shining Star* préférée ! lança Gissing, un instant plus tard.

Mike mit une seconde à réaliser qu'il parlait d'une autre étoile…

2

Le Shining Star était un bar à vins où ils avaient leurs habitudes, à deux pas de là. C'était un caveau plutôt bas de plafond mais lambrissé d'acajou, avec de profonds fauteuils en cuir brun. À une époque, le professeur prétendait que ça lui filait des frissons, de descendre dans ce cercueil de luxe capitonné…

Ils avaient pris le pli d'y faire escale après chaque exposition et chaque vente, pour se livrer à ce que Gissing avait baptisé leurs « séances d'analyse post-match ». Ce soir-là, le Shining Star n'était pas pris d'assaut. Il n'y avait que quelques étudiants, du genre dorés sur tranche, apparemment.

— Ça doit squatter la garçonnière de papa à Stock-bridge, ça, madame… marmonna Gissing.

— Mais il me semble que c'est aussi ce genre de client qui fait tourner *votre* fonds de commerce, persi-fla Allan.

Ils s'installèrent dans un box libre et attendirent que la serveuse vienne prendre leur commande – whisky pour Gissing et Mike, champagne du jour pour Allan.

— Quelques gorgées d'authenticité pour chasser le souvenir de l'ersatz, expliqua-t-il.

— Ce n'étaient pas des paroles en l'air, vous savez, dit Gissing, en se frottant les mains comme pour les savonner. C'était du sérieux, quand je parlais de toutes ces belles captives, séquestrées dans les harems des musées…

— On sait, on sait, fit Allan. Vous enfoncez des portes ouvertes.

Robert Gissing dirigeait les Beaux-Arts d'Édimbourg, quoique plus pour très longtemps. Il ne lui restait qu'un mois ou deux avant son départ en retraite, à la fin de l'année scolaire. Mais il semblait bien décidé à enfourcher son vieux cheval de bataille jusqu'au dernier jour.

— On ne me fera pas croire que c'est ce qu'auraient voulu les artistes !

— Les artistes étaient tout autant en quête de mécènes, dans les siècles passés, il me semble ? risqua Mike.

— Précisément ! riposta Gissing. Ces mêmes mécènes ont souvent prêté leurs œuvres les plus éminentes… aux collections nationales, entre autres.

— Tout comme la First Caly, non ? lui fit remarquer Mike en cherchant du regard l'approbation d'Allan.

— Exact, confirma ce dernier. Nous envoyons des toiles aux quatre coins du pays.

— Mais ça n'a rien à voir ! grogna Gissing. Actuellement, ça n'est plus que commerce et compagnie. Alors que ce qui devrait primer, ce sont les œuvres elles-mêmes. L'art, le plaisir esthétique !

Son poing s'abattit sur la table, pour l'effet.

— Doucement, fit Mike. Le personnel risque d'y voir un signe d'impatience… Jolie, la serveuse ?

demanda-t-il en remarquant que les yeux d'Allan restaient rivés sur le bar.

Il allait tourner la tête pour suivre son regard.

— Stop ! lui enjoignit Allan, un ton plus bas.

Il se pencha au-dessus de la table d'un air de conspirateur.

— T'as vu ces trois types au bar, devant une bouteille qui m'a tout l'air d'être du Roederer Cristal ?

— Des marchands d'art ?

Allan fit non de la tête.

— L'un des trois est Chib Calloway.

— Le gangster ?

Le mot, lancé par Gissing, résonna dans le silence soudain qui suivit la fin d'un morceau de musique. Comme le professeur se tortillait pour lorgner du côté du bar, le dénommé Calloway dut s'apercevoir de quelque chose, car sa grosse tête pivota en direction du trio. Le bulbe de son crâne rasé semblait directement posé sur ses épaules énormes, arrondies vers l'avant. Il portait une veste en cuir et un T-shirt noir, tendu sur ses pectoraux. La flûte de champagne qu'il serrait dans son poing avait l'air au bord de l'asphyxie.

Allan piqua du nez dans son catalogue ouvert devant lui.

— Bien joué, murmura-t-il.

— Eh ! Tu sais qu'il était avec moi à l'école ? lui glissa Mike à mi-voix. Ça m'étonnerait qu'il s'en souvienne.

— Le moment me paraît mal choisi pour le lui rappeler, riposta Allan d'un ton comminatoire, comme leurs consommations arrivaient.

Calloway était un caïd du milieu local : prostitution, rackets en tous genres, bars à strip-tease, avec ou sans trafic de stupéfiants. La serveuse leur décocha un coup d'œil lourd de mise en garde avant de faire demi-tour avec son plateau, mais trop tard. Une silhouette massive s'avançait vers eux. Chib Calloway posa ses deux grosses pattes sur leur table et s'y arc-bouta, plongeant dans l'ombre le box et ses trois occupants.

— C'est pas mes oreilles qui sifflent, là ?

Personne ne broncha. Seul Mike soutint le regard du gangster. Calloway, qui n'était son aîné que de six mois, avait nettement moins bien vieilli que lui. Il avait la peau moite et grasse, et sa trogne balafrée attestait un long passé de plaies et de bosses.

— Ben alors, on a perdu sa langue !

Sa main s'allongea vers le catalogue, dont il examina la couverture, avant de l'ouvrir au hasard sur l'un des premiers chefs-d'œuvre de Bossun.

— De soixante-quinze à cent bâtons, ça ? railla-t-il en balançant le catalogue sur la table. Ben, les mecs, c'est ce qui s'appelle du vol manifeste ! Moi, je filerais même pas soixante-quinze *pence*, pour cette croûte !

Un bref instant, son regard croisa celui de Mike ; mais comme le silence s'éternisait, Calloway parut s'aviser que rien ne le retenait et regagna le comptoir en ricanant. Il rigolait encore en achevant son verre et, bien après, lorsqu'il vida les lieux et disparut dans la nuit, escorté de ses deux anges gardiens qui lui emboîtèrent le pas, la mine sombre.

Mike remarqua le soulagement des serveurs du bar, dont les épaules se détendirent tandis qu'ils faisaient disparaître les verres et le seau à glace. Les yeux d'Allan s'attardèrent sur la porte et il laissa passer quelques secondes de plus, avant de desserrer les dents.

— On aurait pu se les prendre !

Mais sa main n'était pas des plus stables lorsqu'il porta sa coupe de champagne à ses lèvres.

— Il paraît que ton pote Calloway était derrière le casse de la First Caly, en 97, ajouta-t-il par-dessus le bord de sa coupe.

— En ce cas, il aurait mieux fait de se retirer définitivement, lui fit remarquer Mike.

— Tous les jeunes retraités ne sont pas aussi avisés que vous en matière de placements, mon petit Mike… (D'un geste, le professeur signala au barman que son verre était vide.) Peut-être pourrions-nous le convaincre de nous filer un coup de main…

— Nous filer un coup de main ? répéta Allan en écho.

— Oui… pour lancer un autre raid contre la First Caly, fit le professeur en pouffant dans son verre vide. Vous ne voudriez pas être un soldat de la liberté, Allan ? Le défenseur d'une noble cause ?

— De quelle cause, au juste ? s'enquit Mike.

Ça lui avait totalement échappé. Il avait besoin de toute sa vigilance pour contrôler son souffle et retrouver un rythme cardiaque normal. Au cours des deux décennies qui avaient dû s'écouler depuis qu'il avait perdu Calloway de vue, l'homme avait considérablement changé. C'était une menace ambulante, à présent. Une forteresse sûre de sa propre invulnérabilité.

— La libération et le rapatriement de quelques-uns de ces chefs-d'œuvre captifs… – Gissing salua d'un sourire l'arrivée de son second whisky. Voilà trop longtemps qu'ils sont aux mains des infidèles !

— J'adore votre façon de voir, Robert, fit Mike, ravi.

— Mais pourquoi toujours s'en prendre à la First Caly ? râla Allan. Nous sommes loin d'être les pires !

— Et toutes les crapules ne sont pas aussi notoires que M. Calloway, reconnut Gissing. Vous l'avez donc rencontré sur les bancs de l'école, Mike ?

— Même classe, oui. Une vraie star, ce gamin. Tout le monde voulait rouler des mécaniques avec lui.

— Avec lui ou *comme* lui ? demanda Allan.

Mike le regarda.

— Tu es peut-être dans le vrai. Ça doit être fascinant, cette impression de toute-puissance…

— Régner par la terreur, merci bien ! grogna Gissing – et, comme la serveuse venait remplacer son verre vide, il lui demanda si Chib Calloway était un bon client.

— On le voit de temps en temps, dit-elle.

Mike crut déceler dans sa voix une trace d'accent sud-africain.

— Et ses pourboires… généreux ? lui demanda-t-il.

La question eut l'air de lui déplaire.

— Écoutez… Moi, je travaille !

— Rassurez-vous, nous ne sommes pas de la police… Simple curiosité.

— Votre curiosité vous perdra, dit-elle, avant de tourner les talons.

— Joli châssis, glissa Allan d'un air de connaisseur, quand elle se fut éloignée.

— Presque aussi joli que celui de cette chère Laura, ajouta Gissing avec un clin d'œil pour Mike, lequel, en guise de réponse, leur annonça qu'il sortait fumer.

— Je peux t'en taper une ? demanda Allan en s'engouffrant dans son sillage.

28

— Allez-y ! Abandonnez le troisième âge à son triste sort ! grogna Gissing d'un air faussement contrit, en ouvrant le catalogue. Hors de ma vue ! Si vous croyez que je vais en faire une maladie !

Mike et Allan poussèrent la porte du pub, avant de gravir les quelques marches qui les ramenaient au niveau du trottoir. C'était le milieu de la semaine. La nuit venait juste de tomber et les taxis commençaient leur ronde en ville, en quête de clients.

— Je te parie qu'à notre retour, il aura jeté son dévolu sur quelqu'un d'autre, fit Allan.

Mike alluma leurs deux cigarettes et inhala à pleins poumons. Il avait réduit sa consommation à quatre ou cinq clopes par jour, sans parvenir à s'arrêter. Quant à Allan, pour autant qu'il pût en juger, il ne fumait qu'avec d'autres fumeurs – obligeants, de préférence. Mike fouilla la rue du regard dans les deux sens, sans voir trace de Calloway ni de ses comparses. Mais ils avaient pu entrer dans un autre bar. Ils n'avaient que l'embarras du choix. Le souvenir des auvents à vélos de l'école lui traversa l'esprit. À sa connaissance, ces auvents n'avaient jamais servi que pour les tirs au but… À la pause et à l'heure du déjeuner, les fumeurs s'agglutinaient derrière et Chib – il se trimbalait déjà ce surnom à ce stade précoce de sa carrière – y régnait en maître absolu. Il sortait un paquet de clopes qu'il vendait à l'unité au triple du prix, avec quelques centimes de supplément pour l'allumette. Mike ne fumait pas, à l'époque. Il se contentait de graviter à la périphérie du groupe dans l'espoir d'y être un jour admis, mais il attendait toujours un signe de connivence ou de bienvenue dans la confrérie…

— C'est calme, ce soir, lui fit remarquer Allan en laissant tomber sa cendre sur le trottoir. Les touristes ont l'air de se planquer… J'ai du mal à imaginer l'effet que ça peut leur faire quand ils débarquent. Nous, on est chez nous. Ça nous paraît normal. Mais j'arrive pas à voir ça d'un point de vue extérieur.

— C'est aussi la patrie des Chib Calloway et consorts, Allan. Comme s'il existait deux Édimbourg se partageant le même système nerveux…

Allan agita l'index.

— Toi, tu as regardé l'émission sur Channel 4, hier soir. Les sœurs siamoises.

— En partie, oui.

— On fait vraiment la paire, tous les deux ! Si ça continue, on va se retrouver gagas avant même d'avoir compris ce qui nous empêche de profiter de la vie.

— Merci bien !

— Tu vois ce que je veux dire… Si j'avais ta fortune, je serais déjà sur mon yacht dans les Caraïbes, ou dans mon hélico, sur le toit de l'hôtel géant, là, à Dubaï.

— Tu trouves que c'est du gâchis, la vie que je mène ?

Mike eut une pensée pour Gerry Pearson et ses e-mails, illustrés de photos de hors-bord et de scooters des mers.

— Ce que je dis, c'est que tu devrais prendre la vie à bras le corps… et là-dedans, j'inclus la belle Laura, qui doit être encore à la réception de la salle des ventes. Si tu retournais lui filer rencard ?

— Un *deuxième* rencard, tu veux dire. Je te rappelle que le premier ne m'a pas mené bien loin.

— Tu baisses les bras trop vite – Allan secoua tristement la tête. Ça me scie que tu aies réussi à percer dans ton secteur.

— Et pourtant, j'y suis arrivé, non ?

— Et comment ! Mais…

— Mais quoi ?

— J'ai comme l'impression que tu ne t'y es toujours pas fait.

— À l'idée d'avoir du fric, tu veux dire ? Exact, ouais. Je déteste étaler ma fortune sous le nez des autres.

Allan parut vouloir rétorquer quelque chose, mais son bon sens naturel reprit le dessus et il n'eut qu'un hochement de tête prudent. Leur attention fut soudain attirée par un flot de musique en provenance d'un véhicule qui arrivait droit sur eux. Une BMW noire, rutilante. Une Série 5, à première vue. Mike reconnut le titre de Thin Lizzy, *The Boys are Back in Town*, accompagné par Chib Calloway qui reprenait le refrain à pleins poumons depuis le siège passager. Il avait baissé sa vitre et son regard intercepta à nouveau celui de Mike, qu'il feignit de viser, l'index et le majeur pointés en un flingue imaginaire. Puis la BMW s'éloigna et disparut.

Allan l'avait suivie des yeux, lui aussi.

— Alors, toujours convaincu qu'on aurait pu les prendre, à nous trois ?

— T'occupe, fit Allan en balançant sa cigarette à demi fumée sur la chaussée.

Mike dîna seul, ce soir-là.

Gissing avait vaguement parlé d'aller au restaurant, mais Allan avait décliné sa suggestion en invoquant le boulot qui l'attendait chez lui et Mike se défila à son tour, en croisant les doigts pour ne pas tomber nez à nez avec le professeur, un peu plus tard. En fait il préférait manger seul, tranquille. Il dénicha un kiosque encore ouvert où il acheta le journal puis, en allant vers Haymarket, il s'arrêta dans un indien. L'éclairage des restaurants, trop tamisé, était rarement adapté à la lecture mais il se trouva une table près d'une applique. Son journal lui apprit que les temps étaient durs pour les restaurants indiens : la pénurie de riz faisait grimper les coûts de production et le durcissement des lois sur l'immigration provoquait une dramatique raréfaction des chefs – quand il en fit part au serveur, le jeune homme ne lui opposa qu'un sourire accompagné d'un imperceptible haussement d'épaules.

La salle était aux trois quarts pleine et il s'était installé un peu trop près d'un groupe de cinq joyeux drilles qui festoyaient bruyamment. Les vestes étaient pendues au dossier des chaises et les cravates s'étaient desserrées, quand elles n'étaient pas carrément défaites. Petite sortie arrosée entre copains de bureau, songea Mike ; pour célébrer la signature d'un important contrat, peut-être. Il savait ce qu'il en était, de ce genre de soirée. Ses anciens collaborateurs lui avaient maintes fois reproché son manque d'entrain, quand ils avaient une victoire à célébrer.

Je tiens à garder la tête froide, aurait-il pu leur répondre. Avec ce post-scriptum : *ces jours-ci, en tout cas*.

Les joyeux lurons en étaient au café et au digestif quand la commande de Mike arriva ; ils s'apprêtaient donc à prendre le large juste au moment où il demanda l'addition. Comme il se levait, il vit l'un des fêtards vaciller à deux pas de lui en se colletant avec les manches de son manteau, et comme le type menaçait de s'écrouler sur sa table, Mike s'élança, la main tendue, pour le retenir. L'ivrogne se retourna vers lui.

— Qu'est-ce tu veux, toi, hein ? fit-il d'une voix avinée.

— Vous empêcher de vous étaler par terre.

Un de ses compères décida alors de s'en mêler.

— Je rêve ou t'as touché mon pote ! lança-t-il à Mike. Il t'a touché, Rab ?

Mais l'autre, qui n'avait pas trop de toute sa concentration pour tenir debout, ne semblait pas avoir d'idée précise sur la question.

— C'était juste pour l'aider, expliqua Mike.

Les quatre autres s'attroupaient autour de lui en un demi-cercle menaçant. Mike savait comme il était facile de laisser dégénérer ce genre de conflit tribal : nos cinq champions contre le reste du monde…

— Ben, maintenant, t'as plus qu'à t'aider toi-même en dégageant ! aboya le copain de Rab.

— Ouais, renchérit un second. Si tu veux pas te retrouver avec ta gueule du mauvais côté de cette bouteille !

Les serveurs veillaient au grain. L'un d'eux avait poussé la porte à double battant de la cuisine, prêt à rameuter les cuistots.

— D'accord, d'accord…

Les mains levées en un geste d'apaisement, Mike se rapprocha de la sortie. Une fois dehors, il partit d'un pas vif le long du trottoir, en glissant un coup d'œil de temps à autre par-dessus son épaule. Mieux valait s'assurer une avance confortable, s'ils s'avisaient de le rattraper. Ça leur ménagerait un délai de réflexion. Le temps pour eux d'évaluer la situation en soupesant les risques et les profits potentiels. Il avait cinquante mètres d'avance sur le joyeux quintette quand il les vit sortir du resto, bras dessus bras dessous, pour mettre aussitôt le cap sur leur destination suivante : un autre pub, sur le trottoir d'en face.

Ils n'y pensent déjà plus, se dit Mike. Mais lui, il n'était pas près d'oublier l'incident. Il devait y repenser régulièrement, par brefs flash-back dans les semaines et les mois qui suivraient. Il échafauderait d'autres scénarios dans lesquels il sortait vainqueur de l'affrontement, les cinq ivrognes gisant à ses pieds. À treize ans, il s'était bagarré avec un garçon de sa classe qui l'avait mis K.-O., et il avait passé une bonne partie de sa scolarité à élaborer de subtils projets de vengeance, sans jamais passer à l'action.

Il n'avait plus à surveiller ses arrières, à présent. Il avait affaire à des gens civilisés et, en dépit des rodomontades d'Allan au Shining Star, il doutait que le banquier ait eu l'occasion de balancer ne fût-ce qu'une beigne, de toute sa vie d'adulte. Comme il continuait à pied en direction de Murrayfield, il se revit étudiant. À l'époque, il avait participé à quelques belles bagarres, dans les bars. Un soir, il s'était battu avec un rival pour une fille. Bon sang… il aurait été bien incapable de dire son nom ! Il se rappelait aussi une soirée où il rentrait chez lui avec des potes, quand une bande de mecs bourrés les avait chargés, en leur balançant une poubelle métallique. Il n'était pas près d'oublier la mêlée qui s'était ensuivie… De la rue, la bagarre avait migré vers la cour d'un immeuble voisin, qu'ils avaient traversée avant de franchir la porte de derrière qui donnait dans un jardin. Une voisine avait fini par venir à sa fenêtre en les menaçant

d'appeler les flics. Mike s'en était sorti avec les phalanges en sang et un œil au beurre noir, mais il avait
eu le dessus.

Il s'interrogea un instant sur la façon dont Chib
Calloway aurait résolu le problème, face aux cinq
ivrognes. Bien sûr, pour Calloway, la question ne se
posait pas, puisqu'il ne se déplaçait jamais sans protection rapprochée. Ses deux gorilles du Shining
Star ne devaient pas être là juste pour lui faire la
conversation. L'un des collègues de Mike lui avait
un jour conseillé avec un clin d'œil de s'offrir un
garde du corps, maintenant que sa fortune était
devenue si « notoire » – fine allusion à une liste
publiée le week-end précédent par un magazine qui
le donnait comme l'un des « cinq plus beaux partis
d'Écosse ».

— Personne n'a besoin de garde du corps, à Édimbourg ! avait-il répliqué.

En s'arrêtant à un distributeur pour prendre du
liquide, il commença pourtant par inspecter le trottoir
dans les deux sens, pour plus de sûreté. Un clochard
solitaire somnolait contre la vitrine voisine, la tête
basse, l'air hagard et frigorifié. Un jour, Allan avait
reproché à Mike son tempérament solitaire. Évidemment, il aurait eu du mal à nier, mais savourer sa soli-
tude, c'était une chose ; se retrouver tout seul, c'en
était une autre. Il fit tomber une livre dans la sébile du
clochard et reprit le chemin de ses pénates, où l'attendaient sa stéréo et sa collection de toiles de maîtres. Il
repensait à ce qu'avait dit le professeur : *Libérons
quelques-unes de ces belles captives...* ; et Allan, un
peu plus tôt : *Tu devrais prendre la vie à bras le
corps !*, quand la porte d'un pub s'ouvrit à la volée sur

le passage d'un pochard, expulsé dans les ténèbres extérieures. Mike s'écarta de la trajectoire du type et passa son chemin.

Une porte se ferme, une autre s'ouvre…

3

Jusque-là, la journée avait laissé à désirer pour Chib Calloway.

Le problème, quand on est pris en filature, c'est que même si on s'en aperçoit, il n'est pas toujours possible d'identifier ceux qui vous collent au train. Chib avait, entre autres soucis, quelques petites dettes par-ci par-là… bon, d'accord, il devait un paquet de blé. Et ces temps-ci il avait dû faire profil bas. Il ne répondait qu'à un ou deux de ses innombrables portables, ceux dont il n'avait communiqué le numéro qu'à ses intimes ou à ses proches collaborateurs. Il avait annulé les deux rendez-vous qu'il avait prévus à l'heure du déjeuner, d'un bref coup de fil, sans autre explication. Si le bruit commençait à se répandre qu'il était sous surveillance, sa réputation risquait d'en prendre un coup. Il s'était donc contenté de deux cafés qu'il avait sifflés au Cento Tre, sur George Street, un bar chic qui avait ouvert à la place d'une ancienne banque – à Édimbourg, une flopée de banques s'étaient transformées en bars ou en restos. Avec la multiplication des distributeurs, les banques n'avaient plus besoin d'autant d'agences. Cette prolifération de machines n'avait d'ailleurs pas que des inconvénients… Ça ouvrait la voie à toute une nouvelle génération d'escroqueries et d'arnaques : clonage des cartes de crédit, piratage des numéros, appareils que l'on pouvait connecter aux distributeurs pour détourner les données sensibles. Dans certaines stations-services, mieux valait éviter de payer par carte : elles vendaient vos coordonnées bancaires. Chib restait vigilant. Les gangs spécialisés dans le piratage des distributeurs semblaient tous originaires d'Europe de l'Est – Albanie, Croatie, Hongrie. Quand il avait voulu se renseigner pour voir si c'était jouable, il s'était fait éconduire poliment mais fermement, sous prétexte qu'il s'agissait d'un club très fermé. Et ça lui était un peu resté en travers de la gorge, surtout s'agissant de gangs opérant à Édimbourg…

En fait, avec ses quatre cents et quelques milliers d'habitants, Édimbourg n'était qu'une grosse bourgade. Pas de quoi attirer les vraies pointures, ce qui lui laissait les coudées franches pour la majeure partie du territoire disponible. Calloway avait passé des contrats avec plusieurs propriétaires de bars et de clubs et, ces dernières années, il n'avait pas eu à défendre son fief. Il avait gravi les échelons à la faveur des guerres de gangs successives, où il s'était taillé une réputation d'homme d'action. Il avait longtemps bossé comme videur pour Billy McGeehan, dans sa salle de billard et les autres pubs que Billy possédait à Leith. Au début, Chib ne travaillait que le samedi soir. Les clients avaient tendance à en découdre en fin de soirée, quand les touristes se laissaient aller à traiter les autochtones avec un brin de condescendance.

Enfant, il rêvait de faire carrière dans le football, mais les tests qu'il avait passés pour entrer chez les

Hearts n'avaient rien donné : il était trop lourd, trop empoté.

« Essaie plutôt le rugby, fiston », lui avait conseillé le recruteur.

Le rugby ! Et puis quoi encore ?

Il avait aussi tâté de la boxe, pour garder la forme, mais il avait du mal à se contrôler. Une fois sur le ring, il dérouillait tout ce qui bougeait, avec tout ce qu'il avait : pieds, coudes, genoux… Il envoyait son adversaire au tapis et se ruait sur lui en continuant à cogner.

« Essaie plutôt le catch, fiston », lui avait-on recommandé.

C'est alors que Billy McGeehan était venu le voir avec une proposition qui lui allait comme un gant : il lui suffisait de s'inscrire au chômage en faisant comme s'il cherchait du boulot, et de bosser chez Billy le week-end. Il serait payé cash et assez grassement pour lui permettre de tenir jusqu'à l'arrivée de ses allocs. Et peu à peu, McGeehan l'avait mis au parfum. Ce qui fait que, quand Chib était passé dans l'équipe de Lenny Corkery, il apportait dans ses bagages un précieux savoir-faire. Au cours de la guerre de positions qui s'était ensuivie, Billy avait décidé de mettre les voiles vers la Floride en cédant ses salles de billard et ses pubs à Lenny, qui était resté seul maître du terrain. Avec Chib, son fidèle lieutenant…

Mais peu après, Lenny était tombé raide mort sur le onzième fairway à Muirfield, et Chib avait décidé de tenter son va-tout. Ça faisait déjà un certain temps qu'il préparait son coup. Dans le camp de Lenny, personne n'avait moufté. Du moins pas devant lui.

« Une succession sans histoires, c'est toujours mieux pour le business », avait sagement conclu l'un des patrons de pub.

Sans histoires. Pendant les premières années, en tout cas. Car depuis quelques mois, ça se gâtait. Et ça n'était pas sa faute, pas complètement. Les flics avaient eu un pot infernal, ces derniers temps. Ils avaient débarqué pendant une livraison de coke et d'ecstasy, pile-poil au moment où le fric changeait de mains. Pour Chib, ça équivalait à doubler ses pertes, un vrai désastre. Sans compter qu'il devait déjà un joli pactole pour un stock d'herbe qui lui avait été livré par un chalutier norvégien. Ses fournisseurs, une branche de Hell's Angels cantonnés dans un bled au nom imprononçable, lui avaient donné quatre-vingt-dix jours pour régler le solde de l'opération.

Depuis, quatre mois s'étaient écoulés.

Et la dette courait toujours.

Il aurait pu aller à Glasgow demander une avance à l'un des poids lourds qui sévissaient là-bas, mais ça se serait su et Chib Calloway ne pouvait se permettre de perdre la face. Au premier signe de faiblesse, les vautours s'attrouperaient au-dessus de sa tête et ne se contenteraient pas de le guetter...

Il avait ingurgité ses deux cafés italiens presque cul sec sans même les savourer et, rien qu'à l'accélération de son rythme cardiaque, il sentait que ça n'était pas de la lavasse. Ils s'étaient entassés, Johnno, Glenn et lui, dans un box près de la fenêtre. Les souris installées aux tables voisines ne leur jetaient pas un regard. Des pétasses, snobs et coincées du cul, il voyait le genre : shopping chez Harvey Nichols, cocktails au Shining Star, un peu plus tard dans la soirée, avec entre-temps une feuille de laitue pour se sustenter… Le genre à ne se maquer qu'avec des banquiers ou des avocats – bref, sangsues et compagnie. Villas dans le Grange, vacances au ski, dîners en ville… C'était un aspect d'Édimbourg dont il ignorait pratiquement tout, étant jeune. Quand il était môme, il consacrait tous ses samedis au foot (surtout si les Hearts jouaient à domicile et qu'il y avait de la castagne dans l'air avec les supporters de l'équipe adverse), ou au pub. Ça plus un brin de drague sur Rose Street ou quelques tentatives de flirt au centre commercial St. James… Pour lui, les boutiques de luxe de George Street et les vitrines des joailliers qui n'indiquaient même pas leurs prix, c'était une autre galaxie – et ça l'était toujours. Sauf que maintenant, plus rien ne l'empêchait d'y aller comme client. Pourquoi se serait-il gêné ? Son fric valait bien celui des autres, non ? Il portait des polos signés Nicole Fahri et des vestes DKNY. Ses pompes venaient de chez Kurt Geiger et ses chaussettes de chez Paul Smith. Il était aussi bien que tous ces bâtards. Et même mieux !

Lui, il vivait dans le monde *réel*.

— Une bande de nases, tous autant qu'ils sont !

— De qui vous parlez, patron ? s'enquit Glenn.

Chib sursauta. Ça avait dû lui échapper. Ignorant la question de Glenn, il fit signe à la serveuse d'apporter l'addition, avant de ramener son attention vers ses deux sous-fifres. Glenn était déjà sorti jeter un coup d'œil et l'avait assuré à son retour qu'il n'avait rien vu de suspect dans le secteur.

— Même aux fenêtres des bureaux ? avait insisté Chib.

— J'ai vérifié.

— Dans une des boutiques du coin, peut-être ? Suffirait de faire semblant d'acheter quelque chose…

— Je vous dis que j'ai tout vérifié, avait répété Glenn. Si on a quelqu'un au train, c'est l'as des as !

— Pas besoin d'être un as pour te gruger, avait riposté Chib du tac au tac. Suffit d'être moins con que toi…

Et il s'était remis à se mordiller la lèvre, signe chez lui d'intense réflexion. Puis il avait payé la note. Sa décision était prise.

— OK, fit-il. Vous pouvez disposer, tous les deux.

— Mais, boss… protesta cette fois Johnno, l'air de ne pas en croire ses oreilles.

Chib garda le silence. Selon lui, si c'étaient les Hell's Angels ou un de leurs émissaires, ils auraient davantage tendance à se manifester s'il était seul. Et si c'étaient les flics… Eh bien, là, c'était plus flou. Mais au moins, dans un cas comme dans l'autre, il en aurait le cœur net. Et puis c'était un plan, et avoir un plan, c'était déjà quelque chose.

Toutefois, à voir la mine catastrophée qu'affichait Glenn, on aurait pu se demander si c'était vraiment mieux que rien.

Il pensait se faufiler dans la foule des badauds sur Princes Street – une rue piétonne. Là-bas, si ses suiveurs voulaient vraiment le filer, ils devraient le faire à pied. Après quoi, Chib n'aurait plus qu'à traverser le jardin public avant de gravir quatre à quatre les escaliers escarpés qui grimpaient au flanc du Mound et, de là, gagner les rues plus calmes de la vieille ville où l'ennemi serait plus facile à repérer.

Il avait donc un plan.

Mais ça ne le mènerait pas bien loin, comme il n'allait pas tarder à s'en rendre compte.

Laissant Glenn et Johnno en faction près de la voiture, avec ordre de le rejoindre s'il avait besoin d'eux, il longea à pied Frederick Street, jusqu'à Princes Street. Là, il traversa pour gagner le trottoir le plus tranquille, celui où il n'y avait pas de boutiques. Là-haut se dressait le château. Il apercevait les touristes penchés au-dessus des remparts, gros comme des têtes d'épingle. Ça faisait des lustres qu'il n'y était pas allé, au château. Il se rappelait vaguement y avoir fait une excursion avec sa classe, mais il s'était éclipsé en douce au bout de vingt minutes et était parti en ville. Deux ou trois ans plus tôt, il s'était fait accoster dans un bar par un mec bourré qui lui avait fait part d'un plan mûrement concocté pour subtiliser les joyaux de la couronne d'Écosse. En guise de réponse, Chib l'avait gratifié d'une petite claque amicale sur la joue :

— Le château, c'est pas juste pour les touristes, triple buse ! avait-il fait remarquer à l'inoffensif pochetron. C'est aussi une putain de garnison en exercice. Comment tu comptes sortir tes diam's, sous le nez de toute la clique, hein ?

Au feu rouge, il traversa le pied du Mound et mit le cap sur l'escalier, en s'arrêtant de temps en temps pour jeter un œil derrière lui. Personne. Mais, bon sang de bonsoir… en levant le nez, il prit la mesure du problème : il était sacrément raide, cet escalier, et Chib manquait d'entraînement. La foule qu'il avait dû fendre sur Princes Street avait fait grimper son niveau de stress. Rien que d'esquiver les bus en traversant la rue, ça lui avait filé des sueurs froides. Quel intérêt d'interdire les bagnoles si la rue se transformait aussi sec en un circuit de compétition livré aux taxis et aux autobus à impériale ?

Hésitant à attaquer les marches, il s'arrêta et resta planté là un moment, soupesant ses différentes options. Il aurait pu faire un détour par les jardins de Princes Street, mais ne se sentait pas d'affronter à nouveau la cohue de la rue commerçante. Il était juste en face d'un grand machin à colonnades, dans le style antique ; et même de deux grands machins, s'avisa-t-il, l'un cachant partiellement l'autre. Des musées, de ça, au moins, il était sûr. L'an dernier, ils avaient emballé les colonnes du premier pour en faire des boîtes de soupe. Un genre d'exposition, à ce qu'il avait compris... Il repensa au trio du Shining Star. Il s'était pointé à leur table, persuadé qu'il lui suffirait de les fixer quinze secondes pour leur faire claquer des dents et ça n'avait pas loupé. Ce catalogue de tableaux qu'ils faisaient mine de feuilleter... et voilà qu'il se retrouvait justement en face de la National Gallery d'Écosse. Ben, pourquoi pas ? Un signe du destin. D'autant que si quelqu'un essayait de lui filer le train, là-dedans, ça ne risquait pas de passer inaperçu... Comme il approchait de l'entrée, un gardien en uniforme s'avança pour lui tenir la porte. Chib hésita, la main à la poche.

— Ça fait combien ? demanda-t-il.

— L'entrée du musée est gratuite, monsieur, répondit aimablement l'employé.

Il se fendit même d'un petit salut.

La porte s'était refermée derrière Calloway.

Alors là, on aura tout vu, marmonna Ransome en fouillant sa poche en quête de son téléphone. Ransome était inspecteur à la Lothian & Borders. Son collègue, le sergent Ben Brewster, l'attendait dans une voiture banalisée garée quelque part entre le Mound et George Street. Il décrocha.

— Il est entré à la National Gallery, lui signala Ransome.

— Un rencard ? fit la voix de Brewster, déformée et métallique, comme s'il lui parlait d'une station orbitale gravitant à des milliers de kilomètres.

— J'en sais rien, Ben. Un moment, j'ai cru qu'il allait grimper au sommet de Playfair, mais il a eu l'air de se dégonfler.

— Une chance, gloussa Brewster.

— Ouais, admit Ransome. Je ne mourais pas d'envie de le suivre là-haut.

— Tu crois qu'il t'a vu ?

— Ça, pas de danger. T'es garé où ?

— Sur Hanover Street, en double file. Je me fais pas des masses d'amis. Tu vas le rejoindre au musée ?

— Je me tâte. Il risque de me repérer plus facilement à l'intérieur.

— Bah, il doit bien se douter qu'il a quelqu'un aux basques ; pourquoi il aurait laissé ses deux lascars en bas, sinon ?

— Bonne question…

Ransome consulta sa montre. Il aurait pu s'en dispenser : sur sa droite retentit la salve de treize heures : un coup de canon suivi d'un panache de fumée qui s'éleva au-dessus des remparts du château. L'inspecteur regarda les jardins, en contrebas. L'un des accès du musée se trouvait par là. Il lui était matériellement impossible de surveiller les deux issues.

— Bouge pas, Ben, fit-il dans son téléphone. Je lui laisse encore cinq ou dix minutes.

— À toi de voir. Tu me rappelles ?

— Je te rappelle, confirma Ransome.

Il fit disparaître le téléphone dans sa poche et s'agrippa des deux mains à la balustrade. En bas se déployaient les jardins, un modèle d'ordre et d'harmonie. Un train ahanait sur la voie ferrée, vers Waverley Station. C'était ça, Édimbourg. Ordre, calme et tranquillité. Vous pouviez vivre là toute votre vie sans avoir le moindre soupçon de ce qui se tramait dans le reste du monde, voire à deux pas de chez vous. Son regard revint vers le château, accroché à son piton rocheux. Il lui trouvait parfois l'allure d'un vieil oncle râleur lorgnant d'un œil intraitable l'humanité qui grouillait à ses pieds… Sur les plans, on était frappé par le contraste entre les quartiers neufs qui avaient gagné vers le nord, et la vieille ville, au sud ; la première rationnelle et géométrique, l'autre de bric et de broc, avec des constructions qui proliféraient dans un apparent chaos, envahissant le moindre interstice. Autrefois, on rajoutait des annexes et des étages aux maisons, jusqu'à ce qu'elles menacent de s'écrouler les unes sur les autres. Ransome aimait l'atmosphère des vieux quartiers, mais il rêvait d'habiter un jour une des élégantes maisons bourgeoises de la ville neuve. Il jouait donc chaque semaine au loto – sa seule chance de réaliser son rêve, avec son salaire d'inspecteur du CID[1].

Chib Calloway, lui, aurait sûrement pu s'offrir ça, mais il avait jeté son dévolu sur un pavillon ringard en

---

1. Criminal Investigation Department : la police judiciaire britannique. *(Toutes les notes sont de la traductrice.)*

banlieue ouest, à deux ou trois kilomètres de son quartier d'origine. Des goûts et des couleurs…

Calloway ne risquait pas de s'éterniser. Sur ce genre de type, l'art devait avoir le même effet neutralisant que la *kryptonite* sur les pouvoirs de Superman. Il allait forcément sortir du musée, soit par l'entrée principale soit par celle des jardins. Ransome devait prendre une décision. Mais après tout, quelle différence dans le schéma d'ensemble ? Chib avait dû annuler ses rendez-vous, du moins ceux dont Ransome avait été informé. Il ne collecterait aucune preuve de plus ce jour-là. Il ne parviendrait, au mieux, qu'à s'empoisonner inutilement l'existence.

Ransome avait la petite trentaine. C'était un jeune officier de police ambitieux, toujours à l'affût d'une occasion à saisir, et la tête de Calloway aurait été du plus bel effet dans son palmarès. Peut-être un peu moins spectaculaire que quatre ou cinq ans plus tôt, mais à l'époque Ransome était encore simple constable et n'avait donc pas la possibilité de diriger – ni même de suggérer à ses supérieurs – une opération de surveillance à long terme. Alors qu'actuellement, il avait un informateur dans la place, ce qui faisait toute la différence. L'une de ses premières missions au CID avait été un dossier d'inculpation contre Calloway, mais à l'audience, l'avocat du malfrat, un ténor du barreau local, n'avait fait qu'une bouchée de toutes ses preuves :

« Monsieur le *constable* Ransome… vous êtes sûr que c'est bien votre titre ? J'ai eu affaire à de simples agents de police qui m'ont paru nettement plus finauds… » L'air goguenard de l'emperruqué, suant l'autosatisfaction et la roublardise, la joie bruyante de l'inculpé qui agitait vers lui un index narquois… Le jeune constable avait déguerpi sans demander son reste. Par la suite, son chef l'avait assuré que ça n'était pas si grave et qu'il s'en remettrait. Mais ça, Ransome en doutait. Depuis, l'incident n'avait cessé de le hanter.

Cette fois, la situation paraissait mûre… ici et maintenant. Tous ses soupçons et toutes ses informations convergeaient : l'univers de Calloway était au bord de l'implosion.

Ça risquait d'être du genre salissant et tout pouvait se précipiter avant même qu'il ait eu à lever le petit doigt, mais l'inspecteur s'en délectait d'avance. Il serait aux premières loges.

Et rien ne l'empêcherait de s'en attribuer le mérite.

Calloway attendit deux minutes dans le grand hall, mais ne vit arriver qu'un couple d'Australiens d'âge mûr, ridés comme deux vieilles pommes, qui jacassaient avec un accent à couper au couteau. Il fit semblant d'examiner le plan du musée puis, d'un petit sourire crispé, signala au gardien que l'agencement des locaux le satisfaisait pleinement. Sur quoi, il prit son souffle et entra.

Tout était calme. Des putains de grandes pièces. Le moindre murmure, la moindre quinte de toux résonnait comme dans une cathédrale, là-dedans. Il repéra les deux Australiens ainsi qu'une bande d'étudiants étrangers flanqués de leur guide. Sûrement pas d'ici, les mecs. Trop bronzés et trop branchouilles. Ils évoluaient lentement, presque sans bruit, devant les immenses cadres, l'air de s'emmerder.

Les gardes ne se bousculaient pas. Chib fouilla la salle du regard, en quête des caméras de vidéosurveillance qu'il finit par découvrir, juste là où il les attendait. Pas de fils courant sous les tableaux, et donc pas de système d'alarme. Certains semblaient vissés aux murs, mais pas tous, et même s'ils l'étaient, avec un bon cutter, ça n'aurait pas pris plus de vingt secondes de les découper… Enfin, leur partie la plus intéressante – de la toile, pas du cadre ! Une demi-douzaine de retraités en uniforme… bref, pas la queue d'un problème.

Chib se posa sur un banc rembourré, au milieu d'une des salles, et attendit d'avoir retrouvé un rythme cardiaque normal en feignant de s'intéresser au tableau qui se trouvait en face de lui : un paysage avec montagnes, temples et nuages auréolés de soleil. Au premier plan, un groupe de pékins attifés de grandes tuniques blanches. Il n'avait pas la moindre idée de ce qu'ils foutaient là. L'un des étudiants étrangers, un basané genre latino, lui boucha la vue un moment avant de s'écarter pour consulter le panneau d'information, sans même remarquer le regard noir que lui lançait Chib : *Eh, t'es chez moi, là, mon pote ! T'es dans ma ville, dans mon musée, devant mon tableau !*

Un autre type se pointa dans la salle, plus âgé que les étudiants et mieux fringué : grand pardessus noir lui arrivant presque aux pieds, belles pompes en cuir noires, nickel, sans la moindre éraflure. Il avait un journal plié sous le bras et gonflait les joues, comme quelqu'un qui a du temps à tuer. Chib lui décocha le même regard sombre en se demandant où il avait déjà vu cette tronche… puis son estomac se noua : ça n'était pas lui, le mec qui lui filait le train, par hasard ? Non. Il n'avait l'air ni d'un gangster ni d'un flic. Il l'avait déjà vu, mais où ? Le visiteur survola un instant les tableaux du regard, avant de s'éloigner, en s'effaçant pour laisser passer le groupe d'étudiants. Il sortait déjà de la pièce quand Chib le remit enfin.

Il sauta sur ses pieds et lui emboîta le pas.

4

Mackenzie, lui, avait reconnu le gangster du premier coup d'œil. Il prit aussitôt le large en espérant que sa manœuvre passerait inaperçue. De toute façon, ce musée, ça n'était pas son truc. En fait, il était venu faire des courses en ville. Il voulait s'acheter de l'eau de Cologne et des chemises, mais n'en avait pas trouvé à son goût. Sur sa lancée, il était passé à la joaillerie Bonnar, à Thistle Street. Ils étaient spécialisés dans les pièces anciennes. En repensant à cette opale que Laura portait au cou, Mike avait imaginé de la remplacer par un autre bijou, quelque chose de différent, de plus original…

Qu'il lui offrirait.

Mais bien que Joe Bonnar fût un orfèvre de tout premier ordre – ce dont Mike avait la preuve chez lui, sous la forme d'une superbe montre de gousset –, les bijoux qu'il lui avait proposés ce jour-là ne l'avaient pas enthousiasmé. Principalement parce qu'il avait été pris d'un doute : que penserait Laura d'un cadeau si somptueux ? Lui en serait-elle vraiment reconnaissante ? Ne risquait-elle pas de mal le prendre ? Et comment savoir si elle préférait les améthystes, les rubis ou les saphirs ?

— Merci de votre visite, monsieur Mackenzie, lui avait dit Joe en le raccompagnant à la porte. Vous vous faites trop rare, ces temps-ci.

Et voilà. Il s'était retrouvé à une heure sur Princes Street, sans chemises ni bijou, et n'ayant pas encore assez d'appétit pour passer à table. Alors, comme la National Gallery se trouvait à deux pas... Il se sentait vasouillard et n'aurait su dire au juste ce qui l'attirait là. Ils avaient quelques jolies pièces, bien sûr – ça, il était le premier à le reconnaître – mais ce musée avait quelque chose de lourdingue et d'ampoulé. *L'art, c'est la santé !* semblaient proclamer leurs collections. *Vous en reprendrez bien une tranche...*

Les arguments du professeur n'avaient cessé de le turlupiner, ces derniers jours. Les œuvres d'art ravalées au rang de monnaie d'échange. Quel pourcentage du patrimoine culturel mondial somnolait ainsi dans des coffres ou des chambres fortes – ceux des banques, en particulier ? Mais il existait des foules de livres que plus personne ne lisait, et tant de musique qui n'était plus jouée... Quelle importance, que certaines œuvres ne soient pas exposées ? Dans dix ans, dans cent ans, elles seraient toujours là, attendant d'être redécouvertes. Et n'était-il pas tout aussi coupable, lui ? En visitant certains musées, il se disait parfois qu'il avait dans son couloir de meilleurs échantillons du travail de tel ou tel artiste. Chaque maison, chaque salon n'était-il pas un petit musée privé dans son genre ?

Libérer quelques-unes de ces malheureuses captives...

Pas celles des musées publics, évidemment ; mais celles des coffres privés, des chambres fortes, des banques ; celles qui dormaient dans les couloirs et les

bureaux de tous ces acheteurs dits « institutionnels ».
À la First Caledonian, par exemple. Leur patrimoine
artistique devait se chiffrer en dizaines de millions.
Des valeurs sûres, pour la plupart, les éternels « suspects de service » – ils s'enorgueillissaient même d'avoir
un Bacon de la première période ! –, mais aussi la fine
fleur des nouveaux talents, que les conservateurs maison se chargeaient de repérer dans tout le Royaume-
Uni, en écrémant les fameuses expos de fin d'études.
Et ils n'étaient pas les seuls. Une foule d'autres firmes
d'Édimbourg s'étaient constitué leur propre trésor de
guerre et campaient sur leurs collections privées, tels
de vieux harpagons sur leurs matelas de fric.

Mike s'interrogeait : il aurait peut-être pu faire un
geste ? Ouvrir une salle où il exposerait sa propre collection… Réussirait-il à convaincre les autres d'en
faire autant ? Parler aux responsables de la First Caly
et aux autres principaux acteurs, faire un peu mousser
tout ça ?… Peut-être était-ce justement ce qui l'avait
attiré au musée. L'endroit idéal, pour méditer sur un
tel sujet… Mais Chib Calloway était bien la dernière
personne qu'il s'attendait à y rencontrer ! En se tournant légèrement, il vit que le gangster arrivait droit sur
lui. Il affichait un grand sourire figé mais son œil restait fixe et dur.

— Vous me suivez, ma parole ? grogna-t-il.

— Si j'avais pensé que vous étiez amateur d'art…
répliqua Mike, faute de mieux.

— Ben quoi ? se récria Calloway. On est en démo-
cratie, non ?

Mike fit la grimace.

— Désolé, ne vous méprenez surtout pas. À propos,
je suis Mike Mackenzie…

Ils échangèrent une poignée de main.

— Charlie Calloway.

— Alias Chib pour les intimes, je crois ?

— Vous me connaissez ?

Calloway réfléchit un moment puis hocha lentement la tête.

— Ça y est, je vous remets. Vos deux potes n'osaient pas me regarder en face mais vous, vous m'avez fixé dans le blanc de l'œil.

— Et vous, vous avez fait mine de me flinguer en passant en voiture.

Calloway se fendit d'un sourire en coin.

— Au moins, c'était pas pour de vrai, hein !

— Qu'est-ce qui vous amenait, monsieur Calloway ?

— J'y ai repensé, à ce catalogue que vous bouquiniez, avec vos potes, au bar. Vous m'avez l'air d'en connaître un rayon, en peinture, hein, Mike ?

— Je m'instruis, disons.

— Alors prenons celle-ci, là… (Calloway recula d'un pas.) Un mec à cheval, assez ressemblant. Pas mal peint, je dirais, fit-il en fourrant ses mains dans ses poches. Dans les combien ça va chercher, à votre avis ?

— Celle-là, ça m'étonnerait qu'on la voie passer dans une salle des ventes. Deux ou trois millions de livres, à vue de nez.

— Bon sang de merde ! fit Calloway en passant au tableau suivant. Et celle-ci ?

— Ça, c'est carrément un Rembrandt. Plusieurs dizaines de millions.

— Plusieurs *dizaines* !

Mike balaya la salle du regard. Deux ou trois gardiens en uniforme commençaient à s'intéresser à eux.

Il les gratifia d'un de ses plus beaux sourires et s'éloigna dans la direction opposée.

Calloway le rattrapa, non sans s'être attardé quelques secondes de plus devant l'autoportrait de Rembrandt.

— En fait, ça n'est pas un problème d'argent, vous savez, s'entendit dire Mike, qui n'en était lui-même qu'à moitié convaincu.

— Ah non ?

— Qu'est-ce que vous préféreriez mettre au-dessus de votre cheminée : une œuvre d'art ou des billets de banque encadrés ?

Chib tira une main de sa poche pour se pétrir le menton.

— Je vais vous dire, Mike... J'aurai jamais l'occasion de faire la différence : dix briques en liquide, ça resterait pas assez longtemps sur mon mur pour que je puisse comparer !

Ils s'esclaffèrent de conserve et la main du gangster remonta vers le sommet de son crâne. Mike se surprit à s'inquiéter de l'autre, celle qui restait dans sa poche. Que tenait-elle ? Un couteau, un flingue ? Était-il venu au musée avec une idée derrière la tête ?

— C'est une question de quoi, alors, s'il ne s'agit pas d'oseille ? demanda le truand.

— L'argent joue son rôle, naturellement, convint Mike. Écoutez, ajouta-t-il en consultant sa montre, il y a une cafétéria au sous-sol. Ça vous dirait qu'on aille prendre un café vite fait ?

— J'ai déjà ma dose de café, répondit Calloway en secouant la tête. Mais un thé, je veux bien.

— Je vous invite, monsieur Calloway.

— Appelez-moi Chib.

Ils prirent un escalier en colimaçon. Calloway posait des questions sur les prix pratiqués. Mike lui expliqua qu'il ne s'intéressait au marché de l'art que depuis quelques années et n'était donc pas, à proprement parler, un expert. Il se garda bien de parler à Calloway de sa propre collection, que certains auraient pu qualifier de somptueuse, tant pour la qualité des œuvres que pour leur nombre et leur prix. Pendant qu'ils attendaient au libre-service, Calloway lui demanda ce qu'il faisait dans la vie.

— Développement de logiciels informatiques, répliqua Mike sans entrer dans les détails.

— Un vrai coupe-gorge, l'informatique, de nos jours, non ?

— Un secteur à haute pression, si c'est ce que vous voulez dire.

Calloway eut une petite moue crispée avant d'engager la discussion avec la serveuse de la cafétéria pour savoir lequel des thés de la carte – Lapsang, Yunnan, Ceylan ou Darjeeling – ressemblait le plus à du « thé normal ». Après quoi ils s'installèrent à une table d'où ils embrassaient du regard les jardins de Princes Street et le Scott Monument.

— Vous êtes déjà monté tout en haut ? lui demanda Mike.

— Ma mère m'y a emmené quand j'étais gosse. J'ai eu une telle trouille que, quelques années plus tard, j'y ai traîné un certain Donny Devlin en le menaçant de lui faire faire le grand saut. Faut dire qu'il me devait un paquet de fric. Dites donc, ça fouette, ce truc ! ajouta-t-il en flairant sa théière.

Il finit cependant par s'en verser une tasse, tandis que Michael touillait son cappuccino, hésitant sur la tête qu'il devait faire face à cet aveu à peine voilé. Le caïd lui avait sorti ça sans sourciller, comme s'il n'y avait là rien d'extraordinaire. De ses souvenirs d'enfance, il était passé sans crier gare à l'évocation d'une scène d'horreur. Mike n'aurait su dire si Calloway tentait délibérément de le choquer – à supposer que l'histoire soit vraie. Le Scott Monument était un lieu public trop fréquenté pour qu'on puisse s'y livrer à ce genre de facétie. Selon Allan, Calloway aurait pu être le cerveau du casse de la First Caly, mais à présent Mike en doutait. Il avait du mal à l'imaginer en virtuose du crime.

— Ils ont jamais eu de casse, ici ? finit par lui demander Calloway, sans cesser de surveiller les environs.

— Pas à ma connaissance.

Calloway fronça le nez.

— De toute façon, elles sont beaucoup trop grandes, ces croûtes ! Où voulez-vous stocker tout ça ?

— Dans un entrepôt, peut-être ? suggéra Mike. Les œuvres d'art circulent beaucoup. On n'arrête pas d'en voler. Il y a quelques années, deux types en uniforme ont réussi à sortir une tapisserie du musée Burrell.

— Non, sans blague ?

Ce détail parut le ravir. Mike s'éclaircit la gorge.

— On était dans la même école, vous et moi. Vous étiez dans ma classe.

— Vous êtes sûr ? J'en ai pas le moindre souvenir.

— Je devais passer plutôt inaperçu, mais je me souviens très bien de vous. À l'époque déjà, tout le monde filait doux devant vous, profs y compris. Vous leur dictiez ce qu'ils pouvaient ou ne pouvaient pas faire.

Calloway secoua la tête, flatté.

— Oh ! Je suis sûr que vous exagérez. Mais c'est vrai que j'étais un foutu casse-cou étant gosse.

Son regard se fit plus vague. Il parut s'abîmer dans ses souvenirs.

— J'ai fini par me retrouver avec un simple brevet professionnel en chaudronnerie ou je ne sais trop quoi.

— Exact, fit Mike. Dans un des ateliers, on apprenait à faire des tournevis ; vous, les vôtres, vous leur aviez trouvé une utilisation inattendue…

— Ouais, pour convaincre les autres gamins de me filer leur argent de poche, s'esclaffa Chib. Dites donc, Mike, vous avez une mémoire d'éléphant ! Et vous, comment vous vous êtes retrouvé dans les ordinateurs ?

— J'ai fait les classes supérieures avant d'aller à la fac.

— Nos chemins ont divergé… traduisit Chib pour lui-même.

Il hocha la tête, puis écarta les bras.

— Eh ben, comme on se retrouve, hein ! Après toutes ces années… Deux adultes accomplis, au sommet de leur forme !

— En parlant de forme… comment ça s'est terminé, pour Donny Devlin ?

— Qu'est-ce que ça peut vous faire, hein ? fit Chib, les yeux réduits à deux fentes.

— Rien. Simple curiosité.

Chib réfléchit un moment avant de répondre.

— Il a fini par quitter la région, après m'avoir remboursé, s'entend ! Vous êtes resté en contact avec quelqu'un de cette époque ?

— Non. Un jour, j'ai jeté un œil à un site genre *Copains d'avant*, mais je n'y ai jamais vu personne qui m'ait particulièrement manqué.

58

— Vous deviez être du genre solitaire.

— Je passais pas mal de temps à la bibliothèque, oui.

— C'est sans doute pour ça que j'ai aucun souvenir de vous. Moi, je n'y ai mis les pieds qu'une seule fois, pour leur emprunter *Le Parrain* !

— Dans un but pédagogique ou purement récréationnel ?

Le visage de Chib s'assombrit à nouveau, puis il partit d'un grand éclat de rire : il avait compris.

Ils continuèrent à deviser gaiement. Ni l'un ni l'autre ne remarquèrent la silhouette qui passa à deux reprises devant la baie vitrée.

Celle de l'inspecteur Ransome.

5

Mike s'était posté tout au fond de la salle des ventes, non loin de la porte. Derrière son pupitre, Laura Stanton s'assura que le micro était branché. De part et d'autre de l'estrade étaient disposés des écrans plasma où viendraient s'afficher les photos des lots, tandis que les toiles elles-mêmes seraient placées sur un chevalet, ou, pour celles qui étaient déjà accrochées au mur, désignées à l'aide d'une baguette par des employés parfaitement rompus à cet exercice.

Même depuis le dernier rang, Mike sentait la nervosité de Laura. Ce n'était après tout que sa deuxième vente et, jusqu'à présent, ses performances avaient été jugées honnêtes, sans plus. Pas de trésor mis au jour, pas de découvertes fracassantes, pas de record pulvérisé. Comme l'avait souligné Allan Cruikshank, le marché de l'art pouvait ronronner ainsi des mois, voire des années. Ce n'était jamais qu'Édimbourg. Rien à voir avec Londres ou New York. Ici, tout gravitait autour de l'art écossais.

« Tu ne verras jamais passer de Freud, ni de Bacon », avait ajouté Allan. Mike l'avait repéré, deux rangs plus loin. Allan ne venait pas acheter. Il voulait juste jeter un dernier coup d'œil aux toiles avant qu'elles ne disparaissent dans une collection privée ou dans les chambres fortes de quelque organisme financier ou institutionnel. De son poste, Mike embrassait toute la salle du regard. Un murmure d'excitation courut dans l'assistance. Les gens piaffaient d'impatience, feuilletaient une dernière fois leur catalogue. Les employés de la salle des ventes étaient déjà près des téléphones, prêts à établir le contact avec de lointains enchérisseurs. Ça avait toujours intrigué Mike. Qui pouvaient être ces mystérieux acquéreurs, à l'autre bout du fil ? Des rois de la finance appelant depuis Hong Kong ? De riches Celtes de Manhattan, amateurs de scènes pastorales dans les Highlands avec bergers en kilt ? Des stars du rock ou du septième art ? Il se les représentait, mollement étendus entre les mains de leur masseur ou de leur manucure, hurlant leurs enchères dans leur portable, soulevant de la fonte dans leur salle de gym ou vautrés au fond de leur jet privé. Pour une obscure raison, il les imaginait toujours entourés de plus de fastes et de glamour que ceux qui prenaient la peine d'assister personnellement aux enchères. Un jour, il avait interrogé Laura sur ces correspondants fortunés, mais elle s'était contentée de se tapoter l'aile du nez, sans piper mot. Il y avait des secrets qu'elle ne pouvait trahir, même pour lui…

Il devait connaître plus de la moitié du public, majoritairement constitué de marchands d'art qui tenteraient ensuite de revendre les toiles. Sans compter les simples curieux, reconnaissables à leur mise un peu moins soignée et qui semblaient n'avoir poussé la porte que faute d'avoir mieux à faire. Peut-être quelques-uns avaient-ils chez eux une ou deux toiles héritées d'une vieille tante, dont ils se demandaient ce qu'elles pouvaient valoir… Et il y avait deux ou trois vrais clients, comme Mike. D'authentiques amateurs d'art qui pouvaient s'offrir à peu près tout ce qui était mis en vente. Il y avait aussi quelques nouvelles têtes, et devant, trônant au premier rang, mais sans le moindre écriteau ni pancarte – il était donc venu par pure curiosité –, Chib Calloway. Mike l'avait repéré en arrivant dans la salle, mais jusque-là, il avait réussi à échapper à son attention. Il s'avisa que les deux gros bras qui surveillaient l'assistance, appuyés au mur de gauche, étaient ceux-là mêmes qui accompagnaient Calloway une semaine plus tôt, au Shining Star. Le jour où Mike était tombé nez à nez avec Chib à la National Gallery, il n'avait apparemment pas jugé utile de se faire escorter… Pourquoi ? Et pourquoi aujourd'hui ? Qu'est-ce qui avait changé ? Voulait-il attirer l'attention, faire savoir à l'assistance qu'il avait les moyens de s'offrir leurs services ? Une petite démonstration publique de pouvoir et d'importance ?

Le claquement du marteau de Laura donna le signal du départ. Mike vit à peine passer les cinq premiers lots qui eurent du mal à atteindre la fourchette minimum de l'estimation. Une silhouette était venue s'encadrer dans l'embrasure de la porte. Mike salua le nouveau venu d'un signe de tête. À l'orée de la retraite, Robert Gissing semblait avoir plus de temps à consacrer aux expositions et aux ventes. Son regard renfrogné balaya toute l'assistance. Allan se bornait à regretter, dans l'intimité, de voir tant d'œuvres disparaître de la circulation, mais le professeur Gissing, lui, s'était taillé une petite célébrité en frôlant la crise d'apoplexie lors de certaines ventes où il tonnait, d'une voix à faire trembler les couloirs :

— Les fruits du génie humain, vendus à l'encan, comme des esclaves… tant de chefs-d'œuvre à jamais dérobés aux yeux qui mériteraient le plus de les contempler !

Mike priait pour qu'il s'abstienne de ce genre d'éclat. Laura en avait bien assez sur les bras. Il nota que Gissing avait omis de se munir d'un écriteau, lui aussi, et se demanda quelle proportion du public avait réellement l'intention d'acheter. Les deux lots suivants n'atteignirent pas leur prix minimum, ce qui ne fit qu'ajouter à ses craintes. Certains marchands se concertaient avant la séance pour éviter de faire monter les enchères. Ce genre de combine tendait à maintenir les prix au plus bas, s'il n'y avait pas de collectionneurs dans la salle ou au bout du fil.

Mike aurait presque pu voir le sang monter au visage de Laura et lui embraser les joues. Elle étouffa une petite toux entre deux lots et marqua une pause, le temps de prendre une gorgée d'eau et de scruter l'assistance en quête de signes d'intérêt.

L'atmosphère était pesante et moite, comme si tout l'oxygène de la salle avait été aspiré d'un coup. Mike discernait les relents de poussière qui s'exhalaient des vieux cadres, mêlés à ceux du tweed et des planchers cirés. Il tentait de percer le mystère de chaque œuvre, imaginant le voyage secret qui les avait menées de la pensée de leur créateur à son carnet de croquis, puis à son chevalet… Ensuite, une fois achevées, elles avaient été encadrées, exposées, vendues. Elles étaient passées de main en main, ou de génération en génération, à titre d'héritage… Ou alors jugées sans valeur et mises au rancart, jusqu'à ce qu'elles soient repérées dans un bric-à-brac, restaurées et rendues à leur gloire.

Chaque fois qu'il achetait une toile, il prenait le temps de l'examiner sous toutes les coutures – l'arrière surtout –, à la recherche d'indices. Des dimensions notées à la craie et calculées par l'artiste sur le cadre, une étiquette de la galerie où s'était tenue la première mise en vente... Il épluchait les catalogues, tentait d'établir la lignée des propriétaires. Sa dernière acquisition, cette nature morte de Monboddo, avait été peinte lors d'un voyage sur la Côte d'Azur, avant d'être ramenée en Angleterre. Elle avait été d'abord proposée au public lors d'une exposition collective, à l'hôtel de ville de Mayfair, mais n'avait été vendue que plusieurs mois plus tard, par l'entremise d'une petite galerie de Glasgow. Son premier propriétaire était l'héritier d'une dynastie de marchands de tabac. Mike tenait la plupart de ces informations de Robert Gissing qui n'en était pas à sa première monographie sur Monboddo. Risquant un coup d'œil vers le professeur, Mike vit qu'il avait croisé les bras d'un air sévère.

Il y eut des remous au premier rang. Calloway avait levé la main pour faire une offre et Laura lui demandait s'il avait un écriteau.

— Pourquoi j'aurais pris une pancarte ? rétorqua Calloway, à la grande joie de l'assistance. J'ai l'air de faire du stop ?

Laura lui expliqua, sur le ton de l'excuse, qu'elle ne pouvait accepter d'enchères que des personnes préalablement inscrites à la réception et que donc, si ce monsieur voulait bien... Il n'était pas trop tard pour se faire connaître.

— Bah, laissez tomber ! fit Calloway, balayant d'un geste sa suggestion.

L'incident avait quelque peu détendu l'atmosphère. La salle s'anima encore davantage en voyant apparaître le lot suivant – l'un des Matthewson : *Moutons sous une tempête de neige*, fin XIXe. Laura avait souligné à la séance de présentation que l'œuvre suscitait un grand intérêt. Deux acquéreurs s'affrontaient au téléphone, concentrant l'attention de la salle sur les employés qui s'occupaient des téléphones. Le prix grimpa, grimpa, atteignit le double de l'estimation la plus haute, et le marteau s'abattit enfin à 85 000, ce qui ne pouvait avoir que des effets bénéfiques sur le montant final de la vente. Visiblement requinquée par ce succès, Laura glissa un bon mot qui fit courir quelques gloussements dans la salle et détendit encore l'assistance, égayée de surcroît par un gros rire à retardement signé Calloway. Comme il feuilletait les pages suivantes du catalogue, Mike n'y vit rien de particulièrement passionnant et se fraya un chemin le long de la grappe des marchands qui se bousculaient près de lui, pour aller serrer la main à Gissing.

— Dites donc, marmonna le professeur avec un signe de tête en direction du premier rang. Ça ne serait pas l'olibrius qui nous avait abordés au Shining Star ?

— Gardez-vous de juger des gens sur leur mine, Robert ! lui glissa Mike à l'oreille. Je pourrai vous dire un mot, tout à l'heure ?

— Et pourquoi pas tout de suite, tant que l'excès d'indignation n'a pas encore eu raison de moi ? riposta le professeur.

Au bout du couloir, une volée de marches menaient aux étages supérieurs où étaient exposés les meubles, les livres et les bijoux anciens. Mike s'arrêta au pied de l'escalier.

— Alors ? s'enquit Gissing.

— Ça vous plaît, cette vente ?

— Aussi peu que d'habitude.

Mike hocha lentement la tête sans parvenir à lancer vraiment la conversation. Gissing eut un sourire indulgent.

— Je lis dans vos pensées, Michael, ricana-t-il. Vous vous rappelez ce que je vous ai dit, l'autre soir, dans ce bar ? J'ai tout de suite vu que nous nous étions compris. Je suis sûr que vous avez saisi le bien-fondé de ma proposition.

— Enfin, vous n'y pensez pas ! Pas sérieusement, en tout cas… On ne peut pas se mettre à voler des œuvres d'art comme ça. La First Caly ne serait sûrement pas emballée par le projet. Et Allan, qu'est-ce qu'il en dirait ?

— Le mieux serait de lui poser la question, répliqua Gissing le plus sérieusement du monde.

— Écoutez, contre-attaqua Mike. J'admets que l'idée puisse être tentante. Moi non plus, je ne détesterais pas mettre au point ce genre de… d'opération.

Gissing, suspendu à ses lèvres, avait à nouveau croisé les bras.

— Et moi, j'en meurs d'envie depuis des années ! À titre d'exercice pour mes cellules grises, comme vous disiez. Je me suis vite rendu compte que la First Caly ne ferait pas l'affaire, leur sécurité est trop serrée. Mais supposez qu'il existe un moyen de subtiliser un certain nombre de toiles sans que personne ne remarque leur disparition ?

— Dans un coffre de banque, vous voulez dire ?

Gissing secoua la tête.

— Rien d'aussi ambitieux. Est-ce que j'ai l'air d'un perceur de coffre ? ajouta-t-il en tapotant sa bedaine.

Mike lâcha un petit rire gêné.

— Mais tout ceci n'est que pure hypothèse, n'est-ce pas ?

— Ça, c'est vous qui le dites !

— OK. Éclairez ma lanterne. À qui appartiennent les toiles que nous pourrions voler ?

Gissing marqua une longue pause en promenant sa langue derrière sa lèvre inférieure.

— À la National Gallery, lâcha-t-il enfin.

Mike le dévisagea plusieurs secondes, avant d'émettre un reniflement narquois.

— Ben tiens ! Rien que ça…

Ça lui rappelait sa conversation avec Calloway : *Ils ont jamais eu de casse, ici ?*

— Ne ricanez pas, Michael, lança Gissing.

— Alors quoi ? On arrive et on repart comme des fleurs, et le tour est joué ?

— C'est à peu près ça, oui. Mais je peux vous expliquer ça autour d'un verre, si vous êtes intéressé.

Les deux hommes se jaugèrent du regard. Mike fut le premier à cligner les yeux.

— Depuis combien de temps y pensez-vous ?

— Un an, voire davantage. J'aimerais emmener quelque chose dans mes bagages, quand je partirai à la retraite. Quelque chose que personne d'autre au monde ne pourrait avoir.

— Un Rembrandt ? Un Titien ? Un Greco ?

Gissing n'eut qu'un haussement d'épaules. À cet instant, Mike aperçut Allan qui sortait de la salle des ventes et lui fit signe d'approcher.

— Ce n'était peut-être pas une si mauvaise affaire, ce Bossun que tu as acheté, lui annonça Cruikshank avec un soupir. Il y en a un qui vient juste de partir à

38 000 livres. L'an dernier à la même époque, il aurait à peine dépassé les 20 000.

Son regard alla de l'un à l'autre.

— Qu'est-ce que vous mijotez, vous deux ? On dirait des gamins qui viennent de se faire prendre la main dans le pot de confiture…

— On se disait juste qu'on allait s'offrir un verre, fit Gissing. Éventuellement agrémenté d'une petite conversation.

— À quel sujet ?

— Robert, ici présent, expliqua Mike, vient de me faire part de son intention de « subtiliser » quelques toiles dans les collections nationales en s'arrangeant pour que personne ne s'aperçoive de leur absence. Un cadeau pour son départ à la retraite.

— Nettement plus classe qu'une Rolex en or ! approuva Allan.

— Le hic, c'est qu'il n'est pas exclu qu'il soit sérieux.

Le regard d'Allan se posa sur Gissing, qui haussa les épaules, désinvolte.

— Buvons d'abord, fit le professeur. On causera après.

Le regard de l'inspecteur Ransome avait suivi les trois hommes qui sortaient de la salle des ventes pour se diriger vers un bar à vins situé à un demi-bloc de là, en sous-sol. Le Shining Star. Il avait reconnu l'un d'eux pour l'avoir vu quelques jours plus tôt à la cafétéria du musée en compagnie de Calloway. À la National Gallery d'abord, et maintenant à la salle des ventes…

Ransome avait lu l'affiche sur la porte vitrée : la vente avait commencé à dix heures du matin. Calloway était arrivé avec vingt minutes d'avance. Il avait pris un catalogue à la réception et s'était fait indiquer la salle des enchères. Qu'est-ce qu'il pouvait bien manigancer ? Il était venu flanqué de Glenn et de Johnno, comme s'il s'apprêtait à conclure une grosse affaire. Johnno était allé s'en griller une au bout d'un quart d'heure, l'air de s'emmerder ferme, et avait sorti son portable pour consulter ses textos et son répondeur. Il ne risquait donc pas de repérer Ransome qui l'observait, posté à vingt-cinq mètres de là, derrière l'un des piliers de l'auditorium.

Sans avoir l'ombre d'une idée de ce qui se tramait.

L'inspecteur était seul, ce jour-là. Brewster était retourné au poste où l'attendait une pile de courrier et de paperasses. Non pas que celles de Ransome fussent vraiment à jour, mais il ne pouvait décemment pas ignorer le coup de fil que lui avait passé son informateur ; et maintenant, il en avait deux à surveiller pour le prix d'un : Calloway et l'autre, le grand brun en oxfords noires. Ransome était tiraillé entre deux envies : descendre au Shining Star pour laisser traîner une oreille, ou laisser tomber. Il aurait dû insister pour que Brewster l'accompagne…

Il s'écoula encore une bonne demi-heure avant que le public ne se décide à quitter la salle des ventes. Ransome guettait la sortie depuis son pilier quand il vit émerger Calloway, suivi de ses deux sbires. Johnno alluma aussitôt clope, mais Calloway parut se raviser. Il fit demi-tour et disparut à nouveau dans l'hôtel des ventes, plantant là ses deux assistants, les yeux au ciel. Ça ne devait pas être une sinécure de bosser pour un tel givré… À eux deux, Johnno et Glenn totalisaient une douzaine de séjours en prison, à Saughton et aux quatre coins du pays : voies de faits, coups et blessures, menaces, racket. Johnno était le plus imprévisible et le plus cataclysmique ; Glenn semblait avoir un peu plus de plomb dans la cervelle. Il appliquait les instructions mais savait tenir sa langue et se faire oublier.

Deux minutes plus tard, Calloway refit surface, en grande conversation avec une jeune femme que Ransome connaissait. D'un geste, Calloway invita son interlocutrice à venir prendre un pot, peut-être, mais elle secoua la tête en s'excusant aussi poliment que possible. Elle finit par se résoudre à serrer la main qu'il lui tendait, avant de rentrer dans l'hôtel des ventes. Johnno rejoignit son boss et lui fila une tape dans le dos, l'air de dire « Ça coûtait rien d'essayer, hein ? » Calloway dut le prendre mal, car il lui aboya quelque chose d'un air furibard. Après quoi, le trio partit le long du trottoir en direction du – *tiens, tiens, tiens…* – Shining Star. Le même bar. Le sang de Ransome ne fit qu'un tour. Traversant la rue, il entra à son tour dans l'hôtel des ventes, décocha son plus beau sourire à la réceptionniste et rattrapa Laura Stanton dans la grande salle à présent déserte.

Presque. Une équipe d'employés en combinaisons marron empilaient les chaises et débranchaient les téléphones. D'autres démontaient le pupitre ou rangeaient les écrans plasma. Un type présentait à Laura une liste de chiffres avec le total encerclé en rouge au bas de la page, mais l'expression de la jeune femme demeurait indéchiffrable.

— Salut, Stanton ! lui lança-t-il.

Elle mit un instant à le reconnaître, puis se fendit d'un sourire sincère, quoique las.

— Ransome ! Ça fait un bail !

Ils étaient ensemble à la fac. Ils avaient des amis communs et se retrouvaient régulièrement aux mêmes soirées. Ensuite ils s'étaient perdus de vue pendant dix bonnes années, jusqu'au jour où ils s'étaient retrouvés à un dîner d'anciens. S'étaient succédé d'autres réunions et d'autres soirées, et quelques mois plus tôt, ils étaient tombés nez à nez à Queen's Hall, à un concert de jazz.

Laura vint l'embrasser sur les deux joues.

— Alors, qu'est-ce qui t'amène ?

Ransome examinait la salle et son contenu avec une vive curiosité.

— Je savais que tu bossais dans une salle des ventes, mais j'avais pas compris que c'était toi qui orchestrais les opérations !

— Orchestrer, c'est beaucoup dire, se rengorgea-t-elle, flattée.

— Cinq minutes plus tôt, je t'aurais surprise en pleine action, dirigeant la symphonie du haut de ton estrade ?

— Oh, une petite fanfare de province, tout au plus, fit-elle en jetant un coup d'œil à ses relevés. Enfin, mon chiffre d'affaires est tout de même remonté d'un cran par rapport à cet hiver, ce qui est plutôt bon signe.

— Je ne t'interromps pas, j'espère ? demanda Ransome dans un louable effort de prévenance.

— Non. Ça va.

— Je passais par là, quand je t'ai vue en grande discussion avec Chib Calloway.

— Qui ça ?

Il soutint son regard.

— Tu sais, le gorille au crâne rasé. Il cherchait quelque chose en particulier ?

Elle voyait parfaitement à qui Ransome faisait allusion.

— Non, il est venu sans idée bien précise. À la fin, il m'a posé quelques questions sur le système des ventes et des enchères, le fonctionnement de la salle, tout ça... (Son sourire se crispa imperceptiblement.) Pourquoi ? Il a des ennuis ?

— Depuis le jour où il a mis le pied hors de son parc à bébé. Chib Calloway, ça ne te dit rien ?

— Un lointain parent de Cab, peut-être... Non, je rigole !

L'inspecteur eut un bref sourire, qui s'était déjà éteint quand il reprit la parole.

— Il trempe dans toutes les entourloupes du secteur. Avec un net penchant pour la violence.

— Tu crois qu'il aurait de l'argent à blanchir ?

Les yeux de Ransome se plissèrent.

— Qu'est-ce qui te fait dire ça ?

Laura eut un haussement d'épaules.

— Ça arrive, non ? Le problème s'est déjà posé dans d'autres salles des ventes, dans d'autres villes. Mais pas encore ici, Dieu merci...

Sa voix s'étiola.

— Vaudrait peut-être mieux que je le tienne à l'œil, fit Ransome en se massant la mâchoire du plat de la main. J'ai comme l'impression que c'est un associé à lui qui l'a invité ici ce matin.

— Exact, j'en ai vu deux...

Ransome secoua la tête.

— Non, il ne s'agit pas des deux singes savants qui l'accompagnent. Johnno Sparkes et Glenn Burns. Eux, c'est sa force de frappe, quand il préfère déléguer son sale boulot. Non, je te parle d'un grand brun, les cheveux sur les oreilles, peignés en arrière, que j'ai vu sortir tout à l'heure avec une espèce de vieil ours en velours côtelé vert bronze et un troisième, un petit maigre, les cheveux courts, avec des lunettes.

La description du trio tira un sourire à Laura.

— Les Trois Mousquetaires ! C'est le surnom que je leur donne. Toujours comme les doigts de la main, quoique très différents.

Ransome acquiesça, comme si ça lui semblait limpide.

— Ouais, mais tu vois, le hic avec les Trois Mousquetaires…

— Quoi ?

— C'est qu'en fait, ils étaient quatre…

Là-dessus, l'inspecteur sortit son calepin et demanda leurs noms à Laura.

— Y en avait pas un qui s'appelait Porthos, dans le tas ? badina-t-elle.

Mais son copain de fac n'était pas d'humeur à plaisanter. Une lueur inquiète passa dans le regard de Laura.

— Alors là, je te rassure tout de suite, Ransome. Il est inimaginable qu'aucun des trois soit de mèche avec ce genre de personnage.

— Tu n'as donc, logiquement, aucune raison de me cacher leurs noms.

— Ce sont trois clients potentiels ! Autant d'excellentes raisons de me taire.

— Bon sang, Laura ! Tu n'es ni leur psy ni leur curé, il me semble. N'oublie pas que je suis officier de police. Je peux les accoster dans la rue et les interroger moi-même si nécessaire. Je peux même les faire amener au poste…

Il laissa à l'idée le temps d'infuser.

— Je suis sûr que tu es dans le vrai : *a priori*, ils n'ont rien à voir avec Calloway. Mais ça, c'est la partie gentille en moi, celle qui essaie d'agir le plus discrètement possible, sans faire de vagues inutiles. Tu me donnes leurs noms, et je pourrai vérifier leurs antécédents dans les fichiers, en toute discrétion. Ils n'en sauront jamais rien. Ça vaudra nettement mieux pour tout le monde, tu ne crois pas ?

Laura soupesa l'argument.

— Oui, finit-elle par admettre, arrachant à Ransome un sourire conciliant. Je suppose que oui.

— Alors nous sommes bien d'accord ? fit-il. Ça reste strictement entre nous ?

Comme elle confirmait d'un signe de tête, il posa son stylo sur la page ouverte de son calepin et commença par lui demander de ses nouvelles…

6

Gissing ne semblait pas pressé de raconter son histoire. Il faisait tourner son pur malt dans son verre en le reniflant de temps à autre, comme pour retarder le plus possible la première gorgée, la plus savoureuse. Ses deux compères ne l'avaient pas suivi : pour Mike, c'était encore trop tôt dans la journée et Allan allait devoir filer au bureau – il s'était éclipsé en prétextant un rendez-vous avec un client. Tout en touillant la mousse de son cappuccino, il consultait régulièrement sa montre et son portable.

— Et alors ? fit Mike pour la troisième ou quatrième fois.

Il avait commandé un double expresso qu'on lui avait servi avec un petit biscuit aux amandes à côté de sa tasse. Le Shining Star était pratiquement vide, à l'exception de deux clientes qui faisaient une pause dans leur journée de shopping. Elles s'étaient installées à une table à l'autre bout de la salle, hors de portée d'oreille, leurs emplettes à leurs pieds. Quelques bribes de musique électronique filtraient des haut-parleurs, en sourdine.

Allongeant la main, Gissing prit délicatement le biscuit de Mike entre le pouce et l'index pour le tremper dans son whisky et se mit à le suçoter, une étincelle farceuse dans l'œil.

— Bon, annonça Allan en se tortillant dans son fauteuil. Je ne vais pas tarder à y aller…

Ils étaient exactement dans le même box que la semaine précédente. Même box, mêmes places et même serveuse – quoique rien n'indiquât qu'elle se souvenait d'eux.

Gissing réagit à l'appel du pied d'Allan.

— En fait, commença-t-il, c'est très simple… Mais allez-y, si vous devez y aller, mon cher Allan (il lui souffla une salve de miettes de biscuits), pendant que j'explique à Mike comment on pourrait subtiliser quelques toiles sans lever le petit doigt, ou presque.

Allan jugea qu'il pouvait prendre quelques minutes de plus. Ayant terminé le biscuit, Gissing porta son verre à ses lèvres et le vida avec un claquement de bec satisfait.

— Nous sommes tout ouïe, professeur, fit Mike.

— Eh bien, figurez-vous que les musées publics de notre belle cité… (Gissing se pencha sur la table et y planta ses coudes) manquent cruellement d'espace. Ils ne peuvent exposer qu'un dixième de leurs collections, tout au plus. Et encore…

Il marqua une pause, pour l'effet.

— Jusque-là, je vous suis, commenta sèchement Mike.

— Imaginez tous ces pauvres chefs-d'œuvre entreposés dans leurs placards blindés, mal aimés, oubliés de tous. Ils peuvent dormir ainsi des années, mon petit Michael. Sans voir âme qui vive. Des toiles, mais aussi des dessins, des croquis, des bijoux, des statues, des vases, des poteries, des livres, des tapis… Des centaines de milliers d'objets d'art, datant de l'âge du bronze à nos jours.

— Et vous pensez qu'on pourrait en récupérer quelques-uns ?

Gissing baissa la voix.

— Ce trésor est entassé dans un entrepôt à Granton, près du front de mer. J'ai eu maintes fois l'occasion d'y aller. Une vraie caverne d'Ali Baba.

— Mais elle doit être minutieusement inventoriée, votre caverne, objecta Allan.

— Pffff ! Il paraît que certaines pièces ont été égarées à la suite d'erreurs d'étiquetage. Ils ont mis des mois à retrouver leur trace.

— Et ça n'est qu'un vulgaire entrepôt ? (Gissing hocha la tête.) Il doit bien y avoir quelques gardes, quand même ? Des barbelés électrifiés, des caméras vidéo dans tous les coins, une meute de bergers allemands…

— La sécurité est assurée, concéda Gissing.

Mike sourit. Il adorait ce petit jeu, tout comme le professeur. Allan lui-même semblait s'y laisser prendre :

— Alors, qu'est-ce qu'on fait ? On enfile nos treillis et on donne l'assaut ?

Gissing lui rendit son sourire.

— Nous devrions pouvoir faire preuve d'un peu plus de subtilité, cher ami.

Mike se rencogna contre son dossier, les bras croisés.

— OK. C'est vous qui connaissez les lieux. Comment peut-on y pénétrer discrètement et, à supposer que ça soit possible, comment sortir quelque chose sans que personne s'en aperçoive ?

— Deux bonnes questions, daigna admettre Gissing. Primo, pour entrer, eh bien, il n'y a qu'à franchir la porte… en attendant d'y avoir été invité, de préférence.

— Et la deuxième ?

Gissing écarta les mains, paumes au ciel.

— Suffit de s'arranger pour que rien ne manque à l'appel.

— La seule chose qui manque à l'appel, dans votre histoire, c'est le principe de réalité, grogna Allan.

Gissing le regarda.

— Dites-moi, Allan, est-ce que la First Caledonian doit participer à la journée Portes ouvertes ?

— Oui, bien sûr.

— Que pouvez-vous m'en dire ?

Allan haussa les épaules.

— Rien de particulier. Une journée par an, toute une flopée d'institutions ouvrent leurs portes au grand public pour que les gens puissent découvrir leurs locaux. J'ai visité l'Observatoire, l'an dernier… et l'année d'avant, Freemason's Hall, il me semble.

— Bien répondu ! répliqua Gissing comme à un bon élève, avant de se tourner vers Mike : Vous étiez au courant, vous aussi ?

— Vaguement.

— Eh bien, l'entrepôt de Granton participe également à cette opération. Je sais de source sûre qu'il ouvrira ses portes aux visiteurs à la fin du mois.

— OK, fit Mike. Il nous suffira donc d'y aller, comme n'importe qui. Le problème, ce sera d'en ressortir.

— Exactement, convint Gissing. Je crains fort d'être d'une incompétence crasse en matière de vigiles et de surveillance vidéo. Mais la bonne nouvelle, c'est qu'il ne manquera rien. Tout restera en l'état, en apparence tout au moins.

— Là, vous m'avez à nouveau semé, dit Allan.

Ses doigts s'agaçaient sur son bracelet-montre. Il se résigna à avertir sa secrétaire par SMS.

— Eh bien, je connais un peintre...

Le professeur s'interrompit. Une ombre s'était déployée sur leur box.

— Ma parole... lança Calloway à la tablée silencieuse. Ça devient une habitude !

Tandis qu'il allongeait le bras vers Mike pour lui serrer la main, Allan eut un mouvement de recul, comme s'il s'attendait à voir éclater une bagarre.

— Mike vous a pas dit qu'on était à l'école ensemble ?

La grosse paluche de Calloway tapota l'épaule de Mike.

— On a évoqué le bon vieux temps, l'autre jour, hein, Mike ? Alors, t'étais pas à la vente ?

— Je suis resté dans le fond.

— T'aurais dû venir me dire bonjour, ça m'aurait peut-être évité de passer pour un con en pagayant à contre-courant alors que j'avais même pas pensé à me munir d'une pagaie !

Le gangster éclata de rire, ravi de sa propre subtilité.

— Alors, messieurs, on peut vous offrir quelque chose ? La prochaine est pour moi.

— On n'a besoin de rien, répliqua sèchement Gissing. Nous aimerions juste avoir un peu d'intimité.

Calloway le foudroya sur place.

— Pardon... bonjour l'accueil !

— Tout va bien, Chib, fit Mike en s'efforçant de calmer le jeu. Robert se préparait à... Eh bien, il allait juste m'expliquer quelque chose.

— Un genre de rendez-vous d'affaires, si je comprends bien ?

Calloway se redressa, en hochant lentement la tête.

— Eh ben, t'auras qu'à me rejoindre au bar quand vous aurez fini, Mike, enchaîna-t-il. J'ai quelques tuyaux à te demander, rapport aux enchères. J'ai bien essayé de me renseigner auprès de la fille qui fait le commissaire-priseur, à l'hôtel des ventes, mais elle était trop occupée à compter ses kopecks.

Il allait tourner les talons quand il se ravisa.

— Eh ! J'espère que c'est réglo, les trucs que vous discutez… Parce qu'ici, attention… les murs ont des oreilles ! leur lança-t-il, goguenard, avant de rejoindre ses deux anges gardiens au bar.

— Mike… râla Allan. Vous voilà copains comme cochons, tout à coup ?

— T'inquiète pas pour Chib, répondit Mike, placide, sans quitter Gissing de l'œil. Alors, professeur, ce peintre ?

— J'y viens, mais auparavant… (Gissing tira de sa poche un papier plié en quatre.) Voilà quelque chose que vous allez adorer…

Le professeur n'avait pas refermé la bouche que Mike avait déjà déplié le papier. Une page découpée dans un catalogue.

— L'an dernier, à la National Gallery… Vous vous souvenez ? L'exposition Monboddo, où Allan nous avait présentés…

— Je me souviens, oui. Vous nous aviez fait tout un exposé sur les failles et les points forts de Monboddo, et…

Mike s'interrompit en reconnaissant ce qu'il avait entre les mains.

— Votre toile préférée, il me semble ?

Mike acquiesça d'un signe de tête. C'était un portrait de la femme de l'artiste, peint avec une tendresse passionnée et présentant une troublante ressemblance avec Laura Stanton, qu'il avait rencontrée ce soir-là, elle aussi. Mike avait alors songé qu'il voyait peut-être ce portrait pour la première et la dernière fois…

— Cette toile est dans l'entrepôt ? s'enquit-il.

— Parfaitement. Elle a été stockée là-bas juste après la rétrospective. Qu'est-ce qu'elle peut bien mesurer… quarante-cinq sur trente, grand maximum ? Et ils n'arrivent pas à lui faire une petite place sur leurs murs. Une pièce aussi exquise. Vous commencez à voir où je veux en venir ? Ça ne serait pas du vol, ce serait une véritable libération ! Nous agirions par pur amour de l'art.

— Là, je suis parti, l'interrompit Allan en sautant sur ses pieds. Mike… je te rappelle que Calloway fait partie de ton passé et qu'il vaut probablement mieux l'y laisser.

Il jeta un coup d'œil en direction du bar.

— Merci, Allan. Je sais ce que j'ai à faire.

— J'avais un petit cadeau d'adieu pour vous aussi, s'interposa Gissing.

Il leur fit passer une autre page, découpée dans un autre catalogue. Allan Cruikshank en resta bouche bée.

— Voilà qui enfonce tous les Coulton de votre banque, pas vrai ? fit Gissing, comme s'il lisait dans ses pensées. Je sais que vous êtes très fan. Et si ceux-là ne vous agréent pas, ils en ont cinq ou six autres.

Allan, sonné, se rassit comme un somnambule.

— Et, incidemment, poursuivit le professeur, satisfait de son petit effet, ce peintre dont je m'apprêtais à
vous parler... c'est un jeune artiste de ma connaissance. Un certain Westwater...

7

Confortablement installé dans le bric-à-brac qui lui tenait lieu d'atelier au dernier étage de son immeuble, Hugh Westwater s'allumait un énième joint. Il avait fait son atelier du grand living, illuminé par une baie vitrée, jetant quelques vieux draps tachés sur le sofa et les fauteuils de récup' qu'il avait dégotés dans une benne. Ses toiles s'entassaient, adossées le long des plinthes, et les murs disparaissaient sous les coupures de presse et les photos de magazines. Dans tous les coins s'amoncelaient des tas de cartons gras et des cannettes de bière vides dont quelques-unes, sectionnées, lui servaient de cendriers.

Un vrai miracle, qu'*ils* vous laissent encore fumer dans l'intimité de votre salon ! rumina-t-il. Plus question d'en griller une dans les pubs, par les temps qui courent. Ni dans les clubs ou les restos, ni sur votre lieu de travail... voire sous certains abribus ! Lors d'un concert des Stones, dans le stade de Glasgow, *ils* avaient même failli coller un procès à Keith Richards qui s'en était allumée une sur scène...

Pour Westwater, alias Westie, l'autorité, c'était toujours « ils ».

L'une de ses premières réalisations avait été une affiche imprimée en noir mat sur papier glacé rouge sang :

ILS SAVENT TOUT DE VOUS.

ILS VEULENT VOUS COINCER.

POUR EUX, C'EST VOUS LE PROBLÈME…

En bas, à deux centimètres du bord, en blanc sur fond rouge, il avait ajouté ce post-scriptum :

MAIS EN ART, JE LES ENFONCE TOUS !

Son maître de stage n'avait approuvé que du bout des lèvres et lui avait donné tout juste la moyenne. Mais comme c'était un grand admirateur de Warhol, Westie n'avait eu aucun mal à le caresser dans le sens du poil avec sa seconde pièce : une bouteille d'Irn-Bru[1] stylisée, sur fond jaune moutarde. La note avait été nettement plus élevée, scellant – à son insu, naturellement – le sort de Westie.

Il était en dernière année des Beaux-Arts et avait pratiquement bouclé son dossier pour son diplôme de fin d'études. Il avait fini par tiquer sur le principe même de cette expo. Ça avait vraiment quelque chose de tordu : aucun futur diplômé en philosophie ou en sciences politiques ne s'amusait à afficher sa thèse ou ses dissertations sur la voie publique pour en faire profiter les badauds. Les élèves vétérinaires ne convoquaient pas les foules pour ouvrir une pauvre bestiole à coups de scalpel ou lui fourrer un bras dans le derrière. Mais ceux des écoles d'art du Royaume-Uni se voyaient forcés d'étaler leurs failles et leur inexpérience aux yeux du monde extérieur. Brimade délibérée ou désensibilisation préparatoire aux rudes réalités

_____

1. Boisson sucrée et pétillante typiquement écossaise.

d'une vie d'artiste dans l'Angleterre inculte du XXIe siècle ? Westie avait déjà son espace réservé, qui n'attendait plus que ses œuvres, dans les sous-sols des Beaux-Arts, à Lauriston Place, entre un sculpteur spécialisé dans le travail des bottes de paille et un plasticien-vidéaste, dont l'œuvre maîtresse était une séquence en boucle et au ralenti, où l'on voyait toujours la même goutte de lait se former, très lentement, et s'écouler au bout d'un sein.

— Comme ça, je sais au moins où est ma place ! avait lancé Westie pour tout commentaire.

Influencé – rétrospectivement – par Banksy, stimulé par le succès de sa bouteille d'Irn-Bru warholesque, Westie avait tout misé sur le pastiche. Il s'ingéniait à copier un Constable dans ses moindres détails – un paysage, par exemple – avant d'y glisser un minuscule grain de sel : une cannette de bière ou un préservatif usagé – c'était devenu une véritable signature, chez lui, aux dires de ses condisciples… –, un papier gras poussé par le vent, un sachet de chips ou un paquet de céréales. Derrière un fougueux étalon de Stubbs, il suggérait la trace d'un avion balafrant le ciel, et la seule différence entre le *Patineur* de Raeburn et celui de Westie, c'était que, cette fois, le révérend Walker arborait un coquard bien mûr et quelques points de suture sur la joue droite… L'un de ses profs, dont le dada était l'anachronisme dans l'art, avait chaleureusement approuvé sa démarche, allant jusqu'à y déceler un véritable « Art de l'Anachronisme » ; mais les autres n'y avaient vu qu'un plagiat : « Ce qui n'a strictement rien d'une démarche artistique… ça n'exige qu'un bon coup d'œil ! »

Ce que voyait Westie, c'était qu'il pouvait se faire ainsi un surnom hautement rentable et qu'il ne lui restait plus que quelques semaines à tirer avant la fin du trimestre. Il devait donc choisir : soit il se portait candidat à l'inscription en classe de perfectionnement, soit il se mettait en quête d'un job rémunéré. Mais il avait passé le plus clair de la nuit en ville à stenciler les murs : un portrait à peine esquissé du peintre Banksy, avec comme légende « Mieux qu'un compte en Banksy ! », le tout artistiquement semé de quelques dollars américains. Ses tags restaient anonymes, mais il espérait que les médias du cru mordraient à l'hameçon et en parleraient, consacrant le mythe du « nouveau Banksy écossais ». Pour l'instant, ça n'en prenait pas le chemin. Alice, sa petite amie, le tannait pour qu'il se lance dans la BD. Elle travaillait comme ouvreuse-animatrice à la Cinémathèque, un cinéma d'art et d'essai sur Lothian Road, et ne cessait de lui seriner que pour lui, le meilleur moyen de percer à Hollywood, c'était de débuter dans la BD ou les dessins animés. De là, il passerait à la réalisation de clips pour des groupes de rock jamaïcains et enfin aux longs-métrages. Le seul problème étant, comme le lui avait maintes fois fait remarquer Westie, qu'il n'avait aucune envie de percer dans le cinéma.

— C'est toi qui en rêves, Alice.

— Mais c'est toi qui as le talent ! répliquait-elle en tapant du pied, geste révélateur de sa nature profonde.

Alice était la fille unique d'un couple de la classe moyenne qui l'avait outrageusement gâtée et s'extasiait de toutes ses productions, quoi qu'elle fasse. Elle n'avait pas pris trois leçons de piano que ses parents la considéraient comme une virtuose. Elle ne pouvait pas écrire une rengaine sans qu'ils la voient partageant l'affiche avec Joni Mitchell ou KT Tunstall, minimum. Elle-même s'était longtemps prise pour un petit génie de la peinture, jusqu'à ce que son prof de dessin du lycée remette les pendules à l'heure. Ayant laissé tomber la fac, où elle était inscrite en études audiovisuelles avec option écriture créative, elle reportait ses espoirs déçus sur Westie. L'appartement, c'était chez elle – lui, il n'aurait jamais eu les moyens de payer le loyer. Il appartenait aux parents d'Alice qui y faisaient un saut de temps à autre et s'appliquaient à marquer leur scepticisme à l'endroit du petit ami de leur fille.

Un jour, il les avait entendus demander à Alice d'un air pénétré : « Lui fais-tu totalement confiance, chérie ? »

S'avisant qu'ils parlaient de lui, le bouseux mal dégrossi de leur petite princesse, fraîchement débarqué de Kirkcaldy High et des mines de Fife, il avait été à deux doigts de faire irruption en revendiquant ses origines de classe : il n'était pas né avec une cuiller en argent dans le bec, lui ! Rien ne lui tombait tout cuit ! Mais il savait d'avance comment ils auraient pris la chose…

Les vieux cons.

Une autre fois, il avait entendu parler d'une école de cinéma qui allait ouvrir en ville. Pourquoi Alice ne s'y serait-elle pas inscrite à mi-temps pour se former à toutes les techniques du cinéma ? Mais son enthousiasme n'avait pas survécu à une brève recherche sur Internet, qui lui avait révélé l'ampleur de l'investissement financier que ça représentait.

— Tes vieux se feront un plaisir de te l'offrir, lui avait-il suggéré.

Elle s'était vertement récriée, l'accusant de la pousser à saigner ses pauvres géniteurs aux quatre veines. Elle était partie en claquant la porte sur un dernier coup de pied, provoquant la chute de l'œuvre en cours, qui séchait sur son chevalet. Finalement, Westie avait réussi à l'amadouer en lui préparant une bonne tasse de thé assortie d'un gros câlin dans leur minuscule kitchenette.

— Eh bien, il ne me reste plus qu'à trimer dix ans en essayant d'économiser, avait-elle gémi en reniflant.

— Et si je montais un peu mes prix, pour l'expo de l'école ? avait proposé Westie.

Mais ça n'était pas très réaliste et ils le savaient l'un comme l'autre. En fait, Westie risquait fort de ne rien vendre du tout. Quels que soient son niveau et ses talents de dessinateur, il ne serait jamais qu'à peine passable, sur un plan purement artistique, du moins aux yeux de ceux qui faisaient autorité. Le directeur des Beaux-Arts, cette vieille potiche de Gissing, n'avait jamais compté parmi ses fans. Renseignements pris, Westie avait découvert que le professeur avait cessé de peindre dans les années 1970, et qu'il avait passé les trois dernières décennies à pondre des papiers chiants comme la mort et à donner des conférences à l'avenant, ce vieux débile. C'étaient pourtant lui et ses crétins de collègues qui détenaient les clés de son avenir artistique. Westie, fils d'un postier et d'une employée de magasin, soupçonnait parfois qu'une vaste conspiration s'était formée pour étouffer dans l'œuf l'énergie créatrice de la classe ouvrière.

Son joint fini, il se mit à tourner dans la pièce, les bras croisés. Alice ne venait pratiquement plus dans le salon. Elle se cantonnait dans la chambre ou la cuisine. Le bazar avait beau la hérisser, elle hésitait à prendre l'initiative d'un grand ménage, de peur d'entraver la créativité de son compagnon. Elle lui avait parlé d'un de ses amis, un poète génial à qui ses colocataires avaient voulu faire une bonne surprise en lançant un grand nettoyage de printemps dans sa chambre. Il les avait remerciés, bien sûr, mais par la suite et pendant des semaines, n'avait pas écrit un seul vers. Westie avait longtemps ruminé cette histoire avant d'interroger Alice sur la nature exacte de ses relations avec le jeune poète...

Ce qui avait déclenché une nouvelle querelle d'amoureux.

La sonnette le fit sursauter. Il avait dû s'assoupir devant la fenêtre, le regard perdu au loin, dans le flot de la circulation. Il aurait mieux fait de se mettre carrément au lit, mais Alice tenait à ce qu'il fasse quelque chose de sa journée. Au deuxième coup de sonnette, il se demanda qui ça pouvait être. Devait-il du fric à quelqu'un ? Étaient-ce les parents d'Alice qui voulaient lui parler en privé et en l'absence de leur fille ? Pour lui proposer de vider les lieux en échange de quelques biftons, peut-être ? Ou alors quelqu'un qui faisait du porte-à-porte pour une bonne cause ou qui désirait le sonder sur ses opinions politiques ? Bon sang ! C'était vraiment la dernière chose qu'il lui fallait, ce genre d'interruption. Il était censé bosser, là... Peaufiner, fignoler, écumer les brocantes et les vide-greniers en quête de vieux cadres à prix d'ami pour son Stubbs, son Raeburn ou son Constable...

Au lieu de quoi, quand il ouvrit enfin la porte, il se retrouva nez à nez avec l'une de ses pires bêtes noires, le professeur Robert Gissing en personne, qui se confondit en excuses :

— Désolé de débarquer sans crier gare, mon cher Westwater. Mais je vous ai cherché partout dans les ateliers et sur votre emplacement, à l'exposition.

— Euh… Je préfère garder mes toiles ici. J'ai tendance à travailler la nuit…

— Ce qui doit expliquer votre petite mine, pas vrai ? fit Gissing, tout sourire. Verriez-vous un inconvénient à nous laisser entrer un moment, Westwater ? Rassurez-vous, nous n'en aurons pas pour longtemps…

Nous. Il avait bien dit *nous.*

Il était escorté de deux autres types que Gissing lui présenta comme des « amis », sans mentionner leurs noms, et que Westie voyait pour la première fois. Des marchands d'art, peut-être… Ou de riches collectionneurs désireux de placer des offres sur les œuvres qu'il allait exposer ? Étonnant, à première vue. Mais Westie les fit tout de même entrer et les pilota jusqu'au living. Gissing, qui semblait avoir pris les choses en main, leur fit signe de s'asseoir. L'un des trois « amis » allongea le bras pour soulever le drap du canapé.

— J'éviterais, si j'étais vous, fit Westie. Je l'ai trouvé dans une benne à ordures. Doit y avoir quelques taches intéressantes…

— Ainsi qu'une odeur tenace de térébenthine, ajouta le visiteur.

— Ouais, pour masquer les traces olfactives correspondantes.

Gissing huma l'air.

— Personnellement, ce que j'ai senti en entrant, ce n'est pas tant la térébenthine, que quelque chose qui m'évoquerait davantage votre vieille amie, *Cannabis Sativa*, mon cher Westwater…

— Je plaide coupable, fit Westie. Ça aide au démarrage…

Les trois visiteurs opinèrent lentement du chef, en regardant passer un ange. Westie rompit le silence d'une petite toux polie.

— Je vous proposerais bien une tasse de thé, ou quelque chose, s'excusa-t-il, mais je crois que le lait a tourné…

Gissing balaya la suggestion d'un geste puis il se frotta les mains en consultant du regard le plus élégant des deux inconnus, qui était resté debout et finit par prendre la parole :

— En fait, attaqua-t-il, nous aimerions vous aider à changer de canapé, et à vous offrir quelques autres babioles, si nécessaire…

L'inconnu examinait les œuvres de Westie. Son accent était du cru. Il ne devait pas venir de beaucoup plus loin que les quartiers neufs.

— Vous voulez m'acheter des toiles, c'est ça ? (Westie se tortilla un peu.) Il m'avait pourtant semblé que le professeur ne raffolait pas de mon travail…

— Ça ne m'a pas empêché de repérer votre talent, fit Gissing avec un fin sourire. Et je raffole suffisamment de votre travail, comme vous dites, pour vous aider à obtenir votre diplôme avec mention. Ce qui vous vaudrait d'entrer directement en classe de perfectionnement.

— Ça ne serait pas un genre de… comment on dit ?

— De pacte avec le diable ? proposa Gissing. Absolument pas !

— Bien qu'il y ait de réels avantages financiers à la clé, rappela l'inconnu.

— En tant que directeur des Beaux-Arts, ajouta Gissing, j'ai accès à votre dossier, Westie. Tous les ans, vous vous êtes porté candidat à toutes les bourses et à toutes les subventions possibles.

— Et toujours sans résultat, lui rappela l'étudiant.

— À combien peut s'élever votre dette, à présent ? Une somme à cinq chiffres, à vue de nez. Ce que nous vous offrons vous permettrait de repartir de zéro, avec une ardoise propre.

— Eh bien, je ne demande pas mieux que de vous montrer mon travail.

— Je suis justement en train de regarder ça, monsieur Westwater, dit l'inconnu le plus bavard.

— Vous pouvez m'appeler Westie…

L'homme opina du bonnet.

— Impressionnant.

Il examinait le cheval de Stubbs, dont la robe luisait comme une châtaigne fraîchement extraite de sa bogue.

— Vous avez l'œil sûr pour les couleurs. Et, si je m'en remets au jugement du professeur, vous maîtrisez parfaitement votre sujet, dans le domaine de la copie. Nous voudrions vous passer une commande, Westie.

— Une commande ?

Même s'il ne se sentait pas très à l'aise face à ses trois visiteurs, il se retint de sautiller sur place. Mais pourquoi le troisième gardait-il le silence, en lorgnant son téléphone comme s'il attendait un texto ?

— Une commande *strictement confidentielle*, précisa Gissing. Personne ne vous posera la moindre question.

À présent, le regard du bavard restait vissé sur le professeur.

— Le truc, Robert, c'est que notre ami Westie n'est pas stupide. Il se méfie, et c'est bien légitime. Je vois mal comment nous pourrions le tenir à l'écart du projet. Il finira par comprendre.

L'inconnu, le Stubbs toujours entre les mains, marcha droit sur lui, tout en continuant à parler haut et fort, comme s'il s'adressait toujours à Gissing.

— Nous avons besoin du concours de ce jeune homme, ce qui implique forcément de lui faire confiance… (Il gratifia Westie d'un grand sourire.) Vous auriez quelques petites tendances anarchistes, à ce que m'a dit le professeur… Vous adorez faire des pieds de nez à l'establishment ; c'est vrai ?

Ne sachant trop quelle réponse servirait au mieux ses intérêts, Westie opta pour un haussement d'épaules prudent. Le troisième larron, qui n'avait toujours pas pipé mot mais avait rangé son téléphone, s'éclaircit ostensiblement la gorge, avant d'exhumer le stencil usagé qui dépassait sous le sofa.

— Tiens, il me semble avoir déjà vu ça en ville, fit-il d'un accent édimbourgeois des quartiers chics.

Il parlait sans élever la voix, comme s'il craignait de se faire reprendre. Quand l'autre visiteur vint voir le stencil, son sourire s'élargit.

— Vraiment ? C'est votre ambition, d'être le nouveau Banksy ?

— J'ai lu ça dans les journaux, fit le deuxième étranger. La police semblait *très* impatiente de dire deux mots à l'auteur de ces…

— Voilà, exactement ce que je disais. Des tendances rebelles !

Le premier inconnu lui fit à nouveau face, attendant sa réponse, et cette fois Westie décida de se jeter à l'eau :

— Alors comme ça, vous voulez me commander une copie ?

— Une demi-douzaine, précisa Gissing. Toutes d'œuvres issues des Collections nationales.

— Dans le plus grand secret ?

Westie ouvrait des yeux comme des soucoupes. Aurait-il pu être assez stone pour avoir tout imaginé ?...

— Parce qu'elles ont été volées, c'est ça ? Et que le musée veut éviter que le public découvre le pot aux roses ?

— Quand je vous disais qu'il était futé !

L'inconnu alla remettre le Stubbs en place le long de la plinthe.

— Eh bien, Westie, je crois que nous avons piqué votre curiosité. Le plus simple serait peut-être de vous emmener au bureau du professeur, le temps de vous expliquer plus précisément ce que nous recherchons.

8

Ils s'étaient installés tous les quatre dans le grand bureau de Robert Gissing. Le professeur donnait encore des séminaires, de temps à autre – d'où les tablettes fixées aux accoudoirs des sièges. La secrétaire avait pris sa journée, à la demande de Gissing. Renonçant à utiliser des pseudos qui auraient entraîné des complications inutiles, Mike et Allan avaient fini par se présenter à Westie sous leur véritable nom. De toute façon, Gissing aurait eu du mal à se faire passer pour quelqu'un d'autre... Il suffisait que Westie se rende à la police et leur livre le nom du professeur pour que le premier flicaillon venu remonte leur piste. Pas besoin d'être Columbo ni l'inspecteur Frost.

Mike se demandait pourquoi Allan avait à peine desserré les dents dans l'atelier du jeune peintre. Un accès de trac, peut-être. À moins que ce soit parce que Mike avait déjà pris l'initiative des opérations. Naturellement, ils allaient avoir besoin de fonds et des trois, Mike était le plus à même d'investir. Westie exigerait sûrement d'être payé. Pour son silence, comme pour son travail.

Mais bien sûr, à ce stade, ce n'était encore qu'un jeu. Faire exécuter les copies n'engageait à rien : qu'est-ce qui les obligeait à poursuivre ? Allan avait semblé admettre ce dernier point, mais peut-être se disait-il que c'était à Mike qu'il revenait de mener les négociations, puisqu'il était prêt à payer pour ce privilège.

— Dans le pire des cas, je me retrouverai toujours avec quelques chefs-d'œuvre pour un prix défiant toute concurrence, avait assuré Mike.

— Sans compter que nous ne le faisons pas pour l'argent, avait grommelé Gissing.

Le grand bureau du professeur était sens dessus dessous. Il avait déjà débarrassé la plupart de ses étagères et avait rempli un tas de cartons en vue de son imminent départ. Le courrier s'amoncelait sur son bureau, près de son ordinateur et d'une vieille machine à écrire à boule. Des remparts de livres s'élevaient de part et d'autre du bureau et une pile de revues d'art s'incurvait dangereusement. Aux murs étaient accrochées des gravures de Giotto, Rubens, Goya ou Bruegel l'Ancien – pour ceux que Mike reconnaissait. Il repéra sur une étagère un lecteur de CD poussiéreux, avec six ou sept albums classiques. Le professeur semblait avoir un faible pour Karajan.

Les stores avaient été baissés, plongeant la pièce dans la pénombre. L'écran, fixé au plafond, était déroulé devant la bibliothèque. Gissing avait prévu de leur faire visionner un certain nombre de pièces, toutes issues des collections des Musées nationaux. Sa sélection couvrait à peu près tout, depuis les grands maîtres anciens jusqu'au cubisme et au-delà. En chemin, Mike avait fourni quelques détails supplémentaires à Westie qui avait laissé éclater sa joie, en se claquant le genou, mais ce n'était peut-être qu'un effet différé de tous les joints qu'il avait dans le nez.

— Si je fais l'affaire, j'en suis ! avait-il dit entre deux hoquets.

— Pas de précipitation, avait répliqué Mike sur le ton de la mise en garde. Prenez le temps de réfléchir.

— Ensuite, si vous êtes toujours intéressé, avait ajouté Gissing, vous devrez envisager les choses avec le plus grand sérieux.

À présent, en visionnant les diapos, Westie tétait un Coca acheté au distributeur automatique du couloir. Il s'était assis au bord de son fauteuil et se penchait en avant, les genoux agités de tressautements compulsifs.

— C'est dans mes cordes, c'est dans mes cordes ! répétait-il en boucle, comme un refrain, au rythme de l'apparition des diapos.

Gissing, Allan et Mike avaient déjà passé en revue la série des œuvres représentées, qui étaient toutes entreposées dans la réserve. Chaque fois que c'était possible, Gissing leur avait fourni des tirages papier, qui jonchaient toutes les surfaces libres de la pièce. Mais Mike et Allan n'avaient pas beaucoup hésité et leur choix avait été vite fait, comme celui de Gissing. Ils tenaient juste à s'assurer que le jeune peintre maîtriserait les styles des différentes périodes.

— Alors, comment vous commenceriez pour celui-ci ? lui demanda Gissing, pour la énième fois.

La bouche de Westie eut un petit spasme et il se mit à tracer des formes dans l'air, en leur expliquant :

— En fait, la technique de Monboddo est relativement simple, quand on connaît les coloristes écossais. De grands à-plats bien larges, à la brosse plate. Il étale son huile en tourbillons épais et il superpose les couches de couleurs les unes après les autres, pour obtenir d'imperceptibles rappels de celles du dessous.

C'est un peu comme de mettre du lait dans du café : on devine toujours le noir sous la crème. Il vise l'harmonie plutôt que le contraste…

— On croirait entendre une citation, fit Gissing.

Westie hocha la tête.

— Ouais, de George Leslie Hunter, c'était dans votre conférence sur Bergson…

— Il va vous falloir du matériel spécial, je suppose ?

— Tout dépend du degré de précision que l'on cherche.

— Il faut que la différence reste imperceptible à l'œil nu, même pour un amateur éclairé.

— Mais pas pour un spécialiste de la police scientifique, quand même ? risqua Westie.

— Dans l'immédiat, le problème ne devrait pas se poser, dit Gissing, rassurant.

— Faudrait pouvoir se procurer du bois ancien ou des toiles d'époque. Une toile neuve, ça n'a jamais l'air que de ce que c'est : un truc neuf.

— Mais vous savez où et comment, je crois, fit Mike.

Westie eut un grand sourire et cligna de l'œil.

— Écoutez, si ça tombe sous les yeux d'un expert, il verra tout de suite la différence. Même une copie conforme, ça n'est jamais tout à fait pareil.

— Ce point est bien noté, marmonna Gissing en s'essuyant le front d'un revers de main.

— Et pourtant certains faussaires ont trompé leur monde pendant des années, lui fit remarquer Mike.

Westie acquiesça d'un haussement d'épaules.

— Mais actuellement, avec la radiographie, la datation au carbone et Dieu sait ce qu'ils nous mijotent… Ne me dites pas que vous n'avez jamais vu *Les Experts* à la télé ?

— Ce qu'il ne faut surtout pas perdre de vue, messieurs, reprit Gissing en ôtant sa main de son front, c'est que rien ne manquera à l'appel. Je ne vois donc pas pourquoi on ferait intervenir un de ces professeurs Nimbus.

Westie partit d'un énième éclat de rire.

— Vous pouvez nous répéter ça, professeur ? C'est complètement dingue, mais génial !

Sur ce point, Mike ne pouvait qu'en convenir. Pénétrer dans l'entrepôt en profitant de la journée Portes ouvertes et remplacer les vraies toiles par les copies de Westie, soigneusement préparées. Dit comme ça, ça paraissait enfantin, mais ils subodoraient que ce ne serait pas si simple. Il y aurait des foules de détails à régler.

Heureusement, ils avaient tout le temps de s'organiser.

— En somme, on sera l'*Agence tous risques* des chefs-d'œuvre mal-aimés, fit Westie.

Il s'était un peu calmé. Il n'avait plus qu'un seul genou qui tressautait, tandis qu'il vidait son Coca, mais il avait cessé de regarder les diapos. Il pivota sur sa chaise pour faire face à Mike.

— Sans blague… rien de tout ça ne va arriver en vrai, hein ? Ça n'est qu'un « beau rêve », comme dirait Radiohead. Sans vouloir vous vexer, tous les trois, vous êtes ce que j'appellerais des types d'un certain âge ayant pignon sur rue. Vous, c'est costard cravate ou veste en velours, soirées au théâtre et dîners aux chandelles…

Il se rencogna contre le dossier de sa chaise et croisa haut sa jambe qui trépidait toujours, en observant les soubresauts de sa basket constellée de taches multicolores.

— Vous n'avez pas le profil. Vous n'êtes ni des délinquants, ni des génies de l'arnaque, et je vois mal comment vous pourriez vous lancer dans un truc pareil sans une force de frappe nettement plus conséquente.

Mike en était secrètement arrivé à la même conclusion.

— Ça, mon cher, c'est notre problème, pas le vôtre.

Et Westie d'opiner lentement du bonnet.

— Mais vous en avez un autre, de problème… C'est que je tiens absolument à être dans le coup !

— Dans le coup ? s'étonna Allan, dont c'étaient les premiers mots depuis un certain temps.

La tête de Westie pivota vers lui.

— Ça ne m'intéresse pas, de jouer les simples exécutants. Je tiens à faire partie de l'équipe. Vous voulez gratter six toiles, pourquoi n'iriez-vous pas jusqu'à sept ?

Il croisa les bras, comme si l'affaire était dans la poche.

— Vous comprenez bien, répliqua Mike en pesant chaque mot, qu'en prenant une toile vous vous mettez dans le bain, au même titre que nous ? Vous cesserez d'être notre employé…

— Bien entendu.

— Et n'oubliez pas que ces toiles ne pourront être revendues, qu'elles ne seront jamais, en aucun cas, remises sur le marché.

Westie hochait toujours la tête.

— Si on apprenait que nous avons…

— Du coup, je ne risque pas de vous balancer ! Est-ce que ce n'est pas décisif, comme argument ? Dès lors que je serai dans le coup, j'aurai tout autant à perdre. (Il écarta les bras, paumes ouvertes, pour mieux souligner son propos.) Je vous suis à cent pour cent

100

sur le concept de base de ce plan génial… mais je veux être plus qu'une simple palette à louer.

— En échange de quoi, nous vous devrons une toile ? demanda Mike.

— Eh ! Je l'aurai bien gagnée, mon petit Mickey. Tout comme j'aurai bien gagné le fric que vous allez me filer, et jusqu'au dernier sou, encore !

— Nous n'avons toujours pas fixé de chiffre, glissa Allan, en bon banquier.

Westie pinça les lèvres et se pencha en avant.

— Oh, je ne suis pas gourmand, dit-il. Je voudrais juste payer des études de cinéma à une amie très chère…

Après le départ de Westie, un long silence se fit dans le bureau. Le professeur laissa se dérouler le diaporama, apparemment pour le plaisir, tandis que Mike s'absorbait dans la contemplation de la page de catalogue représentant le portrait de lady Monboddo. Allan Cruikshank finit par rompre le silence :

— Ça commence à devenir sérieux, là, pas vrai ?

— Ouais, et on ferait bien de ne pas l'oublier… marmonna Gissing en éteignant le projecteur.

Il se leva pour aller remonter les stores.

— Dans le pire des cas, on se retrouve tous sous les verrous, avec nos vies par terre et nos réputations en miettes.

— Tout ça pour quelques toiles, fit Allan à voix basse.

— Qu'est-ce qu'il y a, Allan ? Tu te dégonfles ?

Allan réfléchit un moment, avant de secouer la tête. Il avait ôté ses lunettes et les essuyait avec un mouchoir.

— Il faut que nous soyons parfaitement sûrs de nos intentions, déclara Gissing. Nous devons savoir pourquoi nous voulons le faire.

— Facile, fit Allan en remettant ses lunettes. Je veux avoir quelque chose que mes patrons ne pourront jamais s'offrir.

— Ni eux ni le petit ami de ton ex-femme, entre nous soit dit, le taquina Mike.

Gissing eut un sourire indulgent.

— Et moi, je veux emporter mes deux toiles en Espagne, quand je partirai à la retraite. Rien que de les contempler, ça suffira à mon bonheur.

Mike dévisagea ses deux amis en silence. Sans doute ne tenaient-ils pas à l'entendre se plaindre de l'ennui des hautes sphères et avouer qu'il avait soif de défis à relever. Mais bien sûr, pour lui, c'était le portrait de lady Monboddo... La tentation suprême.

— L'ami Westie a mis le doigt dessus, dit-il enfin. Même à quatre, ça sera loin d'être simple. Avez-vous pu mettre le plan au propre, Robert ?

Gissing hocha la tête et ouvrit un tiroir.

Les trois hommes se penchèrent sur la grande feuille qu'ils maintenaient du bout des doigts, tandis que le professeur la déroulait sur la table. En sa qualité d'expert, d'enseignant et d'érudit, Gissing avait eu d'innombrables occasions de se rendre à l'entrepôt, et précisément, sa tête y était bien connue, ce qui excluait d'emblée qu'il puisse prendre une part active à un éventuel braquage. Le bon côté, c'était qu'il avait pu établir un plan détaillé des locaux, avec le poste de garde, l'emplacement des caméras de sécurité et des alarmes.

— Vous avez réussi à faire ça de mémoire ? demanda Mike, épaté.

— En si peu de temps ? renchérit Allan.

— Ça faisait déjà quelque temps que j'y songeais, comme je vous l'ai dit. Mais attention... la configuration des lieux a pu changer depuis ma dernière visite.

— Les dimensions sont exactes ?

Mike examina le trajet du quai de chargement au poste de garde, que Gissing avait matérialisé par de gros pointillés rouges.

— Relativement exactes, dirons-nous.

— Et vous comptez faire une dernière tournée de reconnaissance, avant qu'on passe à l'action ? demanda Allan.

Gissing hocha la tête.

— Ensuite, je ne pourrai plus servir que de chauffeur pour nos opérations de repli.

— Auquel cas, je vous conseille de regarder quelques épisodes de *Top Gear*, lança Mike avec un sourire.

— Professeur, s'enquit Allan, vous avez déjà participé à des journées Portes ouvertes, n'est-ce pas ?

Du bout du doigt, Gissing leur montra une ligne au marqueur bleu qui partait de l'entrée extérieure principale, avant de franchir la porte de l'entrepôt lui-même.

— Voilà l'itinéraire que les groupes de visiteurs devraient prendre, du moins je l'espère, mais il n'y a guère d'autre possibilité. Le nombre de personnes est limité à une douzaine, et la visite dure un peu plus d'une demi-heure, avec un battement d'une vingtaine de minutes pour se préparer à accueillir le groupe suivant. Les noms sont inscrits sur une liste, à la guérite de l'entrée extérieure, gardée par un vigile. Les trois autres sont à l'intérieur, dans le poste de garde, généralement occupés à prendre le thé en surveillant leurs écrans de contrôle. Ce sont des employés des

Galeries et Musées nationaux qui se chargent de commenter la visite.

— Et personne ne vérifie l'identité des visiteurs, ni leur casier ?

Gissing secoua la tête.

— Pas l'an dernier, en tout cas.

— Ils ne tiqueront pas, pour les faux noms ? insista Mike.

Gissing haussa une épaule.

— Ils demandent un numéro de téléphone à contacter mais, à ma connaissance, ils ne vérifient jamais.

Le regard de Mike intercepta celui d'Allan et il lut dans les pensées de son ami. *On va avoir besoin de renforts*. Mike était du même avis. Le problème était... qui ?

Après l'entrevue, Allan sauta dans un taxi pour filer à son bureau, le portable déjà à l'oreille. Mike préféra revenir à pied. Sur le trottoir, en face des Beaux-Arts, sa main s'était attardée une seconde sur le bras d'Allan.

— Tu es sûr d'être prêt à te lancer là-dedans ?

— Et toi ? Et les autres ? rétorqua son ami. J'ai adoré la partie *Ocean's Eleven*, le plan d'attaque établi par le professeur. Ça m'a convaincu qu'on peut vraiment le faire, si on veut.

— Mais est-ce qu'on le veut ?

— Tu m'as l'air assez partant...

Allan dévisagea Mike, puis sa bouche se crispa légèrement.

— Mais j'ai quelques réserves pour Westie. Jusqu'à quel point peut-on lui faire confiance ?

Mike hocha la tête.

— Ouais. Va falloir le garder à l'œil.

— Bon Dieu, écoute-toi, fit Allan, goguenard. Plus *Reservoir Dogs* que George Clooney !

— Mais ça pourrait tout de même marcher, tu ne crois pas ? fit Mike en esquissant un sourire.

Allan y réfléchit un moment.

— Seulement si nous parvenons à effrayer les gardes un certain temps en les persuadant qu'ils ont affaire à de vrais méchants. C'est dans nos cordes, tu crois ?

— Je vais travailler mon rictus et mes grognements tous les matins devant ma glace.

— Comment veux-tu qu'ils le voient, sous ton masque ?

— Bonne question... Il nous reste pas mal de détails à régler.

— Eh oui.

Allan leva le bras pour arrêter un taxi.

— Le professeur a fait le travail de recherche préliminaire, et tu vas te charger du financement, fit-il, en regardant Mike droit dans les yeux. Mais je ne vois pas ce que vous attendez de moi, tous les deux.

Il avait posé la main sur la portière du taxi.

— Toi, tu es notre expert en détails, Allan. Les problèmes de masques, par exemple. Continue à réfléchir à toutes les failles et aux pépins potentiels et tu auras largement gagné tes galons.

Allan le gratifia d'un salut militaire avant de refermer sa portière.

Mike regarda le taxi s'éloigner, puis il traversa la rue pour prendre Chalmers Street en direction des Meadows, un secteur où les exploitations agricoles reculaient devant des terrains de sport bordés d'arbres.

Les cyclistes étaient de sortie, des étudiants qui allaient à leurs cours ou en revenaient. Il repéra aussi quelques amateurs de jogging d'âge plus mûr et se dit qu'il ferait peut-être bien de soigner un peu sa forme, lui aussi. Mais est-ce qu'il suffirait de faire un brin de gonflette pour tenir les gardes en respect ? Sans doute pas. Ça ne serait jamais aussi efficace qu'un bon vieux flingue ; ou alors un genre de hache ou de machette… Il devait y avoir des magasins qui vendaient ce genre d'accessoires, en ville. Pas des vrais, bien sûr, mais de bonnes répliques. Certaines boutiques pour touristes vendaient même des *claymore*[1], comme celle de Highlander, et des *wakizashi* japonais. Comme il croisait un couple avec chien, Mike réprima un petit sourire intérieur. Il devait bien être le premier de toute l'histoire du parc à ruminer ce genre de truc en se baladant.

T'es un vrai dur, maintenant… jubila-t-il. Mais tout de même… Il ne se berçait pas d'illusions.

Un vrai gangster, il en connaissait un.

Alice Rule rentra tard du cinéma, ce soir-là. Elle essayait d'organiser une séance de ciné-club le dimanche soir et avait dû rester s'occuper du mailing pour sa prochaine série : les films d'art et d'essai européens des années 1950 et 1960. Elle savait qu'il y avait un public pour ce créneau, sans savoir dans quelle proportion elle parviendrait à l'attirer. Le dimanche après-midi, le personnel du cinéma avait sondé la clientèle du bar. La buvette était un franc succès et Alice comptait bien en profiter en incitant les clients à rester pour dîner, d'abord, et ensuite pour le film. Elle avait déjà donné une petite

1. De l'écossais *claidheamh mór,* littéralement, « grande épée ».

série des premiers films d'Hitchcock, ses œuvres anglaises. Elle avait réussi à amortir l'opération et avait distribué des questionnaires à l'entrée, en demandant des suggestions aux amateurs. La Nouvelle Vague française, Antonioni, Alexander Mackendrick, le cinéma de Hong Kong… Elle avait du pain sur la planche.

En montant les cinq étages qui menaient à leur petit appartement sous les combles, elle se demanda ce que Westie avait fait de sa journée. Il avait dit qu'il irait chiner des cadres pour ses tableaux et qu'il rentrerait ensuite finaliser certaines pièces de son dossier. Elle croisait les doigts pour qu'il n'ait pas passé son temps à se rouler des joints, vautré sur le canapé. Il n'aurait pas été désagréable, pour une fois, d'être accueillie par des odeurs de bonne cuisine, mais elle n'était pas assez naïve pour y croire…

Toasts et œufs au plat, c'était l'extrême limite des compétences culinaires de Westie. Il avait des habitudes désastreusement prolétariennes en la matière. Ou alors il l'emmenait dîner en ville et elle finissait toujours par payer l'addition.

Elle ouvrit la porte et huma l'air en vain, comme elle s'avançait dans le hall : pas la moindre odeur de peinture fraîche, et encore moins de bon petit plat mitonné. Elle repéra pourtant la veste de Westie, échouée en tas près de ses chaussures, ce qui semblait indiquer qu'il avait mis le nez dehors… En pénétrant dans le salon – après des mois de cohabitation, elle résistait toujours, se refusant à l'appeler « l'atelier » –, elle fouilla les alentours du regard, en quête des cadres nouvellement acquis, et entendit une soudaine détonation, immédiatement suivie d'une éruption de bulles, entre les mains de Westie.

— On peut savoir ce qu'on fête, au juste ? demanda-t-elle, persuadée que c'était encore sur son salaire à elle qu'il s'offrait toutes ces folies.

Elle avait ôté sa veste d'un coup d'épaule et posé à ses pieds sa gibecière de cuir.

Westie versa du champagne dans deux verres à vin qui, à vue de nez, n'avaient été que très sommairement rincés depuis la veille au soir.

— J'ai eu des visiteurs, annonça-t-il en lui tendant l'un des deux.

— Des visiteurs ?

— Des hommes d'affaires.

Westie trinqua et s'envoya une généreuse rasade, avant d'étouffer un petit rot.

— Ils veulent quelques-unes de mes toiles pour leur bureau.

Il esquissa un entrechat et Alice, qui n'avait toujours pas porté son verre à ses lèvres, se demanda combien de joints il avait fumés.

— Pour leur bureau ?

— Comme je te dis !

— Mais comment ils ont entendu parler de toi ? Pour quelle boîte ils travaillent ?

Westie lui répondit d'un grand clin d'œil, signe infaillible qu'il avait déjà descendu plusieurs verres, en plus de l'herbe.

— Ça, c'est *top secret*… fit-il, dans un aparté théâtral.

— Top secret ?

— Ouais ! Et ils sont prêts à me filer de quoi financer tes cours de cinéma !

Il hocha lentement la tête, pour lui signifier que lui, il ne rigolait plus.

— Plusieurs milliers de livres, tu veux dire ? Pour tes tableaux ? C'est quoi l'embrouille ?

Il eut l'air démoralisé.

— Pourquoi y aurait une embrouille ? Ce sont des investisseurs, chérie. Des petits malins, des gens habitués à prendre la vague avant tout le monde, avant qu'elle ne retombe sur le sable…

Il exécuta divers bruitages évoquant un grand déferlement, pour illustrer sa métaphore. Puis, levant son verre, il fit à nouveau tinter celui d'Alice pour l'encourager à trinquer.

— Sauf que maintenant, j'ai plus le temps de traîner. Sept tableaux, c'est du taf !

— Sept ? À partir de zéro ?

— C'est une commande, Alice. Ils sont pas du genre à acheter du prêt-à-porter.

Du regard, elle chercha un coin libre où s'asseoir, mais finit par y renoncer.

— Et ton dossier ? plaida-t-elle. Tu oublies que tu as ton expo de fin d'études à terminer ?

Mais Westie secouait déjà la tête.

— Te bile pas pour ça, tout est sous contrôle.

Il étouffa un petit gloussement.

— T'en es vraiment sûr ? demanda Alice, avant de goûter le champagne du bout des lèvres ; du vrai, bien frais, pas éventé. À la fois gouleyant et délicieusement acidulé.

Westie approcha son verre du sien et cette fois, elle trinqua de bon cœur. *Top secret !* Malgré elle, ça lui tira un sourire. Sacré Westie ! Rien ne lui pesait autant qu'un secret. Que ce soit pour Noël ou pour son anniversaire, il finissait toujours par craquer et lui révéler le contenu de ses cadeaux, sans même lui laisser le temps de les déballer ! Une fois, dans une fête, il avait roulé un patin à une fille, un soir où Alice avait dû rester bosser, et le lendemain matin, il lui avait tout avoué au petit déjeuner. Elle doutait sérieusement qu'il puisse lui cacher quoi que ce soit, sa vie dût-elle en dépendre. Elle était donc quasi certaine d'avoir sous peu le fin mot de l'histoire.

D'autant qu'elle brûlait de le savoir…

9

La dernière chose que Chib Calloway s'attendait à trouver sur le capot de sa BMW, c'était un Hell's Angel de presque deux mètres, chaussé d'oxfords noires rutilantes et sanglé dans un costard à double boutonnage qu'il portait sur une chemise blanche repassée de frais, avec une cravate de soie mauve. Ses longs crins châtains étaient sagement réunis sur sa nuque en queue-de-cheval et il ne portait plus à l'oreille qu'un petit clou en argent, très discret – quoique ses lobes, criblés d'une tripotée de trous, eussent pu en accueillir bien d'autres. Mais il s'était visiblement abstenu de tout excès en la matière et s'était rasé de près : ses joues resplendissaient. Le mouvement qu'il fit en levant la tête dévoila pourtant une ligne de gros pointillés bleus, à la base du cou. Un tatouage d'ex-taulard. Et comme le type se passait les mains sur la figure, Chib nota la présence de quatre lettres, tatouées sur chacune de ses phalanges : H-A-T-E à gauche et H-A-T-E à droite. À l'encre bleue ordinaire, là encore. Du fait maison. Autour de ses yeux rayonnaient des lignes de rire, mais ses prunelles distillaient une malveillance sourde, d'un bleu lactescent.

Voilà, se dit Chib. Voilà qui y ressemblait davantage. Ça, il pouvait comprendre, en un sens.

Ce n'était pas le quartier le plus classe de la ville, loin de là. On était plus près de Granton que de Leith, et toujours pas de plan de réhabilitation en vue pour le secteur. Leith lui-même avait tellement changé… Maintenant, le quartier comptait plus de restaurants étoilés que le centre-ville, ce qui ne laissait pas d'émerveiller Chib : incroyable, l'effet magique des *Trainspotting tours* sur un quartier. Il connaissait l'organisateur de ces excursions sur les lieux du célèbre film, et avait vainement tenté de le convaincre de faire passer ses bus de touristes par l'une de ses salles de billard. Calloway avait aussi deux ou trois bars dans le coin. Il revenait justement de sa visite hebdomadaire dans l'un d'eux. Il était assez réaliste pour se douter que le personnel piquait dans la caisse, mais tenait à leur faire savoir qu'il était au courant, ne fût-ce que pour les dissuader d'avoir la main trop lourde. Et s'ils se laissaient aller au point de faire plonger le chiffre d'affaires de l'établissement, il leur sortait les photos de Donny Devlin : « Voilà ce qui arrive aux *amis* qui essayent de me doubler, leur disait-il. Alors imaginez un peu votre tête à vous, si le cash n'a pas retrouvé le chemin de la caisse, la semaine prochaine… »

En sortant du bar, globalement satisfait du chiffre d'affaires, Calloway s'était surpris à se mordiller la lèvre. Presque trop bien tenu, ce rade. Le gérant venait du Sud. Il avait bossé pour une de ces grandes chaînes de pubs qui faisaient un tabac. Il lui avait expliqué qu'il avait le mal du pays et voulait revenir à Édimbourg. Surqualifié pour le job, mais il ne semblait pas s'en plaindre, et c'était bien ce qui faisait tiquer Chib : si ça avait été une taupe ou un agent du CID ? Johnno et Glenn avaient eu beau le soumettre à une fouille en règle, ça ne voulait rien dire.

Calloway était escorté de ses deux gardes du corps. Ils l'encadrèrent dans les règles de l'art, tandis qu'il traversait la rue en direction de sa voiture. Il l'avait garée le long d'un parc. Pas vraiment le genre parc-parc, plutôt un grand terrain vague quadrillé d'un réseau de sentiers et semé de quelques bancs, où les ados venaient jouer au foot et traîner le soir, histoire de faire baliser leurs aînés. Une vingtaine d'années plus tôt, Chib aurait été des leurs. C'était le genre d'endroit où il venait s'envoyer de la gnôle de supérette et fumer clope sur clope en braillant des jurons, l'œil à l'affût des intrus, des inconnus et des souffre-douleur potentiels. Le roi du monde, c'était lui, et il tenait à ce que ça se sache !

— Bordel, quoi encore ?

Johnno avait été le premier à voir l'homme. La BMW de Chib était une Série 5 : la classe, mais rien de trop voyant. Il avait aussi une Bentley GT, mais il la laissait au garage et évitait de s'en servir pour le business. L'inconnu s'était installé sur le capot de la BM noire, les jambes croisées. Il se pétrissait les joues en regardant Calloway et sa suite marcher droit sur lui. Au-dessus de ses chaussures, ses chevilles étaient nues et elles aussi tatouées. Chib claqua des doigts et Glenn glissa la main sous sa veste, bien que sa poche intérieure fût vide, mais ça, l'homme n'en savait rien. Le geste de Glenn parut néanmoins lui tirer un sourire de dédain. Ses yeux restaient plantés dans ceux de Chib.

— J'espère pour toi que t'as pas rayé ma carrosserie ! gronda ce dernier. Rien que la peinture, ça coûte la peau des fesses.

Le géant au costard se laissa glisser du capot et leur fit face, les poings serrés et les bras le long du corps.

HATE et HATE.

— Vous ne m'attendiez pas, monsieur Calloway ?

Un accent étranger, comme de juste.

— Je suis envoyé par certaines personnes. Des gens que je vous déconseille de décevoir.

Les Norvégiens, voulait-il dire. Un gang de motards d'Haugesund. Chib se doutait qu'ils finiraient par donner signe de vie.

— Vous avez des dettes envers vos amis, monsieur Calloway. L'équivalent d'une livraison, et vous n'avez pas été très coopératif jusqu'à présent.

Johnno s'était avancé d'un demi-pas mais Chib lui effleura l'épaule.

— Ça vient, coassa-t-il d'une voix rauque. Comme je leur ai dit.

— Plusieurs fois, en effet. Mais ce genre d'argument finit par lasser quand on en abuse, n'est-ce pas ?

— T'as bouffé ton putain de dictionnaire, toi ! ricana Glenn, appuyé par Johnno qui poussa un hennissement de mépris.

La tête du Hell's Angel pivota vers lui.

— Parce que je parle ta langue maternelle mieux que toi, tu veux dire ?

— Et toi, tu causes pas sur ce ton à M. Calloway ! aboya Glenn. Si t'as un truc à dire, tu le dis avec respect.

— Le même genre de respect qu'il a pour mes clients ?

La question semblait sincère.

— Tu ne fais pas partie du gang, toi ? s'interposa Chib.

— Je suis un collecteur de créances, monsieur Calloway. Un professionnel.

— Tu travailles au pourcentage ?

L'inconnu secoua la tête.

— Je demande un fixe. Payable d'avance, pour moitié.

— Et tu le touches toujours, ton solde ?

— Jusqu'ici, oui.

— Y a une première fois pour tout ! fit Johnno, tandis que Glenn passait l'index le long d'une infime trace sur le capot.

Mais l'homme au costard n'avait d'yeux que pour Calloway.

— Tu peux leur dire qu'ils auront bientôt leur fric. Je ne les ai jamais laissés tomber jusqu'à présent et, entre nous, je trouve ça insultant, qu'ils aient recours à tes services… (Il toisa le mec de la tête aux pieds.) Comme s'ils avaient besoin d'un larbin pour faire leurs courses !

Chib lui brandit son index sous le nez, pour faire bonne mesure.

— T'as plus qu'à retourner au rapport et on en reparle la semaine prochaine.

— Ça ne sera pas nécessaire, monsieur Calloway.

Les yeux de Chib s'étaient étrécis.

— Tiens, pourquoi ?

L'homme eut un sourire acéré.

— Parce que la semaine prochaine, ils auront été payés.

Johnno s'élança en avant avec un grognement sourd, mais l'homme l'esquiva. Il lui attrapa le poignet et le lui tordit, jusqu'à ce que Johnno s'affaisse avec un râle de douleur. Du coin de l'œil, Chib remar-

115

qua qu'il commençait à y avoir du monde sur les trottoirs alentour. Averti par les clients qui étaient sortis fumer, le patron du bar était venu aux nouvelles. Des gamins qui séchaient l'école étaient descendus de leurs BMX et mataient la scène. Glenn s'apprêtait à contre-attaquer, mais Chib l'arrêta. Il avait toujours eu horreur de se donner en spectacle ; depuis qu'il n'allait plus à l'école, en tout cas.

— Lâche-le, dit-il, placide.

L'inconnu soutint son regard quelques secondes de plus, avant de repousser le bras de Johnno qui se retrouva le cul par terre, massant son poignet endolori. Le coup d'œil qu'il lança à Chib résumait parfaitement le topo : Johnno et Glenn lui paraissaient à peu près aussi dangereux que deux bambins dans un bac à sable, face à l'artillerie lourde.

— Je vais rester dans le coin, fit le type. Et j'attends de vos nouvelles. Aujourd'hui, demain au plus tard. Après ça, les négociations sont closes. Me suis-je bien fait comprendre ?

Johnno décocha un coup de pied hargneux en direction de ses tibias, mais le type l'ignora et tendit à Chib un papier plié. C'était une ligne de chiffres, un numéro de portable. Le temps pour Chib de lever les yeux, l'étranger s'éloignait déjà en direction du parc.

— Hey ! l'apostropha Calloway. C'est comment ton nom, mon grand ?

L'interpellé s'immobilisa un moment.

— On peut m'appeler par mon surnom : Hate.

Puis il continua son chemin, dépassant les BMX garés en rangs serrés.

— Tu parles, Charles ! marmonna Chib.

Johnno s'était remis sur pied en s'appuyant sur son collègue.

— T'es qu'un mort en sursis, mon pote ! hurla-t-il. La prochaine fois, je te bute. T'as ma parole !

Glenn lui tapota le dos pour le calmer. Johnno se retourna vers Calloway.

— Va falloir l'éliminer, ce con ! Faut qu'on lui règle son compte, Chib. Ça fera passer le message pour tous les autres.

— Tu crois que tu ferais le poids face à lui, Johnno ? lança Chib. Je dirais pas que tu m'as paru un peu rouillé, mais j'ai déjà vu des tacots en meilleure forme dans les casses du coin. Et encore, après leur passage au compacteur !

— On devrait peut-être le suivre, fit Glenn, histoire de voir où il crèche et de retrouver son vrai nom.

Chib eut un hochement de tête songeur.

— T'as raison, Glenn… Savoir, c'est pouvoir. Mais tu crois vraiment que tu arriverais à le suivre sans qu'il te voie ?

— Ça coûte rien d'essayer, dit Glenn.

Le géant arrivait déjà au bout du terrain de foot. Ils n'avaient aucune chance de le filer à pied et à son insu, dans ce secteur. M. Hate s'avançait à découvert.

— Essaie plutôt de prospecter par téléphone, lui suggéra Chib. En commençant par les B & B. Tu dis que tu appelles de l'office du tourisme et qu'un Norvégien vient de partir en oubliant son portefeuille…

— Ouais, et que je veux lui ramener son fric, acheva Glenn en hochant vigoureusement la tête.

— Donne aussi son signalement aux clodos et aux pochards. Ils ont des yeux derrière la tête et ils vendraient leur grand-mère pour une bouteille de Buckie.

Glenn dévisagea son employeur.

— Ça veut dire quoi, ça ? Que vous n'avez pas l'intention de payer ?

Chib Calloway déverrouilla ses portières et n'eut pour toute réponse qu'un énigmatique « C'est à voir ».

10

— J'aime pas ça, dit Mike Mackenzie.

Il était avec Robert Gissing dans son bureau fermé à
double tour, face au plan de l'entrepôt déployé sur la
table de travail et maintenu aux coins par quatre gros
bouquins d'histoire de l'art. Gissing y avait apporté
quelques modifications après une récente visite à
l'entrepôt.

— Vous vous êtes pointé là-bas à l'improviste ?
releva Mike. Au risque d'éveiller les soupçons après
l'opération ?

Le professeur lui tapota l'épaule.

— Ça ne m'a pas effleuré, Michael. Vous avez raison. À l'avenir, je ne ferai rien sans prendre d'abord
votre avis. Mais rassurez-vous : je leur rends souvent
visite, une ou deux fois par an. Ils n'y font même plus
attention. Ma présence est passée pratiquement inaperçue. Ils sont trop occupés à faire de la place pour leurs
nouveaux arrivages.

Les énormes surplus qui leur arrivaient du Musée
royal par camions entiers, voulait-il dire. Pendant les
travaux de rénovation du musée, l'administration avait
dû entreposer à l'extérieur une bonne partie de ses collections. Et, comme Gissing venait de le lui expliquer,

ça risquait de leur compliquer la tâche, le jour J. Certaines pièces pouvaient avoir été déplacées pour dégager de l'espace. Mais le professeur doutait que cela puisse concerner les toiles. Il y était allé justement pour s'en assurer.

Mike examina le plan.

— Le poste de l'entrée, récita-t-il. Les caméras de contrôle. Le poste de surveillance. Le personnel chargé des visites, plus les visiteurs eux-mêmes. Comme vous devrez rester dans le van à l'extérieur, ça ne laisse que nous trois, Allan, Westie et moi, pour nous occuper de tout.

— Dont un qui se chargera de rassembler les toiles.

Mike commença par opiner lentement du chef, pour finir par secouer la tête.

— On n'y arrivera jamais.

— Un brin de trac, mon petit Michael ?

— Je veux être sûr d'avoir tout prévu.

Gissing parut accepter l'explication.

— C'est Allan qui flanche, peut-être ?

Allan n'avait pu se libérer, ce jour-là. Mike avait convoqué la réunion seulement quelques heures plus tôt et Allan s'était excusé par SMS. Des rendez-vous qu'il n'avait pu décommander, au bureau. Mike tapota le plan de l'index, avant de mettre le cap sur un fauteuil où il se laissa choir. Puis il se passa les deux mains dans les cheveux, en promenant son regard dans le bureau de Gissing. La pièce s'était vidée depuis la dernière fois. Des cartons de livres étaient partis. Il n'y avait presque plus de cadres aux murs.

— Il va très bien. Il aimerait avoir une copie du plan, pour pouvoir l'examiner chez lui.

— Je m'en occupe, mais commencez donc par m'ôter un poids. Je sens que quelque chose vous tracasse, Mike.

— Tout semblait si simple, au départ, soupira-t-il.

— Comme tous les plans ou presque, de prime abord.

— Mais regardez, Robert. Ça fait bien dix fois qu'on en discute…

Ils avaient eu un certain nombre de conversations téléphoniques, tard dans la nuit. Mike arpentait son salon, le portable à l'oreille, plongé dans ses ruminations.

— … Et nous en revenons toujours au même point : nous avons besoin d'aide.

Gissing vint s'asseoir d'une fesse au bord de son bureau, les bras croisés. Il veillait à ne pas élever la voix, à cause de sa secrétaire qui était juste de l'autre côté de la porte. Il avait mis Mike en garde contre ces petites réunions qui risquaient d'éveiller les soupçons de la demoiselle.

— Vous vous souvenez de ce vieux proverbe sur le rapport entre le nombre des cuisiniers et leurs chances de réussir la sauce ?

Mike haussa les épaules.

— En ce cas, je ne vois qu'une solution, c'est qu'on en reste au stade de la planche à dessin. Un joli rêve qui ne verra jamais le jour, comme l'a si bien résumé Westie.

— J'ai l'impression que c'est très représentatif de votre attitude, Michael : pour vous, ça n'a jamais été qu'un petit défi à relever. Simple exercice pour vos cellules grises… À moins que ce ne soient les charmes de lady Monboddo qui aient eu raison de vos dernières réticences ?

— Je suis tout aussi déterminé que vous, professeur.

— J'aime à vous l'entendre dire. Parce que moi, j'ai bien l'intention de persévérer, avec ou sans votre aide.

Mike ne releva pas. Il pensait à autre chose.

— Encore un détail, dit-il. L'échange ne pourra pas se faire dans l'entrepôt lui-même. Je ne vois pas comment nous pourrions en sortir les mains apparemment vides, après y être restés une bonne vingtaine de minutes.

— Pas même après avoir préalablement déclenché l'alarme ?

Mike secoua la tête. Le plan de Gissing consistait à échanger les originaux contre les copies de Westie et, une fois l'échange fait, à filer en déclenchant une alarme, comme si les voleurs, surpris, avaient déguerpi sans rien emporter.

— La première question que se poseront les policiers en débarquant ce sera : « Qu'est-ce qu'ils ont fichu pendant ces vingt minutes ? » Pourquoi n'avons-nous pas filé en emportant quelque chose quand nous avons déclenché l'alarme ?

— On devrait peut-être emporter quelque chose, alors ?

Mike secoua la tête.

— Il faudra *tout* emporter – originaux et copies. Ce n'est qu'après que nous céderons à la panique. Nous abandonnerons le van avec les tableaux à l'arrière. Ils seront tous tellement soulagés de les retrouver que personne ne pensera à autre chose.

Le regard de Gissing se fit plus flou. Mike comprit qu'il se repassait mentalement le film de cette nouvelle version. Puis il sourit.

— Vous avez vraiment réfléchi à chaque détail, mon petit Michael. Là, j'avoue que vous avez mis le doigt sur quelque chose.

— Du coup, ça soulève une autre question : il nous faudra un van que nous pourrons ensuite larguer sans problème. C'est-à-dire qui ne permettra pas aux flics de remonter jusqu'à nous. Vous vous y connaissez en vol de bagnole, professeur ?

— À votre avis ?

— Non, et moi non plus, et je doute qu'Allan et Westie aient ce genre de compétence. Il faut donc ajouter une fourgonnette à notre liste de fournitures, ainsi que quelques armes de poing, et un renfort de personnel.

Mike se releva de façon à se trouver au niveau de Gissing, les yeux dans les yeux, pour poursuivre :

— Ce qu'il nous faut, c'est quelqu'un qui ait l'expérience des braquages. Quelqu'un dont Allan nous a parlé dès l'origine du projet. Vous vous souvenez… Le raid de la First Caly ?

Gissing ouvrit de grands yeux.

— Mettre ce truand dans le coup ? hoqueta-t-il. Pure folie !

Mike s'était avancé d'un pas.

— Réfléchissez, Robert. Calloway détient toutes les ressources : main-d'œuvre, matériel et savoir-faire. Il nous fournira un van et des armes.

— *L'artillerie*, comme on dit dans le milieu.

Mike eut un sourire conciliant.

— À moins que vous n'ayez quelqu'un d'autre à me proposer ; à compétences égales, évidemment. Parce que si nous faisons appel à d'autres amateurs, comment être sûrs de pouvoir leur faire confiance ?

— Parce qu'on peut faire confiance à Calloway, selon vous ?

— Il a plus à perdre qu'aucun d'entre nous. Vu son casier, la justice lui tombera dessus plus vite qu'un tas de briques signé Carl Andre[1] !

— La comparaison s'impose, admit Gissing, les bras toujours croisés. Mais pourquoi l'ami Calloway vous prêterait-il main-forte ? Qu'est-ce qui pourrait le motiver ?

Mike haussa les épaules.

— Il refusera peut-être, mais rien ne m'empêche de lui poser la question. Je parviendrai peut-être à le convaincre d'agir pour l'amour de l'art. Je crois que Calloway est en train de choper le virus et je sais d'expérience à quel point ça vous transfigure un homme…

Gissing avait contourné son bureau en direction de son fauteuil.

— J'hésite, mon petit Michael, fit-il en s'y laissant tomber. J'ai peine à croire qu'il n'essaiera pas de nous doubler…

— Eh bien, nous pouvons toujours tout annuler, proposa Mike. À ce stade, il n'y aura aucun préjudice – sauf peut-être pour mon compte en banque, si Westie exige d'être dédommagé.

L'idée tira un sourire à Gissing.

— Vous êtes peut-être dans le vrai, Michael. Plus j'y pense et plus il me semble que Calloway apporterait au projet certaines… garanties.

Ses yeux plongèrent dans ceux de Mike.

---

1. Célèbre artiste plasticien minimaliste, né en 1935 dans le Massachusetts.

— Mais comment comptez-vous lui présenter la chose ?

— Il y a forcément des arguments auxquels il sera sensible. Une poignée de billets, par exemple, supposa Mike, faute de mieux.

— En ce cas, parlez-lui. Vous avez ma bénédiction.

Cette repartie laissa Mike admiratif de ses propres capacités de persuasion. Il n'avait vraiment pas eu à en déployer des tonnes pour venir à bout des réticences du professeur.

— Pour l'amour de l'art ! répéta Chib Calloway dans un éclat de rire. La vache, merci, Mike… j'avais justement besoin de rigoler un peu !

Ils s'étaient retrouvés dans la BMW. Ils avaient échangé leurs numéros de téléphone après leur verre au Shining Star, et Mike avait rappelé Chib en sortant du bureau de Gissing. Ils s'étaient donné rendez-vous à deux heures. Chib était passé prendre Mike à la porte du Last Drop, à Grassmarket. Postés à l'arrière, Johnno et Glenn s'assuraient qu'ils n'étaient pas suivis.

— Simple mesure de sécurité, avait expliqué Chib depuis le siège conducteur, avant de présenter Mike à ses deux gorilles.

Mike les avait déjà rencontrés ce jour-là, au Shining Star, mais Chib avait l'esprit trop occupé par les questions qu'il se posait sur le marché de l'art pour s'embarrasser des présentations : Mike les avait salués d'un signe de tête en demandant s'il y avait un problème. « Aucun », lui avait-on répondu. Calloway avait tout de même pris plusieurs fois à droite, puis à gauche, puis encore à droite, en revenant sur ses pas, tant et si bien qu'ils avaient fini par repasser devant le Last Drop.

— Tu sais pourquoi ça s'appelle comme ça ? avait demandé Chib.

— Ça n'était pas l'ancien emplacement du gibet, où on pendait les criminels ? avait répliqué Mike.

— C'est-à-dire les gens comme ton serviteur… Toute la ville rappliquait pour se rincer l'œil. Une vraie fiesta. Mais à l'époque, on ne pendait pas seulement les voleurs et les assassins. Suffisait d'être étiqueté Covenantaire, ou sorcière. Tout le monde y passait, en ce temps-là.

— Les mœurs ont évolué.

— Mais s'ils remettaient les exécutions publiques au goût du jour, ça attirerait toujours les foules.

Finalement, une voix à l'arrière avait décrété qu'ils étaient *clean* et que la voie était libre. Chib s'était alors arrêté le long du trottoir et avait fait descendre ses hommes. Ils avaient mollement protesté, jusqu'à ce que leur boss leur tende un billet de vingt livres pour prendre un taxi, en leur disant d'aller l'attendre « à la salle de billard ».

— Z'êtes vraiment sûr ? avait objecté Johnno avec un regard éloquent, sans cesser de se masser le poignet, comme s'il s'était blessé.

En tabassant quelqu'un, sans doute, supputa Mike.

— Certain, affirma Chib.

— Et si le Viking…

Chib avait fait la sourde oreille et mis les gaz, abandonnant Johnno et Glenn sur le trottoir. Mike s'était senti mal placé pour poser des questions au sujet de ce « Viking ». D'autant que Chib s'était déjà tourné vers lui :

— Alors, t'avais un truc à me dire, Mike ?

Il lui avait donc expliqué toute l'affaire en commençant par le début, un peu comme une histoire dont il aurait eu vent et qu'il se serait contenté de lui rapporter. *Il y aurait dans cette ville une énorme réserve d'œuvres d'art dont la plupart des gens ignorent l'existence. Et apparemment, il y aurait un moyen de mettre la main sur certaines de ces œuvres sans alerter personne...*

Chib avait pigé au quart de tour, ce qui était tout à son honneur.

Ils étaient sur un parking, à Holyrood Park, à mi-chemin d'Arthur's Seat. Mike s'aventurait rarement de ce côté : le coin était colonisé par les promeneurs de chiens et les touristes. Vous pouviez tomber sur de saisissants panoramas de la ville, au détour d'un virage, mais à d'autres endroits, on se serait cru en pleine nature. La présence massive d'Arthur's Seat, sa silhouette trapue dressée en plein cœur d'Édimbourg, donnait l'illusion d'être à des kilomètres de toute civilisation. En fait, on était juste hors de vue des cheminées, des clochers et des blocs d'immeubles.

— Pour l'amour de l'art ! s'esclaffa Chib.

Il secoua la tête, puis renifla un bon coup et, s'essuyant le nez de l'index, demanda à Mike de lui récapituler son topo. Mais cette fois, Chib avait des tas de questions à lui soumettre assorties de remarques et d'idées de son cru. Un peu tarabiscotées, peut-être, mais Mike l'écouta jusqu'au bout, le cœur battant. À la seconde où il avait mis le pied dans la BMW noire, il s'était senti parcouru d'un flux électrique ; et en fait, bien avant. Pendant qu'il attendait devant le pub, dans le tourbillon de touristes et d'employés de bureau qui allaient et venaient autour de lui, il s'imaginait leur tête, s'il leur avait révélé l'identité du type avec qui il avait rendez-vous, et la raison de leur entrevue.

Je monte une équipe...

Je dirige un gang...

Qui prépare le casse du siècle...

C'est alors que la BMW s'était arrêtée à son niveau. Il ne se sentait pas tranquille, avec ces deux malabars à l'arrière. Il ne pouvait s'empêcher de penser à tous ces gens qui, au fil des années, étaient partis faire un tour avec Chib Calloway et ses hommes, pétant de trouille voire carrément pétrifiés d'horreur, tous ces gens dont un certain nombre n'avaient jamais reparu. Mais ce qui prédominait, c'était l'euphorie. Calloway avait toujours eu quelque chose d'un grand fauve. Quand Mike était arrivé au lycée, dès la première semaine, les petits nouveaux les plus godiches avaient été repérés et bizutés, quoique à contrecœur, par leurs aînés. Chib en était, de ces petits nouveaux, mais, précédé par sa réputation, il avait d'emblée conquis sa place dans le groupe des grands. Mike avait patiemment supporté les épreuves du bizutage – mieux valait se faire asticoter que d'être ignoré. Mais c'était bien ce que Chib avait fait, par la suite : il l'avait purement et simplement ignoré. Et deux ans plus tard, Calloway avait définitivement quitté l'école après un magistral coup de boule qu'il avait filé à son prof de chimie et qui lui avait valu d'être viré, ne laissant derrière lui que sa légende. Évidemment, il était resté une poignée de petites terreurs et de fortes têtes, après son départ. Mais personne qui lui arrivât à la cheville. Et en terminale, ça avait été au tour de Mike d'asticoter les nouveaux...

Ensuite, il était allé à l'université et s'était trouvé un appart en périphérie des quartiers neufs. Là, abstraction faite de quelques bagarres, il avait réussi à prendre de la distance avec ses origines. Ses parents étaient morts et son unique sœur avait émigré au Canada. La personnalité de Calloway l'intriguait, car il y avait de l'intelligence, dans son regard de fauve. Il ne pouvait se réduire à un noyau de colère et au besoin viscéral de s'imposer comme mâle dominant. Oui, on devinait en lui une soif d'autre chose. De savoir, peut-être… Peut-être commençait-il à prendre conscience de l'étroitesse de son petit univers ?

Et – simple hypothèse – Mike faisait peut-être le même constat, de son côté.

Son regard avait suivi le gangster qui, descendu sans un mot de voiture, traversait le parking en direction d'un étang. Chib s'arrêta à un endroit d'où l'on avait vue sur la rive d'en face.

Mike se décida à le suivre et alluma une cigarette. Ses mains tremblaient un peu, mais à peine. Sur une petite île, au milieu de l'étang, un cygne femelle couvait sous la protection du mâle qui décrivait de grands cercles autour du nid. Non loin de là, une jeune mère et son bambin lançaient du pain à une fanfare cacophonique de canards, de foulques et de poules d'eau. Mais Chib n'avait d'yeux que pour les deux cygnes. Il les observait, les mains dans les poches. Mike aurait donné cher pour lire dans ses pensées. Peut-être était-il en quête de cette même stabilité, de cet équilibre intérieur… Mike lui offrit une cigarette, mais Chib secoua la tête. Il s'écoula un long moment avant qu'il ne reprenne la parole.

— Tu m'as menti, Mike. L'autre jour au musée. Tu m'as dit que tu bossais dans l'informatique. Ce qui n'est pas faux, bien sûr. Sauf que tu as oublié de préciser certains détails. *Mister Success Story*… Et j'en ai appris de belles, moyennant un bifton de dix filé à un môme dans un cyber café… J'en sais tellement sur toi que je ne sais plus quoi en foutre. (Il lui lança un bref coup d'œil.) Qu'est-ce que tu craignais au juste ? Que je débarque dans ton salon par une froide nuit d'hiver, la main tendue ?

Mike haussa les épaules.

— J'aime pas faire étalage de mon fric.

— Notre péché mignon, à nous autres Écossais, finit par reconnaître Chib. Chez nous, c'est héréditaire. T'es retourné à l'école, depuis ? Ils t'ont même pas invité à présider la remise des prix ou à faire un speech devant les mômes pour les faire profiter de ta sagesse ?

— Non.

— J'ai vu que t'avais été nommé professeur honoraire dans ton ancienne fac. Ils lorgnaient ton fric, c'est ça ?

— À un moment, peut-être…

— Le gamin m'a dit que ton nom ne figurait dans aucun de ces sites qui rétablissent les contacts entre vieux potes.

— Je t'ai déjà dit que je n'avais pas de vieux potes.

— Non, moi non plus. (Chib se pencha pour cracher dans l'étang.) La plupart de mes copains d'école ne m'adresseraient même plus la parole. Ils ont organisé une petite fiesta pour les anciens de la classe, l'an dernier. T'as reçu une invitation, toi ?

— Je crois, ouais.

130

— T'aurais dû y aller. Louer une Rolls pour la soirée et débarquer avec une fille à chaque bras. Ils auraient tiré une de ces tronches !

— Toi aussi, tu aurais pu le faire.

La remarque tira un sourire à Chib.

— Tu crois peut-être que l'idée ne m'est pas venue ! Mais en fin de compte… qu'est-ce qu'on en a à battre, hein ?

Il se tortilla une seconde sur place, comme quelqu'un qui tente de résister à un vent glacé, puis il pivota vers Mike. Ses mains restaient dans ses poches. Le souvenir de leur rencontre au musée revint à Mike, en même temps que ses appréhensions : Chib avait-il un flingue ou un couteau ? Il en doutait, à présent. Mais Calloway semblait avoir des ennuis, peut-être en rapport avec ce fameux « Viking »… Et Mike lui offrait tout à coup une échappatoire, un nouveau défi à relever.

— Tu vas avoir besoin de t'équiper. Tu vas devoir leur filer la trouille de leur vie, Mike. Les convaincre que t'es prêt à tout.

— Mais le flingue n'aura pas besoin d'être vrai, je suppose ?

Chib secoua la tête.

— Suffit qu'il ait *l'air* vrai, si tu préfères.

— Il ne m'en faut pas plus.

— Ça, vaudrait mieux en être sûr. Imagine qu'un des gardes soit un ancien de l'armée. Si tu lui sors un fusil à air comprimé, ça va le faire marrer.

— Des répliques, alors ?

— Le mieux, c'est des vrais, avec le cran de sûreté.

— C'est toi l'expert, Chib.

— Je veux, ouais !

131

Il garda le silence un long moment.

— Et t'auras besoin de renfort. Quatre hommes en plus, je dirais. Un pour la guérite de l'entrée, près de la barrière, un pour le poste de garde et deux pour surveiller les visiteurs. Ça vous laissera les mains libres à tous les trois pour rassembler ce qu'il vous faut et tout balancer dans le van.

— Plus vite on sera repartis, mieux ça vaudra pour tout le monde.

— Sauf que je ne sens vraiment pas le truc, Mike. Toi, le vieux prof et l'autre bouffon, là, ton copain banquier… Plus j'y pense et plus ça pue l'embrouille.

— Tu crois que le plan ne tient pas la route ?

— Au contraire. Aucun problème au niveau du plan ni de l'exécution. Ça serait plutôt les exécutants qui me font tiquer.

— À ton niveau, t'es pas concerné, Chib. Si ça merde, ça nous regarde. Toi, tu seras payé rubis sur l'ongle, quoi qu'il arrive, tout comme tes gars. T'as quelqu'un en vue ?

— Je vais prendre des jeunes, décréta Chib. Des gamins qui en veulent. Un débordement de testostérone, ça fait toujours réfléchir. Effet garanti.

— Combien ils demanderont ?

Chib secoua la tête.

— Les flingues et le personnel, ça pose pas de problème. Ils n'ont même pas à savoir pour qui ils bossent. S'ils ont ma bénédiction, ça leur suffit. Eux, tout ce qu'ils verront, c'est un entrepôt. Ils ne sauront même pas ce qui aura été piqué.

— Ils le verront forcément, s'ils sont à l'arrière du van, et à propos de van…

132

— Là non plus, pas de problème. On t'en trouvera un, avec des fausses plaques, par exemple. Le plus ordinaire possible, genre Transit. Personne n'ira regarder par la vitre d'une fourgonnette garée au milieu de nulle part.

— Exact, ce qui nous ramène à ton salaire.

— Qu'est-ce que tu dirais de cent cinquante mille ?

Mike eut du mal à déglutir.

— C'est pas donné, parvint-il à articuler. T'as des problèmes en ce moment ?

Chib aboya un éclat de rire et sa main surgit de sa poche, le temps de claquer le bras de Mike.

— Je vais te dire, fit-il. Je serais même prêt à me contenter d'une des toiles, à condition qu'elle soit dans cet ordre de prix, évidemment.

— Quoi ?

— J'y pige rien, à l'art et aux artistes en vogue, Mike. Tu te prépares à faucher sept toiles. Ben, à vue de nez, sept ou huit, ça fera pas une grande différence…

— Mais tu ne pourras jamais la revendre, pas légalement, en tout cas.

— J'ai pas l'intention de la vendre.

— Il suffit que l'un des faux soit repéré pour que toute la combine s'écroule.

L'expression de Chib se fit plus dure.

— C'est mon prix, Mike. Ça ou l'équivalent en cash.

Mike réfléchit à toute vitesse.

— Mais notre faussaire est déjà à la bourre, lâcha-t-il, en désespoir de cause.

— Eh ben, mets-lui un peu la pression, dit le gangster en se penchant vers lui.

Mike avait beau dépasser Chib de cinq bons centimètres, il se sentit tout petit face à lui. La ville et ses rues familières étaient loin. La température avait chuté. Plus trace des amateurs de canards. Pas une voiture à l'horizon, pas âme qui vive à portée de voix.

— Alors, Mike, ça marche ? Ou tu veux que je me refoute en rogne pour ton gros mensonge du musée ?

L'un des canards plongea sous la surface de l'étang glacé. Mike n'avait aucun mal à s'imaginer à sa place.

La grande enveloppe avait été déposée à la réception par un coursier. Allan l'ouvrit dans son bureau en se félicitant rétrospectivement de n'avoir pas laissé cette tâche à sa secrétaire. C'était une photocopie réduite du plan de Gissing.

— Robert… triple buse ! marmonna Allan.

Lui expédier ça comme ça, sans crier gare… Aucune conscience du risque ! Maintenant, il y avait un reçu enregistré, à la boîte de coursiers, pour un document urgent, envoyé par le professeur Robert Gissing, école des Beaux-Arts d'Édimbourg, à M. Allan Cruikshank, direction de la gestion des grands comptes, First Caledonian Bank. Allan secoua la tête. Semer inutilement ce genre de traces écrites… Mais il était tout de même content de l'avoir, ce plan. Il l'emporterait chez lui en fin de journée, dans sa mallette. Il tirerait les rideaux et vérifierait les verrous de la porte, avant de l'étaler sur la table. Il se servirait un bon verre de Rioja et l'examinerait longuement. Il allait gagner haut la main son ticket d'entrée.

Peut-être mettrait-il son verre de côté, finalement, pour garder les idées claires jusqu'à une heure plus avancée de la nuit. L'heure où il pourrait se risquer dans les quartiers industriels, du côté de Granton...

11

Ce soir-là, Chib dînait avec une jeune femme qui dirigeait une agence d'escort-girls. Deux ou trois ans plus tôt, il lui avait proposé son aide pour son entreprise, mais elle avait refusé net, ce qui ne les avait pas empêchés de sympathiser. Elle était autrement plus coriace que la plupart des mecs du secteur et en tout cas plus que Glenn et Johnno, lequel n'avait toujours pas fini de pleurnicher sur son poignet et son amour-propre froissés. La visite du Viking, qui datait du matin même, semblait déjà appartenir à une autre vie. Chib était censé le revoir ce soir, le lendemain au plus tard. Il avait toujours en poche le papier avec son numéro. Mais qu'est-ce qu'il aurait pu lui dire ?

Il n'y avait rien de vraiment sérieux entre Chib et cette jeune dame. Un dîner de temps à autre, avec parfois une séance de cinéma ou un spectacle. Ils aimaient échanger des nouvelles, des potins et des rumeurs. Il arrivait même qu'il lui laisse l'addition. La femme de Chib était morte quelques années plus tôt d'un cancer du poumon, comme sa mère. Une mort lente et douloureuse. Bien avant leur mariage, il avait annoncé à Liz qu'il ne voulait pas d'enfants parce qu'il ne souhaitait à personne ce qu'il avait vécu avec

136

sa mère. Il n'avait jamais pu compter sur son père, qui prenait une cuite tous les soirs et s'endormait comme une masse sans même enlever ses fringues.

« Dis donc, toi, comme boute-en-train ! » avait riposté Liz la première fois qu'il lui avait parlé de tout ça. Ça l'avait foutu en rogne qu'elle le prenne à la légère, mais il n'avait pas moufté. C'est dire s'il l'aimait.

Ce soir-là, Chib avait réservé dans un resto du Leith branché, au cœur des nouveaux quartiers chics, récemment rénovés. Il se rappelait le vieux Leith, ses docks et ses dockers, ses bars louches avec boxon à l'étage et ses salons de tatouages avec les paquets de speed tout prêts sous le comptoir, pour les affranchis. Il y avait toujours un petit côté comme ça, mais, ces dernières années, les docks s'étaient peu à peu transformés en brasseries et les entrepôts en lofts.

Chib se demandait où avaient pu passer les natifs, dans ce grand chambardement. Tout changeait à vue d'œil. Le quartier où il créchait et qui n'existait même pas dix ou douze ans plus tôt avait maintenant sa gare à son nom. Ça devenait acrobatique de suivre les derniers développements.

Ce jour-là, il n'avait cessé de penser à Mike et à son plan, au point de perdre trois manches d'affilée au billard américain. « Cherchez la femme… » avait insinué Johnno avec un sourire en coin. Il y avait comme une odeur, dans cette salle de billard. Une odeur de vinaigre, âcre et aigrelette, qu'il n'avait pas remarquée jusque-là. Des relents de vieille sueur et de désespoir. De graillon mal digéré et de temps perdu.

Mais pas de ça ici. Leur chef venait de décrocher sa première étoile au Michelin, à ce qu'on disait. Sur tout un mur courait une grande baie vitrée donnant sur la cuisine. On pouvait suivre les évolutions des cuisiniers depuis la salle. Les casseroles fumaient, les poissons cuisaient, les marmitons coupaient les légumes en petits dés. Chib adorait ça. Quand il était gosse, le patron du boui-boui de son quartier glaviotait dans la friteuse pour tester la température de l'huile – rien que d'y penser, ça lui levait le cœur.

Il était arrivé en avance. Il était venu seul avec la Bentley. Il préférait éviter de sortir flanqué des deux zèbres, même s'ils ne mangeaient pas à sa table ou qu'ils restaient à l'attendre dans la voiture. Le lendemain matin, c'était à qui ferait les blagues les plus salaces sur les ronflements de sa bonne amie ou le degré de cuisson de ses œufs, au petit déj… Mais là, quand il leur avait signifié que leur présence n'était pas requise, ils avaient invoqué le Viking et la menace qu'il faisait planer sur eux. Toute la journée, ils avaient remué ciel et terre, avaient mis tous leurs contacts sur le coup, mais l'ennemi restait invisible et pouvait leur tomber dessus n'importe quand.

— Vous êtes sûr de pouvoir faire sans nous, boss ?
— Certain.

Installé dans un coin de la salle, avec une vue imprenable sur l'entrée, Chib remarqua que son regard s'attardait presque malgré lui sur les tableaux accrochés aux murs. Pas même des reproductions de toiles intéressantes ni rien, juste des mélanges de taches et de traînées de couleur, sans doute barbouillés à la chaîne et achetés en série, histoire d'égayer un peu l'enduit beurre frais du mur. Il s'était documenté depuis sa visite à l'hôtel des ventes. Il avait lu des trucs sur le sujet. Dans une librairie du centre-ville, on lui avait conseillé un choix de livres d'*initiation,* ce qui lui avait désagréablement rappelé l'école primaire. Il avait aussitôt protesté : non, merci beaucoup, fallait quand même pas le prendre pour un débile ! Jusqu'à ce que la vendeuse lui explique d'une voix tremblante que ça n'était pas du tout ce qu'elle avait voulu dire et après ça ils s'étaient parfaitement entendus. Mais cette histoire d'*initiation*, c'était plutôt le lycée que ça lui évoquait à présent… Bizarre qu'il n'ait gardé aucun souvenir de Mike. Il connaissait le genre, pourtant : toujours à faire le malin, vingt et quelques années plus tard, dans l'espoir d'attirer l'attention des vrais durs… En fait, son plan n'était pas bête, loin de là. Chib en avait vu passer de nettement pires, dont certains avaient parfaitement tenu la route. L'avantage, c'était que si ça se barrait en couille, il ne serait même pas sur les lieux pour se faire taper sur les doigts ! Les gamins qu'il avait pressentis ne risquaient pas de l'ouvrir : de leur point de vue, mieux valait se coltiner quelques mois au trou qu'un Calloway assoiffé de vengeance à la suite d'une dénonciation. Restaient Mike et ses potes. Eux, ils risquaient de pactiser avec la flicaille mais ça ne les mènerait pas bien loin. Quoi qu'il arrive, Chib garderait une longueur d'avance, et pour remettre la main sur les tableaux, ils pourraient toujours se brosser.

Des toiles hors de prix, putain !…

Il tira de sa poche l'un de ses nombreux portables, ainsi que le numéro du Viking, qu'il composa tout en faisant signe de la main à son amie qui arrivait. À son habitude, le maître d'hôtel était accouru pour prendre son manteau. Les clients des restaurants les plus sélects d'Édimbourg prenaient parfois conseil auprès du maître d'hôtel, pour savoir où trouver un brin de compagnie.

Car les maîtres d'hôtel avaient tout intérêt à connaître les bonnes adresses. Des filles charmantes, la discrétion même… Le client leur laissait un bon pourboire et le lendemain, ils en touchaient un autre, de la part de l'amie de Chib, cette fois. Calloway vit la main de la jeune femme se tendre vers le pingouin, sans doute avec un billet de vingt, voire de cinquante. Mais entre-temps, le numéro avait décroché. Chib s'humecta rapidement les lèvres.

— C'est toi, Hate ?

— Calloway ?

— Le seul, l'unique ! J'étais en train de me dire qu'on était partis du mauvais pied, tous les deux et, tu vois… je demande qu'à rattraper le coup.

— Je vous écoute.

— Bon ! Qu'est-ce que tu dirais d'une petite prime, pendant que je réunis les fonds pour tes employeurs ? Un joli paquet que tu pourrais te mettre à gauche, sous la rubrique « bonus » ? Parce que le truc, c'est qu'il me faudra quelques jours, le temps d'organiser tout ça… une semaine, genre. Et j'aimerais pouvoir compter sur toi pour dire à tes employeurs que ça vaut la peine d'attendre.

— N'essayez pas de m'embrouiller.

— Alors là, sûrement pas ! Je te parle d'un truc qui se fait couramment dans la mafia.

— Vous voulez mettre la tête d'un cheval dans mon lit, c'est ça ? C'est pour ça que vous fouillez toute la ville en essayant de me localiser ?

Merde, pas con, le mec.

— Je pense pouvoir faire mieux, Hate. Nettement mieux.

— Je vous écoute.

Au moment où l'invitée de Chib rejoignit sa table, l'offre avait été faite et le téléphone définitivement éteint pour la soirée. Chib se leva pour piquer un baiser sur la joue poudrée et parfumée qu'elle lui tendait.

— T'es vraiment à tomber ce soir, dit-il.

— Et toi, tu as plutôt l'air – elle chercha un instant le mot adéquat – l'air *réjoui*, je dirais. Et le sourire du chat qui vient de croquer le canari !

— Eh ! Qui te dit que j'en ai que le sourire ? badina-t-il.

Puis, se rasseyant, il attrapa sa serviette sans laisser le temps au serveur le plus proche de venir la lui étaler sur les genoux.

Il avait horreur de ça.

Le téléphone sonna à la seconde où Mike sortait de sa douche. Le temps de s'essuyer en s'avisant, d'un bref coup d'œil au miroir de la salle de bains, qu'il devenait urgent de se réinscrire à son club de gym, ça avait raccroché. Pas de message mais il reconnut le numéro du professeur qui l'appelait de chez lui. Mike enfila des claquettes et un peignoir en éponge, puis rappela Gissing sur son portable, avant de sortir sur le balcon.

— Qu'est-ce qui se passe, Robert ?

— Simple curiosité… Est-ce que l'ami Calloway compte vraiment s'embarquer avec nous ?

— Je crois, oui.

— Combien ça nous coûtera, au juste ?

— Il demande un tableau.

Mike retint son souffle, prêt au pire…

— Mais ce type est d'une inculture crasse ! Un vrai barbare… Enfin, Mike ! Il ne reconnaîtrait pas la Joconde même si elle lui mordait les fesses !

— De toute façon… – à l'oreille, Mike sentit que la respiration de Gissing se calmait – rien ne nous dit que Westie aura matériellement le temps d'exécuter une copie de plus.

— Eh bien, je laisse cette négociation entre vos mains expertes, mon petit Michael, répliqua Gissing, toujours ulcéré. Puisque vous me semblez tout aussi à l'aise avec les étudiants qu'avec les truands… À croire que vous avez une dose des deux, à parts égales.

— Ça, j'en jurerais pas…

Mike étouffa un petit rire. Il l'avait pris comme un compliment.

— D'autre part, après mûre réflexion, poursuivit Gissing, je me demande si effectivement Calloway ne pourrait pas nous être plus utile que nous ne l'imaginions.

— Comment ça ?

L'air du soir fraîchissait. Mike rentra et referma la porte vitrée derrière lui.

— Figurez-vous que la National Gallery dispose d'un conservateur en titre, lui expliqua Gissing. Et que Charles Calloway pourrait bien être l'expert *ad hoc* pour traiter avec lui.

— *Traiter* avec lui ?

Mike plissa le front et les paupières. Avait-il bien entendu ?

— Oui, confirma le professeur. *Avec lui.*

12

Allan Cruikshank savait que ce qui faisait de lui un bon banquier, c'était justement son côté chiant. Il était la prudence et la méticulosité mêmes. N'ayant jamais pris le moindre risque de sa vie, il était peu enclin à en faire courir à ses clients. Mais en même temps, son métier l'avait rendu un poil cynique. L'argent attirait l'argent, c'était bien connu, et ceux qui en avaient déjà plus qu'assez trouvaient tout naturel d'en avoir plus. Aucun n'aurait songé à lui témoigner la moindre gratitude. La plupart de ses gros clients avaient déjà trois ou quatre maisons, des yachts, des chevaux de course, des îles privées et d'innombrables œuvres d'art – qu'ils ne semblaient pas apprécier à leur juste valeur, elles non plus, occupés qu'ils étaient à en ratisser davantage. Allan les méprisait tous en bloc, les jugeant plats et étroits d'esprit, et il se demandait parfois s'ils en avaient autant à son service. Et puis, il y avait ses collègues, les cadres et experts financiers de la First Caledonian Bank, dont certains remarquaient à peine son existence. Il avait maintes fois rencontré son directeur général, qui ne semblait jamais se souvenir de lui. Son verre à la main et un petit-four dans l'autre, le boss lui racontait inlassablement la même histoire tandis qu'Allan, réduit à écouter son supérieur avec un sourire charmé, se pinçait pour ne pas craquer : « Mais c'est la quatrième fois que tu me la ressors, celle-là, vieux guignol ! » Il maîtrisait parfaitement l'art d'écouter en ponctuant d'un petit hoquet de surprise les chutes les plus prévisibles.

Je veux quelque chose qu'il ne pourra jamais s'offrir, se dit Allan à part soi. *Une chose qu'aucun de mes clients ne pourra jamais avoir.*

Je veux ces deux Coulton…

Mais il ne voulait pas finir en taule.

Toutes ces dernières nuits, il s'était réveillé en nage, parcouru de frissons glacés. Il allait s'asseoir à la table de la salle à manger et se replongeait dans l'étude du plan. Combien d'années risquait-il pour la partie qu'il jouerait dans l'ensemble ? Que diraient ses gosses en apprenant que leur père allait moisir dans les geôles de Sa Majesté ? Valaient-ils vraiment qu'il prenne un tel risque, ces deux Coulton ? Des toiles admirables, certes, mais quel intérêt s'il ne pouvait jamais les montrer à quiconque, ni même s'en gargariser devant ses clients, ses collègues ou son patron ? Oui, mais Margot, son ex-femme, lui avait si longtemps ri au nez, pendant tout leur vie commune, en lui reprochant son manque de brio, de conversation, de goût, de style, de talent pour la cuisine…

Et d'entrain dans le lit conjugal.

Il l'aimait. Mais ça, il ne l'avait découvert qu'après son départ. Et, entre-temps, elle s'était trouvé un nouveau mari, un modèle plus récent, avec petit sourire préformaté et col roulé en lambswool noir. Ça n'empêchait pas Allan d'appeler son ex une ou deux fois par semaine pour l'inviter à déjeuner dans tous les bistrots branchés de la ville, dont elle semblait connaître déjà la carte par cœur – celle des vins, en particulier.

Eh bien, voilà au moins une chose dont M. Lambswool serait à jamais incapable : concevoir le crime parfait. Cruikshank était donc bien résolu à persévérer, cauchemars ou pas. Bon sang ! La notoriété l'emportant sur l'anonymat aux yeux de la plupart des gosses, il y avait même fort à parier que ses propres rejetons ne l'en estimeraient que davantage, après un petit stage en taule !

— Tu en es bien sûr ? lui demanda Mike pour la énième fois, tandis qu'ils gravissaient les trois étages de chez Westie.

— Positif ! répliqua Allan d'un ton qui se voulait convaincu.

Mike lui avait dit et répété que son job consistait à tout passer au peigne fin, mais chaque fois qu'il soulevait un lièvre potentiel, Mike y avait déjà pensé. Maintenant qu'ils avaient le concours de Chib Calloway qui assurerait la force de frappe, Mike lui avait clairement signifié qu'il comprendrait de le voir quitter le navire s'il lui restait la moindre réserve concernant le projet.

— Surtout, dis-toi bien que ça ne te ferait pas perdre la face, ni quoi que ce soit.

— Mike… est-ce que ça n'est pas plutôt toi qui voudrais que j'abandonne ?

Mike avait soutenu son regard en secouant la tête, sans autre commentaire.

Devant la porte de Westie, ils s'accordèrent quelques secondes pour souffler. Puis Mike acquiesça lentement et actionna la sonnette. Westie, quand il vint enfin leur ouvrir, semblait encore plus à cran que ses visiteurs, ce que Mike lui fit remarquer, tandis qu'il s'effaçait pour les laisser entrer.

— La faute à qui ? riposta le jeune peintre. Vous savez combien d'heures de sommeil j'ai totalisées la semaine dernière ? Je ne tiens qu'à la caféine et au tabac, avec juste un petit bloody mary par-ci par-là.

— Tabasco ou sauce Worcester ? persifla Mike.

Westie n'eut pour toute réponse qu'un regard noir.

Il les précéda dans le living où flottait une odeur de peinture fraîche, de bois et de vernis. Pour les châssis, Westie utilisait des bois anciens, dans la mesure du possible. Pas de problème pour les cadres, puisqu'ils garderaient ceux des originaux. À défaut de bois ancien, il prenait du pin qu'il teintait de plusieurs couches de café soluble.

— Le café, ça marche au poil, expliqua-t-il, comme Mackenzie reniflait un des châssis.

— Commerce équitable, j'espère ? lança Mike, mais là encore, Westie s'abstint de relever.

Il était presque plus fier de ses châssis que des toiles elles-mêmes… Allan eut beau examiner les copies sous toutes les coutures, il dut reconnaître qu'elles étaient *épatantes,* selon son propre terme. Mike émit un petit grognement approbateur tandis que Westie, ravi, se rengorgeait. Gissing lui avait fourni des reproductions des originaux, qu'il avait accrochées aux murs de son atelier improvisé. Des pages prélevées dans des livres ou des catalogues. Des détails en gros plan, aimablement fournis par la bibliothèque des Beaux-Arts. Des fiches imprimées provenant de divers sites Internet qui décrivaient par le menu les méthodes de travail de chaque artiste, avec si possible les couleurs exactes et les marques des teintes utilisées. La pièce était semée de cadavres de tubes entamés où déjà vides et de morceaux de carton ou de contreplaqué qui lui avaient servi de palettes. Des douzaines de pinceaux trempaient dans des bocaux de térébenthine. D'autres, irrécupérables, avaient été mis au rancart. Westie portait un T-shirt crasseux et son short géant, dont la couleur d'origine demeurait aussi indéfinissable que celle de son T-shirt, lui flottait autour des genoux.

— Qu'est-ce que je vous disais ! fanfaronna-t-il.

Comme il allumait une nouvelle clope au mégot de la précédente, il fut secoué d'une grande quinte de toux.

— Vous auriez besoin d'une bonne sieste, lui dit Allan.

— Essayez un peu de m'arrêter ! ricana Westie en écartant les mèches graisseuses qui lui balayaient le front.

— Vous aurez tout le temps de vous reposer quand ce sera fini, glissa Mike, prudent. Vous en avez terminé combien ?

— Comptez vous-même, répliqua Westie avec un ample geste en direction des toiles qui séchaient sur leurs chevalets. Sept moins cinq, restent deux !

— Restent trois, rectifia Mike.

Westie le foudroya sur place.

— On avait dit sept ! Deux par tête de pipe pour vous, plus une pour moi !

— Nous avons un nouveau partenaire dans l'équipe.

— On peut pas changer les règles du jeu en cours de partie !

— Eh si, la preuve… Et notre nouvel ami y tient beaucoup.

S'ensuivit une vive discussion, Westie exigeant une révision de son salaire à la hausse, Mike refusant de céder d'un pouce, sous les yeux d'Allan qui observait la scène sans piper mot. Il ne reconnaissait plus son ami. Mike s'identifiait totalement à son rôle, un cocktail de négociateur, d'intermédiaire et de voyou. Il devait avoir un peu trop fréquenté Calloway, ces derniers temps… Mais non, Allan sentait que c'était plus profond. Pour la première fois depuis une éternité, Mike s'amusait, tout simplement. Le flux électrique qui le traversait et lui donnait ces sueurs froides semblait s'être transmis à Mike, mais avec des effets ô combien différents !

Mike, lui, n'avait plus peur de rien.

Jusque-là, son ami lui avait toujours semblé empêtré dans son grand corps, avec ses épaules voûtées, légèrement arrondies. À présent, il marchait la tête haute, le dos droit et les épaules en arrière. Il soutenait calmement le regard d'autrui et parlait sans hâte, d'un ton de plus en plus incisif. Mike avait retrouvé son ancienne autorité de chef d'entreprise, songea Allan. Cette force tranquille sur laquelle il avait bâti son empire – ce qui confirmait que si la vente de sa boîte lui avait rapporté beaucoup d'argent, ce n'était qu'au prix d'une partie de lui-même. Le hic, pour Allan, c'était que ce nouveau Mike lui était nettement moins sympathique. Avant, ils rigolaient à perdre haleine, échangeaient des tas de blagues et de ragots. Maintenant, l'opération était devenue leur unique sujet de conversation. Et ensuite ? Le braquage aurait-il un effet galvanisant sur leur amitié, ou en sonnerait-il le glas ? Allan craignait de lui poser directement la question et se contentait d'ouvrir l'œil en s'interrogeant sur Chib Calloway. D'emblée, il s'était prononcé contre la participation du gangster et avait énergiquement défendu cette position, avant de s'incliner devant la décision de Mike et du professeur. Mais il avait toujours su que, stratégiquement, c'était une erreur.

Les hommes de Calloway resteraient les hommes de Calloway. À leur chef, ils obéissaient au doigt et à l'œil, mais obéiraient-ils aussi volontiers aux ordres de Mike, d'Allan ou de Gissing ? Et qu'est-ce qui empêcherait Calloway de rafler la mise, après coup ? Quel recours auraient-ils contre lui ? Ils pouvaient toujours essayer de porter plainte !

Mike avait écouté ses arguments en hochant la tête, avant de lui asséner les siens. Comment Allan comptait-il s'y prendre pour se procurer les armes nécessaires ? Et la fourgonnette ? Où dénicheraient-ils quelques petites frappes prêtes à leur prêter main-forte ? Il leur restait moins d'une semaine avant la journée Portes ouvertes. Calloway était leur seule option réaliste.

— On pourrait acheter une fourgonnette d'occasion et la payer en liquide, sous un faux nom. Et les armes… est-ce vraiment indispensable ?

Le vote à main levée lui avait donné tort. Deux contre un – exit sa fonction « d'expert du détail » !

La peinture fraîche luisait encore sur certaines des toiles achevées. Allan aurait parié qu'elles ne sècheraient pas de sitôt. Elles risquaient de rester encore longtemps collantes au toucher. Plusieurs jours, minimum. Et combien de temps dégageraient-elles cette odeur de peinture ? Mike avait tenu à faire un saut chez Westie pour s'assurer que le jeune peintre n'avait pas succombé à la tentation « d'améliorer » les œuvres à sa façon : pas de capotes usagées, de cannettes de bière vides ou d'avions à réaction embusqués dans les coins... Il entreprit d'examiner systématiquement chaque toile, pouce par pouce, avec l'aide d'Allan.

— Eh bien, tout m'a l'air parfait ! conclut-il.

Et comme l'étudiant encaissait le compliment avec une petite révérence, Allan sut que les huit toiles seraient achevées dans les temps. C'était le vrai sens de ce petit salut ironique : Mike était leur chef et Westie s'inclinait devant son autorité. Mike tira de sa poche cinq feuilles de papier pliées, que lui avait remises Gissing : des œuvres de maîtres cotés mais relativement obscurs, qu'il avait lui-même sélectionnées.

— À toi de voir, ajouta Mike en confiant les reproductions à Westie. Choisis celle qui te donnera le moins de fil à retordre.

— Pas trop regardant le nouveau partenaire, on dirait, ironisa le jeune homme en survolant les cinq gravures. Il prendra ce qu'on lui donne, c'est ça ?

— On ne peut rien te cacher, Westie. Maintenant, décide-toi.

— Celle-ci, fit Westie, l'index pointé.

Mike se tourna vers Allan.

— Qu'est-ce que t'en penses ?

La question parut prendre Allan de court.

— Qu'est-ce que j'en pense ? reprit-il en écho.

— Oui, des toiles finies ?

Mike eut un geste en direction des chevalets.

— Eh bien... Ça m'a l'air parfait, et avec les cadres, ça devrait passer encore mieux... Mais est-ce qu'elles tromperont l'œil d'un expert ?

— Tout dépend de l'expert…

Mike examinait le portrait de lady Monboddo, dont il manquait une partie de l'arrière-plan. Mais à un mètre ou deux, Allan aurait été bien en peine de distinguer la copie et l'original. Il se souvenait du mal qu'avait eu Mike à détacher son regard de cette toile, à l'expo. Allan avait eu le temps de faire deux fois le tour de la salle, avant que Michael ne se décide à passer aux autres œuvres exposées. Allan commençait à craindre que le phénomène ne se reproduise dans l'atelier de Westie, quand, du coin de l'œil, il perçut un mouvement. Une silhouette était venue s'encadrer dans l'embrasure de la porte.

— Nom d'un ch…

— Souriez, vous êtes filmés !

C'était la voix d'une toute jeune fille qui avait braqué sur eux une caméra vidéo. Westie lui fit signe de la main.

— Qui c'est, celle-là ? demanda Mike.

— *Celle-là*, comme vous dites, s'appelle Alice, lui répondit la fille.

La caméra à hauteur d'œil, elle s'avançait dans la pièce, sans cesser de les filmer.

— L'un de vous est Mike, c'est bien ça ? Et l'autre, c'est Allan. Ce qui me chiffonne, vous voyez, c'est que vous savez tout de Westie : son nom, son adresse… Alors que lui, il ignore tout de vous.

Les yeux de Mike restaient fixés sur Westie.

— Tu aurais oublié de lui raconter quelque chose, à ta copine ?

— Pourquoi m'aurait-il fait des cachotteries ?

Elle abaissa sa caméra en arrivant près de Mike. Elle portait une minijupe noire sur un collant de laine assorti, avec un T-shirt qui s'ornait d'un portrait d'Al Pacino dans *Scarface*.

— Vous êtes qui, vous ? Mike ou Allan ?

— Celui-là, c'est Mike, intervint Westie.

Il avait eu le bon goût de prendre un air embarrassé à l'arrivée de son amie, mais Allan l'avait senti à peine surpris. On aurait vainement cherché une trace d'interrogation dans sa voix.

Alice avait mis le cap sur Mike. Elle fit passer la caméra dans sa main gauche pour pouvoir lui tendre l'autre, mais il n'était pas d'humeur sociable. Elle s'en aperçut et alla tenter sa chance auprès d'Allan.

— Et vous, vous êtes Allan, je suppose…

— Vous supposez bien, répondit-il en lui serrant la main.

Inutile de s'en faire d'emblée une ennemie, songea-t-il, point de vue qu'il tenta de communiquer à Mike d'un regard appuyé. Mais à présent, Mike n'avait plus d'yeux que pour Alice, qui passait ostensiblement les toiles en revue, gratifiant l'artiste d'un petit baiser, au passage.

— Ah, quel talent… soupira-t-elle en effleurant la joue qu'elle venait d'embrasser.

Elle se retourna vers Mike.

— Ça filme toujours ? demanda-t-il.

— Le sol, seulement, répondit-elle, rassurante.

— Mais vous continuez à enregistrer nos voix.

Alice le regarda deux secondes et sourit, avant d'éteindre la caméra qu'elle agita devant son propre visage.

— Voyez ça comme une simple garantie. Un moyen de nous assurer que nous sommes bien dans le même bateau. Si Westie se fait doubler par qui que ce soit et en quoi que ce soit, cette vidéo atterrira illico au poste de police le plus proche. Vous comprendrez que je prenne certaines précautions pour défendre les intérêts de l'artiste…

Allan agita le doigt dans sa direction.

— Mais je vous connais, vous, dit-il en pointant sous son nez un index comminatoire. Vous travaillez à la Cinémathèque !

Elle admit le fait avec une petite moue crispée, sans toutefois céder un pouce de terrain. Son regard restait fixé sur Mike.

— Westie m'a dit que vous vouliez le payer en liquide, reconnaissez qu'il ne l'aura pas volé, cet argent ! Mais, qu'est-ce que j'entends ? Vous oseriez lui soutirer une huitième toile pour le même prix ? Alors ça, c'est un peu raide !

— Qu'est-ce que vous voulez au juste ?

— Défendre Westie ! Ça me semble complètement biscornu, votre histoire, mais il a l'air d'accord pour participer au raid. Sans compter qu'il aura une œuvre, une œuvre qui nous plaît autant à l'un qu'à l'autre. Avouez que ça tombe bien !

— J'attends le « mais ».

— Oui, *mais*… il me semble qu'une petite avance s'impose ; mille livres, ça paraît le strict minimum.

Mike se tâta les poches d'un geste théâtral.

— Je ne crois pas avoir cette somme sur moi.

— Vous pourriez nous faire un chèque, bien sûr… (Elle marqua une pause, pour l'effet.) Mais ça vous obligerait à nous dévoiler votre véritable identité, cher monsieur Mike.

Elle lui décocha un sourire farceur, en s'humectant la lèvre du bout de la langue. L'expression de Mike s'était durcie. Ses deux mains avaient disparu dans ses poches, mais on sentait que ses poings s'étaient serrés. Une chance que les flingues n'aient pas encore été livrés, se félicita Allan. Quand Mike reprit la parole, ce fut d'une voix où filtra une sourde menace :

— Si je vous donne cet argent, je veux quelque chose en échange.

— Quoi, ça ? demanda Alice.

Elle avait brandi la caméra. Mike hocha lentement la tête.

— Un si bel appareil ! minauda-t-elle en feignant de l'admirer. Ça m'ennuie vraiment de m'en défaire.

— Moyennant cinq cents livres, je crois que vous pouvez faire un effort.

— Mille ! rectifia-t-elle. (Mike allongeait déjà la main.) Minute ! Vous la voulez tout de suite, sans même nous faire voir la couleur de votre argent ?

— Je ne peux pas vous laisser cette caméra, Alice, répondit-il, toujours glacial. Vous pourriez copier les images, les envoyer sur Internet, n'importe quoi.

— Mais vous la donner, c'est vous faire confiance.

— Eh bien, décidez-vous…

D'un geste, Mike chassa une poussière invisible au revers de sa veste sur mesure.

— Et rappelez-vous qu'à partir de maintenant, vous êtes dans le coup, vous aussi. Et que nos destins sont liés.

— Comme les perles d'un komboloï ? glissa-t-elle.

— Comme des dominos. Il suffit d'un seul qui tombe dans le mauvais sens…

Le sourire d'Alice s'épanouit et la caméra atterrit dans la paume de Mike.

— Un pour tous, tous pour un ! conclut-elle.

— Comme vous dites.

Mike fit disparaître la caméra dans sa poche et, bien que les yeux de son ami n'aient pas quitté ceux d'Alice, Allan ne put se défaire d'une idée inquiétante.

La fin de ce petit dialogue aurait tout aussi bien pu s'appliquer à lui...

13

— Ton patron est en progrès, déclara l'inspecteur Ransome. Il a de moins en moins de mal à nous semer.

Il était descendu dans un café sur High Street, juste en face du Parlement, et s'était installé à trois tables de distance de son interlocuteur, avec qui il maintenait le contact visuel. Ils se parlaient par téléphones interposés pour ne pas risquer d'être vus ensemble.

— Peut-être parce qu'il ne nous laisse plus le volant, suggéra Glenn Burns dans son appareil. Ni à moi ni à Johnno.

— Il aurait des soupçons ?

— S'il en avait, j'aurais déjà mis ma fausse barbe et fait mes valises !

— C'est lui qui va décaniller, Glenn, décréta Ransome. En abandonnant un petit empire sans héritier.

— Et vous me laisserez vraiment prendre les commandes ? Qu'est-ce qui me dit que vous n'allez pas essayer de me niquer, moi aussi ?

— On en a déjà parlé, Glenn, fit Ransome, débonnaire. J'essaierai, évidemment, mais tu ne seras plus un simple figurant. Tu seras le boss. Et tu me connais, maintenant, non ? Tu seras sur tes gardes.

— Sans compter que vous me devrez une putain de chandelle…

— Sans compter, ouais. Bien sûr.

Ransome rompit le contact visuel, le temps de prendre une gorgée de son double crème. Le breuvage était bouillant, avec un goût d'écume de lait.

— Vous avez pris un crème ? s'étonna Glenn dans son portable.

Ransome hocha la tête.

— Ouais, et toi ?

— Chocolat chaud et crème fouettée.

— Beurk… (Ransome essuya sa moustache de mousse blanche.) Alors, Glenn ? Qu'est-ce qu'il fabrique, ton patron ?

— Aucune idée.

— Merci de ta collaboration !

— Laissez tomber les vannes, rétorqua Glenn avec humeur. Tout ce que je sais, c'est qu'il mijote quelque chose.

— Tu viens de me dire que non.

— J'ai dit que *je ne savais pas* ce qu'il foutait.

— Mais il a quelque chose en cours ?

Glenn hocha la tête. Le tintement de la porte qui s'ouvrait fit se retourner les deux hommes. Mais ce n'était qu'une jeune maman avec une poussette.

— Ils devraient interdire l'entrée aux moutards, grogna Glenn en lorgnant la tablée de jeunes mères et de bambins qui accueillaient la nouvelle venue avec des cris de joie. L'un des enfants s'époumonait, sans donner le moindre signe d'essoufflement.

— Ouais, bonne idée, approuva Ransome. Ainsi qu'aux étudiants…

Il jeta un coup d'œil à une table où un grand ado solitaire, son café bu depuis longtemps, avait étalé ses cours et son ordinateur portable, alimenté gratis par la prise murale, sur une table prévue pour quatre personnes.

— Sauf que la salle serait autant dire vide et qu'on détonnerait salement dans le paysage, tous les deux.

— C'est un point de vue, concéda Glenn.

— Bon, maintenant qu'on a réglé les questions d'actualité, on pourrait revenir à ton patron.

— En fait, il nous tient complètement hors du coup, Johnno et moi.

À son air contrarié, Ransome devina pourquoi Glenn avait tant insisté pour le voir, ce jour-là : un excès de vapeur à évacuer…

— Et ces derniers temps, chaque fois qu'on est descendus dans un pub, il a demandé après des gamins.

— Des *gamins* ?

Burns craignit de s'être mal fait comprendre :

— Pas des mouflets, hein, précisa-t-il avec un signe de tête en direction des jeunes mamans. Des petits loubards, des hooligans…

— OK. Des noms.

Le malfrat secoua la tête.

— J'en ai pas.

— Pourquoi il voulait les voir ? Pour quel genre de boulot ?

— J'en sais rien. Ça a commencé le jour où il est tombé sur ce type, un ancien pote à lui, de son école. Enfin, qu'il dit… Mais ça m'étonnerait, parce que le mec il a plutôt l'air d'être une classe au-dessus, si vous voyez ce que je veux dire… Ils se sont filé rencard voilà quelques jours, Chib et lui. Après, ils sont allés faire un tour en bagnole et, à son retour, le boss s'était mis en tête de recruter une bande de gamins.

— Tu crois qu'il veut te mettre sur la touche, Glenn ?

Malgré la distance, Ransome sentit passer sur lui le regard noir du colosse.

— Personne me mettra sur la touche, m'sieur Ransome.

— D'accord, mais s'il monte une équipe, c'est qu'il vise quelque chose.

— Quelque chose, ouais. Ou quelqu'un…

Glenn laissa sa phrase planer dans l'espace qui les séparait.

— Un contrat, tu veux dire… (Les yeux de Ransome s'écarquillèrent.) Et pour descendre qui ?

— Ben voyez, y a aussi ce grand balèze, un tatoué fraîchement débarqué d'Islande, ou allez savoir. Il vient récupérer du fric que le boss doit pour une livraison, le problème étant que vos collègues ont déjà intercepté la marchandise. Mais ça, les Hell's, ils veulent pas le savoir. Tout ce qu'ils voient, eux, c'est leur pognon.

— Et Chib refuse de cracher ?

— Quatre ou cinq loulous, armés de queues de billard, c'est peut-être la réponse qu'il leur prépare…

Glenn marqua une pause.

— Sauf que ça m'étonnerait qu'ils le fassent reculer, ce mec, à moins de lui tomber dessus à quinze, avec tout un arsenal, évidemment. Mais même au cas où ils y arriveraient, il doit pas être tout seul, ce Hate. Là d'où il vient, il doit y en avoir des flopées d'autres.

Ransome crut avoir mal entendu.

— « Hate », tu dis ?

— Ouais, il s'appelle comme ça.

L'inspecteur nota à la hâte le signalement que lui donna Glenn et revint en arrière de quelques pages dans son calepin. Il avait lancé des recherches sur les trois noms fournis par Laura Stanton : Allan Cruikshank, Robert Gissing et Mike Mackenzie. Résultat négatif pour Cruikshank, mais Laura avait précisé qu'il travaillait à la First Caly. Gissing, lui, avait jadis été peintre, avant de se mettre à écrire sur l'art au kilomètre. Il avait pondu plusieurs pavés, bien chiants et bien indigestes. Quant à Mackenzie, eh bien lui, ça n'était pas n'importe qui. Mackenzie, c'était une gloire locale.

— Il ressemblait à quoi, le copain d'école de Chib ? s'enquit Ransome dans son téléphone.

Glenn lui fournit une description qui allait comme un gant au roi des circuits intégrés.

— On était dans un bar à vins quand ils sont tombés nez à nez, Chib et lui. Je sais pas au juste ce qu'ils se sont dit mais, après ça, ils étaient à tu et à toi.

— Ça peut cacher quelque chose, fit Ransome en tapotant son calepin du bout de son stylo. Comme ça peut ne rien vouloir dire du tout.

— Ouais, opina Glenn.

— Et c'est quoi le topo, avec ce Hate ? Il se contente de se gratter le cul en attendant son blé ?

— On a fouillé toute la ville pour lui mettre la main dessus, à ce connard. Il doit dormir à la belle étoile dans le parc d'Arthur's Seat ou Dieu sait où. Personne ne l'a vu nulle part, et croyez-moi, il passe pas inaperçu.

— Chib a peur de lui, tu crois ?

— Non, il pense avoir un joker dans la manche.

— Quel genre, le joker ?

— Ça, mystère. Rien n'a filtré.

— Le coup qu'il prépare, peut-être ?

— Possible.

— La vache, Glenn ! soupira Ransome. T'es pas censé être mon informateur dans la place ?

— Ah, vous allez pas me mettre la pression, m'sieur Ransome !

L'inspecteur ouvrit de grands yeux.

— Parce que je te mets la pression, tu trouves ? Mais j'ai même pas commencé ! Je suis toujours dans les vestiaires, là, j'ai à peine ouvert la fermeture Éclair de mon sac ! Je me réserve pour le jour où je coffrerai Calloway… mais je ne vais pas attendre que mes dents tombent, et toi non plus !

— Message reçu.

Glenn jeta un coup d'œil à l'écran de son portable, l'air de surveiller l'heure.

— Bon… faut que j'y aille. Je suis censé relever les compteurs dans un pub de Chib, à l'autre bout d'Abbeyhill.

— OK, Glenn. Tâche de pas trop te sucrer au passage…

Silence au bout de la ligne. Ransome avait touché un point névralgique. Car c'était justement sa petite tendance à « se sucrer au passage » qui avait perdu Glenn. Un jour, Ransome l'avait vu entrer dans l'un des bars de Chib pour vérifier la caisse, et en sortir vingt minutes plus tard chargé d'un sac d'oseille mais les poches nettement plus lourdes qu'à l'aller. L'inspecteur s'était matérialisé devant lui et, en lui tâtant les poches, il avait senti le poids des pièces et des liasses de billets. *Tss ! Tss !* avait-il fait en secouant la tête.

— Et moi qui te soupçonnais d'être le cerveau de l'entreprise ! Enfin, ça nous aura au moins permis de faire connaissance, pas vrai ?

Glenn prit le risque de sourire à l'inspecteur et se leva après avoir fait disparaître son téléphone dans sa poche. Puis, comme il sortait du café, il dut contourner deux touristes qui restaient figées sur le pas de la porte. L'une d'elles, un plan de la ville à la main, ouvrait la bouche pour lui demander sa route, quand elle se ravisa *in extremis*. Quelque chose dans l'expression de Glenn, sans doute… Ransome eut un petit sourire à part lui et acheva son café.

— T'as déjà eu un flingue entre les mains, Mike ?

— Pas depuis mes dix ans. Mais ils étaient en plastique, à l'époque. On tirait des bouchons.

Le revolver brillait d'un reflet sombre et sentait la graisse. Mike le soupesa.

— Un Browning, expliqua Calloway. Le meilleur du lot. J'espère qu'il te plaira.

Ils étaient à Gorgie, dans un garage spécialisé dans le contrôle technique, tout près du quartier où ils avaient grandi, à deux pas de leur ancienne école. Une vieille Sierra bouffée de rouille occupait le pont élévateur, au-dessus de la fosse. Le sol était jonché de câbles, de pneus, d'enjoliveurs et de pots d'échappement percés. Au-dessus de l'établi s'alignait une superbe collection de calendriers topless, tous d'époque. Les mécanos avaient fini leur journée. La cour de devant était déjà plongée dans le noir quand Mike l'avait traversée. Il avait eu un moment d'appréhension en arrivant devant cette porte. C'était sa dernière chance, s'était-il dit. Il pouvait encore faire marche arrière

162

sans trop de dégâts. Mais à la seconde où il la franchirait pour prendre livraison des flingues, le sort en serait jeté.

Chib l'attendait, les bras croisés, avec un grand sourire goguenard. « Je savais que je pouvais compter sur toi », disait ce sourire.

Les autres flingues étaient emballés dans un vieux carton qui avait autrefois contenu quarante sachets de chips à la crevette. Tandis que Mike manipulait le Browning pour s'habituer à l'avoir en main, Chib sortit le fusil à canon scié.

— Un peu rouillé, dit-il. Mais pour jeter un froid, on fait pas mieux.

En rigolant, il pointa l'arme sur Mike, qui pointa son Browning sur lui. Chib arma le fusil et l'orienta vers le plafond avant de presser la détente. Il y eut un déclic atténué.

— Du matériel de récup', comme promis. Normalement, il y en a pour deux cents tickets par jour.

— Je pourrais m'offrir ça, répliqua Mike.

— Ça, j'en doute pas. D'ailleurs, on peut se poser la question… Pourquoi tu te lances dans un truc pareil alors que tu pourrais t'offrir à peu près tout ce qui te chante ?

— Sauf si ça n'est pas à vendre.

— Comme ce truc-là, pas vrai ?

Mike prit le flingue d'une main, puis de l'autre.

— Vas-y, continua Chib. Glisse-le dans la ceinture de ton falzar, à l'arrière, pour voir ce que ça donne.

Mike s'exécuta.

— J'aurai du mal à oublier sa présence.

— Et de l'extérieur non plus, ça ne passe pas inaperçu… Faudra penser à mettre une veste plus longue et moins ajustée. Il y a aussi deux pistolets à amorce, au cas où vous auriez besoin de faire un peu de bruit. Plus une réplique de ton Browning et cette vieillerie, rescapée des Falklands, d'Irak ou Dieu sait où.

— C'est un revolver, dit Mike en prenant l'arme dans sa main droite. J'ignorais qu'ils les utilisaient toujours, à l'armée.

Chib haussa les épaules.

— L'étudiant et ton pote Allan feraient bien de s'exercer un peu, eux aussi, s'ils veulent avoir l'air crédibles, quand ils débarqueront à l'entrepôt.

Mike hocha la tête.

— Et les autres membres de l'équipe ?

— T'en fais pas pour eux. Ils n'en sont pas à leur premier flingue.

Mike posa le revolver dans le carton mais garda le Browning dans sa ceinture, plaqué contre sa taille. Il essaya aussi le fusil qui lui parut encombrant et mal équilibré. Secouant la tête, il le rendit à Calloway.

— Tu comptes me les présenter quand ?

— Le jour même. Je me chargerai de les mettre au parfum, avec ordre de t'obéir au doigt et à l'œil.

Mike opina du chef.

— Et le van ?

— Taxé ce soir même et planqué en lieu sûr. Au moment où je te parle, mes gars doivent être en train de changer les plaques.

— C'est pas ici que ça se passe ?

Chib secoua la tête.

— J'ai un certain nombre de planques dans toute la ville. Mais si des fois tu avais besoin d'un contrôle technique sur un véhicule douteux…

— C'est noté, fit Mike avec un petit sourire crispé. Dis aussi à tes gars de prévoir quelques accessoires de

164

camouflage. Et surtout pas de bagues ni de chaînes en or… Rien qui puisse les identifier.

— Et tu sais de quoi tu parles ! rigola Chib. Alors, ça y est… on a fait le tour ?

— C'est pour après-demain, dit Mike. Espérons que la peinture aura séché sur les copies.

Le téléphone de Chib se mit à sonner. Il le tira de sa poche et vérifia le numéro à l'écran.

— Celui-là, faut que je le prenne… dit-il en guise d'excuse, avant de présenter son dos à Mike. Dis donc, mon pote ! Je commençais à me demander si t'avais pas disparu de la circulation !

Mike feignit d'examiner les armes, mais dressa l'oreille.

— Il serait vraiment intéressé ? poursuivit Chib, la tête basse, comme s'il contemplait ses pompes. Bonne nouvelle. Ça n'a rien d'une entourloupe, promis, juste un bon vieux *collatéral, en gage de ma bonne foi* ; deux ou trois jours, maximum. Bon, ben… salut !

Il coupa la communication et se retourna vers Mike avec un grand sourire.

— Un *collatéral, en gage de ta bonne foi* ? répéta Mike.

Pour toute réponse, Chib secoua la tête.

— Alors c'est bon, on a fait le tour ?

— Oui, je suppose…

Mike eut une petite grimace.

— Ah, non ! J'oubliais un truc.

— Crache.

Mike plongea les mains dans ses poches, comme si cela pouvait minimiser sa requête.

— Reste cette histoire d'agression…

Les yeux de Chib s'écarquillèrent avant de s'étrécir. Il venait de piger quelque chose :

— Tu veux que je fasse dérouiller le mec qui a fait ça, pour l'exemple ?

— Justement pas. (Mike marqua une pause, pour l'effet.) Non, le truc... c'est que cette agression n'a pas encore eu lieu.

Les yeux de Chib s'étrécirent à nouveau.

— Là, je vois de moins en moins.

— C'est pas compliqué, dit Mike. Je vais tout t'expliquer...

14

— Chib a été déçu d'apprendre que les Musées nationaux n'avaient rien de Vettriano.

Gissing renâcla dans son verre. Ils s'étaient retrouvés dans un bar anonyme, à deux pas de la gare, un rade minimaliste visant une clientèle de gros buveurs, purs et durs. Ni juke-box ni télé, juste quelques soucoupes de chips en guise de coupe-faim. Mike, qui y avait renoncé depuis plus de dix ans, s'était surpris à commander deux sachets de chips à la crevette, tout en pensant au carton plein de flingues qu'il avait laissé, faute de mieux, dans le coffre de sa voiture. Les trois piliers de bar, assis au comptoir, avaient royalement ignoré Mike quand il était venu passer sa commande. Gissing avait pris la table la plus éloignée de la porte. Il fronça le nez en voyant arriver les chips et se borna à prélever alternativement une gorgée de son pur malt et de sa Pale Ale.

— Vettriano n'a jamais été un objet d'admiration universelle, que je sache ! décréta-t-il en essuyant une trace de mousse sur sa lèvre.

— Non, mais il fait un tabac.

Mike savait parfaitement ce qu'en pensait Gissing, lequel se garda bien de mordre à l'hameçon.

— Alors, sur quoi s'est finalement porté le choix de notre ami en truanderie ?

— Un Utterson.

— *Crépuscule sur Rannoch Moor* ?

— Tout juste. Westie n'a rencontré aucune difficulté majeure pour le reproduire.

— Vous avez montré une photo à Calloway ?

— Oui.

— Et il a aimé ?

— Il a demandé combien ça valait.

Gissing leva les yeux au ciel.

— Eh bien, bon débarras, dirons-nous…

Il avala une autre gorgée de bière et Mike prit la pleine mesure de la nervosité du professeur, qui était allée *crescendo* ces derniers jours, alors que lui-même se sentait de plus en plus maître de la situation. Il avait trouvé sur Internet une vue aérienne du quartier de l'entrepôt et l'avait imprimée en y traçant l'itinéraire de la fourgonnette. Ils étaient convenus, Chib et lui, de l'endroit où ils retrouveraient les quatre autres membres de l'équipe et où ils les déposeraient après l'opération, ainsi que les armes que les « quatre gamins » se chargeraient de faire disparaître. Plus il observait Gissing et plus il se félicitait de l'avoir tenu éloigné du théâtre des opérations. Il le voyait mal débarquer l'arme au poing dans l'entrepôt, le vieux bougre. Son verre de whisky tressautait dans sa main.

— Tout va bien se passer, assura Mike.

— Bien sûr que ça va bien se passer, mon petit Mike, fit Gissing. Vous pensez peut-être que j'en doute ?

— Tant de choses peuvent encore déraper.

— Mais vous vous en sortez admirablement, Mike. (Le professeur eut un petit sourire las.) Et entre nous… vous avez l'air d'y prendre goût !

— Peut-être un peu, concéda Mike. Mais c'est une idée à vous, au départ.

— N'empêche ! Moi, je ne serai pas fâché quand tout ça sera derrière nous. Je me demande si on peut en dire autant vous concernant…

— Bah ! Tant que nous ne nous retrouvons pas tous en taule… Avec un Calloway furibard comme codétenu, vous imaginez !

Gissing leva la main, paume en avant.

— Ça, il n'en est pas question !

Ils échangèrent un sourire et revinrent à leurs verres.

Plus qu'un jour. Mike avait prévu une foule d'activités pour meubler sa journée du lendemain. Il n'aurait pas une minute pour se ronger les sangs. Ils avaient récapitulé leur plan sur papier, filtré et refiltré chaque détail pour la douzième fois. Allan avait passé chaque étape au peigne fin. Chacun savait ce qu'il avait à faire et en combien de temps. Mais quoi qu'ils fassent, il y aurait toujours des impondérables. N'était-ce pas la vraie raison de son fatalisme : *que sera sera* ?

Du temps où il était dans les affaires, Mike aimait tout contrôler, pouvoir déterminer précisément la façon dont les choses se dérouleraient, segment par segment. Mais dès que sa main s'était posée sur le Browning, il avait senti ce petit choc électrique. Le poids de l'arme, sa consistance, les détails usinés dans le métal. C'était une véritable œuvre d'art en soi. Tout gamin, il adorait les armes à feu. Il s'était constitué une superbe collection de cow-boys, d'Indiens et de soldats en plastique. Purée ! Il ne pouvait pas voir une banane sans la pointer aussitôt sur la première cible venue ! Un jour, une de ses tantes lui avait ramené un boomerang d'Australie, et là, pareil : il s'en servait comme d'un flingue, visait en clignant de l'œil et le lançait en imitant la détonation d'une balle fictive.

Il revoyait Chib braquant sur lui un flingue imaginaire derrière la vitre de sa BMW, puis, dans le garage, tandis qu'il soupesait d'une main experte le fusil à canon scié. En se dandinant sur sa chaise, Mike sentit dans son dos la masse froide du Browning, glissé dans sa ceinture. C'était un peu gonflé, de le garder sur lui : quelqu'un aurait pu l'apercevoir et le dénoncer... Mais c'était plus fort que lui. Dès samedi après-midi, il faudrait le rendre. Il eut une pensée pour le restaurant indien où il avait failli se colleter avec les cinq bureaucrates pompettes. La tête qu'ils auraient faite s'il leur avait sorti son Browning sous le nez... Pas dans le resto, bien sûr. Trop de témoins. Mais dehors. Il aurait pu les attendre dans un coin sombre, leur tendre une embuscade...

Quand la porte du bar s'ouvrit, le regard de Mike pivota vivement, avec un mélange de prudence et de méfiance... Mais ça n'était qu'un autre pochetron qui venait rejoindre ses potes. Deux semaines plus tôt, il lui aurait à peine prêté attention – pour lui, à ce moment-là, le rayon du monde était la longueur de son bras étendu –, mais tout avait changé. Comment pourrait-il réintégrer un jour son pâle personnage de mordu de l'informatique, confiné dans la chambre d'amis de son appartement – celle qui abritait ses ordi-

170

nateurs –, hypnotisé par le scintillement de son moniteur et couvant du regard les preuves de sa réussite, alignées sur ses étagères, ses innombrables prix, récompenses et distinctions, encadrées, pour certaines : prix de la Création, de l'Initiative, de l'Esprit d'entreprise, du plus jeune P.-D.G. écossais. Rien de tout ça ne pesait plus bien lourd…

Le nouveau venu avait rejoint ses collègues au comptoir. Derrière lui, les battants de la porte s'étaient refermés, après quelques oscillations qui rappelèrent à Mike cette soirée où tout avait commencé, à l'hôtel des ventes.

Une porte s'ouvre, une autre se ferme.

Et *vice versa*, naturellement…

— On est bien partis pour le faire, hein ? lui dit Gissing, dont le poing droit semblait vouloir se visser dans sa paume gauche.

— Bien sûr, confirma Mike. Plus question de faire marche arrière.

— Notre problème n'est plus tant de reculer que de s'en tirer impunis, Michael. Et ensuite, qu'est-ce qu'il adviendra de nous ?

— Nous sommes des combattants de la liberté, professeur, vous vous rappelez ? Après, nous n'aurons plus qu'à être fiers de nous, ajouta-t-il avec un haussement d'épaules.

Pour l'instant, il n'avait guère mieux à lui proposer. Le professeur garda un moment le silence, puis il poussa un profond soupir en contemplant le fond de bière dans son verre.

— Vous saviez, vous, que le *Garçon à la veste rouge* de Cézanne avait été volé dans un musée suisse, il y a quelque temps ? Une commande privée, très certainement. À l'heure où je vous parle, quelqu'un doit l'avoir accroché à son mur, quelque part.

— J'en ai entendu parler, oui. Chaque année, pour six milliards de dollars d'œuvres d'art s'évaporent dans la nature. Et vous savez combien on en récupère ? Très, très peu.

Il vit une lueur interrogative passer dans le regard de Gissing.

— J'ai fait quelques recherches sur le sujet. En trois clics, j'ai appris que c'était le quatrième secteur criminel au monde après la drogue, les ventes d'armes et le blanchiment d'argent. Pour nous, c'est une excellente nouvelle. Quand notre petit subterfuge sera découvert, s'il l'est un jour, la police recherchera un vrai gang.

— Et alors ? C'est pas ce qu'on est ? s'étonna le professeur.

— Pas du point de vue des flics.

— Vous vous verriez plutôt comme un nouveau Thomas Crown ? le taquina Gissing. Avec Laura dans le rôle de Faye Dunaway… ?

— Je n'ai pas la prétention de rivaliser avec Steve McQueen, Robert, ni même avec Pierce Brosnan !

Ils pouffèrent ensemble.

— Eh oui, fit Gissing quand ils eurent retrouvé leur sérieux. « Dans le silence de la nuit… »

— Je flaire la citation.

— Adam Worth, le plus célèbre monte-en-l'air de l'époque victorienne – il aurait même inspiré à Doyle le personnage de Moriarty, aux dires de certains –, avait volé un Gainsborough. Il a ensuite expliqué qu'il désirait tout simplement ce tableau pour « pouvoir le contempler *dans le silence de la nuit* ».

— Ce qui ne l'empêchait pas de le contempler aussi en plein jour, je suppose.

Gissing eut un hochement de tête songeur.

— On remet ça ? proposa Mike.

Gissing déclina.

— Je compte me coucher tôt, dit-il. Quelle était l'excuse d'Allan, pour ce soir ?

— Un dîner avec un client. Il ne savait pas à quelle heure il aurait fini. Mais rassurez-vous : il nous réserve sa matinée de demain.

— Une chance !

Gissing se hissa laborieusement sur ses pieds puis, remarquant le fond de whisky qui restait dans son verre, il le but d'un trait et soupira bruyamment.

— À demain matin, mon petit Michael. Essayons de nous reposer un peu.

— Je peux vous déposer chez vous ?

D'un geste, Gissing déclina son offre avant de mettre le cap sur la porte. Mike attendit quelques minutes de plus pour vider son propre verre et prendre à son tour le chemin de la sortie, en saluant le barman au passage.

Sa voiture était garée à cinquante mètres de là, au bord du trottoir. Plus trace du professeur. C'était une rue de galeries d'art. Il jeta un coup d'œil à la vitrine la plus proche, sans parvenir à distinguer autre chose que de vagues formes sur les murs. Il scruta la chaussée dans les deux sens mais ne vit rien d'alarmant. Il déverrouilla sa portière et, comme il se mettait au volant, décida de prendre le chemin des écoliers et de faire un détour par le quartier d'Allan, qui habitait à deux pas de Leith Walk, dans les quartiers neufs. Le secteur n'avait rien de particulièrement pittoresque, mais Allan s'était déniché un joli appartement, juste en face d'un poste de police. Jamais le moindre problème de voisinage dans le quartier… ceci expliquant sans doute cela.

Mike mit son clignotant et s'arrêta au niveau de deux voitures de patrouille qui était garées près du trottoir, inoccupées, toutes portières verrouillées. Allan habitait au second. Il y avait de la lumière derrière ses rideaux tirés, mais ça ne signifiait pas obligatoirement qu'il était chez lui. C'était peut-être une simple mesure de sécurité. Ça n'impliquait pas forcément qu'il ait menti pour le dîner, ni qu'il soit devenu leur maillon faible…

Pas encore.

Le diable étant dans les détails, Mike lui avait demandé de sonder toutes les failles de l'armure, ce qui avait forcé Allan à se focaliser sur le négatif – tout ce qui pouvait déraper, dérailler, riper ou tourner au vinaigre – au lieu de prendre plaisir à l'aventure. Allan était allé plusieurs fois à Granton. Il avait dû sillonner le quartier en voiture, faire et refaire le tour de l'enceinte, étudier les effectifs, les mouvements du personnel. Il avait noté dans son rapport plusieurs dizaines de causes de retard et de problèmes potentiels. Et Mike avait subodoré qu'Allan se persuadait de plus en plus que les difficultés de la tâche l'emportaient sur leurs chances de la mener à bien, alors que lui-même évoluait en sens inverse. Chib Calloway – Calloway, en personne ! – se pliait à son bon vouloir. Mike se carra contre le dossier de son siège, pour mieux sentir le Browning, toujours glissé dans sa ceinture. À moins de cinq mètres de la façade illuminée d'un poste de police…

Tout était sous contrôle.

Il assurait.

Il éteignit ses phares et engagea la Maserati dans la descente, en direction du centre-ville.

15

Ils s'étaient donné rendez-vous chez Mike, à Murrayfield. Gissing passa dix minutes à inspecter les toiles accrochées aux murs, tandis qu'Allan visitait le bureau en bombardant Mike de questions sur la capacité de son disque dur et de commentaires sur son exposition de trophées et de distinctions.

Et Mike comprenait : son ami s'efforçait de gagner du temps. De retarder l'inévitable. Il leur servit des cafés pour s'occuper les mains, Miles Davis assurant la bande-son. L'appartement était équipé d'un système de sonorisation centralisé. Il pouvait envoyer tous les titres de son iPod dans n'importe quelle pièce. Les haut-parleurs étaient dissimulés dans le plafond mais deux ou trois étaient déjà HS, ainsi que les ampoules des projecteurs, sur le mur du living. C'était le hic, avec les *smart homes* : les risques de défaillances étaient proportionnels au degré de complexité de l'installation. L'un des miniprojecteurs encastrés de la cuisine, une ampoule halogène assez délicate à remplacer, avait claqué. Mike se disait parfois, avec un sourire en coin, que quand la dernière ampoule aurait rendu l'âme, il n'aurait plus qu'à chercher un autre appartement.

Il emporta le plateau dans le living et le posa sur la table près du carton.

— Tout est fin prêt, dit-il.

Ses hôtes prirent leur tasse en hochant silencieusement la tête et en feignant la plus profonde indifférence pour le carton et son contenu. Gissing avait apporté la liste des noms des sept individus prétendument inscrits pour la visite du lendemain.

— Vous aviez retenu les places depuis longtemps ? s'enquit Mike.

— Mieux vaut s'y prendre à l'avance, répondit Gissing. Elles sont prises d'assaut.

— Depuis combien de temps ? insista Mike.

Le professeur haussa les épaules.

— Trois, quatre semaines.

— Bien avant que nous ne lancions l'opération ?

Gissing n'eut qu'une petite moue crispée.

— Je vous ai déjà expliqué ça, Mike. Ça faisait des années que j'y pensais. J'ai fait pareil l'an dernier. J'ai réservé sept places pour la visite.

— Et vous aviez renoncé, à l'époque ? demanda Allan.

— J'ignorais qui je trouverais pour m'aider. (Le professeur but une gorgée de café.) Je vous connaissais à peine, à l'époque, Allan.

— Et moi, vous ne m'aviez carrément pas rencontré, ajouta Mike.

Gissing hocha la tête.

— Avoir une idée, c'est une chose. La mettre à exécution, c'en est une autre.

Il leva son mug de café vers Mike en un toast silencieux.

— Ça n'est pas encore fait, fit remarquer Mike. Comment avez-vous réservé ?

— Par téléphone.

— Sans donner de noms ?

— Des faux, uniquement. Ils m'ont demandé des numéros de téléphone, naturellement. Je leur ai donné les coordonnées de restaurants indiens et chinois. Ils ne téléphonent jamais, à moins que la visite ne soit annulée.

— Et elle est maintenue ?

— Oui, ma secrétaire s'en est assurée. Je lui ai dit de leur téléphoner pour demander s'ils pouvaient ajouter un étudiant dans un des groupes et ils ont répondu que tout était plein, ce dont on peut logiquement déduire que l'opération est confirmée.

Mike réfléchit un instant.

— OK, conclut-il d'un ton qui se voulait assuré.

Puis il ouvrit le carton et en sortit le premier flingue qu'il posa sur la table, suivi des autres, jusqu'au quatrième.

— Choisissez. Ceux qui resteront seront pour les hommes de Chib.

— Et le fusil à canon scié ?

Allan l'avait repéré, au fond du carton, le canon pointé vers le haut.

— Ça aussi, c'est pour eux.

Gissing soupesait l'un des pistolets à amorce.

— Croyez-moi si vous voulez, mais j'étais assez fine gâchette, dans ma prime jeunesse. J'ai suivi un entraînement préparatoire aux écoles militaires. On nous laissait même utiliser de vraies munitions, de temps en temps…

— Pas demain, en tout cas, répliqua Mike.

— C'est plus lourd que ça en a l'air, fit Allan en saisissant l'une des armes, qu'il examina. Tiens, je croyais qu'il fallait limer le numéro de série…

— Selon Calloway, ils sont *intraçables*, assura Mike.

— Qu'il dit ! riposta Allan.

Il ferma un œil et visa la fenêtre.

— Le truc, c'est que si nous débarquons là-bas avec ces joujoux, les gardes risquent de paniquer et de se mettre à jouer des poings.

— Les hommes de Chib seront là pour leur donner la réplique.

— Mais suppose que l'un d'eux s'en prenne à moi, insista Allan. Je fais quoi ? J'appuie sur la détente en criant *Bang !* ?

— Vous improviserez, grogna Gissing.

— Le pistolet à amorces est chargé à blanc, expliqua Mike. Le boucan suffira à les faire réfléchir.

Gissing prit le revolver.

— Celui-là, c'est un vrai, n'est-ce pas ?

— Ex-Falklands ou guerre du Golfe, confirma Mike. Vous vous y connaissez un peu, on dirait ?

— En fait, je crois avoir épuisé à peu près toutes mes connaissances sur ce chapitre. Et vous, Michael ? Vous avez une préférence ?

Mike passa la main dans la ceinture de son jean qu'il portait sous une chemise ample et, d'un geste fluide, sortit le Browning.

— Seigneur, Mike ! s'exclama Allan. Tu as fait tes gammes, on dirait ! Un peu trop, même…

Mike sourit.

— Je l'avais sur moi hier soir, au pub.

— Sans blague ? se récria Gissing. Je n'aurais jamais cru !

— Parions que le service aurait été plus rapide si tu l'avais posé sur la table ! plaisanta Allan.

— Quand vous aurez choisi, reprit Mike en désignant les armes d'un signe de tête, j'aimerais que vous gardiez votre flingue sur vous, pour vous y faire.

— Je ne devrais guère avoir l'occasion de sortir le mien, fit Gissing.

— Pas si vous restez dehors, dans le van. Mais nous ne savons pas comment les choses se présenteront, dans l'enceinte. Il suffirait d'un garde supplémentaire patrouillant autour de l'entrepôt pour tout faire déraper. Voilà pourquoi vous devez avoir une arme sur vous, expliqua-t-il, l'index pointé sur le flingue de Gissing.

— Compris, fit le professeur en hochant la tête.

— Ça, c'était une idée à moi, soit dit en passant, tint à préciser Allan. L'ampleur même de l'enceinte fait sa vulnérabilité…

— Heureux de voir que vous mettez la main à la pâte, répondit Gissing. J'avoue avoir eu quelques doutes, hier soir, quand vous avez décommandé.

— Tiens, ça me rappelle un truc… s'interposa Mike. Et ce dîner, comment ça s'est passé ?

— Très bien, répondit Allan, un poil trop vite et en évitant de croiser le regard de son ami.

Gissing et Mike échangèrent un coup d'œil. Le professeur manipulait son arme en la faisant passer d'une main à l'autre. Quand il tenta de la glisser dans la poche intérieure de sa veste en tweed, elle faillit lui échapper.

— Pour demain, je prévoirai une veste avec de plus grandes poches.

— Quoi que vous ayez sur le dos, tout doit être jetable, lui rappela Mike. Évitez de mettre votre chemise ou votre veste préférée. On balancera tout après.

— Exact, dit Allan, en glissant son flingue dans sa ceinture, à l'avant de son pantalon. Je vais me bousiller les parties si j'essaie de m'asseoir, râla-t-il.

Il fit passer l'arme à l'arrière.

— Ouais… comme ça, ça devrait aller.

— Bon, eh bien, nous voilà fin prêts ?

Mike attendit un signe d'acquiescement de la part de ses deux amis.

Il lui restait comme un doute, dans un coin de son esprit. C'était ces sept noms que Gissing avait donnés pour réserver la visite avec plusieurs semaines d'avance. Le professeur avait donc prévu qu'il leur faudrait des renforts… ? Il en fit la remarque à Gissing.

— Je ne voyais pas les choses comme ça, mon cher Mike. L'idée, c'était plutôt d'inscrire le plus possible de participants fantômes, pour faire baisser d'autant le nombre de participants réels, le jour de la visite. Et comme il restait sept places libres, j'ai donné sept noms. Point barre.

Mike ramena son attention vers Allan, spécialiste du détail, qui pinça les lèvres et s'éclaircit la gorge.

— Le seul truc qui coince encore, à mon avis, c'est la copine de Westie.

— Exact, grogna Gissing. J'aurais deux mots à lui dire, à celle-là.

— Pas avant que Westie ait terminé, objecta Mike. Il a besoin de toute sa concentration.

— Nous avons tous besoin de toute notre concentration, ajouta Allan.

— Ce qui pourrait impliquer de renoncer à certains dîners, çà et là, le morigéna Gissing.

— Vous voudriez que je bouscule toutes mes habitudes ?

— Allan a raison, intervint Mike. De l'extérieur, rien ne doit transparaître.

La sonnerie du portable d'Allan l'interrompit. C'était un texto qu'Allan prit le temps de consulter. Mike se retint de lui arracher le téléphone des mains – ça aurait eu un effet désastreux sur l'ambiance. Gissing devina le conflit intérieur qui déchirait Mike. Il eut un sourire en coin et articula silencieusement « ne bousculons pas ses petites habitudes ! » avant de pointer son revolver sur le téléphone, comme pour le faire voler en éclats.

Mike avait proposé qu'ils prennent sa Quattroporte, mais Allan avait objecté qu'on faisait plus discret, dans le genre. Ils s'étaient donc rabattus sur l'Audi d'Allan, Gissing sur le siège passager et Mike assis au bord de la banquette arrière, penché en avant, la tête au niveau de celle des deux autres. Gissing avait proposé de se mettre derrière, mais Allan lui avait rappelé qu'il serait au volant le lendemain, et qu'il devait s'habituer au terrain.

— Vous avez vraiment pensé à tout, dit Gissing.

— Sans doute pas, fit Mike. D'où l'intérêt de cette petite générale.

Il n'y avait pas d'itinéraire express. Dans le centre, les travaux d'aménagement des lignes de tram provoquaient des flopées de bouchons, de déviations et de feux temporaires. Allan leur passait une station de musique classique, pour leur détendre les nerfs, de toute évidence. Gissing demanda si c'était bien le trajet qu'ils prendraient, le lendemain.

— Ça dépend, répondit Mike. Vous préférez qu'on se donne rendez-vous chez moi ou qu'on se retrouve au point de ralliement ?

— Qui se trouve où ? s'enquit Allan.

— À Gracemount. Nous y allons, là. Je ne sais pas au juste où sera le van. Chib doit m'envoyer un texto demain matin à la première heure pour me le dire.

— Nous ne pourrons même pas essayer le van avant de l'utiliser ? fit Gissing, sceptique. Ça ne vous paraît pas un peu risqué ?

— C'est ce que j'ai dit, glissa Allan.

— Chib m'a assuré que ça irait, observa Mike.

— Et il s'y connaît, pas vrai ?

Mike regarda le professeur.

— Jusqu'ici, je dois dire que oui. C'est un expert. À côté de nous, en tout cas.

— Eh bien, je vais devoir vous croire sur parole.

Mike sortit de sa poche deux ou trois feuillets pliés en quatre.

— J'ai imprimé ça sur Internet. Le trajet le plus rapide de Gracemount à chez Westie et de là, à Granton. (Il remit l'itinéraire au professeur.) Le samedi, nous n'aurons pas à craindre les embouteillages des heures de pointe, mais j'ai exclu d'office de passer par Leith Walk.

— À cause du chantier du tram, dit Allan avec un hochement de tête approbateur.

— J'ignorais où se trouvait Gracemount, marmonna Gissing en consultant la carte et les instructions détaillées qui l'accompagnaient.

— C'est pour ça qu'on y passe maintenant, expliqua Mike.

Il avait déjà décidé que Gracemount Drive, situé juste derrière l'école, serait le point de départ de leur petite excursion préliminaire. Quand ils arrivèrent, Allan proposa à Gissing de lui laisser le volant, mais le professeur déclina en secouant la tête.

— Je retiendrai mieux le trajet en tant que passager.

— Ce qui nous ramène à cette question, fit observer Allan. Il faut que vous restiez dans le van pendant que nous serons dans l'entrepôt, mais est-il indispensable que vous conduisiez ?

— Vous m'en croyez incapable ?

Gissing avait pivoté sur son siège et fixait Allan d'un œil noir.

— Figurez-vous qu'il y a encore quelques années, je conduisais une MG sport !

— Tiens, qu'est-ce qu'elle est devenue ? demanda Mike en souriant.

— Je trouvais que ce véhicule ne convenait pas à un homme de mon âge. Le jour où un de mes collègues de l'école s'est acheté une Porsche à cinquante-cinq ans, j'ai décidé de me débarrasser définitivement de ma MG.

— Parce que la Porsche en jetait plus ? glissa Allan.

— Absolument pas ! J'ai simplement mesuré à quel point un sexagénaire avait l'air ridicule dans une bagnole de sport.

— Ma Quattroporte est une bagnole de sport.

— Mais vous avez encore l'âge de jouer avec ce genre de joujou, mon petit Mike.

— Je crois que le professeur tient beaucoup à conduire le van, fit Allan.

— Eh bien, qu'il le conduise ! trancha Mike.

Gissing émit un reniflement sonore et se replongea dans son itinéraire.

Depuis l'école, ils regagnèrent le centre-ville en direction de l'appartement de Westie, où ils devaient le prendre le lendemain, lui et ses toiles. Ils se garèrent quelques minutes en face de l'immeuble et puis, comme une contractuelle semblait s'intéresser à leur cas, ils se faufilèrent à nouveau dans la circulation et mirent le cap sur le Mound et la New Town.

— Où en sont vos projets de retraite ? demanda Allan au professeur.

— Je vends tout et je plie bagage. Avec l'argent de la maison, je m'achèterai un petit cottage, quelque part sur la côte ouest. Je le remplirai de bouquins d'art et je profiterai du paysage.

— Édimbourg ne vous manquera pas ?

— Je serai trop occupé à marcher sur la plage.

— Vous avez déjà quelque chose en vue ?

— Je vais commencer par mettre ma maison en vente, pour voir combien j'en tirerai.

— En tout cas, ils vous regretteront, aux Beaux-Arts, dit Allan.

Gissing lui répondit d'un silence approbateur.

Mike s'éclaircit la gorge.

— Vous êtes vraiment décidé, pour la côte ouest ? Vous ne parliez que de l'Espagne, il y a quelques mois.

— Et alors ? aboya Gissing. C'est défendu, de changer d'avis ? N'importe où, sauf dans cette satanée ville !

Ils arrivaient en vue d'Inverleith Road. Ils dépassèrent les jardins botaniques, puis Ferry Road. Le

Firth of Forth se profilait devant eux. Comme ils longeaient Starbank Road, Allan demanda à Mike s'il était sûr que ce trajet serait bien le plus rapide, dans la matinée.

— Le plus rapide, peut-être pas, mais le plus facile, sûrement.

Ils avaient trouvé sur Google Maps une vue aérienne détaillée du quartier de l'entrepôt. Le week-end, la plupart des boîtes du secteur seraient désertes, mais un vendredi, à l'approche de l'heure du déjeuner, ça grouillait de camionnettes et de camions. Les conducteurs devaient rêver à ce qu'ils feraient après le boulot. Une petite escale au pub, puis le match de foot ou le shopping du samedi, avant la journée de farniente dominical, songea Mike. Il lui vint tout à coup l'idée, ébouriffante, qu'il pouvait y avoir une autre équipe de candidats au braquage, quelque part dans le secteur. D'autres petits malins qui auraient eu la même idée que Gissing ! Mais comme ils ralentissaient pour passer devant la guérite, à l'entrée de l'entrepôt, ils eurent tout loisir de voir que les voitures stationnées le long du trottoir étaient vides et semblaient attendre la fin de la journée de leurs propriétaires. La seule fourgonnette en vue s'était garée là pour vendre des plats chauds à une petite queue de clients qui attendaient leur tour en bon ordre, la clope au bec, en battant la semelle sur le trottoir. Mike fut pris d'un impérieux besoin d'en fumer une, la deuxième de la journée. Allan gara son Audi sur le premier emplacement libre et coupa le moteur. Mike lui demanda de remettre le contact pour pouvoir baisser sa vitre et alluma une cigarette. Allan lui en piqua une et l'imita.

— On peut sortir se dégourdir les jambes ou tu crains la surveillance vidéo ? demanda Mike.

— J'ai un doute, concéda Allan. Il y a des caméras, bien sûr, mais elles sont orientées vers le portail et vers l'intérieur de l'enceinte (il les lui indiqua d'un geste). Je ne pense pas qu'on risque de se faire filmer, mais par mesure de précaution…

— Vous étiez déjà venu dans le coin, Allan ? lui demanda Gissing.

— Plus d'une fois, supputa Mike avant d'ouvrir sa portière et de mettre pied à terre.

Après une seconde de réflexion, Allan en fit autant, mais Gissing resta vissé à son siège. Mike dut se pencher pour lui parler par la vitre conducteur.

— Vous ne voulez pas prendre l'air ?

— N'oubliez pas que je suis connu dans le coin, mon petit Michael. Il suffirait qu'un des gardes décide d'aller s'acheter un hamburger ou un roulé au bacon, et il me reconnaîtrait.

Mike opina du chef. Tout en fumant, Allan observait du coin de l'œil le bâtiment devant lequel ils venaient de passer.

— Le genre anonyme et discret, n'est-ce pas ?

Effectivement, on aurait vainement cherché une plaque ou un écriteau qui puisse attirer l'attention des passants sur les trésors qu'abritait le gros parallélépipède de béton gris. Dans la guérite, le garde lisait son journal en grignotant une barre chocolatée. La clôture était haute et en parfait état, surmontée de barbelés acérés, mais on aurait pu en dire autant de tous les autres entrepôts du voisinage, dont le plus proche se présentait comme le show-room d'une entreprise de double vitrage. Sur la clôture, une pancarte signalait la

nce de chiens de garde et d'une équipe de sur-
nce permanente. Le regard de Mike intercepta
celui d'Allan.

— Des chiens de garde ?

— La nuit seulement. Y a un type en fourgonnette
qui fait des rondes.

Mike hocha la tête et se concentra à nouveau sur sa
cigarette.

— T'aurais pas un petit creux ? demanda-t-il à
Allan.

— Est-ce qu'on tient à ce que le marchand de frites
puisse donner notre signalement au CID ?

Mike haussa les épaules mais n'en disconvint pas.
Il se sentait une soudaine fringale. Qu'il aurait été bon
d'aller faire la queue avec les autres devant la fourgonnette et d'engager la conversation, son arme glis-
sée dans sa ceinture et des desseins criminels plein la
tête ! Une tentation presque irrésistible, mais ça aurait
été du dernier con.

Une autre voiture, une Rover, était venue se garer
quatre places plus loin. Ils en virent sortir un gros type
vêtu d'un costard rayé qui avait connu des jours
meilleurs, à l'instar de son propriétaire. Il verrouilla sa
portière et mit le cap sur le marchand de hamburgers,
ce qui l'obligeait à passer devant nos deux fumeurs. Il
les salua au passage d'un signe de tête et poursuivit sa
route, pour s'arrêter une seconde plus tard. Il se
retourna vers eux :

— Jolie bagnole, mon vieux !

— Merci, rétorqua Allan.

Comme le type continuait en direction du marchand
de hamburgers, Allan vit que plusieurs têtes avaient
pivoté vers eux, dans la queue. Les regards conver-

188

geaient vers la voiture. Il balança sa cigarette à demi entamée dans le caniveau.

— Encore heureux qu'on ne soit pas venus en Maserati, marmonna-t-il, avant de se remettre au volant.

Mike mit un point d'honneur à finir sa clope, dont il écrasa le mégot sous son talon, avant de regagner sans hâte le siège arrière de l'Audi.

— Tu crois que le marchand de frites sera là, demain ? demanda-t-il.

— Un samedi, ça m'étonnerait, répondit Allan en démarrant. Il ne doit pas y avoir des masses de clients dans le coin, le week-end.

Il déboîta, roula sur quelques dizaines de mètres et tourna à droite au premier coin de rue avant de s'arrêter à nouveau.

— Voilà l'emplacement, pour demain, dit-il.

— D'ici, on peut surveiller la grille d'entrée sans attirer l'attention des gardes.

— Sans compter qu'on voit qui entre et qui sort, ajouta Mike.

Allan manœuvra pour faire demi-tour et s'arrêta dans ce nouvel emplacement, cette fois tourné vers l'entrepôt pour s'assurer que son instinct ne l'avait pas trompé. Y avait-il quelque part une caméra braquée sur la rue ? Non. C'était une impasse. Il n'y aurait donc pas de circulation. Et en même temps, ils verraient parfaitement ce qui se passait dans l'enceinte. L'emplacement idéal.

— Donc, vous vous garez ici, Robert, commença-t-il. Nous entrons. Vous nous donnez trois minutes avant de vous pointer.

Mike prit le relais.

— À ce moment, l'un des gars de Chib sera au poste de l'entrée. Il lèvera la barrière pour vous laisser passer.

— Je vais me garer en marche arrière le long du quai de chargement, récita Gissing.

— Et après ?

— J'attends.

— Et si vous ne nous voyez pas arriver dans le quart d'heure qui suit ?

— Je repars en vous abandonnant à votre triste sort. (Gissing eut un sourire sans joie.) Mais est-ce que j'embarque le loubard du poste de garde, au passage, ou est-ce que je l'abandonne, lui aussi ?

— À vous de voir, décida Mike. Pas d'objection ? Tout le monde est d'accord ?

— Il me reste une ou deux questions, intervint Allan depuis son volant. Les gars de Chib vont débarquer sans être au courant…

— Du moment que nous, nous savons ce que nous avons à faire, ça ne pose pas de problème, au contraire. Moins ils en savent, mieux ça vaut.

Mike marqua une pause.

— Question suivante ?

— Pourquoi Westie n'est-il pas venu ? Il sera du voyage, demain, non ?

— Il est resté pour finir l'Utterson, répondit Mike. Mais ne t'inquiète pas, je le mettrai au courant plus tard.

Allan hocha la tête, apparemment convaincu, mais Mike ne le quitta pas de l'œil dans le rétroviseur jusqu'à ce qu'il eût la certitude que son ami était pleinement rassuré.

— Ça fait vraiment mal de penser que nous allons lui laisser une toile, à cette petite ordure, marmonna Gissing.

— Autant vous y faire, riposta Mike. C'est ça ou rien.

Les trois hommes laissèrent passer un bon moment sans parler, l'œil fixé sur l'entrepôt, absorbés dans leurs pensées.

Ce fut Mike qui rompit le silence :

— OK. Reste à régler la question du véhicule pour se replier. J'avais d'abord pensé laisser la Maserati dans Marine Drive, mais après réflexion…

— L'Audi, c'est plus sûr, approuva Allan. Elle est moins voyante.

— Ça ne t'ennuie pas de la laisser quelques heures sur Marine Drive ?

— Pourquoi pas ?

— Elle ne va pas nous claquer dans les pattes ?

— Je viens de la faire réviser.

Allan caressa le volant, comme pour rassurer sa voiture et lui réitérer sa confiance.

— Et si on en louait une ? s'enquit Gissing.

— Mauvaise idée, fit Mike. Évitons de laisser des traces.

— Un conseil de votre ami Calloway ?

Mike ne releva pas. Il avait une autre question pour Allan :

— T'es sûr que toutes les toiles rentreront dans ton coffre ?

— Tu vérifieras toi-même.

— Tu préfères la laisser cette nuit, ou tu viendras la mettre là demain matin ?

— Demain matin, à la première heure, fit Allan après réflexion. La météo est à la pluie. Y aura pas des masses de promeneurs, avec ou sans chiens.

— D'ac. On se retrouvera là-bas. On pourra petit-déjeuner chez moi avant d'aller à Gracemount.

— Vaut-il mieux que je vous retrouve à Gracemount, moi aussi ? demanda Gissing.

— À vous de voir, professeur, répondit Mike.

— C'est sans doute ce que je ferai. Je viendrai en taxi.

— En ce cas, payez en liquide. Pas de chèque, de carte de crédit, ni quoi que ce soit qui puisse laisser des traces.

— En fait, dit Mike, le mieux est de venir en bus au centre-ville et de sauter dans un taxi.

— Putain de merde, marmonna Gissing. Vous vous y croyez vraiment, tous les deux.

— Eh ! Sans doute parce que nous y sommes, lui rappela Allan. Et maintenant, messieurs, vous êtes priés de boucler vos ceintures ! Ça serait bête de se faire pincer pour infraction au code de la route à deux pas de Marine Drive.

16

Quoique sur les genoux, Westie était porté par l'ivresse du défi. Il s'était amèrement plaint auprès d'Alice : plus de bouffe dans le frigo, plus de carburant dans les placards. Elle lui avait alors rappelé que l'épicerie n'était qu'à deux minutes à pied.

— J'ai l'air d'avoir deux minutes à perdre, à ton avis ? avait-il râlé.

— Si tu cessais de te rouler des joints tous les quarts d'heure, ça te libérerait la moitié de la semaine ! avait-elle riposté sur le même ton.

— C'est pour toi que je fais tout ça, je te rappelle.

— C'est ça, ouais !

Sur quoi, elle l'avait planté là et s'était éclipsée en shootant au passage dans un carton à pizza. Mais la boîte n'avait pas rendu un son creux. Elle contenait encore quelques morceaux de croûte tartinés d'un reste de sauce tomate – un festin, vu les circonstances. Westie travaillait avec de la musique en fond sonore : Bob Marley, John Zorn, Jacques Brel, P. J. Harvey. Le CD de Brel avait été accidentellement transformé en dessous de verre au cours d'une fiesta, voilà quelques années. Depuis, il sautait certaines pistes, mais Westie s'en foutait : il ne parlait pas français. Ce qui l'inspirait, c'était la passion qu'on sentait vibrer dans cette voix. Ce style, cette élégance, cette véhémence…

Sur la même longueur d'onde… susurra-t-il pour lui-même, en choisissant un autre pinceau dont il dut écraser les poils durcis sur le bord du chevalet. Puis il sourit à part lui, en repensant à son petit secret. Il lui suffisait d'y regarder d'un peu plus près pour l'apercevoir, comme un clin d'œil répondant au sien… *Chtttt !* fit-il, l'index sur les lèvres.

Il s'envoya le dernier morceau de pizza en rigolant dans sa barbe, puis ralluma son dernier joint et se remit au boulot.

Ransome se souvint du vieux cliché. *Tout est calme ; trop calme…*

Il avait tenté de remonter la trace du dénommé Hate, mais en pure perte. Les efforts de Glenn non plus n'avaient rien donné, bien qu'il ait bénéficié du concours de toute la racaille de la ville. Hate devait avoir élu domicile en dehors d'Édimbourg. L'inspecteur avait donc élargi sa recherche au Lothian, est et ouest, au-delà de Forth Bridge, et jusqu'au comté de Fife. Mais là encore, zéro pointé.

Bien sûr, il restait les terrains de camping et les parkings pour caravanes. Mais jusqu'à présent, de ce côté-là, Ransome s'était cassé les dents. Il avait donc décidé de prendre le problème, comme qui dirait, par l'autre bout. Il avait fini par contacter Interpol, non sans un léger frisson — il aurait rougi de l'admettre, mais c'était un fait. Signalement complet… possible affiliation aux Hell's Angels… origine scandinave… Qu'est-ce qu'il leur fallait de plus ?

194

« Eh bien, un nom, pour commencer ! » lui avait répondu un de ses correspondants électroniques, goguenard. En dernier recours, Ransome avait contacté un pote à lui, aux Archives criminelles écossaises, mais il doutait que Hate ait jamais laissé la moindre trace sur le sol national.

— Je partage ton scepticisme, avait répondu son copain, mais je peux toujours tenter ma chance dans quelques bases de données, par-ci par-là…

Ensuite, Ransome avait fait un saut au Shining Star pour interroger le personnel sur Chib Calloway et Michael Mackenzie. Celui-ci, ils le connaissaient à peine ; quant à l'autre, ils préféraient visiblement ne rien en savoir.

— Jusqu'à présent, il ne nous a jamais causé d'ennuis, avait déclaré le patron.

— Patience, ça ne saurait tarder, avait rétorqué Ransome d'un air sombre.

Il était si content de son petit effet qu'il avait répété la réplique à Ben Brewster dès son retour au poste. Ben avait rigolé, l'air mi-figue mi-raisin, en lorgnant le tas de paperasses en souffrance sur le bureau de son collègue.

— Je m'en occupe, avait grogné Ransome.

Mais Calloway lui pompait beaucoup trop d'heures de veille, et ça commençait même à empiéter sur son sommeil. L'inspecteur le poursuivait en rêve dans les rues d'une ville labyrinthique, que le gangster semblait connaître comme sa poche. Il l'entraînait dans une folle chasse au dahu à travers une kyrielle d'hôtels, d'immeubles, de bureaux ou d'usines. À un moment, alors que Ransome draguait une superbe créature, il s'apercevait peu à peu de la présence de

Calloway, planqué dans un placard, à deux pas de lui, qui n'en perdait pas une miette.

Bon sang, il avait une de ces soifs... Il avait tenté de joindre Laura pour voir si elle pouvait se libérer après le boulot. Il lui avait laissé trois messages. Il était à son bureau du CID, à Torphichen Place, et il avait peine à respirer, comme si l'oxygène du poste s'était soudain raréfié. Il était allé aux toilettes se passer de l'eau sur la figure. Overdose de caféine... Ça et le stress. Sandra, sa femme, prenait des cours de cuisine. Cuisine thaïe, cuisine chinoise, cuisine du Cachemire, nouvelle cuisine... La nuit, tous ces produits exotiques, jusque-là inconnus de ses muqueuses digestives, se livraient une guerre sournoise. Ça, évidemment, pas question de s'en plaindre à sa femme. Il avait bien un petit stock de tablettes Rennie dans le premier tiroir de son bureau, mais elles restaient impuissantes contre ces bouffées de chaleur qui le laissaient en nage.

Si seulement il avait pu ouvrir une fenêtre...

Sa demande de mise sous surveillance permanente de Calloway avait provoqué chez ses chefs une véritable levée de boucliers. Où ils trouveraient l'argent des heures sup', par ces temps de vaches maigres ? Le CID était déjà en sous-effectif... Ransome avait accusé le coup mais avait quitté le bureau la tête haute. Un soir, il était allé jusqu'à prendre son véhicule personnel pour partir en patrouille dans les quartiers neufs où habitait Calloway. Voiture dans l'allée. Fenêtres du salon illuminées. Aucune trace de Johnno ni de Glenn.

Glenn. Celui-là aussi, il aurait dû lui donner signe de vie...

Ce brave Glenn, qui deviendrait une proie facile pour le CID, dès que Calloway serait à l'ombre à supposer que Johnno le laisse accéder au trône sans opposer de résistance, évidemment. Glenn était le plus futé des deux, mais Johnno pouvait faire preuve d'une certaine vicelardise... Une fois Calloway sur la touche, il risquait de vouloir tenter sa chance, lui aussi. Les muscles ou la matière grise ? À quoi se rallierait l'écurie Calloway ? De son point de vue, ça ne faisait guère de différence. De toute façon, tout allait se casser la gueule.

À l'heure de la fermeture, Brewster lui proposa un petit dernier vite fait, mais avec lui, un petit dernier vite fait, ça prenait toujours un certain temps. D'abord parce qu'ils ne pouvaient pas descendre dans un rade du quartier où ils risquaient de croiser des gens qu'ils préféraient éviter, des délinquants fraîchement sortis de garde à vue, des individus louches qui n'auraient pas détesté leur clouer le bec. Ce qui voulait dire, à tous les coups, une petite virée, et Ransome ne tenait pas à faire les bars avec son collègue.

— T'as prévu quelque chose ce week-end, Ben ? répondit-il, dans un grand effort de civilité.

— Demain, c'est la journée Portes ouvertes. J'emmène les filles à St. Bernard's Well.

— C'est-à-dire, en langage courant ?

— Ben, c'est dans le coin de Water of Leith... Ça devait être un genre de station thermale, dans le temps. Maintenant, ça n'est même plus ouvert au public.

— Non, cette histoire de porte qui s'ouvre, là...

— La journée Portes ouvertes. Les gens peuvent visiter toutes sortes d'immeubles ou de monuments normalement interdits d'accès. Des loges maçonniques, des banques, tout le bazar. Même le poste de Leith, je crois qu'ils vont l'ouvrir au public.

— Palpitant.

— Ouais, ça risque d'être marrant. Et selon Ellie, les filles vont apprendre des tas de choses.

— Eh bien, je vous souhaite bonne chance.

Brewster avait deux filles d'une dizaine d'années et une femme qui parvenait toujours à ses fins, un peu comme Sandra. Les filles de Brewster étaient dans des collèges privés et ça l'obligeait à faire de gros sacrifices sur d'autres fronts. Raison de plus de ne pas avoir de mômes, outre que Sandra n'avait jamais fait preuve d'un excès d'enthousiasme en la matière. Ransome resta derrière son bureau jusqu'à ce qu'il n'y ait plus âme qui vive dans tout le service. C'est ainsi qu'il aimait son étage : désert, silencieux. En s'abîmant dans la contemplation de son écran vide, il s'avisa qu'il n'aurait pu citer une seule chose qu'il aurait eu envie de faire. Il y avait bien la paperasse en retard, mais ça pouvait attendre. Il reviendrait peut-être le lendemain matin, ou dimanche. Deux heures lui suffiraient amplement pour éponger son retard et lundi matin, Brewster en resterait bouche bée.

Une heure et demie plus tard, Ransome était rentré chez lui. Il avait dîné d'un sauté d'agneau *peshwari*, s'était changé et était allé traîner dans son café favori, qui donnait sur Balgreen Road. Il y avait un tournoi de fléchettes. En temps normal il s'y serait inscrit, mais pas ce soir-là. On formait des équipes pour un quiz, mais là aussi, il s'abstint de s'engager. Il pensait à Chib Calloway et à ses couilles en or, à Michael Mackenzie, pas trop à plaindre, lui non plus. Effectivement, ils étaient allés à l'école ensemble, ces deux-là. Ransome avait jeté un coup d'œil aux registres scolaires. Et ils avaient très bien pu « tomber nez à nez », comme disait Glenn. Mais il n'était pas exclu que Glenn l'ait mené en bateau, à moins que ce soit Calloway qui ait menti à Glenn. Mackenzie avait fait fortune dans l'informatique… Calloway avait forcément un plan en tête : il espérait soit plumer le pigeon, soit lui foutre les jetons pour le faire raquer sous prétexte d'assurer sa protection.

Ou alors, c'était Calloway qui avait besoin de quelque chose. Un savoir-faire, des connaissances techniques que seul Mackenzie pouvait lui fournir. En vue de pirater des informations sensibles, par exemple. Par les temps qui couraient, ce n'était plus des flingues qu'il fallait pour braquer une banque comme la First Caly. Plus personne ne s'attaquait aux serrures des coffres. Suffisait de déchiffrer leurs codes informatiques, et ça pouvait se faire depuis n'importe où.

Il laissa s'écouler une heure de plus avant d'appeler le poste pour savoir s'il s'était passé quelque chose. Il faisait ça de temps à autre, le soir et certains week-ends. Il appelait le standard central de Bilston, ou la salle de garde à Torphichen Place.

— Ici Ransome.

Le plus souvent, il n'avait pas besoin d'en dire davantage. Les standardistes le connaissaient. Ils lui faisaient un rapport détaillé par téléphone. Les véhicules volés ou incendiés. Les cambriolages, les bagarres, les problèmes domestiques. Les dealers, exhibitionnistes ou pickpockets épinglés. Il n'y avait que le vendredi et le samedi soir qui puissent rivaliser pour le nombre et la diversité des infractions, le samedi coiffant généralement le vendredi d'une courte tête. Cette semaine-là ne faisait pas exception.

— On est toujours à la recherche de cinq ou six véhicules volés, des voitures et des fourgonnettes, s'entendit répondre Ransome. On a aussi deux ivrognes qui n'ont pas apprécié de se faire jeter d'un enterrement de vie de garçon, sur Lothian Road, et une agression dans le quartier du canal. Un pauvre vieux qui s'est salement fait rectifier le portrait.

Tu m'étonnes... songea Ransome. Comme tant de quartiers d'Édimbourg, le secteur du canal était plus mal famé qu'il n'y paraissait. Des petits voyous de Polwarth ou de Dalry, sans doute...

— Qu'est-ce qu'il foutait là-bas ?

— Rien de suspect, à première vue. Il habite les immeubles neufs, près du vieux show-room d'Arnold Clark.

Le mauvais endroit au mauvais moment.

— Autre chose ? demanda-t-il.

— Deux vols à la tire, cet après-midi, et un accident avec délit de fuite, à Shandon. Quelques ados avec les poches pleines de dope, dans les Meadows... C'est tout pour le moment, mais patience, inspecteur ! Après minuit, on devrait avoir notre quota de bagarres et de délits d'ivresse sur la voie publique.

Ransome soupira en raccrochant. Il avait promis à Sandra de rentrer tôt, quoique le vendredi ait toujours été, traditionnellement, son jour de sortie. Mais pourquoi se faisait-il tant de mouron ? Autour de lui, les joueurs de fléchettes s'obstinaient dans leur partie. Les équipes de quiz n'avaient jamais réussi à se constituer, faute de volontaires. Personne ne braquait personne. Depuis la prohibition du tabac, les pubs mouraient de leur belle mort, lentement mais sûrement.

Trop calme... ronchonna-t-il, puis, vidant sa pinte, il décida que la coupe était pleine.

Mike était sorti fumer sur son balcon quand il entendit le téléphone. Il alla décrocher et n'entendit qu'un long silence sur un vague fond de friture. Puis s'éleva une voix qu'il reconnut au premier mot.

— Michael, espèce de vieil enfoiré ! Alors, comment va ?

Il se rassit en souriant d'une oreille à l'autre. Ces derniers jours, il n'avait pu décrocher son téléphone sans s'attendre au pire : apprendre que Westie avait craqué, par exemple, ou qu'Allan était allé pleurnicher chez les flics en implorant l'absolution. Mais ça n'était que son vieux collègue, son copain Gerry qui voulait prendre de ses nouvelles.

— Où tu es, mon vieux ? s'enquit Mike.

— Où veux-tu que je sois ? À Sydney !

— Quelle heure est-il ?

— Pour toi, c'est déjà demain ! Il y a une petite brise sur la terrasse, mais sinon, il fait plutôt bon. Alors, qu'est-ce que tu deviens ?

Mike passa rapidement en revue les différentes réponses possibles.

— Bof, pas grand-chose, finit-il par dire. Je terminais ma clope avant de me mettre au lit.

— Mais tu m'as l'air dans un état désespéré, mon pauvre Michael. C'est pas vendredi soir, chez vous ? Tu devrais pas être en ville, là, en train de faire la fête et de courir la gueuse ? Tu comptes peut-être sur moi pour t'envoyer une de mes amies d'ici ? J'en suis capable, tu sais !

— Pour ça, je te fais confiance. Et toi, qu'est-ce que tu fabriques, ces temps-ci ? Vas-y, fais-moi rêver…

— Oh, la routine habituelle ; des fiestas, et encore des fiestas. *Sea, sex and surf…* Plus tard dans l'après-midi, je pensais louer un bateau.

— Une vie de chien…

Il y eut un éclat de rire à l'autre bout de la ligne.

— Atroce. J'arrête pas ! Mais toi, t'as toujours préféré te la couler douce. Dans le calme des coulisses, je veux dire.

— Mais toi aussi, Gerry. Alors, qu'est-ce qui se passe ?

— La vie, mon vieux. C'est elle qui passe, fit Gerry, en se retranchant derrière sa réponse favorite. À toi aussi, ça va finir par arriver.

— Ici, à Édimbourg ?

— Bonne question. Faudrait te décider à t'extraire de ton trou et à traîner ta vieille carcasse jusqu'ici. Combien de fois je vais devoir te le répéter ?

— C'est sur ma liste, Gerry…

Pourquoi pas ? Qu'est-ce qui le retenait en Écosse ? Mais inversement… Qu'est-ce qui l'aurait attiré ailleurs ?…

— Et toi, du côté de ton portefeuille ? enchaîna Mike, changeant de sujet.

— J'ai revendu juste à temps, répondit Gerry, avec un soupir sonore. J'ai tout placé sur les minerais et dans l'or, le tout saupoudré d'une pincée de nouvelles technologies…

— Tu devrais reprendre du service, Gerry. Le monde a besoin de cerveaux comme le tien.

— Bien marinés, tu veux dire ?

Mike entendit une voix féminine qui posait une question en arrière-plan et Gerry couvrit le combiné, le temps de lui répondre.

— Qui est cette jeune dame ? demanda Mike.

— Une personne charmante, que j'ai récemment rencontrée.

— En général, on considère que le minimum de courtoisie, c'est de donner le prénom…

— T'es dur Mike… (une pause…) dur mais juste ! (… suivie d'un éclat de rire, à l'autre bout du monde.) Bon, je vais voir ce que je peux faire pour son bonheur…

— Je t'en prie.

— Tu passes quand tu veux, Mike. T'imagines un peu, les parties de rigolade !

— Bonne nuit, Gerry.

— Bonjour, mon pote !

Leur formule rituelle de fin de signal. Mike souriait encore en reposant le téléphone sur ses genoux. Il souffla un bon coup. La masse hérissée de la ville se découpait en ombre chinoise sur l'horizon, criblée de points lumineux.

C'est la vie qui passe.

N'était-ce pas le cœur du problème ? Il aurait pu lui parler du braquage, à Gerry. D'ailleurs, si l'opération était un succès, il finirait tôt ou tard par le mettre au courant. Et même dans le cas contraire… Gerry s'exclamerait en se claquant les cuisses et secouerait la tête d'un air épaté, comme le jour où Mike lui avait annoncé le montant que leur offrait le consortium, pour la boîte.

Et si j'allais en ville faire la fête et courir la gueuse ?

Mais avec qui, maintenant que ses amis étaient devenus ses complices ? Et Chib Calloway, est-ce qu'il s'éclatait, lui – cigarettes, whisky et petites pépées ? – dans les bars et les night-clubs ? Grand bien lui fasse. Mike préférait garder la tête claire pour le lendemain matin. Il voulait tout revoir une dernière fois, étape par étape. Quand le point de non-retour serait-il atteint ? se demanda-t-il. N'avait-il pas déjà été atteint ?

Mais qu'est-ce qui lui arrivait ?

Une porte s'est ouverte, se dit-il et d'une pichenette, il envoya valser son mégot dans le ciel nocturne.

17

Samedi. Journée Portes ouvertes à Édimbourg.

Il tombait un fin crachin avec une brise frisquette, mais pas de quoi dissuader les visiteurs. Les gens attendaient ça avec la même ferveur et la même curiosité que les festivals d'été. C'était devenu un événement à part entière. On se composait un itinéraire pour la journée, incluant une visite au château puis à Freemasons' Hall, à l'Observatoire ou à la plus grande mosquée de la ville. Certains prévoyaient des sandwichs et une Thermos de thé. La plupart des immeubles livrés en pâture à la curiosité publique étaient situés dans le centre, lui-même inscrit au patrimoine mondial de l'Unesco ; mais il y avait des sites plus excentrés, tels que l'usine d'électricité ou la station d'épuration.

Sans oublier l'entrepôt de Granton, situé sur le front de mer, où les galeries et musées nationaux stockaient leur surplus. Une bonne partie de Granton semblait réfractaire à la vague de modernisation qui avait rénové Leith, le quartier voisin. Des rues éventrées, criblées d'ornières et de nids-de-poule, longeaient une zone industrielle d'entrepôts et d'usines désaffectées. Çà et là, derrière les clôtures et les bâtiments, surgissait le ruban gris de la mer du Nord, rappelant aux visiteurs qu'Édimbourg était loin de profiter pleinement de sa situation littorale.

L'entrepôt lui-même était la preuve flagrante que les musées publics de la ville, pourtant attachés à mettre en valeur leurs collections, en étaient matériellement réduits à enterrer le plus gros de leur trésor.

— Admirez le résultat, quand une culture cède à ses pulsions les plus rapaces… grommela le professeur Gissing.

Il était au volant d'une fourgonnette volée et avait revêtu sa tenue de camouflage : lunettes noires, casquette de tweed et chemise à carreaux.

— Alors, vous voilà privé de velours côtelé, aujourd'hui, Robert ? lui avait lancé Allan Cruikshank avec un sourire en coin, quand ils s'étaient retrouvés à Gracemount.

Allan, lui, arborait une perruque brune sous une casquette bleue. Il avait troqué son costume trois-pièces contre un jean surdimensionné et un sweat-shirt sans forme. Le reste de l'équipe était à l'arrière : Mackenzie, Westie et les quatre « gamins » délégués par Chib Calloway, qui avaient décrété que leur seule concession en matière de camouflage serait des casquettes de base-ball avec la visière abaissée sur les yeux et de grosses écharpes style Burberry pour masquer le bas de leur visage. Jusque-là, nul ne les avait entendus émettre autre chose que divers grognements et bruitages gutturaux. Ils tenaient visiblement à préserver leur incognito : ni vus ni connus.

Ce qui faisait l'affaire de Mike. Il jeta un énième coup d'œil à sa montre. Ils étaient garés sur la voie latérale d'où ils avaient vue sur l'enceinte de l'entrepôt. Quinze minutes s'étaient écoulées depuis que le groupe précédent avait quitté les lieux. Allan avait compté douze visiteurs. L'excursion durait quarante minutes, avec un battement de vingt minutes entre les groupes. La prochaine visite devait commencer dans cinq minutes. Un groupe de douze personnes qui avaient toutes réservé – sauf que cette fois, sept des noms seraient faux. Gissing et Allan, sur le siège avant, étaient mieux placés pour surveiller les arrivées et les départs. Personne n'aurait songé à se pointer ici à pied, on était trop loin de tout moyen de transport public. Ils avaient vu arriver deux ou trois taxis qui étaient venus chercher ou déposer des couples d'allure bourgeoise, et Mike s'était avisé, non sans inquiétude, qu'il risquait de croiser des visages connus. Le professeur resterait dans le van, tandis que Mike et Allan entreraient dans l'entrepôt. Les gens qui s'intéressaient aux journées Portes ouvertes étaient généralement de simples badauds, ravis de glisser un œil au-delà de ces fameuses portes, d'ordinaire infranchissables au commun des mortels. Mais l'entrepôt de Granton était une annexe du Musée national et il n'était pas exclu qu'une poignée d'amateurs d'art fassent le détour. Exactement le genre de public que Mike et Allan côtoyaient dans les diverses ventes et expositions dont ils étaient des piliers.

Gissing avait été dûment mis en garde : « Ne sortez du van qu'en cas de force majeure. » Mais Mike regrettait à présent que l'opération ne puisse se dérouler sans qu'Allan ou lui aient à prendre la parole. Une voix, c'était tout aussi identifiable qu'un visage, et cela s'appliquait aussi à Westie, puisque nombre d'amateurs d'art fréquentaient les expos de fin d'année des Beaux-Arts… Il sentit un ruisselet de sueur se former le long de son épine dorsale. Autant de détails qui étaient restés inaperçus. S'il avait pu briefer les gars de Chib un peu plus tôt, il aurait pu s'arranger pour qu'ils se chargent des interventions verbales. Jusque-là, les quatre garçons s'étaient contentés d'écouter ; Mike craignait même que les quelques remarques échangées entre Gissing et Allan, sur les projets immobiliers en cours dans la ville et leur financement, ne leur aient déjà fourni que trop d'indices. Allan en avait parlé d'un ton docte, trahissant sa longue expérience. Puis Gissing s'était lancé dans une diatribe contre la gestion publique des œuvres d'art et des antiquités, et lui aussi maîtrisait parfaitement son sujet. Les quatre lascars n'auraient pas à se creuser longtemps les méninges pour comprendre qui était qui. Et s'ils se faisaient épingler par les flics dans un avenir plus ou moins proche, ne seraient-ils pas tentés de déballer tout ce qu'ils savaient, pour négocier un allégement de leur peine ? La peur que leur inspirait Chib Calloway suffirait-elle à leur imposer le silence, et pour combien de temps ?

Dieu merci, la camionnette du marchand de frites était fermée le week-end. Un témoin potentiel en moins.

— Voilà les deux premiers qui arrivent, annonça Allan.

Le cœur de Mike battait à tout rompre, jusque dans ses oreilles. Westie avait coincé ses mains entre ses genoux pour les empêcher de trembler. Mais jusque-là il avait assuré. Le van avait fait un premier détour par son appartement, où ils avaient pris livraison des copies. Après une dernière inspection, Gissing les avait déclarées bonnes pour le service, en précisant que Westie pouvait compter sur des appréciations tout aussi élogieuses pour son expo de fin d'études. La remarque, qui visait sans doute à rasséréner l'étudiant, avait eu l'effet inverse sur Mike : les quatre lascars, qui étaient restés dans le van pendant le transbordement et l'inspection des toiles, savaient maintenant qu'ils avaient affaire à un étudiant en art et à l'un de ses enseignants.

Westie s'était déclaré « lessivé » par ces longues semaines de rude labeur et, effectivement, il avait petite mine : teint blafard, traits tirés et paupières alourdies par le manque de sommeil. On sentait qu'il ne tenait qu'à coup de caféine. La dernière chose qu'il leur fallait, c'était bien un équipier qui s'assoupirait en pleine action.

En plein *braquage*… Ce seul mot mettait Mike au bord de la crise de nerfs.

Mais ça y était. Ils étaient enfin à pied d'œuvre.

— Deux autres visiteurs, annonça Allan. Il n'en manque plus qu'un !

Ils n'avaient pas vu trace d'Alice chez Westie. Mike était passé lui remettre l'argent qu'elle avait demandé – en précisant qu'il s'agissait d'une avance et non d'un supplément –, puis il avait roulé plusieurs fois sur la caméra avec sa Maserati jusqu'à l'aplatir comme une crêpe, avant d'en disséminer les morceaux dans toute la ville, par acquit de conscience. Mais il ne se voilait pas la face. Tellement de facteurs échappaient déjà à son contrôle, et ça ne faisait que commencer. Il contempla les toiles sans cadres, empilées à plat au fond du van. En sortant de chez Westie, il avait rappelé à toute l'équipe de regarder où ils mettaient les pieds.

— Le premier qui marche dessus, je l'explose ! avait menacé Westie, et les quatre lascars d'échanger un petit sourire éloquent.

Mais jusqu'à présent, tout roulait. Mike avait retrouvé Allan à sept heures sur Marine Drive. Ils avaient laissé l'Audi sur place et étaient repartis en Maserati jusqu'à chez Mike. Ils avaient à peine touché à leurs sandwichs au bacon, mais avaient réussi à avaler un café et un jus d'orange avant d'enfiler leur tenue de camouflage. Mike s'était gondolé en voyant Allan revenir dans le living avec sa perruque et sans ses lunettes, remplacées par des lentilles de contact.

— J'ai déniché ça dans une friperie, dit Allan, parlant de la perruque. Ça gratte un peu, là-dessous…

Gissing les attendait à Gracemount.

Il arpentait le trottoir dans un état d'agitation extrême qui le rendait éminemment repérable. Mike avait garé la Maserati dans le coin, en espérant que personne ne s'arrêterait pour s'extasier dessus ou y mettre des coups de pied. Cinq minutes plus tard, le van était là avec les quatre lascars à bord, mais pas trace de Calloway. Mike avait poussé un soupir de soulagement : il s'attendait plus ou moins à voir débarquer le caïd, exigeant d'être du voyage. Il avait essayé d'engager la conversation avec les gamins, histoire de briser un peu la glace, pour s'entendre répondre au bout de trois répliques que M. Calloway avait dit qu'ils devaient faire ce qu'on leur dirait, mais qu'à part ça, ils avaient ordre de la boucler.

— Soit dit sans vous vexer, avait ajouté l'un des quatre, avant de grimper à l'arrière du van.

Depuis, ils ne s'étaient fendus que de quelques borborygmes et marmonnements rocailleux, accompagnés d'un épais nuage de fumée et de nicotine – une entorse flagrante à la législation antitabac qui s'appliquait sur tous les lieux de travail, véhicules utilitaires y compris !

Et voilà... se morigéna Mike. *Déjà hors-la-loi !*

Il se passa la main sur la figure. Comme ses sept équipiers, il portait des gants en latex achetés dans une droguerie à Bruntsfield.

— Voilà le dernier type qui entre, annonça Allan.

Sa voix avait grimpé d'une octave.

— Compte à rebours de deux minutes, annonça Mike en levant sa montre à hauteur d'yeux.

En temps normal il portait une Cartier ou, à l'occasion, sa jolie montre de gousset de chez Bonnar. Mais Allan lui avait conseillé quelque chose de plus discret. Celle-là, elle avait coûté moins de dix livres, dans le même bazar que les gants. Elle avait l'air de marcher, sauf que la trotteuse semblait peiner à faire le tour du cadran... pourvu que la pile ne lui claque pas entre les pattes.

— Quatre-vingt-dix secondes.

Il se fiait au décompte d'Allan. Il n'aurait pas fallu que d'autres visiteurs se pointent après eux...

— Soixante.

Voilà. C'était parti. Plus question de faire machine arrière. Il se surprit à risquer un œil du côté de Westie, lequel lui renvoya un regard sombre, ou peut-être juste embrumé. Son camouflage se composait de lunettes noires et d'un bonnet de laine. Il chaussa ses lunettes. *Trente....*

— OK, les mecs, là, ça déconne plus, fit l'un des gamins à ses comparses.

Hochements de tête, avec grognements assortis. Ils ajustèrent leurs casquettes de base-ball, remontèrent leurs écharpes. Gissing lui-même, toujours agrippé à son volant, se fendit d'un signe de tête approbateur.

— La voie est libre ? demanda Mike, en priant pour que sa voix n'ait pas tremblé.

— Libre, confirma Allan.

Mike prit son souffle mais ne parvint pas à articuler le signal du départ. Pivotant sur son siège, Gissing dut sentir son hésitation, car il le fit à sa place :

— On y va !

Les portes du van s'ouvrirent en grinçant. Sept d'entre eux s'en écoulèrent prestement et tournèrent au coin. Ils étaient désormais en vue du premier poste de garde. On aurait dû répéter ça, pesta Mike intérieurement. On a l'air d'un gang…

L'un des gars de Chib, celui qui ouvrait la marche, semblait à deux doigts de s'élancer au pas de charge. Mike s'était représenté ce petit trajet comme le début de *Reservoir Dogs* : sept types calmes et posés, aussi flegmatiques que s'ils allaient au bureau. Mais il sentait ses genoux se bloquer sous lui pour ne pas flageoler. Le garde ne parut pourtant pas s'en formaliser. Il avait quitté son confortable fauteuil, avait fait coulisser sa vitre et cherchait du regard son écritoire à pince. D'habitude, il portait une casquette, mais pas ce jour-là.

— Vous êtes en retard, les admonesta-t-il. Je peux avoir vos noms ?

Il tourna la tête vers la porte de la guérite qui s'ouvrait… et resta cloué sur place en voyant le canon scié émerger d'un blouson. Il se laissa ligoter sur son fauteuil par l'un des lascars, tandis que les six autres continuaient le long de l'allée en direction de l'entre-pôt. L'entrée s'ouvrait à gauche du quai de charge-ment principal. Il y avait déjà une camionnette du musée qui s'était garée devant mais il restait assez de place pour un second véhicule. Mike entendit un cli-quetis mécanique dans son dos. Celui de la barrière qui se levait.

— Par ici, fit-il, la main sur la poignée de la porte.

— On y va, lui fut-il répondu.

Il poussa la porte et entra. C'était exactement comme prévu : un immense entrepôt, avec des flopées de rayonnages. Des centaines, des milliers d'objets emmaillotés dans des sacs de jute ou du papier bulle. À droite, la salle de garde. Les cinq visiteurs précé-dents avaient commencé la visite commentée en com-pagnie d'un responsable du musée – ça devait être son véhicule qui était garé dehors. Le type était en costard cravate, avec son nom à son revers, sur un badge. L'un des gamins de Chib s'élançait déjà vers le poste de surveillance. Il entra sans hésiter, avant de sortir son flingue. Deux gardes étaient assis devant une bat-terie d'écrans de contrôle. Par la fenêtre de sur-veillance, Mike les vit lever les mains, les yeux fixés sur le canon de l'arme.

Sortant son propre flingue, Mike réalisa que son tour était venu. Il n'avait dû s'écouler qu'une dizaine de secondes, quinze maximum, depuis qu'ils étaient entrés, mais elles lui avaient semblé s'éterniser, comme autant de minutes. Il s'était longuement exercé, avait fait des essais de mots et de voix. Il devait parler d'un ton bourru, plus brusque qu'au naturel. Un aboiement féroce et pressant qui le renvoyait à ses racines.

— Tout le monde contre le mur, tout de suite !

Les visiteurs hésitèrent un moment, croyant à un canular. Leur guide fit mine de se rebiffer, mais l'un des deux gamins lui colla le canon de son flingue dans l'oreille.

— Tu préfères que ta putain de cervelle gicle sur le béton ?

Le conservateur préférait visiblement éviter ça. Il leva les mains et recula contre le mur, aussitôt imité par le reste du groupe.

Mike vit qu'Allan et Westie étaient passés à la phase suivante. Ils s'éloignaient déjà entre les rayonnages de l'entrepôt. Mike entra dans le poste de surveillance et, sans un regard pour les vigiles immobilisés, mit le cap sur une petite armoire métallique accrochée au mur et déjà ouverte, où il prit les clés qu'il lui fallait. Il avait mémorisé les numéros, avec l'aide du professeur. Gissing lui avait expliqué que cette armoire était toujours fermée. *Sauf pendant l'opération Portes ouvertes...*

L'espace d'une seconde, il craignit d'avoir oublié l'un des numéros, mais ça lui revint : Merde, Mike. Trois putains de nombres, c'est tout...

Trois coffres. Pas vraiment des coffres, avait précisé Gissing. C'était plutôt des sortes de cagibis, avec des parois blindées. Sur un signe de Mike, les visiteurs furent rassemblés dans le poste, ainsi que leur guide. Ils seraient serrés comme des sardines, là-dedans. Les caméras de contrôle furent éteintes et les stores baissés, pour que nul ne voie ce qui se passerait dans

214

l'entrepôt et ne puisse repérer leur camouflage ou noter leur signalement.

Mike mit quelques secondes de plus que prévu à retrouver Westie. Il pensait avoir parfaitement mémorisé le plan des lieux, mais c'était compter sans le surplus des collections de Chambers Street. Certaines pièces particulièrement volumineuses leur imposaient des détours supplémentaires. Westie l'accueillit d'un roulement d'yeux exaspéré. Sans prendre le temps de s'excuser, Mike lui balança la clé et se mit en quête d'Allan. Il devait lutter pour rester concentré, dans une telle caverne d'Ali Baba… Des rayonnages entiers de merveilles… Des antiquités celtes, mayas, grécoromaines ! Il n'aurait su dire combien de cultures et de périodes étaient représentées. Il dépassa un grand vélocipède et une masse géante, emballée de papier kraft, qui aurait pu être un éléphant. C'était bien ce que Gissing lui avait décrit : un endroit magique, où l'on aurait pu flâner des semaines entières sans épuiser son émerveillement. Une idée lui traversa soudain l'esprit : cette première visite serait aussi la dernière. Il n'y remettrait plus jamais les pieds, dans cet entrepôt. Cette mémorable journée Portes ouvertes risquait fort d'être la dernière : il y avait de bonnes chances pour que le local soit définitivement fermé au public.

Allan lui souriait à travers un rideau de sueur. Il avait soulevé sa perruque pour se gratter le crâne.

— Alors, ça roule ? demanda-t-il.

Mike eut le sentiment qu'une réponse négative aurait réduit son ami en miettes. Il hocha la tête et lui tendit la clé, tandis qu'Allan réajustait sa perruque.

— T'as repéré des visages connus parmi les visiteurs ?

Mike s'était souvenu de lui poser la question.

Allan secoua la tête, ce qui fit malencontreusement dévisser sa perruque.

— Excuse, j'ai pas fait gaffe…

— Moi non plus, avoua Mike en se dirigeant vers son propre coffre.

Le numéro 37, comme l'indiquait l'étiquette de la clé. Gissing lui avait fait remarquer que les numéros des chambres fortes ne se suivaient pas. Les nombres pairs se trouvaient d'un côté de l'entrepôt et les nombres impairs, de l'autre. Mike traversa le bâtiment par une allée qui courait entre les rayonnages, longea les rangs numérotés dans l'ordre décroissant, son Browning glissé dans sa ceinture. Il n'y avait pas d'autres gardes. Personne. Pas de visiteur égaré. Une ribambelle de caméras éteintes, espérait-il. Et si le gamin en avait oublié une, qui aurait filmé Allan sans sa perruque, se grattant le crâne ? Trop tard pour se faire du mouron. Coffre 37. Il glissa sa clé dans la serrure et tira sur la porte qui s'ouvrit avec un léger grincement. Il y avait un plafonnier, conformément aux prévisions de Gissing. Des toiles encadrées, par dizaines. Mais il savait exactement laquelle il cherchait. Elles étaient rangées entre deux couches protectrices, une de papier bulle et une de tissu, et identifiées par des étiquettes. Il fit glisser les deux toiles et s'en cala une sous chaque bras, avant de rebrousser chemin. Dieu savait ce qu'il laissait derrière lui. Peut-être aurait-il revu son choix s'il avait eu plus de temps. Il reconnut le Monboddo à sa taille : c'était le plus petit des deux. Il saurait lequel larguer en premier, s'il devait prendre ses jambes à son cou.

Tout semblait tranquille derrière la porte close du poste de garde. Mike croisa les doigts pour que les quatre garçons continuent à assurer. L'un d'eux était allé ouvrir les portes du quai de chargement, qui laissaient entrer la lumière du jour, ainsi qu'une grande bouffée d'air frais et de liberté. Mike reconnut le van. Gissing s'était garé en marche arrière. Les portières étaient déjà ouvertes, le professeur l'attendait.

Il parut soulagé de le voir arriver, ce qui eut aussitôt sur Mike l'effet inverse : y avait-il eu un problème avec Allan et Westie ? Où étaient-ils ? Il tendit la première toile à Gissing, un Cadell que le professeur déballa pendant que Mike allait prendre sa copie dans la pile. Gissing sortit le châssis du cadre. L'exercice ne prit pas plus d'une demi-minute, entre ses mains expertes qui ne tremblaient pratiquement pas. Des petits coins de bois avaient été insérés aux angles des cadres pour compenser le jeu. Il commença par les enlever, d'un geste à la fois sûr et puissant.

Mike retint son souffle tandis que la copie de Westie venait prendre la place de l'original dans le cadre d'origine, où elle s'emboîta parfaitement. Mike émit un petit sifflement admiratif. Gissing remit en place les coins de bois et examina le dos des originaux, en quête de signes distinctifs ou de marques d'identification, tant sur la toile que sur le châssis. S'il en avait découvert, ils n'auraient matériellement pas eu le temps de les dupliquer, à moins de bâcler le travail. Mais Gissing parut rassuré.

— Pas de problème, fit-il.

Comme prévu, les marques, cachets et étiquettes étaient apposés sur les cadres plutôt que sur les toiles elles-mêmes. C'était d'ailleurs une raison supplémentaire de ne prendre que des toiles de petites dimensions : ça réduisait les chances d'y découvrir des détails qui auraient permis de les identifier.

— Vas-y, remballe… grogna Gissing qui s'attaquait déjà à la deuxième toile, le portrait de Monboddo.

Mike se retourna en entendant du bruit. Allan et Westie arrivaient, chargés chacun de trois toiles, ce qui avait exigé plus de temps. Il aurait dû y penser. Lui, il n'en avait pris que deux…

— Un souci ? s'enquit-il d'une voix que l'angoisse faisait chevroter.

— Aucun, répliqua Allan, le menton dégoulinant.

Une idée ébouriffante l'effleura : est-ce que l'ADN pouvait être prélevé à partir de la sueur ? Mais le moment était mal choisi pour se renseigner. Westie déballait déjà la copie suivante. Comme Gissing, il avait le geste sûr et précis et le temps leur était compté. Le groupe suivant aurait pu arriver en avance… Mike passa la tête au coin du van pour surveiller la guérite de l'entrée. Le vigile restait invisible – sans doute accroupi par terre. Le jeune voyou avait pris sa place, la casquette crânement vissée sur la tête. C'était bien vu, mais de près, Mike doutait que cela puisse tromper grand monde, surtout avec cette grosse écharpe qui lui masquait le bas du visage…

Concentrant son attention sur ce qui se passait dans le van, Mike remarqua que le professeur soufflait comme une forge. Heureusement, Gissing semblait garder toute sa présence d'esprit. Il rappela à Westie de s'assurer que les étiquettes des cadres restaient bien visibles, quand il y replaçait les copies.

— Vous penserez à les remettre exactement comme elles étaient.

— On sait, on sait, râla Westie, avant d'ajouter : Moi, j'ai toujours dit qu'il valait mieux faire ça plus loin…

Mike avait entendu son argument mais il s'était rallié à celui d'Allan : tant qu'ils seraient sur les lieux, l'alarme ne serait pas donnée. Ce n'est qu'après leur départ que tout se précipiterait. Mieux valait donc faire l'échange tout de suite. Ça leur faciliterait la retraite plus tard, quand ils auraient les flics aux trousses.

— Trois de moins ! lança Allan en regardant s'activer Westie et Gissing.

Mike consulta à nouveau sa montre. Il ne s'était écoulé que douze minutes depuis qu'ils étaient entrés dans l'entrepôt. La manœuvre était réglée comme du papier à musique et même mieux : un vrai métronome électronique. Il sentit ses lèvres se retrousser en un sourire un rien tendu et tapota l'encolure d'Allan.

— Trop tôt pour crier victoire ! rugit Gissing en s'essuyant les yeux d'un revers de main. Filez à l'entrepôt, tous les deux. Dernière tournée d'inspection !

L'inspection finale, voulait-il dire : vérifier que les portes des chambres fortes avaient été laissées grandes ouvertes, avec leurs clés respectives. Ils sèmeraient forcément des traces, avait prévu Westie, et il s'y connaissait, avec toutes les séries télé qu'ils ingurgitaient, lui et Alice. Un cheveu, des fibres tombées de leurs vêtements, des traces de semelles. Mais moins ils en laisseraient et mieux ce serait. Plantés au milieu de l'entrepôt, Mike et Allan échangèrent un signe de tête. Puis Allan retourna vers le van, tandis que Mike allait ouvrir la porte du poste de surveillance. Il fut accueilli par un flingue braqué sur lui, qui s'abaissa quand son propriétaire le reconnut. Mike leva trois doigts : « plus que trois minutes ». Les otages étaient accroupis par terre, les mains sur la nuque et les yeux fermés. Tous les écrans de contrôle étaient éteints.

À son retour au van, Mike trouva Allan sur le siège passager, s'essuyant la figure dans un mouchoir.

Westie finissait d'emballer une autre toile. Gissing ahanait, les mains crispées sur sa poitrine, mais il hocha la tête pour rassurer Mike :

— Un peu essoufflé, c'est tout…

— Allez vous asseoir à l'arrière, Robert, ordonna Mike. Je vais prendre le volant.

Il s'installa sur le siège conducteur et s'assura que la clé était sur le contact.

— Où ça en est ? demanda-t-il à Allan.

— L'idéal serait de partir maintenant.

Mike entendit du bruit et jeta un coup d'œil dans son rétroviseur. Trois ombres, qui sautèrent à l'arrière. Les portes du van se refermèrent et Mike mit le contact. On lui passa quelque chose. Une clé.

— On les a tous bouclés dans le poste de garde, lui annonça-t-on.

— Formidable, dit-il en faisant disparaître la clé dans le cendrier du tableau de bord. Sauf si vous leur avez laissé un portable…

Le van démarra dans une grande embardée en direction du poste de garde.

— Pas trop vite, râla Gissing.

Il avait raison. Provoquer un carambolage ou se faire repérer par une patrouille de flics en maraude, ç'aurait été le pompon. Mike s'arrêta près de la guérite, le temps d'embarquer le quatrième lascar qui avait toujours sa casquette sur la tête, à la grande joie de ses petits camarades.

— Ça restera dans le van, leur dit Mike d'un ton impérieux.

Le regard d'Allan s'attarda sur lui.

— M. Pro… ronronna-t-il.

— À donf ! s'écria un des gamins à l'arrière.

Dans son rétroviseur latéral, Mike aperçut le garde qui sortait de sa tanière et mit les gaz.

— T'aurais dû l'assommer, lança une voix.

— Pas question ! répondit une autre. C'est un fan des Hearts. Il a les calendriers, les fanions, le magazine, tout…

— Et même notre numéro d'immatriculation, maintenant ! ricana Allan.

— Ça ne l'avancera pas à grand-chose, répliqua Mike en se tournant vers Westie. C'est pour ça qu'on a fait ça comme ça, dans l'ordre.

Westie n'eut qu'un reniflement de mépris. Ils roulèrent un moment sans un mot, l'oreille à l'affût des sirènes.

— On aurait dû prendre une C.B., fit l'un des mômes. On aurait pu capter la fréquence des flics.

Mike et Allan échangèrent un coup d'œil : encore un détail qui leur avait échappé. Mike était dans un état second, où son acuité sensorielle semblait avoir décuplé. Il percevait avec une netteté stupéfiante les bruits du macadam éventré sous les roues de la fourgonnette. Ses narines distinguaient des exhalaisons de houblon échappées d'une lointaine brasserie. Il sentait refluer dans sa bouche un âpre arrière-goût d'adréna-line et son sang pétillait dans ses veines.

Voilà. C'est ça, d'être vivant. Toute son énergie était démultipliée, comme sous l'effet d'un surpres-seur géant.

Ils trouvèrent l'Audi d'Allan où ils l'avaient laissée. Aucun autre véhicule en vue, à part une antique Rover, au châssis rongé de rouille. La pluie s'était mise à tomber plus drue, décourageant définitivement les promeneurs de chien. Les toiles sans cadres furent transférées dans le vaste coffre de l'Audi. L'un des gamins s'apprêtait à refermer les portes du van quand Mike lui fit signe de les laisser ouvertes.

— On est à la bourre, tu te souviens ? lui dit-il.

La Rover était destinée aux garçons. La clé de contact était planquée sous l'une des roues avant. Mike leur tendit la main pour leur dire au revoir, mais les quatre lascars le contemplèrent sans bouger. Puis l'un d'eux demanda les armes qui lui furent remises – non sans une certaine réticence, pour ce qui était de Mike – et enfournées dans le coffre de la Rover. Avant de les laisser repartir, Mike s'assura que la cas-quette était bien restée dans le van, conformément à ses ordres.

Mi-figue mi-raisin, Allan leur agita mollement la main en guise d'adieu.

— Charmants, ces petits, dit-il en regardant s'éloi-gner la Rover.

Gissing était déjà monté dans l'Audi, suivi de près par Westie.

— Démarrons ! fit le professeur.

— Une seconde, répliqua Mike.

Retournant vers le van, il souleva l'un des paquets et le balança sur la chaussée. À son retour dans l'Audi, Gissing lui demanda une explication.

— Les voleurs ont cédé à la panique et pris la fuite, lui rappela Mike. Juste au moment où ils commençaient à transborder les toiles. Convaincante, cette dernière petite touche, non ?

Westie composa un numéro sur son portable. Il avait demandé et obtenu le privilège de passer ce coup de fil. Le téléphone était un cadeau de Calloway, qui l'avait laissé dans le carton avec les flingues. Chib avait assuré qu'il était intraçable, tout en les prévenant qu'il n'y avait plus que deux minutes de crédit. Westie prit son souffle et fit un grand clin d'œil à la cantonade avant de lancer :

— Allô, la police ?

Sa voix avait retrouvé ses racines de Fife et le ton gouailleur de ses origines.

— Écoutez… je viens de voir un truc franchement pas net, du côté de Marine Drive. Quatre ou cinq types dans un Transit blanc. Ils avaient l'air de décharger des corps ou je ne sais quoi. Je crois que je leur ai foutu la trouille. J'ai juste eu le temps de noter leur numéro…

Il le leur déclina, raccrocha et, inclinant le buste, esquissa un salut.

— Décharger des corps ? répéta Mike en écho.

— Eh, t'es pas le seul à savoir improviser !

Westie abaissa sa vitre et balança le portable.

— OK, les gars. Si on enlevait ces saloperies, maintenant ? suggéra Allan en agitant ses mains toujours gantées de latex.

Mike acquiesça d'un signe de tête. Ils ne risquaient plus rien, à présent. Ils étaient de retour. Ils avaient réussi.

Réussi !

18

Sept toiles sans cadre étaient exposées chez Mike, sur les canapés et les fauteuils du salon. Les trois compères les contemplaient, une flûte à la main. Une fois débarrassés de leur tenue de camouflage, ils avaient filé à la salle de bains, le temps de se passer un peu d'eau sur la figure et de se savonner les mains pour chasser l'odeur tenace du latex. Allan se grattait le crâne de temps à autre, comme s'il redoutait que des bestioles aient émigré de la perruque vers son cuir chevelu. La Maserati n'avait pas souffert de son bref séjour à Gracemount. Seules quelques traces de doigts sur les vitres trahissaient le passage d'une bande de gamins qui s'étaient apparemment contentés de lorgner à l'intérieur.

Ils avaient déposé Westie devant chez lui en lui recommandant une dernière fois de ne montrer son DeRasse à personne. Le jeune homme avait demandé à Mackenzie quand il pourrait récupérer son fric.

— Le solde sera sur ton compte ce soir ou demain, avait répondu Mike.

Westie n'avait quitté la voiture qu'à contrecœur. Il jubilait et ne cessait de répéter, en souriant aux anges, que tout était allé pour le mieux.

— Finalement, j'aurais peut-être dû en prendre deux, avait-il marmonné.

— Méfiez-vous de la fièvre de l'or, jeune homme, avait répliqué Gissing sur le même ton.

Westie avait levé les mains en signe de capitulation.

— Eh, si on peut même plus rigoler ! J'essayais juste de vous dérider, tous les trois. On se croirait à un enterrement, à voir vos tronches.

— Tu ferais bien d'aller te reposer un peu, avait répondu Mike. T'as du sommeil en retard. Passez un bon dimanche, avec Alice. Et surtout, pas de folies avec votre argent ! Silence et discrétion.

— C'est ça, ouais, silence et discrétion, avait répété Westie avant d'ouvrir la portière et de regagner ses pénates, son tableau sous le bras.

— Je préfère les vôtres, déclara Allan à Gissing, dans le salon de Mike.

— Ça, c'est ballot, fit le professeur avec un fin sourire.

— Et l'Utterson de Calloway ? demanda Allan.

— Je vais le remettre à son nouveau propriétaire, répondit Mike.

— Mais est-ce qu'on peut vraiment lui faire confiance ? riposta Allan, l'index posé sur sa paupière qui tressaillait désagréablement. Robert parlait de fièvre de l'or, tout à l'heure… Calloway n'est-il pas le plus susceptible de guigner nos tableaux ?

— Ça va aller… J'en fais mon affaire.

— A-t-il bien compris que les toiles doivent rester incognito ? insista Allan.

— Il sait, il sait, fit Mike avec une pointe d'agacement.

Il se pencha vers la table pour attraper la télécommande de l'écran plasma et se mit à zapper, en quête d'un bulletin d'informations.

— C'est encore un peu tôt, dit Allan en se frottant les yeux.

Il détestait les lentilles de contact et ne s'était résigné à en porter que pour les besoins de l'opération. Mike ignora sa remarque. En fait, il lui tardait qu'ils s'en aillent pour pouvoir se consacrer à son Monboddo. Le portrait de la femme de l'artiste. Jusque-là, il ne l'avait tenu qu'un instant entre ses mains. Gissing avait entrepris de faire le tour du salon. Il n'avait jeté qu'un coup d'œil hâtif à ses propres toiles, avant d'aller examiner certaines des trouvailles de Mike, exposées sur les murs du salon.

— Mais j'y pense… reprit Allan. Et si quelqu'un arrivait là-bas avant les flics ? À Marine Drive, je veux dire. Si un quidam se tirait avec une brassée de nos belles copies ?

— Eh bien, les flics l'épingleraient en se disant qu'ils tiennent leur voleur, lui répondit Mike.

— Exact, oui, admit Allan, à demi convaincu.

Sa flûte était vide, mais Mike avait décidé de s'en tenir à une seule bouteille de champagne. Il fallait penser au trajet du retour – pour Allan, tout au moins. Le professeur aussi, ils allaient devoir le raccompagner. Pas question de l'expédier chez lui en taxi avec un tableau d'une telle valeur.

Les mots FLASH INFO étaient apparus au bas de l'écran. Derrière le présentateur, la photo du château d'Édimbourg fut remplacée par un plan de la ville, avec un grand zoom centré sur le secteur de Granton.

227

— Et c'est parti ! marmonna Mike pour lui-même. Les vraies réjouissances vont commencer…

Il allongea le bras pour monter le son, mais la sonnerie d'un portable arrêta son geste. Comme c'était celui de Gissing, Mike coupa carrément le son. Le professeur affichait un grand sourire. Mike lui répondit d'un signe de tête. Ils savaient qui c'était, ou du moins ils l'espéraient. L'index sur les lèvres, Gissing leur imposa silence avant de décrocher.

— Professeur Robert Gissing, annonça-t-il, puis, au bout de quelques secondes : Oui, j'étais justement en train de regarder ça chez moi, à la télé. Quel choc ! Est-ce qu'ils ont emporté quelque chose ?

Une pause un rien plus longue, pendant laquelle Gissing garda les yeux résolument fixés sur la fenêtre et, au-delà, sur le ciel qui s'assombrissait.

— Je vois… Mais en quoi puis-je vous être utile, Alasdair ? Ce n'est pas Jimmy Allison qui est chargé de… ?

La réplique de Gissing fut interrompue. Il leva un sourcil ostentatoire, comme pour dire « Je suis tout ouïe »…

— Mon Dieu, quelle horreur ! On n'est vraiment plus en sécurité nulle part, mon cher Alasdair !

Ce qui confirmait, du moins pour Mike, que l'interlocuteur de Gissing était Alasdair Noone, le directeur des Collections nationales d'Écosse.

— Bien sûr, bien sûr, poursuivit le professeur. Dès que possible, mon cher. Non, non. Je vais venir par mes propres moyens… dans une demi-heure, disons ?

Mike fit un rapide calcul. Oui, de chez lui à Marine Drive, Gissing en aurait eu pour une demi-heure, minimum.

— Oh, vraiment ? fit-il en glissant un coup d'œil vers Mike. Eh bien, ma ligne a eu quelques problèmes, ces temps-ci. À moins que je n'aie pas entendu la sonnerie à cause de la télé... Vous m'en voyez désolé. Oui, oui, mon cher. Je pars sur-le-champ... à tout de suite.

Gissing raccrocha et échangea un regard avec Mike.

— Il vous a appelé sur votre poste fixe, supputa Mike. Et comme ça ne répondait pas, il a essayé votre portable. Et vous veniez juste de lui dire que vous étiez chez vous...

— Il n'en pensera rien, l'assura Gissing.

— Lui peut-être pas, mais la police ? fit Allan. Ils fouilleront les moindres recoins, en quête d'incohérences.

— Noone en a plus qu'assez sur les bras, répliqua Gissing. Je vous parie cent livres qu'il a déjà oublié. (Il jeta un coup d'œil à sa montre.) Bon, il va être temps que j'y aille.

— Attendez encore une dizaine de minutes, lui conseilla Mike. D'ici à Marine Drive, en taxi, vous n'en aurez pas pour plus d'un quart d'heure.

— Bien vu, admit le professeur.

— Profitez-en pour souffler un peu.

— Un doigt de whisky, peut-être ?

— Un grand verre d'eau, si vous y tenez. Vous ne voudriez pas que l'expert débarque avec une haleine de pochard ?

Mike passa dans la cuisine, Allan sur les talons.

— Tu crois que ça va aller ? s'enquit-il en posant sa flûte vide sur le plan de travail immaculé.

Mike songea que ça ne serait ni la première ni la dernière fois qu'il entendrait cette question dans la bouche d'Allan.

— Jusque-là, tout a roulé grâce à notre maîtrise du détail. Maintenant, il ne nous reste plus qu'à tenir bon.

Mike lui adressa un grand clin d'œil et remplit un verre d'eau qu'il ramena dans le salon. Gissing était en train de sortir des petites tablettes carrées de leur emballage argenté.

— Brûlures d'estomac, expliqua-t-il en prenant le verre.

— Alasdair Noone vous a-t-il donné des détails sur l'état de M. Allison ? demanda Mike.

Gissing avala ses deux tablettes.

— Il est sorti de l'hôpital mais il a été sonné. Ecchymoses, contusions, commotion cérébrale. (Il fusilla Mike du regard.) Il semblerait que votre petit copain ait eu la main lourde…

— Raison de plus pour cesser définitivement de faire appel à ses services, répliqua Mike. Quand vous en aurez fini à Marine Drive, revenez ici en taxi et nous vous ramènerons chez vous, soit moi, soit Allan.

Son propre portable se réveilla. Ce n'était pas un appel à proprement parler. C'était un SMS de Calloway.

PARAIT KME GARS ON ASSURE ! BESOIN URGENT COLLATERAL – TES PRES D1 TV ?

Mike décida de faire la sourde oreille. « Collatéral » – le terme employé par Chib, lors de ce coup de fil. *Un bon vieux collatéral, en gage de ma bonne foi…* Les infos étaient passées au sujet suivant, les ravages provoqués par une inondation, dans le Sud. Un reporter sur place expliquait l'étendue de la catastrophe pour les autochtones qui craignaient d'être dedans jusqu'au cou, et pour longtemps... Gissing s'envoya une troisième tablette d'une main fébrile tandis qu'Allan se massait les paupières en sautillant d'un pied sur l'autre, tel un gamin en proie à une crise d'hyperactivité.

Dedans jusqu'au cou ?

Et ils n'avaient encore rien vu...

19

Quand il apprit la nouvelle, l'inspecteur Ransome était à son bureau dans les locaux du CID, désertés pour le week-end. Il avait mis la radio pour avoir un arrière-plan sonore, une station locale qui diffusait un mélange de vieux tubes, de flashs infos et de bulletins sur l'état du trafic. Il s'échinait depuis déjà deux heures et sa pile de paperasses n'avait diminué que de trois ou quatre centimètres. Il serait appelé à témoigner plusieurs fois dans les deux semaines à venir et il tenait à resserrer tous les boulons. Le nombre d'heures qu'ils perdaient lui et ses collègues, tous grades confondus, dans les couloirs du tribunal… Un vrai scandale. Le pire, c'était que les avocats arrivaient généralement à négocier les charges à la dernière minute, ce qui dispensait les flics de venir témoigner. Un de ses collègues avait ainsi réussi à décrocher un diplôme par correspondance à l'Open University, rien qu'en mettant à profit toutes ces heures qu'il aurait perdues sinon à bâiller au tribunal, en attendant d'être appelé à la barre.

Perdu dans ses pensées, Ransome s'interrogeait sur la matière qu'il choisirait, s'il en avait l'occasion, quand le DJ de la radio annonça « un casse perpétré dans un bâtiment industriel à Granton ». L'esprit de Ransome continua à battre la campagne un instant, jusqu'à ce que l'expression « œuvres d'art d'une grande valeur » le tire définitivement de sa rêverie. Dans un entrepôt, à Granton ? Qu'est-ce qu'elles foutaient à Granton, ces œuvres d'art ? Des tableaux provenant des différents musées de la ville… le personnel et les visiteurs avaient été menacés avec des armes à feu… la liste de ce qui avait disparu restait à établir.

Des flingues et des œuvres d'art.

Des œuvres d'art. Des flingues…

Ransome appela le poste de Laura à la salle des ventes. Pas de réponse. Pas plus que sur son portable. Pestant dans sa barbe, il fila au parking. Vingt minutes plus tard, il était à Marine Drive. C'était un truc qu'il aimait, dans cette ville : on n'y était jamais à plus d'une demi-heure de rien. Un gros village, quoi… Et c'était bien ce qui le faisait gamberger. Un braquage dans un entrepôt d'œuvres d'art, avec cet intérêt soudain que manifestait la star de la pègre locale pour la peinture. Il revoyait Calloway à la cafétéria de la National Gallery, prenant le thé avec son vieux pote Mackenzie, le roi de l'informatique. Un jeune millionnaire doublé d'un collectionneur éclairé. Ils faisaient un curieux tandem, ces deux-là. C'était le moins qu'on puisse dire.

Le Transit blanc avait été entouré d'un ruban rayé bleu et blanc, comme une scène de crime. Des agents en uniforme se chargeaient de canaliser le peu de circulation qu'il y avait dans le quartier. La police scientifique était déjà à pied d'œuvre. Ils relevaient les empreintes, prenaient des photos. L'inspecteur Hendricks, un collègue de Gayfield Square, semblait avoir déjà tout pris en main, ce qui fit faire la grimace à

Ransome dès qu'il mit pied à terre. Hendricks était un rival sérieux, dans la course aux promotions. Même tranche d'âge, bien sous tous rapports. Apprécié du public autant que de la hiérarchie. Ils étaient dans la même promo, Ransome et lui, au Tulliallan Police College, ça faisait tellement longtemps qu'il avait renoncé à tenir le compte des années. À l'époque, les jeunes recrues s'étaient vu chargées de lever des fonds pour les œuvres de la police. Malgré tous ses efforts, Ransome s'était fait coiffer au poteau par Hendricks, lequel avait carrément organisé un dîner de sportifs à Stirling, attirant deux ou trois stars du foot qui avaient pris fait et cause pour l'événement. Ransome n'avait compris que bien plus tard : l'oncle de Hendricks était le président d'un club de Premier League ; son rival avait manifestement bénéficié d'un petit coup de piston…

Il n'y avait jamais eu d'animosité entre les deux hommes. Ransome était trop fine mouche pour se mettre un collègue à dos. En public, ils se témoignaient mutuellement leur parfaite considération avec, de temps en temps, un effort de collaboration de part et d'autre. D'ailleurs, Ransome étant rattaché au secteur du West End et Hendricks à celui de Gayfield Square, à l'autre bout de la ville, ils avaient peu l'occasion de se croiser. Ransome aurait donné cher pour savoir si Hendricks était vraiment de service, ce jour-là, ou s'il avait joué des coudes pour décrocher l'enquête. Il portait un costard impeccable, sur une cravate et une chemise flambant neuves. Peut-être était-il dans son bureau, lui aussi, quand la nouvelle était tombée ; occupé, tout comme Ransome, à faire des heures sup' non payées dans l'espoir de pêcher quelque chose d'intéressant…

La télé était déjà sur les lieux, avec une poignée de reporters de la radio et de la presse écrite. Quelques promeneurs de chiens, alléchés par le raffut, rappliquaient de la plage. Les journalistes se bousculaient en comparant leurs notes. Reconnaissant Ransome, l'un d'eux lui sauta aussitôt sur le râble, pour avoir son point de vue. Ransome secoua la tête. Un dossier hautement médiatisé, qui allait faire la une dans toute la presse. Et il fallait que ça tombe tout cuit dans le bec de Hendricks !

— Ransome ? Qu'est-ce que tu fais ici ? s'exclama son rival, dans un élan de cordialité confraternelle.

Les mains dans les poches de son pantalon, Hendricks arrivait droit sur Ransome d'un pas guilleret. Coupe de cheveux soignée, jolie moustache bien nette, seules ses chaussures, des mocassins fatigués, détonnaient dans le paysage. Piètre consolation, songea Ransome, mais il devrait s'en contenter.

— Tu me connais, Gavin. Faut toujours que je mette le nez partout. Alors, comment ça va, à Gayfield Square ?

— Nettement plus calme depuis que tu-sais-qui a pris sa retraite. Écoute, ça me fait plaisir de te voir et tout ça, mais là, tu m'excuseras…

Hendricks eut un geste du pouce par-dessus son épaule. Pas une minute, des tas de trucs à faire.

Un homme important.

De la tête, Ransome lui signifia qu'il comprenait.

— Vas-y, Gavin. Fais pas attention à moi.

— OK. Arrange-toi juste pour ne pas rester dans nos pattes, d'accord ?

Il avait ponctué sa remarque d'un petit gloussement, comme s'il rigolait, mais il était tout ce qu'il y a de sérieux. Le conseil était à prendre au pied de la lettre.

Furieux, Ransome se mit aussitôt en quête d'un moyen de s'incruster. Comme son rival s'éloignait déjà, il se rapprocha du cœur de l'action. Les portes du van étaient grandes ouvertes. L'une des toiles traînait par terre. L'emballage déchiré bâillait sur un cadre ancien, joliment doré. Le regard de Ransome s'y attarda tandis qu'un gars du labo, équipé d'un appareil photo, mitraillait la scène.

— Une œuvre d'un certain Utterson, commenta le SOCO[1].

— Inconnu au bataillon.

— C'est signé en bas à droite. Ça vaudrait dans les deux ou trois cent mille livres, d'après les journalistes. Le double de ma baraque !

Par la déchirure, Ransome apercevait un fragment d'un paysage hivernal plutôt morne, d'environ soixante-quinze centimètres sur cinquante. Il en avait vu de plus riants sur les murs de son pub favori…

— C'est qui, ce type avec Hendricks ?

Le SOCO regarda du côté de Hendricks qui semblait en grande conversation avec un petit chauve, l'air anxieux. Comme le gars du labo secouait la tête en haussant les épaules, Ransome le planta là pour rejoindre le journaliste qui lui avait sauté dessus à son arrivée et à qui il posa la même question.

— Alors ça, c'est ce qui s'appelle débarquer ! lança le journaleux, goguenard.

Ransome le fixa d'un regard noir, que le journaliste renonça à soutenir.

---

1. Scenes of Crime Officer : membre de la police scientifique, spécialisé dans la collecte des indices sur la scène de crime.

— C'est le directeur des Collections nationales, fit-il en détournant les yeux. Et l'autre, là-bas… celui qui arrive…

Le regard de Ransome suivit l'index du journaliste. Un taxi noir s'était arrêté pour déposer un passager qui mettait pied à terre.

— … C'est Donald Farmer, le conservateur en chef des Musées municipaux. Là, avouez que vous m'en devez une, inspecteur !

Ransome ne releva pas. Il n'avait d'yeux que pour le nouveau venu. Un type nettement plus grand et un poil plus calme, ou plus déterminé, que le directeur des Collections nationales, à qui il serra la main en lui donnant une petite tape sur l'épaule. Ransome s'approcha d'assez près pour pouvoir tendre l'oreille.

— Tout porte à croire qu'ils ont été surpris pendant le transfert des toiles, expliqua Hendricks au nouveau venu. Nous avons reçu un appel d'un témoin anonyme. Il a dû les déranger, ils ont paniqué et filé en laissant tout en plan.

— Une chance pour vous, Alasdair ! s'exclama le conservateur en chef avec une autre petite tape, à première vue compatissante.

L'interpellé parut prendre la mouche et s'écarta d'une cinquantaine de centimètres pour échapper à son bourreau.

— Mais rien ne dit que tout a bien été récupéré, répliqua-t-il en s'essuyant le front d'un revers de main.

— Selon les témoins, seuls trois ou quatre d'entre eux ont pu s'emparer des tableaux, dit Hendricks. Les autres sont restés à surveiller les otages. Le tout n'a duré qu'une dizaine de minutes, quinze au plus. Ils n'auraient matériellement pas eu le temps de faire main basse sur plus de…

— Voilà qui va nous obliger à faire un inventaire complet, n'est-ce pas, Alasdair ? fit le conservateur en chef. N'en avions-nous pas justement un de programmé ?

— Ne vous réjouissez pas trop vite, Donald ! riposta l'autre. Ils ont pu emporter n'importe quoi. La plupart de nos tableaux étaient dans des chambres fortes, mais *vos pièces* étaient en majorité entreposées sur les rayonnages – d'autant qu'avec le surplus occasionné par les travaux de Chambers Street…

La mine de Donald parut requinquer son collègue. Alasdair s'était visiblement déchargé d'un fardeau.

Collègues, mais pas seulement, songea Ransome. Là aussi, on sentait un vieux fond de rivalité.

— C'est un point intéressant, monsieur le conservateur en chef, fit Hendricks à Donald. Plus tôt cet inventaire sera fait, mieux cela vaudra. En attendant, puis-je vous demander combien de gens connaissaient l'existence de cet entrepôt et de son contenu ?

— Bon sang, la quasi-totalité de la ville ! grommela ledit Donald. La journée Portes ouvertes, ça vous évoque quelque chose ? Le seul jour de l'année où n'importe quel quidam pouvait se pointer comme une fleur et repartir en emportant tout ce qui lui plaisait… (Il pointa l'index sur le van et son contenu.) Mais surtout des toiles, pour autant que je puisse en juger ! Coffres ou pas coffres !

Le directeur des Collections nationales ouvrait la bouche pour contre-attaquer, quand leur attention fut attirée par l'arrivée d'un second taxi.

— Ah ! fit Alasdair. Voilà notre expert…

Il rejoignit le taxi, dont il ouvrit la porte arrière. Après un échange de poignées de main et de civilités, Alasdair pilota le nouveau venu, un monsieur d'allure distinguée, jusqu'au petit groupe. Entre-temps, Hendricks avait remarqué la manœuvre tournante de Ransome, qu'il avait foudroyé d'un regard incendiaire, résultant d'une longue pratique. Mais, sachant que son collègue et rival ne se permettrait pas le moindre éclat en présence du Tout-Édimbourg des arts et de la culture – Donald arborait même sa plus belle cravate rayée pour l'occasion –, Ransome l'ignora et s'incrusta de plus belle.

— Notre expert attitré a été victime d'une agression hier soir, devant chez lui, expliqua Alasdair. Mais par chance, le professeur Gissing, notre directeur des Beaux-Arts, qui fait lui-même autorité en la matière, a pu se libérer.

— Mon cher Robert ! Moi qui vous croyais à la retraite... dit Donald, pendant le nouvel échange de civilités qui s'ensuivit.

Gissing s'abstint de relever et se laissa de bonne grâce présenter à l'inspecteur Hendricks. Comme la conversation réembrayait sur l'affaire en cours, le professeur parut sentir sur lui un regard extérieur au petit cercle et jeta un coup d'œil furtif en direction de Ransome, lequel se détourna, mais un poil trop tard.

— J'ai été navré d'apprendre, pour Jimmy... dit le professeur.

Ransome se souvint d'avoir entendu parler de cette agression. Le vieux, assommé près du canal. La victime se trouvait être un expert en art – ben voyons ! Et voilà que débarquait Robert Gissing, le « Troisième Mousquetaire », comme aurait dit Laura. Un vieux pote de Mackenzie, qui plus est. Il était dans la salle des ventes, le même jour que Calloway. Après quoi toute la bande s'était rassemblée dans le bar à vins, à deux pas de là.

Le monde était décidément bien petit, à Édimbourg.

Ransome s'absorba dans ses réflexions, l'œil fixé sur le dos de Hendricks. De tout ça, il ne dirait rien à personne. Le faisceau de liens et de coïncidences, la galerie de personnages, les différents cas de figure possibles, les probabilités… Alasdair expliquait à Gissing qu'ils allaient devoir vérifier l'origine et l'authenticité des tableaux retrouvés, tout en s'assurant qu'ils n'avaient pas été endommagés dans l'aventure.

— Et nous en profiterons pour relever les empreintes, ajouta Hendricks. Les voleurs ont pu pécher par négligence…

— Ça, ça m'étonnerait, dit le type du labo à l'oreille de Ransome. Elle est propre comme un sou neuf, cette fourgonnette.

— On a une idée du propriétaire ? demanda Ransome.

— Non… Volée pour l'occasion, probablement. Les plaques ont été changées.

Ransome approuva d'un signe de tête mais son regard restait fixé sur Gissing qui écoutait les explications de Hendricks, les bras croisés sur la poitrine. Signe de concentration ? Peut-être… mais Ransome le sentait surtout sur la défensive. Pour trouver des empreintes, ils pouvaient toujours courir, sur ce point, il se fiait totalement au pronostic de son pote du labo. Mais quelque chose lui soufflait un nom à l'oreille.

Celui de Charles « Chib » Calloway.

20

— Y a pratiquement plus de billards américains, dans cette ville, expliqua Calloway à Mike Mackenzie. Des vrais, je veux dire, aux dimensions réglementaires. T'as une idée du poids que ça pèse, ces tables ? T'as intérêt à vérifier que ton plancher tient le coup.

Le gangster avait allumé quelques-unes des lampes de la vaste salle, qui empestait néanmoins le renfermé. Mike avait compté six tables, mais aucune n'était au sommet de sa forme. Deux étaient recouvertes de draps tachés et par endroits déchirés. Les tapis verts des quatre autres étaient semés d'accrocs et de reprises faites à la va-vite. Sur une des tables, une partie semblait avoir été engagée, puis abandonnée en l'état. Mike fit rouler la boule rose dans le trou du milieu.

— Pourquoi c'est fermé un samedi soir ? demanda-t-il.

— Je ne rentre pas dans mes frais, expliqua Chib. Ça coûte trop cher. Je pourrais aussi mettre des tables de billard classiques avec quelques machines à sous… (Son faciès pugnace se plissa.) Mais je crois que je vais finir par bazarder l'ensemble. L'immeuble pourrait intéresser un promoteur, pour en faire des apparts ou un pub géant.

— Pourquoi tu le fais pas, toi ?

— Avec mon palmarès, tu rigoles ? Tu paries combien sur mes chances d'obtenir un permis de construire ? Sans même parler de la licence.

— Et en graissant quelques pattes, au conseil municipal ?

Chib avait sorti une queue du râtelier, mais elle devait être voilée. Elle fit un bruit de crécelle quand il la remit en place.

— Il y a quelques années, je dis pas. Mais tout a tellement changé.

— Tu peux aussi te planquer derrière une société écran. Personne ne saurait qui est aux commandes.

— Écoute-toi, Michael ! s'esclaffa Chib. On va finir par échanger nos casquettes. Tu raisonnes de plus en plus comme un faisan, ces temps-ci.

— Peut-être parce que j'en suis un.

— Peut-être, ouais, dit Chib en hochant lentement la tête. Et alors ? Quel effet ça fait ?

Mike haussa les épaules.

— Je te dirai ça plus tard.

Chib avait contourné la table. D'un geste, il désigna le paquet que Mike avait sous le bras et qu'il posa sur le feutre poussiéreux. D'une main délicate, Mike entreprit de défaire l'emballage de papier kraft. Il avait lui-même confectionné le paquet en espérant que ça ne ressemblerait pas trop à l'une des œuvres récupérées à Marine Drive, au cas où un flic l'arrêterait en chemin et lui demanderait d'inspecter son coffre. Chib avait envoyé deux autres textos avant que Mike ne se décide à laisser Allan seul chez lui en attendant le retour de Gissing. Il devait solder ses comptes avec Calloway.

— Un excellent Utterson. L'un des meilleurs de sa période tardive.

— J'aurais quand même préféré quelque chose du grand Vettriano.

Chib fit glisser son index sur le pourtour de la toile et l'examina longuement.

— Plutôt riquiqui, hein? Ça paraît toujours plus grand, avec le cadre.

— Exact, dit Mike. Et incidemment…

— Je sais, je sais. Je ne vais pas le faire encadrer dans un magasin, ni l'accrocher au-dessus de ma cheminée (il poussa un soupir de déception feinte). Dire qu'on a fait tout ça pour si peu…

Il sourit et regarda Mike, les yeux brillants.

— Et comment ça s'est passé, avec les garçons? Ils ont fait ce que tu leur as dit?

— Ils ont été parfaits.

— Et les flingues?

— Pareil. On les a tous rendus.

— Je sais.

Il marqua une pause, les bras croisés.

— Mais j'aurais été à moitié surpris si t'avais décidé de garder le tien. T'avais l'air de t'y être attaché. Je te le garde au chaud, si des fois tu changeais d'avis.

— C'est tentant, confessa Mike. Mais je préfère qu'il disparaisse, ça vaut mieux pour tout le monde.

— Tu l'as dit. Alors, pas de dégâts? Tout le monde s'en est sorti sans une égratignure?

— Un vrai pique-nique, d'un bout à l'autre…

Mike se surprit à rigoler en se passant une main dans les cheveux.

— Si c'était à refaire, j'en taxerais deux de plus.

— On y prendrait goût, pas vrai, Mickey?

— Sans toi, rien n'aurait pu se faire.

Chib reprit son Utterson et fit mine de le contempler.

— Moi, je maintiens que t'aurais dû te contenter de faire l'échange. Qu'est-ce qui t'obligeait à faire tout ce bazar avec le van ?

— De quoi ça aurait eu l'air si on était arrivés en force dans l'entrepôt et qu'on était repartis sans que rien ne manque à l'appel ? Comme ça, c'est plus logique : ils ont l'impression d'avoir récupéré leur bien. Ils seront trop soulagés pour y regarder à deux fois.

— Tu raisonnes de plus en plus comme une vraie arsouille, Mike, répéta Chib. Et maintenant, c'est quoi le programme ?

— Ils ont appelé le professeur sur les lieux. Il doit être en train de vérifier que les toiles récupérées sont les bonnes.

— Et ils vont le croire comme ça, sur parole ?

— Ils n'ont aucune raison de se méfier de lui et ils n'ont personne d'autre sous la main.

— Si j'avais su qu'ils étaient si jobards, cette bande de pommes, j'aurais tenté le coup depuis longtemps.

— Tu n'avais pas Westie sous la main. Tout reposait sur lui et l'idée d'ensemble venait du professeur.

— Tu crois qu'il va tenir le coup, le vieux ? fit Chib en reposant l'Utterson sur le feutre vert.

— Oui. Il tiendra.

Chib parut soupeser cela.

— T'as cartonné, Mike. On aurait dû faire équipe bien plus tôt.

— N'oublions pas qu'à l'origine, le plan était de Gissing.

Chib ne releva pas.

— Et l'autre, là, ton pote ?

— Allan ? (Chib hocha la tête.) Pas de problème de ce côté-là.

— T'en es sûr ? Parce que moi, ce que je vois, c'est qu'on est tous liés, pas vrai ? De toute la bande, y en a qu'un en qui j'ai totalement confiance, et c'est moi. Je veux être sûr que personne ne mouftera, si les flics pointaient leur nez.

— Aucun de nous ne parlera, l'assura Mike.

— Je le connais même pas, ton Westie... Mais d'expérience, j'aurais tendance à me méfier des étudiants.

— Lui non plus, il ne te connaît pas.

— Il croit qu'ils sont tombés du ciel, les gamins et les flingues ?

— Il n'est pas du genre fouineur, fit Mike, plus résolu que jamais à ne rien dire du problème d'Alice. Ben alors, tu n'as pas l'air très...

— Très quoi ?

— Très content de ton Utterson. Je m'attendais à plus d'intérêt de ta part.

Il y eut du bruit à la porte. Un fin sourire éclaira furtivement les traits de Calloway.

— Là, ça devient intéressant ! dit-il, ponctuant sa déclaration d'un reniflement sonore. Vu comme tu y as pris goût, Mike, je me suis dit que j'allais t'initier, moi aussi, à ma façon.

Mike eut un sale pressentiment.

— M'initier ? À quoi ?

Mais Chib fit la sourde oreille. Il avait déjà mis le cap sur la porte. Il la déverrouilla et fit entrer un type immense, une vraie armoire à glace avec une queue-de-cheval et des tatouages, totalement incongru dans son costard bleu marine et ses pompes qu'il portait pieds nus.

Chib pilota le nouveau venu jusqu'à la table où Mike les attendait en redressant les épaules et en bombant le torse, pour tâcher de gagner quelques centimètres.

— Voici M. Hate, annonça Chib en guise de présentations. Hate, je tiens à te présenter cet ami dont je t'ai causé. Un de mes associés, comme qui dirait : Mike Mackenzie.

À la façon dont il avait prononcé son nom, Mike sentit qu'il y avait anguille sous roche. Pendant tout ce temps, le dénommé Hate n'avait qu'à peine jeté un regard dans sa direction, ce qui lui avait permis de l'observer. Il avait une ligne de pointillés bleuâtres à la base du cou et quand ses grandes paluches se posèrent au bord de la table de billard, Mike déchiffra les quatre lettres du mot HATE, tatouées sur ses phalanges, des deux côtés.

— C'est ça, le *collatéral* ? attaqua Hate, sans autre préambule.

— C'est ça, ouais, répliqua Chib.

— Et qu'est-ce qui me dit que ça a tant de valeur ? L'accent était nordique, mais d'où au juste ?

— L'ami Mike, ici présent. Un expert en la matière, fit Chib.

Mike lui balança un regard noir, que Chib soutint sans se laisser démonter.

— C'est jamais qu'une croûte, conclut le géant.

— Une croûte qui va chercher dans les deux cents K sur le marché, précisa Mike.

Hate eut un reniflement méprisant et, comme ses grosses pattes se refermaient sur l'Utterson, Mike craignit que le châssis ne lui résiste pas. Le géant retourna la toile pour l'examiner sous toutes les coutures.

246

Le collatéral, songea Mike. C'était bien ce qu'il soup-çonnait. L'homme devait être le « Viking » qu'avait évo-qué Johnno l'autre jour, dans la BMW. Calloway s'en contrefichait, d'avoir un Utterson. Il s'apprêtait à le refi-ler à cette brute épaisse, une brute qui avait maintenant le nom de Mike et constituerait désormais un lien perma-nent entre l'Utterson et lui. Et s'il s'avérait qu'il ne valait pas la somme annoncée, jusqu'où les choses pouvaient-elles dégénérer ? Il comprenait à présent pourquoi Chib avait tant tenu à le présenter à Hate et à le faire assister au moment où leur pacte serait scellé. *Maintenant, on est liés,* avait-il dit. Et si le temps venait à se gâter, Chib envisageait froidement de se servir de lui comme d'un bouclier humain.

Dans quoi tu t'es fourré, Mackenzie ?

Hate porta la toile à son nez et la renifla – il la *reni-fla* !

— Ça ne sent pas le vieux, fit-il.

— Ah ! Commence pas ! râla Chib, l'index brandi. Tu crois que je prendrais le risque de monter un coup aussi tordu ? Si tu me crois pas, t'as qu'à la faire expertiser. Justement, Mike connaît un expert, aux Beaux-Arts.

Nom d'un chien, voilà qu'il essayait de mouiller le professeur dans la foulée !

Mike leva la main en guise de mise en garde.

— C'est un tableau volé. Vous devez être au courant. Regardez les infos ce soir, si vous voulez en être sûr. Mais la seule façon dont la nouvelle pourrait s'ébruiter – la seule –, c'est si on commence à le montrer.

— Ça veut dire quoi, ça ? Que je suis censé vous croire sur parole ?

Les prunelles de Hate étaient d'un bleu laiteux où perçaient les pointes noires de ses pupilles.

— Vérifiez sur Internet, l'exhorta Mike. Renseignez-vous. Cherchez les autres œuvres de cet artiste. Il est très connu. Consultez les cotes atteintes par ses autres toiles dans des ventes récentes. Samuel Utterson. Il y a eu des ouvrages, des expositions entières qui lui ont été consacrés.

Le regard de Hate fit la navette entre les deux autres.

— Deux cent mille livres, laissa-t-il tomber.

— Va pas te faire des idées, lança Chib en agitant à nouveau l'index avec un petit rire crispé. Ça n'est qu'une garantie temporaire. Le fric arrive.

Hate ne le quittait pas de l'œil.

— Vous avez envoyé vos hommes à ma recherche, n'est-ce pas ? Autrement dit, vous êtes complètement idiot. Mais ils ne me trouveront pas, monsieur Calloway. Et s'ils me retrouvent, tant pis pour eux.

— Message reçu, fit Chib.

Les yeux de Hate revinrent à la toile qu'il tenait toujours à la main et que Mike craignait de le voir crever d'un coup de poing d'un instant à l'autre. Au lieu de quoi, il la reposa sur la table d'un geste relativement retenu et délicat. Mike l'interpréta comme un signe de bonne volonté de la part du géant. Il semblait à moitié convaincu. Puis Hate remballa sommairement l'Utterson dans le papier kraft.

— Alors, ça baigne ? demanda Chib.

Le soulagement qui avait percé dans la voix de Calloway fit prendre conscience à Mike de l'extrême nervosité du gangster, qui était sur des charbons ardents depuis l'arrivée de Hate.

— Ça, c'est à mon client qu'il faut poser la question.

Hate mit le paquet sous son bras.

— Tu crois quand même pas que je vais te laisser sortir d'ici tant qu'on ne sera pas d'accord là-dessus ?

Le soulagement de Chib avait vite fait place à de l'arrogance.

Hate le cloua sur place d'un coup d'œil.

— Mais je vous en prie, ricana-t-il. Empêchez-moi de sortir.

Il avait mis le cap sur la porte. Le regard de Chib survola la salle en s'attardant sur les queues de billard, dans leur râtelier. Mais quand ses yeux se posèrent sur Mike, ce dernier secoua la tête avant de lancer une question dans le dos du géant.

— Pourquoi en anglais ?

L'homme s'arrêta net et lui jeta un coup d'œil par-dessus son épaule.

— Hate, ce tatouage sur vos mains… expliqua Mike. Pourquoi en anglais ?

Il n'obtint qu'un haussement d'épaules, suivi du claquement de la porte qui s'ouvrit et se referma à toute volée. Mike laissa mourir l'écho puis, désignant d'un coup de menton les queues de billard :

— Si ça avait été des neuf millimètres, peut-être…

— Même un calibre, je ne m'y fierais pas, face à ce fils de pute, lâcha Chib en se passant une main sur la figure.

— Tu as affaire à de sacrés finauds, dans ta branche.

— Bof, pas tellement pires qu'ailleurs.

— Là, tu ne crois pas si bien dire !

Ils partirent d'un grand éclat de rire, dissipant d'un coup toute l'électricité accumulée dans l'air.

— Entre nous, poursuivit Mike, quel que soit le problème avec Hate, je ne veux surtout pas savoir de quoi il retourne.

— Un petit futé comme toi, Mike... T'as sûrement tout pigé. Je dois du fric sur un deal. Je leur laisse l'Utterson en gage, ça me permet de gagner un peu de temps.

— Je savais que ça se faisait dans la mafia, avec des toiles de maîtres.

— Et voilà... Maintenant, ça se fait aussi à Édimbourg. Je t'offre quelque chose ?

Chib alla ouvrir un des placards du bar, dans un coin de la salle. Il en sortit une bouteille à moitié pleine et deux verres à whisky. Mike le rejoignit et épousseta un tabouret avant de s'y jucher.

— Bizarrement, fit-il, ça se comprend.

Chib vida son verre et souffla un grand coup.

— Quoi ?

— Si l'Utterson n'est plus entre tes mains, les flics n'auront rien contre toi.

— Exact. Ils n'auront qu'à choper Hate, à ma place ! (Chib renâcla et se resservit.) T'es sûr que tu ne veux pas changer de boulot ?

— J'ai pas de boulot.

— J'oubliais, ouais. Tu vis de tes rentes. Tu ne préférerais pas la formule « gentleman cambrioleur », sur ton passeport ?

— C'était un plan strictement ponctuel, Chib.

Le portable de Mike se réveilla dans sa poche. Il le sortit et consulta l'écran. Gissing.

— C'est le professeur, expliqua-t-il à Chib avant de prendre l'appel. Comment va, Robert ?

— Je finis à l'instant.

Gissing parlait à mi-voix. Il ne devait pas être seul.

— Surtout n'oubliez pas, lui rappela Mike. Pensez bien à donner votre adresse au taxi, au cas où quelqu'un écouterait. En chemin, vous pourrez toujours changer et donner la mienne au chauffeur.

— Je ne suis pas complètement crétin, Mike !

— Alors, qu'est-ce qui se passe ?

Mike avait senti quelque chose dans la voix du professeur. Le verre de Calloway s'immobilisa à mi-chemin de ses lèvres.

— Êtes-vous en compagnie de notre ami ? demanda Gissing.

— Comme convenu. Il a réceptionné la marchandise.

— Il ne s'agit pas de ça. Je vous envoie une photo. Ils sont vraiment incroyables, ces portables… Je crois qu'il ne s'est même pas rendu compte que je la prenais.

— Quoi ? Qu'est-ce que vous avez pris ? demanda Mike, méfiant.

— La photo ! Est-ce que votre portable capte les images ?

— Mais qu'est-ce qui se passe, Robert ?

— C'est ce que j'essaie de savoir.

Chib était venu se poster près de Mike, l'oreille tendue. Il dégageait dè légers relents de sueur masqués par les exhalaisons du whisky et de son after-shave.

— Voyez-vous, j'ai pas aimé la façon dont il me lorgnait, poursuivit Gissing. Rappelez-moi dans cinq minutes, mon petit Michael.

Le professeur raccrocha. Mike contempla un instant son écran vide.

— Il parlait de qui, là ? De moi ? demanda Chib.

— Quoi ? Pourquoi ?

— *J'ai pas aimé sa façon de me…*

251

— Bon Dieu, non ! C'est juste un truc qu'il veut me faire voir.

— Me dis pas que la peinture était à peine sèche, sur les œuvres de ton pote étudiant.

Le portable de Mike sonna à nouveau. Une photo était arrivée. Chib scrutait l'écran, tandis que Mike tenait l'appareil entre eux. Le professeur avait ce qui se faisait de mieux en matière de portable. Il s'était récemment servi du sien pour faire des photos lors d'une exposition à l'école ; la plus haute définition du marché, zoom, tout le bastringue. Mais celui de Mike, c'était le top : ultra-plat, écran tactile, le haut de gamme… La photo s'afficha en trois bandes horizontales. C'était un portrait d'homme vu de profil, en plan américain, photographié à distance avec le zoom au maximum, ce qui provoquait un léger flou. Chib émit un petit sifflement.

— Ransome, grogna-t-il. CID. Ça fait des années qu'il me course dans toute la ville.

— C'est lui que tu soupçonnais de te coller au train le jour où on est allés à Arthur's Seat ? (Calloway confirma d'un signe de tête.) Eh bien, il semble s'intéresser d'un peu trop près au professeur.

Mike se mordilla la lèvre une bonne minute tandis que Chib lui expliquait de quoi il retournait. Ransome le surveillait par intermittence, depuis un certain temps. C'était même pour ça qu'il prenait toutes ces précautions. Il essayait de le semer quand il se baladait en ville. Sauf que ces derniers temps, l'inspecteur lui avait semblé lever un peu le pied. Ça faisait un bail qu'il ne le voyait plus… quoique.

— Je savais qu'il me filait, le jour où on s'est croisés au musée.

— Il a donc pu nous voir ensemble, ce jour-là, dit Mike sans vraiment attendre de réponse. Il y a de quoi s'inquiéter.

Il contempla la photo une minute de plus avant de rappeler Gissing.

— Houston ? Effectivement, on a comme un problème.

L'homme qui se faisait appeler Hate était venu en Écosse muni de son ordinateur portable sans lequel il ne se déplaçait jamais, veillant toutefois à ne rien y laisser traîner d'intéressant pour la police de son pays de destination. Ayant déposé le tableau de Samuel Utterson – qui ne valait peut-être pas un clou… – dans le coffre de sa voiture de location, il alluma son portable et lança une recherche sur l'artiste. S'il ne trouvait rien de concluant sur Internet, il pourrait toujours passer chez un libraire ou dans une bibliothèque pour avoir de plus amples détails. Le type de la salle de billard, ce Mackenzie – à supposer que ce soit son vrai nom –, lui avait signalé que le tableau était volé, mais ça n'était pas son problème. Les soucis de Hate ne commenceraient que si la valeur de l'œuvre s'avérait inférieure à la dette de Calloway. Il avait donc besoin d'en avoir le cœur net et pour ça, il n'était pas exclu qu'il doive poser la question à quelqu'un. Voire lui montrer la croûte – une autre source de problèmes potentiels.

Hate avait déjà envoyé un texto à ses clients en leur annonçant qu'il avait pris livraison de l'Utterson. Eux non plus n'avaient jamais entendu parler de cet artiste, mais ça n'avait rien d'insurmontable. Du fric, c'était toujours du fric. Une recherche sur le site d'actualités régionales de BBC News lui apprit qu'un entrepôt dépendant des Collections nationales d'Écosse avait été victime d'une attaque à main armée en début de journée, mais qu'on avait ensuite retrouvé un certain nombre des œuvres volées. On ignorait toujours ce qui manquait à l'appel.

Hate passa en revue ses options, en tiraillant le lobe de son oreille. On y sentait toujours le petit bourrelet laissé par l'anneau d'argent qu'il portait habituellement. Hors service, il adoptait une tenue plus détendue, mais il avait remarqué que le costume, ou plutôt la combinaison du costume et de son occupant, produisait un certain effet sur les gens. Il lui tardait de regagner ses pénates. Il détestait Édimbourg. C'était poudre aux yeux et compagnie, cette ville. Une vraie pompe à fric : ils attiraient l'attention des touristes sur un truc pour pouvoir mieux les délester de leur blé… Ceci dit, l'entrée des musées et des expos était gratuite. Hate en avait donc visité un certain nombre pour se faire une idée, dans l'espoir d'apprendre à distinguer un original d'une copie. Mais il n'avait réussi qu'à entraîner dans son sillage des ribambelles de gardiens qui le suivaient à distance prudente, l'air de ne pas en croire leurs yeux. Qu'est-ce qu'ils se figuraient, qu'il allait sauter sur leurs précieuses croûtes et les attaquer à coups de cutter ?

La première fois qu'il avait parlé de « collatéral », Calloway s'était bien gardé de préciser la provenance de la toile et le nom de son auteur. Hate ne se souvenait pas d'avoir croisé un Utterson dans les musées et expositions qu'il avait visités, mais ses recherches sur Internet lui avaient confirmé qu'il s'agissait d'un peintre coté. Récemment, Sotheby's, Christie's et Bonham's avaient tous vendu quelques-unes de ses œuvres. La mieux vendue avait atteint les trois cent mille livres. Mackenzie ne l'avait donc pas mené en bateau. À tout hasard, il lança une recherche sur Mackenzie iui-même…

Et là, il vit s'afficher une liste de réponses presque aussi fournie que pour Samuel Utterson.

Hate visita ensuite le site Internet d'un magazine où il put admirer des photos de l'appartement de Mackenzie. Il repéra quelques belles toiles, sur ses murs ; et c'était bien lui, pas d'erreur. Mike Mackenzie. L'article était illustré d'un portrait du sujet. Un type qui avait des goûts de luxe et les moyens de les satisfaire, comme disait sa chanson préférée. Il se tirailla à nouveau le lobe de l'oreille. Voilà qui l'obligeait à revoir son diagnostic sur Chib Calloway. Ça n'était peut-être qu'un vulgaire âne bâté, doublé d'un charlot de la pire espèce…

Mais il ne s'associait pas avec n'importe qui.

Laura dînait en ville, à Heriot Row. Ses hôtes venaient de vendre deux toiles lors de sa dernière vente, mais ni l'une ni l'autre n'avaient atteint leur estimation supérieure. Elle s'attendait donc à devoir faire profil bas. Mais Dieu merci, il n'avait été question toute la soirée que du casse de l'entrepôt, de l'audace et de la stupidité des braqueurs qui étaient si bêtement passés à deux doigts du jackpot. L'idée l'avait bien effleurée de téléphoner à Mike Mackenzie pour lui demander de l'accompagner à ce dîner, mais elle n'avait pas eu le cran de franchir le pas. Résultat, la maîtresse de maison lui avait donné pour voisin de table un avocat qui sortait d'un douloureux divorce, chagrin encore tout frais qu'il noyait allégrement dans l'alcool. Laura avait donc accueilli comme un signal libérateur le bourdonnement de son mobile qui se réveilla vers la fin du repas. Se confondant en excuses, elle avait tiré l'appareil de son sac puis, après avoir consulté l'écran d'un coup d'œil, annoncé qu'elle allait devoir prendre l'appel. Elle avait alors battu en retraite dans le couloir et s'était plusieurs fois vidé les poumons avant de porter l'appareil à son oreille.

— Ransome. Que puis-je pour toi ?

— Je ne te dérange pas, j'espère ?

— Si, pour tout te dire. Au beau milieu d'un dîner.

— Ça t'apprendra à ne pas m'inviter !

— Je ne suis pas la maîtresse de maison.

— Mais j'aurais pu jouer les chaperons.

Elle poussa un nouveau soupir, cette fois destiné à l'inspecteur.

— Tu avais quelque chose à me dire ?

— J'aurais aimé avoir ton avis d'experte, pour le casse de Granton. Tu es au courant, je suppose ?

Laura arqua un sourcil.

— Tu es chargé de l'enquête ?

Elle dut s'écarter précipitamment du chemin d'une des serveuses en uniforme et tablier blanc, engagée pour la soirée, qui arrivait avec le chariot à fromages en direction de la salle à manger.

— Je ne suis pas le seul, répliqua Ransome. Ton ami le professeur Gissing y apporte son concours, lui aussi.

— Ce n'est pas mon ami.

— Mais il est compétent, d'après toi ?

— Tout dépend de la période.

Laura vit apparaître la tête de l'hôtesse au coin de la porte et lui fit aussitôt signe, pour lui indiquer qu'elle avait presque fini.

— Je vais devoir te laisser, Ransome…

— On pourrait se retrouver un peu plus tard dans la soirée pour prendre un verre ?

— Pas ce soir.

— Tu avais d'autres plans, peut-être ? Qui est l'heureux élu ?

— Bonsoir, Ransome, répliqua-t-elle, avant de raccrocher.

De retour dans la salle à manger, elle renouvela ses excuses et l'avocat s'empressa de se lever pour lui tenir sa chaise.

— Rien de trop fâcheux, j'espère ? lui demanda-t-il, la trogne comme un coquelicot.

— Non, non, le rassura-t-elle.

La vache ! Qui était encore assez vieux jeu pour dire « fâcheux », par les temps qui couraient ? Eh bien, Robert Gissing, par exemple… Elle en aurait mis sa main au feu. Elle réfléchit à la question de Ransome : Gissing était-il l'expert le plus compétent pour authentifier ces toiles ? Elle avait comme un doute. Elle se souvenait de la dernière fois qu'elle l'avait vu, au fond de la salle, pendant sa dernière vente. Mike avait fendu la foule pour le rejoindre et ils étaient repartis ensemble, bras dessus bras dessous, Allan sur les talons. C'était Cruikshank qui l'avait présentée à Mike, le soir du vernissage de la rétrospective Monboddo, et elle aurait juré que c'était lui qui avait présenté Mike à Gissing, ce soir-là. Elle avait agréablement bavardé avec Mike, dont elle appréciait la compagnie. Il le lui rendait bien, à en juger par les appels du pied répétés qu'elle avait ensuite reçus de sa part… Et puis Allan avait rameuté le professeur et Gissing s'était lancé dans une de ses harangues sur l'importance « du bon goût et de la discrimination », monopolisant la conversation jusqu'à ce que Laura les quitte pour une autre partie de l'exposition où elle avait repéré d'autres amis et connaissances. Mais au cours de la soirée, elle avait plusieurs fois senti le regard de Mike se poser sur elle.

Tu n'es qu'à deux mois d'une rupture après une relation de deux ans... se disait-elle. *Gare à l'effet rebond !*

— Vous prendrez un peu de brie, Laura ? s'enquit la maîtresse de maison, le couteau à fromage hésitant au-dessus du chariot. Avec du raisin ou de la gelée de coing ?

— J'ai terminé, merci, répondit-elle.

Le regard de l'avocat s'insinuait dans son décolleté, tandis qu'il se penchait pour remplir son verre.

— Mais vous aussi, vous avez eu un Monboddo à une époque, il me semble ? demanda une autre convive au maître de maison.

— Nous avons dû le vendre il y a une dizaine d'années, répliqua-t-il. Les frais de scolarité des enfants...

— Les voleurs ont tenté d'emporter un Monboddo, expliqua l'invitée à la cantonade. Portrait de la femme de l'artiste... Vous voyez sûrement de quel tableau je parle, ma chère Laura ?

Elle hocha la tête. Elle voyait. Et même très bien. Elle se rappelait parfaitement où et quand elle l'avait vu pour la dernière fois.

Et *qui* semblait s'y intéresser...

Ce soir-là, Westie et Alice avaient dîné dans leur chinois favori avant de faire la tournée de quelques bars et boîtes de nuit où ils avaient évacué leur trop-plein d'excitation sur les pistes de danse. Dans l'atelier de Westie, le DeRasse trônait à la place d'honneur, sur l'un des chevalets récemment libérés par les copies. Le jeune peintre avait même lancé une suggestion saugrenue, en présence d'Alice : chiche qu'il inclue le DeRasse dans son expo en le faisant passer pour une de ses copies !

— Ouais, comme ça Gissing le reconnaîtra, et il te mettra son pied où je pense, assez fort pour t'envoyer en Islande et retour ! avait couiné Alice, pliée de rire.

Ils avaient dansé, dansé, dansé, jusqu'aux premières lueurs du dimanche.

Pendant ce temps, Ransome était dans son lit, incapable de fermer l'œil. Il contemplait le plafond, sans trop bouger, pour ne pas réveiller sa femme, bien qu'il eût le cœur battant et les nerfs en pelote. Le couscous végétarien qu'elle lui avait fait avaler en fin de soirée lui pesait comme une dalle sur l'estomac.

Allan non plus ne trouvait pas le sommeil. Ses yeux le brûlaient abominablement à cause des lentilles et son cuir chevelu le démangeait toujours, en dépit d'une longue douche et d'une demi-bouteille de shampoing. Il s'était posté dans la pénombre près de la fenêtre de son salon, perdu dans la contemplation du carré de pelouse, devant le poste de police de Gayfield Square. Il avait déjà vu défiler deux équipes télé qui avaient installé leurs projecteurs le temps de filmer les reporters débitant leur boniment devant la caméra. Chaque fois qu'une voiture de flics arrivait, Allan s'attendait à en voir surgir un visage connu : Westie, Mike ou le professeur, dûment escortés et menottes aux poignets. Il aurait voulu pouvoir se confier à quelqu'un. À Margot, par exemple, ou à l'un de ses enfants. Il était à deux doigts de prendre son téléphone, de composer un numéro au hasard et de tout déballer au premier venu.

Mais il continuait à monter la garde devant sa fenêtre.

Gissing aussi avait fort à faire cette nuit-là, mais il prit le temps d'admirer ses toiles. Des jolies pièces, qui allaient s'ajouter à sa petite collection… Finalement, c'était Allan qui l'avait raccompagné chez lui. Ils avaient à peine desserré les dents de tout le trajet. Ce flic, l'inspecteur Ransome, lui filait froid dans le dos. Michael lui avait recommandé de ne rien dire à Allan, ce qui confirmait ses craintes. Si quelqu'un devait craquer, ce serait d'abord Cruikshank…

Et ça pouvait se produire d'une minute à l'autre, d'où la nuit qui s'annonçait bien remplie. Il pouvait se passer de sommeil. Il aurait bien le temps de dormir, après ça. Tout son temps… Il n'aurait même plus que ça.

— Plus que ça, se dit-il, à haute voix. Plus que ça !

Il se sourit à lui-même. Il n'aurait pu mieux dire…

21

Édimbourg s'adonnait à la paix du dimanche matin : grand soleil et carillons dominicaux sonnant à toute volée. Touristes et autochtones étalaient leurs journaux aux terrasses des cafés. Une matinée idéale pour une petite balade, même si la plupart des promeneurs auraient choisi d'aller se balader ailleurs qu'à Granton... Le long du front de mer, les goélands s'égosillaient en se disputant les reliefs de fast-food échoués là au cours de la nuit. À proximité, un nouveau groupe d'immeubles en construction s'élevait peu à peu vers le ciel, dans un environnement de terrains vagues et de gazomètres.

Ransome se demanda pour la énième fois ce qui avait poussé les Collections nationales à y installer l'entrepôt destiné à leurs surplus. Et d'abord, pourquoi avaient-ils besoin d'entreposer tous ces trucs : n'auraient-ils pas pu les dispatcher dans différents petits musées moins bien lotis, leurs excédents de tableaux et de statues ? Il devait bien rester un petit coin chez leurs collègues de Dundee, d'Aberdeen ou d'Inverness, non ? Le musée de Kirkcaldy aurait sûrement été ravi d'avoir quelques croquis en plus ou d'accueillir un ou deux bustes...

On aurait presque pu apercevoir Kirkcaldy, dans le brouillard qui s'attardait au-dessus du Firth of Forth, après la pluie de la veille. Il y avait un nouveau vigile en faction à la barrière de l'entrepôt. Son collègue avait dû être exempté de boulot, ce matin, ne fût-ce que pour pouvoir répondre aux questions des flics.

Des questions telles que « Combien *ils* vous ont payé ? », « ils » se rapportant aux braqueurs. Ransome entendait d'ici le raisonnement de Hendricks : complicités internes. Le gang était parfaitement renseigné : le plan des locaux, le nombre des gardes et leur répartition sur les lieux. Les caméras vidéo avaient été coupées, seuls certains coffres avaient été visités… Ça empestait la complicité interne et c'était par là que Hendricks et son équipe allaient prendre le problème.

Or, Ransome sentait qu'ils se gouraient. D'où sa balade à Granton, en ce beau dimanche matin. Il s'était garé près du camion d'un marchand de frites, fermé pour le week-end – mais en semaine, ça devait tourner. Le marchand et ses clients avaient pu voir quelque chose. Un gang digne de ce nom aurait fait un repérage sur place. Au dernier JT de la nuit, les journalistes avaient spéculé sur le timing du braquage : il ne coïncidait pas seulement avec la journée Portes ouvertes, mais aussi avec l'arrivée dans l'entrepôt de nouvelles œuvres provenant du Musée national, fermé pour rénovation. Pur fruit du hasard ? Le journaliste n'y croyait pas. Il parlait face à la caméra, depuis un point de vue privilégié, juste devant la guérite de l'entrée. Ransome prit le même chemin. Son identité fut longuement vérifiée et notée par les gardes en uniforme, puis il mit le cap sur le quai de chargement, les mains dans les poches et l'œil vissé au sol, au cas où quelque chose aurait échappé aux gars du labo. Après quoi, il ouvrit une porte latérale qui portait un panneau « PRIVÉ – RÉSERVÉ AU PERSONNEL », et entra.

Les enquêteurs s'affairaient. Les conservateurs des Collections et Musées nationaux avaient lancé un inventaire complet. Bien que n'étant pas responsable de l'enquête, Ransome avait passé un coup de fil à un de ses copains de Gayfield, qui lui avait fait part de tout ce qu'il savait. Selon les témoins, le gang n'était resté sur les lieux qu'une vingtaine de minutes, qui leur avaient paru durer des heures, évidemment.

Vingt minutes, même du point de vue de Ransome, c'était long. Et ils n'avaient emporté « que » huit tableaux – même si l'addition allait largement dépasser le million de livres, pour les assureurs. Non, ça ne tenait pas debout. Il entendait d'ici le verdict de Hendricks : vol sur commande. Des collectionneurs pleins aux as et peu scrupuleux, prêts à payer cash pour s'offrir des œuvres exceptionnelles qu'ils ne trouveraient jamais sur le marché. On sondait les experts, comme ceux qui étaient venus la veille donner leur avis à la télé. Ils avaient évoqué l'usage que faisait la mafia des objets d'art comme gages de bonne foi, avaient cité le cas de toiles célèbres retrouvées chez des pontes de la pègre ou des amateurs milliardaires. Certains monte-en-l'air avaient même subtilisé des tableaux juste pour prouver qu'ils pouvaient le faire.

Quand Ransome avait eu sa dose de télé – il était descendu au rez-de-chaussée sur la pointe des pieds, entre-temps –, il avait rappelé Laura Stanton sur son portable. Il l'avait réveillée, s'était-elle plainte, et Ransome avait réalisé qu'il était beaucoup plus de minuit. Il s'était excusé et lui avait demandé si elle était en bonne compagnie, sous sa couette.

— Ça devient une obsession, Ransome.

— C'est ce qui fait de moi un bon flic ! Alors, tu aurais des noms à me proposer ?

— Des noms ?

— Des noms d'amateurs d'art qui auraient pu monter un petit gang entre amis.

— Ne rêvons pas, Ransome. On est à Édimbourg, ici.

Il en convint, avant de lui demander si elle pouvait lui donner des détails sur Robert Gissing et ses antécédents.

— Pourquoi ?

— Je m'interroge sur son degré d'expertise.

— Excellent, dit-elle en bâillant.

— Tu étais nettement moins positive, tout à l'heure.

— Eh bien maintenant, je le suis.

— Tu ne trouves pas bizarre, toi, que l'expert attitré du musée se soit fait tabasser la veille du week-end où on aurait eu besoin de lui ?

— Où tu veux en venir, Ransome ?

— Tu promets de me tenir au courant, d'accord ?

Il avait raccroché et était revenu à sa tasse de thé, du Rooibos, une plante apparemment recommandée pour ses vertus apaisantes et digestives, selon Sandra.

Et à présent, dans l'entrepôt, la bouche sèche et l'estomac barbouillé, il observait les allées et venues des conservateurs en gants de coton blanc. Qu'ils soient en costard cravate ou en bleu de chauffe, aucun employé du musée ne semblait échapper aux gants blancs. Les flics, eux, s'ils étaient gantés, c'était de latex. Alasdair Noone était toujours là, et toujours sur des charbons ardents. Même après un tour d'horloge presque complet, on aurait dit qu'il avait réussi à fermer l'œil un quart d'heure, tout au plus.

Donald Farmer, le conservateur en chef des musées municipaux, était à pied d'œuvre, lui aussi, quoique globalement plus calme. Ransome avait l'impression qu'aucune pièce provenant du surplus du musée ne manquait à l'appel, comme Farmer l'avait souligné à la télé à plusieurs reprises. La veille au soir, Ransome lui avait trouvé un air poseur, limite arrogant, à ce Farmer, et ce matin, il affichait exactement le même. Ils avaient placé des gardes à l'intérieur, près des portes du quai de chargement. Un cas flagrant de cautère appliqué tardivement sur une jambe de bois... Ça, c'était signé Hendricks. Ça ferait plus sérieux, si les huiles venaient jeter un œil. Ils aimaient s'assurer que tout était sous contrôle, et le terrain bien quadrillé. Mais de Hendricks lui-même, aucune trace. Ransome ne croyait pas à la panne d'oreiller. Son collègue devait être dans le poste de surveillance ou à Gayfield, dans son bureau, en train d'interroger des témoins. Ransome se faufila discrètement dans l'une des allées qui couraient entre les échafaudages grinçants des rayonnages. Il ne tenait pas à tomber sur son cher collègue, qui lui aurait à nouveau demandé ce qu'il foutait là. Le premier mensonge venu aurait suffi à détourner la conversation, mais cette fois, Hendricks aurait subodoré quelque chose.

Je reviens piétiner un peu tes plates-bandes, marmonna-t-il dans sa barbe. *Et quand tout ça se sera tassé, on verra lequel des deux avait raison... Et qui sera le meilleur candidat à la promotion, à ton avis ?*

Les trois coffres visités étaient restés en l'état. On les avait rouverts ce matin, pour permettre aux gars du labo d'y accéder. Ils contenaient encore des dizaines de tableaux. Ceux que le gang avait emportés n'y reprendraient place qu'une fois dûment expertisés. Ils avaient déjà été examinés et authentifiés par Gissing, mais ils devraient encore passer les tests de la police scientifique, qui tâcherait d'isoler des fibres ou des empreintes. La veille, à la télé, le présentateur avait évoqué « l'immense soulagement » de la communauté des arts et de la culture d'Édimbourg et, au-delà, du pays tout entier. D'accord, mais pourquoi avoir abandonné le van ? À cela, ils n'opposaient qu'une réponse : le gang avait cédé à la panique. Ils avaient été pris la main dans le sac, sans doute pendant qu'ils transbordaient les toiles dans un autre véhicule, et un promeneur anonyme, trouvant leur comportement suspect, avait alerté la police. Ransome avait aussitôt demandé à son copain de chez Hendricks s'ils avaient une idée de son identité, à cet « anonyme », mais à l'évidence, il n'avait pas laissé d'adresse et on n'avait pas encore pu remonter à l'origine de l'appel. Au moment de ce coup de fil, l'alarme avait été déjà donnée par le garde de l'entrée, qui avait fourni une description détaillée du van, ainsi que son numéro : un Transit volé deux jours plus tôt, dans une rue de Broxburn. La plaque minéralogique était fausse mais le propriétaire, un peintre décorateur, avait identifié le véhicule, en regrettant la disparition de ses outils, sans doute largués quelque part en chemin.

Pour résumer : un braquage rondement mené, suivi d'un déchargement en catastrophe avec abandon du butin. Et apparemment, pour Hendricks, ça tenait debout.

Mais pas pour Ransome.

Abandonner le véhicule ? À la rigueur. Mais pourquoi n'avoir pas emporté au moins quelques-uns des tableaux ? Au total, entre six et dix gus avaient participé à cette opération, et ils n'avaient pris que huit toiles, dont la plus grande mesurait un mètre sur un mètre vingt-cinq, cadre compris. Pourquoi les avoir larguées toutes les huit, après ce plan parfait, si brillamment exécuté ? Ces mecs étaient-ils vraiment du genre à se laisser impressionner par un type en mobylette ou par un promeneur de caniche ? Ils étaient armés jusqu'aux dents, nom d'un chien ! Qu'est-ce qui aurait pu les effrayer à ce point ?

Plus Ransome y réfléchissait – et il ne devait pas avoir fermé l'œil beaucoup plus qu'Alasdair Noone, ces derniers temps… –, plus il avait du mal à y croire : que les voleurs aient ou non un pied dans la place, ils n'avaient *aucune* raison de paniquer.

Ransome avait donc sacrifié son dimanche matin pour venir fouiner sur les lieux dans l'espoir de glaner quelques indices de son propre cru. Il jeta un coup d'œil aux trois coffres ouverts. Les toiles étaient rangées dans des râteliers, posées sur la tranche, identifiées par des étiquettes en carton brun qui ne portaient qu'un numéro : un indice de plus en faveur d'une complicité interne. Si les tableaux avaient été volés sur commande, quelqu'un devait savoir à quoi correspondaient ces numéros. Et qui avait accès au système de numérotation, en dehors du personnel ? Son copain de Gayfield n'avait pas su répondre à ça. L'un des gars du labo, celui avec qui Ransome avait sympathisé la veille à Marine Drive, finissait juste de passer un genre de lampe torche par terre, dans l'un des coffres.

— Vous trouvez quelque chose ? demanda Ransome.

— Quelques fibres. La moitié d'une trace de pas. Ça ne nous mènera sans doute pas bien loin.

— Parce qu'ils ont dû balancer leurs fringues ? supputa Ransome.

Le SOCO hocha la tête.

— Pour l'instant, les seuls cheveux qu'on a trouvés dans le coffre sont synthétiques.

— Des perruques ? suggéra Ransome, ce qui lui valut un autre hochement de tête morose.

— Quand je pense aux tombereaux de paperasses qui m'attendent au bureau, pendant que je m'agite ici…

— Alors là, je vous rassure : vous n'êtes pas le seul, lui glissa Ransome.

— Ouais. Ça, personne n'y échappe, hein ?

Tournant les talons, Ransome s'approcha du poste de garde. Pendant le braquage, les gardes et les visiteurs y avaient été parqués, accroupis par terre. Ils n'avaient rien dit d'utile aux enquêteurs, pour autant que Ransome pût en juger. Personne n'avait rien vu ni entendu. Les braqueurs communiquaient par grognements. L'employé du musée responsable de la visite avait tout de même souligné un détail : les types qui les avaient surveillés dans le poste de garde lui avaient tous semblé plus jeunes que ceux qui se chargeaient du vol lui-même. La petite phrase de Glenn lui revint en mémoire : « Quatre ou cinq gamins armés de queues de billard »… Burns pensait à un petit comité de jeunes loubards, chargés d'intimider le Norvégien. Mais peut-être se trompait-il. Les plus jeunes des braqueurs n'avaient pas fait de gros efforts de camouflage, eux non plus : de simples casquettes de baseball enfoncées sur les yeux, des écharpes qui dissimulaient la bouche et le nez. Comme le poste de garde lui semblait désert, Ransome y entra. Les écrans de vidéosurveillance fonctionnaient, à présent. Ils affichaient des images de l'intérieur et de l'extérieur du bâtiment. La caméra de la guérite d'entrée était orientée en dépit du bon sens : elle était braquée sur la barrière et filmait une moitié de la guérite, mais au-delà, le sentier pour piétons restait hors champ. Ransome savait que Hendricks en avait déjà fait la remarque au directeur des Collections nationales. Il s'installa au bureau et, par la grande vitrine, fouilla du regard les profondeurs de l'entrepôt. Impossible de surveiller les coffres concernés, depuis le poste. L'entrepôt et son contenu étaient des cibles faciles, exposées à tous les vents. Le plus étonnant, c'était que jusque-là, l'idée de ce casse ne soit venue à personne.

Un coup fut frappé sur la porte ouverte. Ransome tourna aussitôt la tête, prêt à affronter sa Némésis, mais ce n'était pas Hendricks. C'était une autre de ses vieilles connaissances : le professeur Gissing.

— Oh, fit l'érudit personnage, visiblement pris de court. Je suis à la recherche de l'inspecteur Hendricks…

Ransome avait bondi sur ses pieds et s'avançait, la main tendue.

— Il n'est pas là. Bonjour, je suis l'inspecteur Ransome, un collègue.

— Oui. Je vous ai vu hier, à Marine Drive.

— Ah, vraiment ?

— Et Alasdair Noone, il est arrivé ? demanda Gissing en contemplant ses chaussures.

— Il doit être par là, quelque part.

— Merci, répliqua Gissing, les yeux toujours rivés au sol. J'aimerais lui parler.

Mais Ransome n'allait pas lâcher prise à si bon compte.

— Professeur ?

Gissing hésita.

— Oui ?

Il avait enfin levé les yeux et soutenait le regard de Ransome, qui était presque nez à nez avec lui, même si Gissing mesurait quatre ou cinq centimètres de plus que lui.

— J'aimerais avoir votre point de vue sur l'affaire, professeur. Un cambriolage avorté, reposant sur des complicités internes. C'est comme ça que vous voyez les choses, vous aussi ?

Gissing croisa les bras. À nouveau, ce réflexe d'autodéfense… Puis il fit une petite moue et prit un air songeur.

— Permettez-moi de vous signaler que j'ai déjà eu vent de scénarios plus élaborés. Les journaux en ont livré quelques-uns, ce matin. Mais mon travail ne consiste pas à jouer aux devinettes, inspecteur.

— Exact, professeur Gissing. Votre travail consistait à authentifier les toiles, ce que vous avez fait hier. Alors, qu'est-ce qui vous amène ici, ce matin ?

Gissing redressa les épaules.

— J'ai été convoqué par Alasdair Noone, qui m'a demandé de l'aider à repérer s'il manque des pièces dans notre collection de toiles écossaises des XIXe et XXe siècles.

— C'est ce que les voleurs ont emporté ?

— En effet.

— Un marché assez pointu, je suppose ?

— Oh, non. Loin s'en faut : il y a des foules d'amateurs dans le monde entier, de Shanghai au Canada.

— Et il se trouve que c'est votre domaine d'expertise ?

— Eh bien, oui, il me semble.

— Bon, je vous laisse travailler. L'inventaire est déjà en bonne voie, on dirait…

Pour la première fois, Gissing parut remarquer l'effervescence qui régnait autour d'eux.

— Ça ne devait avoir lieu que dans quelques semaines, je crois ? ajouta Ransome. Le braquage a dû précipiter les choses.

— Écoutez, inspecteur, je ne vois pas le rapport avec votre enquête.

— Oh, ce n'est même pas mon enquête, professeur Gissing. Je ne suis là qu'en simple curieux…

Ransome marqua une pause pour observer la façon dont Gissing prenait la chose.

— Quel dommage pour ce pauvre M. Allison, n'est-ce pas ?

La question avait désarçonné le professeur.

— Oui, lui qui était l'expert attitré et tout et tout… insista Ransome. Vous le connaissez, sans doute ? Je crois qu'il a été terriblement secoué.

— Une abomination, fit Gissing, abondant apparemment dans son sens.

— Enfin, le malheur des uns peut faire le bonheur des autres, n'est-ce pas ? Vous connaissez la chanson.

— Je crains de ne pas très bien saisir ce que vous…

Ransome haussa les épaules.

— Je veux simplement dire que vous êtes tombé à pic pour le remplacer ; au débotté, en quelque sorte…

— Eh bien, oui.

Ne voyant rien à ajouter, Gissing le salua et tourna les talons.

— Vous avez eu des nouvelles de Chib Calloway, ces derniers temps, professeur ?

Gissing s'immobilisa, lui présentant son dos quelques secondes, avant de tourner sa grosse tête vers lui.

— Excusez-moi, inspecteur… Vous pourriez me répéter ce nom ?

Pour toute réponse, Ransome lui fit un clin d'œil assorti d'un grand sourire.

22

Les deux toiles étaient restées sur l'un des canapés de Mike. Jusque-là, il n'avait pas eu une minute à consacrer à lady Monboddo. Il avait dû surfer sur le Net pour surveiller les réactions, nationales et internationales, provoquées par le casse. Les avis semblaient partagés : soit les Collections nationales avaient bénéficié d'un « spectaculaire coup de pot », soit les voleurs avaient été d'une inefficacité tout aussi « spectaculaire ».

— Une vraie bande d'empotés, comme on disait de mon temps ! avait déclaré Cruikshank en débarquant chez Mike.

Puis il avait instamment conseillé à Mike de trouver une planque plus sûre pour ses deux toiles.

— Et toi ? répliqua-t-il. Où tu as mis les tiennes ?

— À la maison, sous mon bureau.

— Tu crois que les flics risquent de les louper, s'ils débarquent chez toi ?

— Tu préférerais que je loue un coffre à la banque ?

Mike haussa les épaules. Allan avait une petite mine. Il ne cessait de faire les cent pas, jusqu'à la fenêtre et retour, en surveillant le parking comme s'il s'attendait d'un instant à l'autre à y voir apparaître des gyrophares bleus. Un peu plus tôt, ils étaient sortis fumer sur le balcon et Mike avait vainement tenté de se défaire de l'idée que son ami s'apprêtait à sauter, à tel point qu'il avait été immensément soulagé de le voir rentrer dans le salon. Et quand il lui avait apporté un thé à la menthe, Allan avait arrondi ses mains autour du gobelet, en précisant qu'il n'avait aucun souvenir de le lui avoir demandé.

— Bois, ça va te détendre.

— Me détendre ! s'était récrié Allan, les yeux au ciel.

— Tu as dormi combien d'heures, cette nuit ?

— Pas des masses, concéda Allan. Edgar Poe, tu connais ? *Le Cœur révélateur*, ça te dit quelque chose ?

— Tâchons de garder notre calme, Allan. Ce raffut ne va durer que quelques jours. Ça finira par leur passer, tu verras.

— Comment peux-tu dire une chose pareille ?

Une vaguelette de thé à la menthe s'était échappée de son mug pour aller s'écraser sur le plancher de chêne, mais Allan parut ne rien voir.

— On le sait, nous, ce qu'on a fait !

— Tu ne veux pas le brailler un peu plus fort ? Je ne suis pas sûr que tous les voisins aient entendu.

Les yeux écarquillés, Allan ôta une main de son gobelet pour la plaquer sur sa bouche. Mike ne prit pas la peine de préciser qu'il s'agissait d'une petite exagération épique de sa part, pour l'effet, et que son appartement était parfaitement insonorisé. C'était une des premières choses dont il s'était assuré, en emménageant : il avait mis la stéréo à fond et était descendu demander à ses voisins du dessous – un restaurateur d'art et une architecte d'intérieur – s'ils entendaient la musique.

274

— Désolé, marmonna Allan, la main toujours sur la bouche.

Il consentit à s'asseoir, mais son regard semblait aimanté par les toiles.

— Tu ferais bien de les planquer un peu, tu sais, ajouta-t-il d'une voix tremblante.

— Si on me demande, ce sont des copies, dit Mike, apaisant. Tu n'as qu'à faire pareil. Accroche-les dans ton salon, bien en vue. Tes Coulton parviendront peut-être à te rendre la paix, peut-être réussiront-ils là où les simples mortels, au rang desquels je me compte, ont échoué…

— Ils laissent sur place tous ceux de la First Caly.

— Absolument. Écoute, si tu te souviens, le but de l'exercice, c'était justement le plaisir de s'approprier un ou deux chefs-d'œuvre. Le professeur a réussi à convaincre les pontes des musées qu'ils avaient récupéré leurs biens. Aujourd'hui, à l'entrepôt, il va en remettre une couche, sur le thème « rien ne manque à l'appel » et « tout est rentré dans l'ordre ». Après ça, je te garantis que l'intérêt des médias pour l'affaire va se dissiper dans un nuage de fumée – pfffft !

— Si seulement je pouvais en faire autant… (Allan se hissa sur ses pieds et retourna à la fenêtre.) Et ce flic dont tu m'as parlé ?

— Ouais, j'aurais dû m'en abstenir, fit Mike entre ses dents.

Après avoir insisté auprès de Gissing pour qu'il garde le silence, il avait décidé qu'après tout, Allan avait le droit de savoir, pour Ransome. Ils étaient tous dans le même bateau, non ? Ils formaient une équipe, et ça ne se faisait pas de mentir aux copains, ne fût-ce que par omission. Mais quand Mike lui avait expliqué le topo au téléphone, le sang d'Allan n'avait fait qu'un tour. Il avait aussitôt rappliqué.

— Il est sur notre piste, insista Allan.

— Il n'a rien. Aucune preuve. Même s'il soupçonne quelque chose, il lui faut au moins un indice tangible.

Mais Allan n'en démordait pas :

— Et si je rendais mes Coulton ? Si je les abandonnais quelque part ?

— Brillante idée ! Comme ça, ils comprendront que ceux du van sont des faux et s'interrogeront sur la sincérité de leur estimé professeur...

Allan grinça des dents, ivre de frustration.

— T'as qu'à les prendre, toi ! Je te les donne. Je ne fermerai pas l'œil tant qu'ils seront chez moi !

Mike posa la main sur l'épaule de son ami, réfléchissant aux différentes options qui s'offraient à eux.

— OK, Allan. Voilà ce qu'on va faire : tu me les apportes et je te les garde quelques jours. Une semaine ou deux, le temps que tu t'habitues à l'idée.

Après un instant de réflexion, Allan hocha lentement la tête.

— Nous sommes bien d'accord, hein ? insista Mike. Je te les garde, mais ils sont toujours à toi. Et ça reste entre nous, entendu ? Ce sera notre petit secret.

La pire des choses, ça aurait été que les autres, et Calloway, particulièrement, l'apprennent. Ils auraient aussitôt compris qu'Allan craquait. Mike espérait que ce n'était que le contrecoup du choc émotionnel et que tout finirait par s'arranger. Pendant les rares moments qu'il avait pu passer en compagnie de lady Monboddo, il y avait vu en filigrane un autre visage ; mais à présent, les traits de Hate avaient remplacé ceux de Laura... Et quelque chose lui disait que,

276

même s'il ne devait plus jamais croiser le chemin du Scandinave, sa dégaine et son faciès n'avaient pas fini de le hanter.

Ce faciès, cette dégaine, ces tatouages diaboliques.

Évidemment, il n'avait rien à dire. Chib pouvait donner son Utterson à qui il voulait, c'était pas ses oignons. Mais ça revenait à multiplier les risques. Le plan de base, c'était juste eux trois : Mike, Allan et Gissing. Le concours de Westie s'était avéré indispensable et il avait fallu compter aussi avec sa copine. Quant à l'intervention de Calloway, c'était une idée à lui : si les choses tournaient en eau de boudin, Mike ne pourrait s'en prendre qu'à lui-même. Calloway, les quatre garçons, et maintenant, ce satané Hate. Celui-là, Dieu savait où il les mènerait...

— À quoi tu penses ? lui demanda Allan.

— À rien.

Je ne lui dis pas tout.

— Jamais je ne parlerai, Mike. Tu le sais, ça, hein ? On est des vrais potes. Entre nous, c'est à la vie à la mort.

— Mais oui. Bien sûr. Je sais.

Allan tâcha de se fendre d'un pâle sourire, que démentaient sa mine de déterré et son front moite.

— T'es tellement maître de toi, Mike. T'as toujours réponse à tout, fit-il en se tapotant la tempe de l'index. Je parierais qu'hier t'as pris ton pied, pas vrai ?

— Si, avoua Mike, avec un sourire. Génial ! comme expérience.

Mais sa rencontre avec le collecteur de créances en avait été une autre, d'expérience, et nettement moins exaltante. Une sourde angoisse lui soufflait qu'il avait fait irruption dans la cour des grands et devrait désormais se frotter aux vrais pros.

Aux vrais méchants.

Et eux, ils ne s'embarrassaient ni de loyauté, ni de fair-play, ni de sentiments. Les règles du jeu, ils s'asseyaient dessus.

Allan s'était laissé tomber dans un fauteuil avec son mug de thé.

On est des vrais potes, à la vie à la mort.

Ça, l'avenir le leur dirait.

— Allons chercher tes Coulton, proposa Mike. Comme ça, tu pourras dormir sur tes deux oreilles.

— Ça ne me fera pas de mal… Tiens, comment se fait-il qu'on soit sans nouvelles de Robert ?

— Ça ne doit pas être simple d'appeler de l'entrepôt, supputa Mike.

Mais lui aussi, il aurait donné cher pour savoir ce qui se passait sur ce front-là. Il consulta sa montre.

— Tu es sûr que ça va, si on passe les prendre maintenant ?

— Pourquoi ça n'irait pas ?

— C'est dimanche, Allan. Je veux juste m'assurer que tu n'as pas d'autres obligations. Tu n'as pas tes fils, le dimanche ?

— Margot les a emmenés à Londres voir je ne sais quoi.

Mike hocha la tête. Tant mieux. Comme ça, Allan n'aurait pas à donner le change toute la journée à ses fils, en les emmenant se balader sur Princes Street ou au restaurant pour déjeuner.

— Tu fais quoi, normalement, le dimanche ? s'enquit Mike. L'idéal serait de ne rien changer à tes habitudes.

— En général, on se retrouve quelque part pour boire un verre, toi et moi, lui rappela Allan.

— C'est vrai. Ça t'ennuie qu'on fasse exception ce soir ?

— Pas de problème. Ça m'a fait un bien fou de te parler. Merci de m'avoir dit de passer… (Il survola la pièce du regard.) Mince, qu'est-ce que j'ai fait de ma veste ?

— Tu l'as sur le dos, répliqua Mike.

Quand Westie, toujours groggy après sa folle nuit, vérifia son solde au distributeur automatique, l'argent était bel et bien arrivé. La totalité de la somme convenue, pour huit copies parfaitement fidèles. Enfin, *neuf*… Mais qui irait vérifier ? L'essentiel, c'était que son travail continue à faire illusion et à convaincre le monde des arts que le casse avait bel et bien échoué.

— Putain, que c'est beau ! s'exclama-t-il en contemplant le montant qui s'affichait sur l'écran tactile.

Il lança l'impression d'un ticket puis, juste pour la beauté de la chose, retira deux cents livres avant de rejoindre Alice qui l'attendait dans le café voisin, devant une pile de journaux. Ils ne s'étaient couchés qu'à l'aube et elle avait l'esprit encore embrumé.

— Vous faites la une dans toute la presse, lui annonça-t-elle. Enfin, celle des grands quotidiens, en tout cas. Dans deux des tabloïds, vous vous faites coiffer au poteau par les nouveaux nichons siliconés d'une chanteuse.

— Un peu plus fort, que tout le café en profite, fit-il en guise de mise en garde.

Quand il lui tendit le relevé, elle étouffa un petit cri de joie et l'embrassa à travers la table. Puis elle remarqua les billets qu'il avait étalés en éventail sur l'un des journaux et poussa une autre exclamation, un peu plus soutenue cette fois, avant de bondir sur ses pieds pour venir le serrer sur son cœur.

Une giclée de café atterrit sur la pile de journaux, mais ni l'un ni l'autre ne s'en formalisa. Personne ne se souciait d'eux. Les autres clients s'absorbaient qui dans leurs suppléments du dimanche, qui dans leurs bouquins ou dans les textos qu'ils envoyaient depuis leur portable, qui dans la musique qu'ils s'instillaient directement dans les neurones via leurs écouteurs. C'était un café qui venait d'ouvrir, à deux pas des Meadows, dans un quartier où on transformait les vieux bâtiments de l'ancien hôpital en appartements de luxe. C'était tout près des Beaux-Arts, mais ni Alice ni Westie n'y avaient leurs habitudes. C'était pour ça qu'ils l'avaient choisi, et aussi parce que c'était juste à côté d'une banque.

Alice se rassit et entreprit d'éponger le café avec une serviette en papier.

— Tu sais ce que ça me rappelle ? demanda-t-elle. Ce film de Quentin Tarantino, tu sais... un des premiers. On serait les deux tourtereaux qui se barrent avec le fric !

Sur quoi, elle rassembla les billets et les fourra dans son sac après les avoir soigneusement pliés.

Westie ne put réprimer un sourire, quoiqu'il ait prévu d'en garder quelques-uns pour lui... Mais quoi, ils avaient encore des tas de petits frères, ces biftons.

— Pas question de dilapider notre magot ! vitupérat-il. N'oublie pas que c'est pour financer tes études. Et surtout, tu me promets de ne pas prendre cette histoire comme trame pour ton premier scénario.

— Oh ! Sûrement pas avant le troisième ou le quatrième, acquiesça-t-elle.

Ils rigolaient toujours quand la serveuse – un genre de Polonaise – apporta à Alice le petit pain aux olives qu'elle lui avait commandé. Comme elle s'apprêtait à y mordre à belles dents, elle déclara que pour une fois, ils pourraient se permettre de laisser un pourboire. Westie lui fit un clin d'œil, avant de se replonger dans le récit journalistique de ses propres exploits. Lui, il n'avait pas faim. Les vapeurs de peinture et de vernis lui imprégnaient toujours les poumons. Mais il était ravi de traîner là un moment, le nez dans les journaux. Il commanda un autre café et rêvassa en contemplant les rayons de soleil obliques et les ombres qui commençaient à s'allonger, tandis que l'après-midi laissait peu à peu place à la soirée.

C'était exactement ce qu'il faisait, quand il s'avisa qu'Alice avait cessé de lire. Ses yeux restaient fixés sur un point de l'autre côté de la vitrine et, de l'ongle de son auriculaire, elle avait entrepris de déloger une miette de son pain aux olives, coincée entre ses dents. Il doutait que sa perception du monde coïncide avec celle de son amie…

— À quoi tu penses ? lui demanda-t-il.

Elle haussa les épaules et parut s'abîmer dans ses réflexions. Puis, se tournant vers lui, elle le regarda bien en face, les coudes plantés sur la table et le menton calé dans ses paumes.

— Eh bien, je me demandais… répondit-elle d'un air songeur, comme pour elle-même, je me demandais pourquoi les autres ont tous eu deux toiles, et nous seulement une.

— Le type qui a fourni la main-d'œuvre et les flingues n'en a eu qu'une, lui aussi.

— Attends… Il n'a pas mis les pieds à l'entrepôt ! Il n'a pris aucun risque. Alors que toi, t'as vu le boulot que t'as abattu ? Les jours et les nuits que t'y as passés ? Personne n'a bossé plus que toi, sur cette affaire, Westie. Personne !

— Ouais, mais j'ai été payé, non ?

Elle hocha la tête.

— Justement. Le fric couvre ton boulot de base. Et tes heures sup' ? Tu as participé au raid lui-même, Westie. Tu as aidé à remettre les cadres… Tu l'as dit toi-même, le père Gissing aurait mis des plombes s'il avait dû le faire seul, à supposer qu'il n'ait pas claqué d'un infarctus entre-temps ! Tout reposait sur toi, Westie. Et tu t'en es tiré comme un chef.

Elle allongea la main vers la sienne. Il avait les doigts encore pleins de taches rouges, bleues, blanches et vertes. Le Monboddo lui avait pris un temps fou. Tous ces plis sur la robe, tous ces effets de matière… Le menton d'Alice ne s'appuyait plus sur rien. De l'index, elle pointa un article dans l'un des journaux.

— Lis-moi ça. Selon eux, certaines des œuvres volées iraient chercher des sommes fabuleuses, des montants à six chiffres, voire sept. Et nous, on se retrouve avec un misérable DeRasse.

— Mais c'était un de nos préférés, lui rappela-t-il, piqué au vif. Un émule de Mondrian, un génial représentant de la contre-culture des années 1960 !

Alice fit une moue que Westie ne connaissait que trop bien : elle ne se laisserait pas convaincre.

— Ça semble tellement injuste, Westie ! C'est tout ce que j'en dis, moi !

— Écoute, c'est un peu tard pour les réclamations, observa-t-il en aspirant les dernières gouttes de son café.

Son regard croisa celui d'Alice par-dessus le bord de sa tasse et il se sentit transpercé de part en part.

— Un peu tard, fit-elle. Tu crois ?

Il reposa lentement sa tasse sur sa soucoupe.

Mike était seul chez lui. Il avait mis un CD sans même regarder ce que c'était. Les Coulton d'Allan étaient dans un fauteuil, près de la cheminée. Mike n'avait jamais été fou de sa période abstraite : des grands mouvements de couleurs, avec ces tas de petits zigouigouis « aussi symboliques que des cartouches », pour reprendre les termes d'Allan. Il se versa un pur malt qu'il savoura en contemplant lady Monboddo. Le portrait semblait animé d'une incandescence intérieure. Posant son verre, il prit le tableau à deux mains pour effleurer de ses lèvres celles du visage souriant. De près, la surface commençait à se couvrir d'infimes craquelures, plus fines que des cheveux. Il risquait d'avoir du mal à la faire restaurer… Tant pis. La toile n'était pas signée, mais Monboddo signait rarement ses œuvres. Lors de l'exposition où Mike avait vu celle-ci pour la première fois, quelques-unes des toiles exposées lui avaient été attribuées à tort, jusqu'à ce que les progrès des techniques d'expertise aient permis de rétablir la vérité. Et même depuis, certaines des œuvres dites de Monboddo restaient « attribuées à », ou « de l'école de ». Mais pas celle-ci. Son authenticité ne faisait pas le moindre doute. Le portrait de son épouse – comment s'appelait-elle, déjà ? Il alla prendre une biographie de l'artiste dans la bibliothèque.

Beatrice. En fait, la toile s'intitulait *Une pose pensive*, mais le modèle était indéniablement la femme du peintre. Elle apparaissait sur quatre autres toiles de Monboddo. Le biographe soulignait que, selon lui, l'artiste avait pris soin de représenter son épouse sous le jour le plus flatteur, « probablement pour faire oublier quelque écart de conduite particulièrement impardonnable ».

Quelque écart de conduite…

Particulièrement impardonnable.

Un petit spasme lui tordit l'estomac et il décida de ralentir sur le whisky. Et Gissing qui n'appelait toujours pas ! mais c'était plus ou moins entendu. Mieux valait éviter toute communication inutile, le temps que les choses se tassent. Mike reposa le Monboddo sur le sofa et tendit la main vers son portable. Rien ne l'empêchait d'envoyer un SMS au professeur, un message aussi vague que lapidaire, le genre de question banale qu'on échange entre amis : « *Alors, comment va ? – Un verre quelque part, ça vous dirait ? – Quoi de neuf de votre côté ?* »

Il tourna et retourna le téléphone entre ses mains et faillit le laisser glisser, quand la sonnerie se réveilla. Un message… de Gissing, justement. Mike sentit un léger tremblement lui agiter la main en appuyant sur la touche idoine.

Le sujet de la photo insiste. N'apportons surtout pas d'eau à son moulin.

Du grand art. Pour Mike, c'était limpide, mais pour n'importe qui d'autre, ça ne voulait strictement rien dire. Et Calloway avait mis un nom sur le flic de la photo : Ransome. L'inspecteur Ransome. Il semblait s'intéresser au casse et avait un long passé commun avec Calloway. Ça n'était pas l'idéal, évidemment, mais rien n'était perdu. Bien sûr que ça restait jouable !

Et que diable pouvaient-ils faire d'autre...

S'avisant qu'il avait machinalement rempli son verre, il alla le vider dans l'évier de la cuisine. Ce n'était pas le moment de perdre le peu de présence d'esprit qui lui restait. Une gueule de bois, c'était bien la dernière chose. Enfin, façon de parler... Parce qu'il y avait tout un tas de choses dont il aurait eu encore moins besoin. Au point où il en était, celle-là n'aurait même pas figuré dans son top 5. Il rinça son verre et le laissa sur l'égouttoir, avant de revenir au salon où il se laissa choir sur le canapé, entre ses deux toiles. Jusque-là, il n'avait jeté qu'un rapide coup d'œil à la seconde, une scène de plage, un Cadell de la première époque. Westie l'avait presque snobée. Pfff ! Un max d'*impasto* et d'angles aigus, avait-il ricané, dédaigneux. *Le genre de truc que je fais les yeux fermés...*

Mike brûlait d'appeler Gissing pour entendre enfin des choses rassurantes. Et lui faire part de l'histoire de Calloway et de son « collatéral ». Par SMS, ça paraissait difficile. Ses doigts s'agacèrent encore un moment sur son téléphone, puis il prit son souffle, composa le numéro du professeur, compta les sonneries... Gissing avait un système de reconnaissance d'appel, pour savoir qui voulait le joindre. Mais là, pas de réponse. Le répondeur prit la ligne. Une voix de synthèse, féminine. Pas désagréable. Mike préféra raccrocher.

Ça pouvait attendre. Pour l'instant, il se contenterait de lancer une dernière recherche sur Internet, histoire d'avoir des nouvelles fraîches avant d'aller se coucher.

Il prit Beatrice sous son bras et se retira dans sa chambre.

23

— On peut savoir comment t'as eu mon adresse ?

Lundi matin. Mike allait prendre son café quand il avait dû aller ouvrir à Chib Calloway. Le gangster s'engouffra chez lui sans attendre d'y être invité.

— Chouette appart, dit-il en déboulant dans le grand espace ouvert du living. Et dis donc… bonjour la vue ! J'ai toujours rêvé d'habiter dans une piaule d'où on voit le château.

— J'attends toujours ta réponse, fit Mike, glacial.

Calloway se retourna vers lui.

— Pas de cachotteries entre nous, Mickey. Si jamais tu veux passer chez moi, t'as qu'à demander. Dis donc, c'est pas une bonne odeur de café frais que je sens, là ?

— J'étais en train d'en faire.

— Avec du lait et un sucre, précisa Chib.

Mike hésita avant de passer dans la cuisine.

— Alors, qu'est-ce que t'en dis, de ce cher M. Hate ? lui lança Chib depuis le salon.

Mike était encore vaseux, mais l'adrénaline commençait à faire son effet. Qu'est-ce que Calloway fichait là ?

— Pourquoi ? T'as eu de ses nouvelles ? répondit-il par-dessus son épaule.

Il pouvait surveiller la moitié du salon, depuis la cuisine, mais Calloway restait hors de vue.

— Pas encore, non. Eh, mais t'as des tas de trucs intéressants sur tes murs, Mike ! J'ai pris mes renseignements. Et à première vue, t'as l'air plein aux as. Alors, tu vois, je me demandais…

— Quoi ?

— Pourquoi t'emmerder à chourer des tableaux que tu as les moyens de t'offrir ?

— Ceux qu'on veut ne sont pas toujours sur le marché.

Quand il arriva avec les cafés, Mike vit que Chib n'avait pas perdu son temps. Souriant, le gangster lui montra quelque chose derrière l'un des canapés de cuir crème.

— Pas terrible, comme planque, mon petit Michael. T'essaies de te faire serrer ou quoi ?

— J'ai pas eu une seconde, dit Mike en guise d'excuse. Ils étaient sur le canapé quand t'as sonné.

— Ça t'ennuie que j'y jette un coup d'œil ?

Chib n'attendit pas sa réponse pour tirer les tableaux de derrière le sofa.

— Quatre ? s'étonna-t-il.

— Il y en a deux qui sont à Allan. Je les lui garde.

— Tiens ! Pourquoi ?

— Il a une copine en ce moment, répondit Mike, le nez dans son mug. Elle s'y connaît un peu en art et il préfère qu'elle ne les voie pas.

Il croisa les doigts pour que Chib gobe son explication.

— C'est lesquels, les tiens ?

— Le paysage et le portrait.

288

— Ben, je préfère… Ceux d'Allan, ils ont l'air de sortir d'une classe de maternelle.

Chib examina le Monboddo et le Cadell.

— Super, décréta-t-il. Est-ce qu'ils douillent autant que le mien ?

— Grosso modo. Un peu moins, peut-être.

— Sauf que moi, j'en ai qu'un. Alors que tu te retrouves avec quatre de ces petites merveilles.

— Tu n'en as demandé qu'un.

Chib examinait les toiles en hochant la tête, comme s'il tentait d'en estimer le prix.

— Dis donc, celui-là… c'est la nana de la salle des ventes tout craché.

— Ah. J'avais pas remarqué.

Finalement, Calloway prit le mug que lui tendait Mike en le remerciant d'un grognement.

— Si, si. Y a vraiment quelque chose, fit-il d'un air songeur, l'œil rivé sur Beatrice, ou plutôt sur son décolleté. Tu crois qu'elle serait plus gentille avec moi si elle savait que j'ai un Utterson à la maison ?

— Laura Stanton ? Elle irait plutôt te balancer aux flics.

— Ouais, probable.

Calloway eut un reniflement de dédain, avant de boire une gorgée de café.

— En fait, si je suis là, reprit-il, c'est parce que je repensais à cet enfoiré de flic.

— Ransome ?

— Celui-là même. Et le prof, t'as des nouvelles ?

— Un texto disant que tout va bien, répondit Mike, le nez à nouveau dans son mug. Selon les médias, c'est un certain Hendricks qui est chargé de l'enquête.

— Gav Hendricks, une vraie brêle. Celui qu'il faut garder à l'œil, c'est Ransome – Chib se rapprocha d'un pas. Supposons qu'il embarque ton pote Allan pour l'interroger.

— Allan saura se tenir.

— Y a intérêt.

Préférant maintenir une distance prudente, Mike tourna les talons et alla se poster près de la fenêtre en musardant. Il réalisa, un poil trop tard, que ça risquait de trahir sa nervosité : c'était exactement ce qu'avait fait Allan, la veille. Il se surprit même à regarder en bas, par la fenêtre. Il apercevait le toit noir de la BMW de Chib, avec deux types qui y étaient adossés. L'un avait la clope au bec et l'autre lisait des messages sur son portable.

— T'es venu avec ton escorte ? lança Mike.

— T'inquiète. Ils ne savent pas que je suis chez toi.

— Pourquoi pas ?

Chib haussa les épaules.

— On ne sait plus à qui se fier, de nos jours. Et puis, faut préserver son jardin secret, tu trouves pas ?

— Oui, sûrement. Mais ça ne t'a pas empêché de filer mon nom à Hate.

— Hate, tu me le laisses ! fit Calloway, l'index dressé.

Puis, décidant qu'il avait assez admiré les tableaux, il entama un autre circuit à travers la pièce.

— Y en a qui se la coulent douce, pas vrai ? Regarde-toi ! Un joli pactole à la banque, de chouettes tableaux sur tes murs, et même derrière ton canapé ! T'es vraiment verni, Mackenzie…

Il eut un petit rire dénué d'humour.

— Alors que les autres sont bien forcés d'aller au charbon pour gagner leur croûte. Champion, ton café, soit dit en passant… Il t'en resterait encore un peu ?

Mike prit le gobelet vide et regagna la cuisine. Ça lui déplaisait souverainement que Chib ait son adresse et qu'il ait posté ses deux lascars en bas, juste en face de chez lui. Sans compter qu'il savait désormais qu'il avait quatre toiles de maîtres dans son salon, et bien d'autres déjà accrochées aux murs. En entendant un bip dans le salon, Mike en conclut que Chib passait un coup de fil ou envoyait un texto et croisa les doigts pour qu'il ne s'agisse pas d'une invitation destinée à ses deux gorilles. Qui sait, ils étaient peut-être amateurs de bon café, eux aussi ? Mais quand il revint avec le gobelet plein, Chib lui indiqua d'un geste la table basse sur laquelle Mike avait laissé son portable.

— Je crois que t'as un message.

— Merci, répliqua Mike en lui tendant son café.

Il s'approcha de la table mais hésita. N'avait-il pas laissé son portable dans la poche de sa veste, toujours suspendue à un dossier de chaise, là-bas ? Il lança un coup d'œil vers Calloway qui secoua lentement la tête, toujours absorbé dans la contemplation des deux Coulton d'Allan. Mike prit son téléphone. L'écran affichait deux messages, le premier signé de Laura. *J'aimerais vous voir*, disait-elle. Dans des circonstances normales, Mike en aurait trépigné de joie, mais les circonstances étaient loin d'être normales, comme le laissait subodorer le second message : *Westie s'est fait avoir. Un autre tableau, ou 20 K cash – au choix ! Alice.*

— Rien d'urgent, j'espère ? lança Chib.

— Non… pas vraiment.

Épinglé sous le regard scrutateur de Chib, Mike fit semblant d'entrer une réponse au clavier.

— Alors comme ça, tu lui ferais plutôt confiance, à ton pote Allan ?

La question désarçonna Mike.

— Bien sûr, bredouilla-t-il. Pourquoi ?

— Ben, à cause de ses goûts artistiques, déjà…

Mike aboya quelque chose qui voulait évoquer un éclat de rire, tandis que Chib se fendait d'un fin sourire. Redressant le dos, il noua ses mains sur sa nuque et détailla le salon avec l'œil d'un acquéreur potentiel.

— Super, cet appart, répéta-t-il. Ça a dû te coûter bonbon…

— Un peu, oui, concéda Mike.

— T'as un prêt à rembourser ?

— Non.

— Le contraire m'eût étonné. Un petit futé comme toi… Comment on dit, pour un homme d'affaires à qui on ne la fait pas ?

— On dit qu'il a du flair, de la jugeote… suggéra Mike.

— De la jugeote, c'est ça, ouais, fit Chib avec un hochement de tête approbateur. Alors maintenant, rends-nous un grand service, Mike…

Il s'avança vers lui, comme pour le coincer contre le mur.

— Tu vas l'utiliser, ta légendaire jugeote, pour faire en sorte que rien ne se barre en sucette, à commencer par ton cher Cruikshank. La résistance d'une chaîne se mesure à celle de son maillon le plus faible, pas vrai ?

Les deux hommes n'étaient plus séparés que par quelques centimètres. Mike sentit le souffle du gangster lui passer sur le visage et il lui fallut plusieurs secondes pour retrouver son aplomb.

— Notre maillon faible, pour moi, ça serait plutôt l'autre taré, là… ton M. Hate, finit-il par dire. S'il décide de te faire tomber, il lui suffit de téléphoner aux flics.

— S'il fait ça, ses clients pourront dire adieu à leur pognon. Tout compte fait, c'est jamais que des hommes d'affaires comme toi et moi, Mike. Alors te bile pas pour ça. Surveille plutôt ton bout de la chaîne, que j'aie pas à m'en inquiéter.

— Une chaîne, ça n'a pas de « bout », lui fit remarquer Mike à voix basse.

— Ça n'est que ça, tu veux dire ! riposta Calloway.

Ils se défièrent un moment du regard, puis le gangster se détourna et Mike sentit qu'il s'apprêtait à partir. Son gobelet de café était toujours aux trois quarts plein. Chib le posa sur la table basse et enfila le long couloir qui menait à la porte, Mike sur les talons.

— La prochaine fois, tu me feras une petite visite guidée, hein ? lui lança Calloway, englobant d'un geste les tableaux du couloir. Et comme je te disais, tu passes me voir quand tu veux. Mon appart est loin d'être aussi classieux que le tien, mais il en a vu de toutes les couleurs ces temps-ci, un peu comme son propriétaire.

Le hic, se dit Mike, *c'est que moi, je n'ai même pas ton adresse.*

Chib sortit sur le palier et agita la main sans se retourner. Mike referma derrière lui, s'adossa à la porte, comme pour se protéger d'une nouvelle intrusion. Il entendit l'ascenseur qui arrivait et risqua un œil par le judas. Les portes de l'ascenseur se refermèrent. Il

rebroussa chemin jusque dans le salon, attrapa son portable au passage et alla se poster devant la fenêtre. Pas
trace de Calloway pour l'instant. Mike ne tenait pas à
ce que le gangster le voie téléphoner. Dieu savait
quelles conclusions il aurait pu en tirer ! Il recula de
quelques pas pour composer le numéro de Gissing.

Laura veut me voir.

*La copine de Westie a les dents de plus en plus
longues…*

Mais c'était à Gissing qu'il voulait parler. Peut-être
le professeur pourrait-il lui remonter le moral, ou du
moins le soulager d'une partie de ses soucis. Par
exemple en lui assurant que, même si tout semblait
aller à vau-l'eau, ce n'était qu'une impression et qu'en
fait son univers résisterait au cataclysme.

À l'autre bout de la ligne, on avait décroché.

— Mon petit Michael ! Si je m'attendais…

La ligne était mauvaise. La voix de Gissing ne lui
parvenait qu'en pointillés.

— Vous êtes où, là ? s'enquit Mike.

— Eh bien, je me fais oublier, comme convenu.
Enfin, il me semblait que c'était entendu entre nous…

— Qu'est-ce qu'il sait au juste, ce Ransome ?

— Il a l'air de savoir que je connais Charles Calloway.

— Comment il a pu savoir ça ?

— Mystère. Sur ce point, mes idées valent les
vôtres…

— Ça tourne au vinaigre, Robert.

En bas, le moteur de la BMW avait toussé.

— Je suis sûr que vous exagérez, mon petit
Michael.

Gissing semblait d'une telle sérénité que Mike s'en
voulut de gâter son bel optimisme. Sa décision fut

aussitôt prise : pas un mot des tableaux d'Allan, du « collatéral » remis à Hate, ni de la petite visite matinale de Chib.

Du moins pour le moment.

— À propos… J'ai dit à Allan, pour Ransome.

— Comment a-t-il pris la chose ?

— Il a accusé le coup. (Mike marqua une pause.) Et vous ? Comment ça s'est passé, hier, à l'entrepôt ?

— J'ai fait tout ce qu'on m'a demandé, avec ma minutie coutumière. Ils m'ont même proposé de payer mes heures.

— Dans votre message, vous disiez que Ransome « insistait ». Qu'est-ce que ça signifie, au juste ?

— Eh bien, ça. Il n'est pas officiellement chargé de l'enquête, mais il a flairé quelque chose, comme un chien truffier. J'en ai même avisé l'inspecteur Hendricks, quand je l'ai croisé. Il a eu l'air furax.

— Bien joué, Robert.

— C'est ce que je me suis dit, se rengorgea le professeur. Mais pour l'instant, le mieux que nous ayons à faire, c'est de garder notre sang-froid en évitant toute vague inutile – sauf cas de force majeure, naturellement…

« Mais c'est un cas de force majeure ! » faillit répliquer Mike. Au lieu de quoi, les yeux fixés sur la BMW qui descendait la longue allée, il se surprit à abonder dans son sens. Il soupira en se passant les doigts dans les cheveux, et demanda à nouveau à Gissing où il se trouvait.

— Mais chez moi. J'ai de quoi m'occuper, vous imaginez… Encore quelques étiquettes à coller. Mais chaque fois que l'ennui menace, je sais que mon regard peut se poser sur une ou deux merveilles dignes de mon admiration et de mon respect. Somme toute, on est quand même rudement vernis, pas vrai, mon petit Michael ?

— Rudement, oui, fit Mike, en écho.

En bas, Chib et ses hommes avaient enfin disparu.

24

Calloway avait rejoint sa voiture. Johnno avait balancé sa cigarette, tandis que Glenn allait ouvrir la portière arrière pour son patron.

— À moins que vous ne préfériez prendre le volant, chef ?

Non, Chib aimait autant se mettre à l'arrière. Il avait jeté un coup d'œil par-dessus son épaule, comme la BMW démarrait. Aucune trace de présence humaine aux fenêtres du dernier étage.

— Ça s'est bien passé, votre rendez-vous ?

— T'occupe, avait grogné Chib en se mordillant l'ongle du pouce.

Il réfléchissait aux options qui s'offraient à lui. Bien sûr, en un sens, ce n'était pas à lui d'en décider. C'était Mike qui avait reçu le message : « 20 K ou un des tableaux ! » Ça devait être la petite amie de Westie, cette Alice. Chib avait entendu parler de Westie, évidemment, mais personne n'avait jugé bon de lui expliquer qu'il avait une nana – et quelle nana !

Et maintenant, les tourtereaux se montraient plus gourmands que prévu. *Tssst !* laissa-t-il échapper. Mais en même temps, ça l'épatait toujours, ce genre de culot. Qu'est-ce qu'ils comptaient faire ? Les balancer aux flics ? Hautement improbable, vu qu'ils étaient tout aussi mouillés que les autres. Non, ils essayaient juste de jouer au plus fin avec Mike, tout comme Chib. En fait, le problème, ce n'était pas Michael, c'était son pote Allan. L'agité. Le mou du genou. Le mensonge de Mike au sujet d'Allan et de sa nouvelle petite amie aurait pu marcher si Mackenzie avait été moins pris de court et qu'il avait eu le temps de peaufiner le truc. Durant sa longue carrière, Chib avait dû entendre des multitudes de craques, pour la plupart chiadées à la perfection. Mais l'essai de Mike ne relevait pas de cette catégorie, loin de là. Ça n'aurait même pas assuré son admission en classe poussin.

L'autre raison de sa visite, c'était que Chib voulait juger *de visu* de la fortune de Mackenzie. Ce n'était pas parce que Mike avait monté une boîte et vendu quelques trucs dans le temps que son affaire n'avait pas fini en eau de boudin. Chib en connaissait, des mecs qui s'étaient fait des couilles en or mais avaient tout croqué en misant sur les mauvaises actions au mauvais moment, ou sur un tuyau percé. Mais Mike, non. Il était pété de thunes, ça crevait les yeux. Les tableaux de son salon n'étaient sûrement pas des copies. Rien que sa télé à écran plat, elle avait dû lui coûter trois ou quatre mille livres, et ce genre d'appartement, ça tournait autour du million. La vache ! À la vitesse où ça allait, l'immobilier à Édimbourg, ça devait même frôler le million et demi !

Et c'était une bonne nouvelle, de son point de vue. Chib avait toujours eu un faible pour les mecs pleins aux as.

Mike pourrait toujours régler le problème Westie en lui larguant quelques biftons de plus, mais rien ne garantissait que les tourtereaux n'y reviendraient pas. Ils finiraient forcément par en redemander. La semaine prochaine ou dans un an… c'était couru d'avance. Et en y réfléchissant, Mike pourrait aussi résoudre le sien, de problème, au cas où le Viking refuserait de prendre le tableau. La préparation du coup, les rendez-vous discrets, les tours et les détours en bagnole pour déjouer les filatures, la séance de remise des flingues… Tout ça avait réveillé quelque chose chez Mackenzie. Il y avait pris goût. L'erreur, c'était peut-être de lui avoir présenté Hate – là, il avait fait tilt, le Mike. Hate lui avait carrément filé les jetons. Il n'était pas prêt à encaisser ça. Maintenant, Chib allait devoir trouver le moyen de récupérer sa confiance. Mais n'empêche… il avait quand même bien tenu le coup, ce matin, le petit.

On peut savoir comment t'as eu mon adresse ?

Ce souvenir lui tira un sourire : il lui avait suffi de demander à un agent immobilier. Ils la connaissaient tous par cœur, la « garçonnière Mackenzie ».

Ils pouvaient tous vous citer les numéros des magazines et des suppléments où les reportages photos avaient paru. Une autre bonne raison de ne pas étaler son blé et de ne pas crier son adresse sur tous les toits. Autant envoyer des invitations à tous les margoulins de la place en précisant que votre petit nid valait le détour !

— Où on va, boss ? demanda Glenn depuis le siège conducteur.

— À la maison.

L'autre texto était de Laura. Quand Chib avait fait allusion à sa ressemblance avec le portrait, Mike l'avait jouée cool. *Laura Stanton, tu veux dire ?* En fait, ils étaient comme cul et chemise, tous les deux. Elle lui envoyait des textos en signant de son prénom et semblait frétiller d'aise à l'idée de passer voir son pote milliardaire. Là aussi, Chib allait devoir réfléchir aux conséquences… Mais pour l'instant, c'était un de ses propres portables qui sonnait. Reconnaissant le numéro, il hésita à décrocher, puis il fit signe à Glenn de s'arrêter. Il ouvrit sa portière avant même que la BMW se soit immobilisée et sauta sur le trottoir. Là, il prit son souffle, avant de prendre l'appel.

— Calloway ? fit la voix, tranquille.

— Tiens ! Salut, Edvard.

C'était le seul nom que Chib lui connaissait : Edvard. Le Big Boss d'une horde de Hell's Angels, dans les steppes sauvages de Norvège. Ils vendaient leur came partout, là-haut : du Danemark à la Suède, de la Russie à la Finlande et de la Norvège au Royaume-Uni…

— Alors, il vous plaît, ce *collatéral* ?

Du coin de l'œil, Chib remarqua qu'il se trouvait près d'un genre de parapet, au-delà duquel s'étendait un terrain pelé, avec une poignée de gamins qui se passaient un ballon de foot.

Ç'aurait pu être moi, il y a un quart de siècle ; à l'époque, personne n'osait me prendre la balle, une fois que je l'avais !

— Justement, répliqua Edvard. C'était le sujet de mon appel.

Une voix posée, cultivée, aimable, sans la moindre trace de menace. Dès le début des transactions, Chib avait su qu'il ne rencontrerait jamais le propriétaire de cette voix. Hate lui-même ne le connaissait sans doute pas, ou pas directement.

— Pas de problème, j'espère ?

Son regard suivait sans la voir la partie de foot. Un chien, attaché à l'un des poteaux de but, poussait quelques jappements.

— Pour l'instant, non. Au contraire. Comme vous le savez, ce genre de garantie est une valeur d'échange tout à fait fiable.

— Celui-là n'est même pas répertorié comme manquant…

En se tournant vers la BMW, Chib nota que la vitre passager était entrebâillée. Glenn et Johnno n'en perdaient pas une miette. Il se souvint de ne rien dire de compromettant et s'éloigna de quelques mètres le long du trottoir.

— Très bien, parfait, monsieur Calloway… (La voix d'Edvard avait la douceur d'une berceuse.) Alors, résumons. Certaines de nos transactions pourraient peut-être se solder de cette façon, à l'avenir ?

Ça, Chib en doutait.

— Mais bien sûr ! fit-il, enthousiaste. Pas de problème, Edvard. Vous vous intéressez à la peinture, vous aussi ?

— Bien sûr, monsieur Calloway, mais je préfère le blé. (La voix de velours s'était faite frigorifique.) Et pour l'instant, ce qui m'intéresse, c'est celui que vous restez à me devoir.

— Ça vient, Edvard, ça vient…

— Bonne nouvelle. Je vous rappellerai, concernant nos futures transactions.

La ligne fut coupée. Edvard ne s'attardait jamais au téléphone, par principe. Chib referma son portable et le fit cliqueter contre ses dents. Puis il se repassa mentalement la conversation et fit la grimace en se rappelant son « Vous vous intéressez à la peinture, vous aussi ? ». Pour une oreille extérieure – s'il avait été sur écoute, par exemple –, c'était limpide. Il avait lâché le morceau, quant à la nature du *collatéral*.

Bien joué, Chib. Voilà ce qui s'appelle foirer son coup...

Mais Edvard semblait d'accord pour qu'ils continuent à bosser ensemble. Il voulait d'autres tableaux, qu'il pourrait échanger avec d'autres gangs, pour sécuriser ses différents contrats. *Tap, tap, tap,* faisait le téléphone de Chib contre ses dents. À présent, les jappements du chien avaient fait place à des hurlements de frustration. Comme la BMW arrivait à son niveau, Chib s'avisa tout à coup qu'il s'était mis en marche. Il pensait à Edvard, à ces gens avec qui il traitait, à des milliers de kilomètres d'Édimbourg. Qu'est-ce qu'ils y connaissaient à la peinture, ceux-là ? Qu'est-ce qu'ils savaient des coloristes écossais et de l'école de Glasgow ? Et s'ils considéraient les toiles comme de simples garanties, des trucs qu'on laissait en gage, pendant la durée des transactions...

Le professeur Gissing avait lui-même reconnu que Westie était champion, comme faussaire. Ça lui donnait quelques idées. Chib était toujours plongé dans ses réflexions lorsqu'il remonta en voiture.

Westie et Alice, Alice et Westie.

Westie s'est fait avoir.

« Je sais ce que tu ressens, mon pote... »

— Pardon, chef ? fit Glenn depuis le siège conducteur.

— Rien.

— C'était Hate, au téléphone ?

Chib s'avança sur son siège jusqu'à ce que sa tête arrive au même niveau que celle de son garde du corps.

— Arrête de fourrer ton sale gros pif dans mes affaires, ou je te l'écrabouille ! Reçu ?

— Cinq sur cinq, répondit Glenn, l'air contrit. C'est juste que… (Il déglutit laborieusement, comme s'il avait déjà les mains du patron autour du cou.) Faut qu'on puisse intervenir, Johnno et moi, en cas de problème.

— Ouais, on est là pour ça, renchérit Johnno.

— C'est pas mignon ? roucoula Chib.

— On a l'impression que vous ne nous faites plus confiance, insista Glenn. Plus comme avant, en tout cas…

— Oh, ça va, hein ! À qui tu vas te plaindre, Glenn ? À ton concessionnaire ? Y a des choses que t'as tout intérêt à ignorer, dans mes affaires. Je me coltine plus que ma part d'emmerdes, pour ne pas vous mouiller, toi et Johnno, si tu vois ce que je veux dire.

— Non, patron, je ne vois pas très bien, avoua Johnno après réflexion.

Chib lui répondit d'un grognement, avant de s'appuyer contre le dossier.

Le café de Mackenzie lui avait filé mal au crâne. Ou alors c'était une tumeur au cerveau due à l'usage du portable. Qu'est-ce que ça pouvait être d'autre ?

Il y avait un restaurant, à deux pas de l'hôtel des ventes.

Une ancienne banque rénovée dont on avait conservé la déco, les grandes colonnes cannelées, les moulures et les corniches dorées rococo. Dans la matinée, toutes les tables étaient vacantes et réservées en vue du déjeuner, mais on pouvait toujours commander un petit déjeuner dans l'un des box, près de la vitrine. Laura contemplait la mousse de son cappuccino quand Mike arriva. Il lui planta un baiser sur les deux joues et commanda une eau minérale italienne au serveur, avant de se glisser en face d'elle sur la banquette.

— Pas de café ? demanda-t-elle.

Sur l'assiette, devant elle, il repéra quelques miettes rescapées d'un croissant. Elle n'avait pas touché à la confiture ni aux portions de beurre.

— J'ai eu plus que ma part de coups de fouet, ce matin, répondit-il. On ne s'est pas revus, depuis le jour de la vente. Tout s'est bien passé ?

— Oh, ça n'a battu aucun record. (Elle agitait lentement sa cuiller dans ce qui restait de son café crème.) Vous êtes au courant, pour l'entrepôt, je suppose ?

Les yeux de Laura s'étaient fixés sur lui tandis qu'il ajustait les poignets de sa chemise.

— Oui ! fit-il en ouvrant de grands yeux. Incroyable, hein ?

— Incroyable, reprit-elle en écho.

— Vous les connaissez bien, les gens des Collections nationales. Ils ont dû frôler la crise cardiaque.

— J'imagine.

— Une chance que le gang n'ait pas réussi à emporter son butin.

— Une chance, oui…

Elle laissa sa phrase voleter dans l'air, mais ses yeux restaient rivés sur lui. Ils ne le lâchaient pas d'un pouce.

— Quoi ? lança Mike. J'ai de la mousse à raser sur l'oreille ?

Il s'empressa de vérifier mais son petit sketch ne lui valut même pas l'aumône d'un sourire.

— L'une des toiles était de Monboddo, Mike. Le portrait de sa femme, Beatrice (elle le prononçait à l'italienne). Je m'en souviens parfaitement, il faisait partie de la rétrospective, l'an dernier. J'avais bien cru que vous ne parviendriez pas à en détacher les yeux.

Elle attendit sa réponse.

— Eh bien… Ravi d'apprendre que j'étais sous haute surveillance… finit-il par répliquer, faute de mieux.

— Allan m'a un peu taquinée, ce soir-là, poursuivit-elle. Selon lui, ce qui vous attirait tant, en lady Monboddo, c'était ce petit air de famille que nous avions, elle et moi.

— Eh bien, il y avait sans doute une once de vérité, je suppose.

— Et après l'exposition, vous vous souvenez ? Quelques-uns d'entre nous sont allés au restaurant…

Mike fit la grimace.

— Oublions ça, dit-il.

Il avait un peu forcé sur le vin lors du cocktail de la soirée d'inauguration. Il était ébloui par ce monde qu'il découvrait, étourdi par ces experts et ces amateurs d'art qui parlaient des œuvres avec tant de brio. Un brandy de trop au restaurant… Son regard avait plusieurs fois croisé celui de Laura et chaque fois, elle lui avait retourné ses sourires. Jusqu'au moment où elle s'était éclipsée aux toilettes dames. Il l'avait suivie, était entré sur ses talons et avait tenté de l'embrasser.

— Vous connaissez un certain Ransome ? lui demanda-t-elle tout à trac, ramenant Mike à la réalité.

— Pourquoi ? Je devrais ?

— C'est un de mes anciens copains de fac. Une fois, dans une fête, il a essayé à peu près le même truc, avec moi. Me suivre au petit coin…

Remarquant le regard douloureux de Mike, elle s'empressa d'enchaîner :

— Eh bien, j'étais sans nouvelles de lui depuis un certain temps. Mais il est venu me voir après ma dernière vente, et il m'a dit qu'il s'intéressait de près à un malfaiteur notoire, un certain Chib Calloway, qui venait d'assister à la vente, au premier rang, flanqué de deux anges gardiens.

— J'étais à l'arrière, avec les marchands.

— Vous n'avez donc pas vu Calloway ? (Elle le dévisagea, tandis qu'il secouait la tête.) Mais vous savez qui c'est ?

— J'en ai entendu parler, admit-il en se dévissant le cou pour voir si sa commande arrivait. Quel rapport avec moi ?

— Je ne suis pas censée vous le dire, mais Ransome se demandait si ça n'était pas vous qui aviez convié Calloway à cette vente.

— Moi ? fit-il en haussant les sourcils. Et qu'est-ce qui a pu lui faire croire ça ?

— Il ne m'a rien dit, mais il m'a fourni une description assez convaincante. (Elle marqua une pause, le transperçant d'un regard acéré.) Une fidèle description de vous, d'Allan et du professeur. Il m'a demandé vos noms… Et je voyais mal comment j'aurais pu me dérober.

— Mais qu'est-ce qu'il fabrique, avec mon verre d'eau ? marmonna Mike, le cou tendu et l'esprit turbinant à toute vitesse.

306

Ransome devait être sur les traces de Chib, ce jour-là. Il avait dû voir Mike quitter l'hôtel des ventes en compagnie d'Allan et du professeur. Il avait probablement suivi Chib et ses hommes jusque-là et s'était posté à l'extérieur pour surveiller le bâtiment. Il les avait donc vus, lui, Allan et Gissing entrer au Shining Star... où Chib et ses gardes du corps les avaient suivis, quelques minutes plus tard. Ransome était-il lui-même descendu dans le bar ? Avait-il vu Mike bavarder avec Chib ? Sans doute pas. Le bar était vide et Chib, toujours sur le qui-vive, l'aurait sûrement reconnu. Alors, comment Ransome avait-il fait le lien entre eux et Chib ? C'était simple : l'inspecteur devait être au musée quand Mike et Chib avaient pris un café ensemble. Il les avait repérés et maintenant, il avait leurs noms...

— Ensuite, après le vol des tableaux, Ransome m'a appelée, à deux reprises, très exactement. Samedi soir. Ça devait donc être très important pour lui, bien qu'il se soit appliqué à ne pas en faire tout un plat.

— Et qu'est-ce qu'il voulait ? Renouveler sa tentative de patin ?

Laura examina le fond de sa tasse avec un sourire maussade.

— Mauvaise question, Mike. Ce que vous auriez dû me demander, c'est « Qui c'est, ce Ransome ? » ou « Qu'est-ce qu'il vient faire là-dedans ? ». Mais ça, je suppose que vous le savez ?

— Je n'ai aucune idée de...

— Il travaille pour la police, Mike. Il m'a rappelée pour me poser des questions sur le professeur.

Elle se carra contre son dossier. Elle avait fini son exposé et semblait attendre de pied ferme la réponse de Mike.

— Pas la moindre idée… répéta-t-il.

Elle croisa les bras en soupirant, les yeux toujours fixés sur sa tasse qu'elle couvait d'un regard incandescent, comme si elle tentait de la faire entrer en lévitation.

— Je, je veux dire, bégaya-t-il. Non… j'en sais rien, de ce que je veux dire.

Sa bouteille d'eau arrivait sur un plateau d'argent, avec un grand verre haut et fin, des glaçons et une rondelle de citron. Le serveur remplit son verre et leur demanda s'ils voulaient autre chose.

Oui ! faillit-il rétorquer. *Une trappe de secours…* Mais il secoua la tête à l'unisson avec Laura et ils regardèrent ensemble le jeune homme s'éloigner. Elle décroisa les bras et posa le bout de ses doigts au bord de la table. De jolis doigts, fuselés, avec des ongles impeccables.

— Je le connaissais assez bien, à la fac, ce Ransome, poursuivit-elle d'une voix égale. À l'époque déjà, c'était un vrai pitbull. À cette fête, j'ai dû lui envoyer mon genou dans l'entrejambe pour lui faire lâcher prise. Mais je doute que ça suffise à le décourager, dans votre cas…

Ses paupières s'abaissèrent et se froncèrent un instant. Mike craignit de la voir éclater en sanglots. Il allongea le bras pour poser sa main sur les siennes.

— Ne vous en faites pas, Laura. Il doit être sur je ne sais quelle piste, avec ce Calloway. Il nous a vus dans la même salle des ventes et s'est mis à gamberger. Dieu sait ce qu'il a pu s'imaginer, mais c'est du vent. Du vent ! Il ne fait même pas partie de l'équipe chargée de l'enquête sur le casse…

Il s'interrompit en s'apercevant soudain qu'il avait pensé à voix haute, mais trop tard. Les yeux de Laura s'étaient rouverts.

— Le casse avorté, vous voulez dire ?

— Bien sûr. Oui, évidemment.

— Mais d'où vous savez tout ça, vous ?

Il devina ce qu'elle s'apprêtait à dire et se mordilla la lèvre.

— Comment vous savez que Ransome ne fait pas partie de l'équipe chargée de l'enquête, hein ?

Il la dévisagea. Il savait ce qu'il aurait dû faire : la rassurer en lui jurant qu'il n'y avait pas de quoi s'inquiéter. Ses yeux scintillaient, dans ce visage qui respirait l'intelligence, comme celui de lady Monboddo, dont elle avait tout le charme – en tellement plus vivant... Mais quoi qu'il puisse dire, elle lirait entre les lignes. Elle poserait d'autres questions qui appelleraient d'autres mensonges, en une spirale infernale. Des choses qu'il ne pourrait lui dévoiler, des explications qu'il ne pourrait lui donner, des excuses qu'il ne pourrait lui faire. Il préféra se faufiler hors de la banquette, sans mot dire, et sortit de sa poche un billet qu'il laissa près de son verre. Elle avait baissé la tête et fixait cette fois la table, plongée dans la contemplation de sa surface. Il se pencha pour l'embrasser dans les cheveux et s'y attarda une seconde, le temps de s'imprégner de son parfum. Puis il se redressa et prit le chemin de la sortie.

— Mike ? le rappela-t-elle. Quoi qu'il se passe, j'aimerais pouvoir vous aider !

Il hocha lentement la tête sans se retourner, espérant qu'elle capterait son signe. Le serveur était venu se poster près de la porte, qu'il ouvrit devant lui en lui souhaitant une bonne journée.

— Merci, répliqua Mike en mettant le cap sur George Street. Mais franchement, ça me paraît mal barré.

Glenn Burns travaillait pour Chib Calloway depuis maintenant quatre ans et demi, et s'il y avait deux choses de sûres, pour lui, c'était que, *primo*, son boss était dans le pétrin, et que, *deuxio*, vu les circonstances et tout bien pesé, lui, il aurait fait nettement mieux. Avec tout le respect qui lui était dû, Chib n'avait pas la moindre vision à long terme, il était nul en relations humaines et passait son temps à résoudre des problèmes en cascade, ballotté entre les crises successives. Et sur ce chapitre, Glenn en connaissait un rayon : il avait potassé des traités de management, à ses heures perdues. Une de ses leçons préférées, c'était justement « ne pas hésiter à coucher avec l'ennemi ». Non pas qu'il se soit jamais retrouvé au pieu avec Ransome, évidemment, mais il lui avait bel et bien susurré à l'oreille quelques menues douceurs, histoire d'accélérer la chute de Chib – tout en la rendant indolore pour lui-même, s'entend. Jusqu'à présent, il n'avait rien vu venir de concret, mais il était toujours là, fidèle au poste… Il avait rencard avec Ransome et cette fois le flic avait apporté des photos.

— Ouais, je les connais, ces trois-là ; enfin… sans vraiment les connaître. Une fois, Chib leur est tombé dessus, dans un bar.

— Au Shining Star ?

— Oui, c'est ça. Après, il a voulu à tout prix aller à cette connerie de vente aux enchères où je les ai vus, eux aussi. Ensuite, on est retournés au Shining Star et on les a retrouvés là-bas, dans le même box que la première fois. Celui-là (Glenn tapota la photo, découpée dans un magazine), c'est celui qui était à l'école avec Chib. Enfin, à ce qu'il dit…

— C'est vrai. J'ai vérifié.

— Enfin bref, ce jour-là, au Shining Star, après le départ des deux autres, le copain d'école est venu nous rejoindre et il est reparti avec nous. Pour tailler une bavette avec le boss.

— À quel sujet ?

Ransome regardait quelque chose de l'autre côté du pare-brise. Ils étaient en haut de Calton Hill, juste à l'est de Princes Street. Une vue imprenable sur Édimbourg, si on se donnait la peine de regarder. Jusqu'à présent, Glenn s'était borné à descendre de sa voiture pour monter dans celle de l'inspecteur. Ça sentait bon le cuir. Rien dans le cendrier, jusqu'à ce qu'il y dépose son vieux chewing-gum, ce qui avait eu pour effet, à sa grande joie, d'assombrir la mine de Ransome.

— Ils ont causé de la vente aux enchères, des artistes qui étaient au top et de ceux qui descendaient ; leur cote, vous savez… De ceux qui ne se vendaient carrément pas. J'ai vite décroché, pour tout vous dire, tellement c'était chiant. Chib voulait savoir comment fallait s'y prendre pour surenchérir, et surtout pour payer ce qu'on achetait. S'ils prenaient du liquide, tout ça… Et ce type, là, Mike, c'est bien ça ?…

— Mike Mackenzie, confirma Ransome.

Il n'avait peut-être pas apprécié le coup du chewing-gum dans le cendrier, mais quand Glenn avait sorti son paquet et lui en avait proposé un, l'inspecteur n'avait pas craché dessus. Il le mastiquait comme s'il n'avait jamais rien mangé de meilleur.

— Les deux autres s'appellent Gissing et Cruikshank, poursuivit le flic. Le premier travaille aux Beaux-Arts et l'autre à la First Caledonian. Mais celui que ton boss connaît le mieux, c'est Mike, on dirait ?

— Exact. Ils se sont revus, après ça. On a embarqué Mike près de Grassmarket, devant le Last Drop, vous savez, le pub… Mais là, Chib nous a virés de la bagnole, moi et Johnno, ce qui fait que Dieu seul sait où ils ont pu aller et de quoi il a été question. C'est qui au juste, ce Mike ?

— Un petit con qui a décroché le jackpot et a fait sa pelote dans l'informatique. Il s'est payé un appart grand luxe à Murrayfield.

— Tiens, pour une coïncidence !

Glenn avait froncé les sourcils.

— Quelle coïncidence ?

— On y est allés, ce matin, à Murrayfield. À la première heure. Un immeuble super classe, à Henderland Heights. Chib a refusé de nous dire ce qu'il allait fiche là-bas, et…

Glenn s'interrompit, réduit au silence par un truc qu'il n'aurait jamais cru possible : l'inspecteur s'évertuait à sourire et à siffler, simultanément.

Ransome savait ce qu'il aurait dû faire. Il aurait dû filer tout raconter à son chef : ses soupçons, ses indices et ses conclusions.

Mais qu'aurait répliqué son supérieur ?

« Allez donc dire tout ça à Hendricks ! C'est lui qui est chargé de l'enquête, non ? »

Et ça aurait filtré jusqu'à Hendricks, qui aurait tout raflé. *Son* succès. *Son* triomphe. *Sa* gloire. Le fruit de *son* travail. Qui se soucierait, après coup, que ce soit Ransome qui se soit tapé tout le boulot ?

Il lui en fallait donc plus.

Il lui fallait l'ultime preuve, celle qui déclencherait l'arrestation pour vol à main armée. Mackenzie et les autres avaient conspiré d'une façon ou d'une autre, pour aider Calloway à préparer le raid. Car, dans l'esprit de Ransome, ça ne faisait pas un pli : le cerveau ne pouvait être que Chib Calloway. Il avait écumé toute la ville pour recruter de la main-d'œuvre, Glenn avait été formel sur ce point. C'était soit lui, soit le mystérieux M. Hate, à la tête d'une équipe de Hell's Angels, le type même d'individu qui aurait su où se procurer des flingues et des fusils à canon scié. Mais ni l'un ni l'autre ne pouvaient rien faire sans complicités dans la place. Et c'était là qu'intervenaient les Trois Mousquetaires. De purs amateurs, sans doute entraînés ou persuadés, bon gré mal gré, jusqu'à ce qu'ils se retrouvent mouillés jusqu'au cou. Il lui serait facile de leur faire cracher la vérité, bien plus facile que de s'attaquer à Chib lui-même. Et dès qu'ils se mettraient à table, il tiendrait le gangster.

Et Hendricks aussi, par la même occasion. Son rival avait eu vent de sa virée à l'entrepôt et ne s'était pas gêné pour lui remonter les bretelles au téléphone :

— Je ne veux plus te voir là-bas, bordel de merde ! avait-il rugi pour conclure son exposé.

À quoi Ransome avait vertement riposté par quelques considérations bien senties, avant de lui raccrocher au nez. Il avait laissé le téléphone sonner, quand Hendricks avait tenté de le rappeler. Ras-le-bol de ce petit con. Ras-le-bol de toute la bande. Sauf qu'il lui fallait des preuves tangibles ou des aveux complets. Sans mandat, il aurait du mal à mettre la main sur des preuves. De ce point de vue, ça n'était pas sa collection de soupçons et ses quelques rapports de surveillance qui risquaient de faire le poids. Sa source elle-même était infoutue d'établir le lien entre Calloway et le braquage autrement qu'à travers tout un faisceau d'indices indirects...

Il lui en fallait davantage.

Des preuves ou des aveux.

Et tout à coup, Ransome sut exactement ce qu'il devait faire.

Et à qui.

25

Mardi matin, onze heures juste passées. Westie travaillait à son expo de fin d'année. On l'avait relégué dans une salle aveugle où ne filtrait pas un rayon de lumière naturelle, au sous-sol des Beaux-Arts. Comme il y avait remédié en disposant çà et là quelques tubes de néon placés en biais par rapport aux murs, toutes les toiles accrochées à proximité des sources lumineuses projetaient des ombres déchiquetées en dents de scie sur des pans entiers de la pièce. Le problème était qu'à présent, on avait du mal à distinguer les toiles elles-mêmes. Sans compter que le sol disparaissait sous un dangereux enchevêtrement de câbles reliant chaque tube à une boîte de raccordement surchargée. Le concierge lui avait rappelé qu'il existait des règles de sécurité pour les lieux publics et plusieurs de ses professeurs avaient souligné que la « mise en place » et la « scénographie » des expositions compteraient pour une part non négligeable dans l'évaluation : autrement dit, si Westie ne pouvait éclairer correctement ses travaux sans faire de son expo un piège à visiteurs potentiellement létal, ça risquait de lui coûter des points.

Mais c'était le cadet de ses soucis. Fort de la certitude de s'être assuré une note confortable, voire un prix, grâce aux petits travaux extrascolaires dont le professeur Gissing et ses bons amis lui avaient passé commande, il travaillait en sifflotant *So What ?* de Miles Davis.

— N'en concluez surtout pas que vous pouvez tirer au flanc ! l'avait averti Gissing. Votre exposition doit témoigner d'un bon niveau général, sans quoi votre note éveillera les soupçons.

Mais question niveau général, Westie s'estimait plus qu'à la hauteur. Il était même plutôt satisfait des sept toiles qu'il avait choisi d'exposer : sept pastiches de Runciman, Nasmyth, Raeburn (pour deux), Wilkie, Hornel – et Peploe, son préféré. Une nature morte avec plantes en pot, saladier de fruits et, juste au bord de la toile, une bonne vieille bouteille de ketchup. Gissing, lui-même mordu de Peploe, ayant frissonné d'horreur en découvrant ce pastiche. Westie avait tenu à le mettre en vedette et brûlait d'entendre l'éloge vibrant qu'en ferait le professeur devant les autres membres du jury.

Le récent afflux de liquidités sur son compte lui avait permis de faire encadrer ses toiles en ville. Plus besoin de faire la tournée des brocantes et des bennes à ordures. Il avait eu recours à l'un des meilleurs spécialistes de Leith. Ses cadres étaient absolument superbes, magnifiquement ouvragés, dorés à la feuille, impeccables et flambant neufs. Il avait claqué quelques centaines de livres pour régaler sa belle et envisageait même de louer un véritable atelier, pour pouvoir rendre à Alice la jouissance de son salon.

— Ça va drôlement entamer le budget de mes études ! s'était-elle récriée. Sauf à prendre quelques mesures compensatoires…

Il avait dû parlementer des heures pour la dissuader de se remettre à harceler Mike pour obtenir une rallonge. À quoi elle avait riposté en disant qu'il fallait vendre le DeRasse, en tentant d'en tirer ce qu'ils pourraient :

— Quel intérêt de l'avoir dans notre placard, puisqu'on ne peut même pas le montrer ! J'aimerais autant avoir une de tes copies !

Comme il lui demandait où elle comptait dénicher un acheteur potentiel, elle avait haussé les épaules.

— Il y a forcément quelque part quelqu'un qui sera intéressé et qui l'achètera les yeux fermés, sans poser de questions. On devrait pouvoir en tirer cinquante mille livres, facile.

Facile, c'était vite dit ! songea Westie. Alice avait dû batailler pied à pied pour l'empêcher d'inclure le DeRasse dans son expo. Il s'avisa tout à coup que ces ruminations moroses lui avaient coupé le sifflet. *Bye bye, Miles !*... Ou plutôt, retour à la case départ : il lui suffisait de se repasser mentalement le film du casse pour retrouver le sourire. Une vraie bande de Pieds Nickelés, et pas le moindre couac. Le sans-faute parfait ! Gissing, la main crispée sur son cœur comme s'il s'apprêtait à avaler définitivement sa Valda… c'est ça qui aurait été palpitant ! Cruikshank ruisselant sous sa perruque à la con. Mais Mike, lui, avait été à la hauteur. Il avait assuré d'un bout à l'autre. Ce qui était une autre raison pour s'abstenir d'en redemander. Mike avait la carrure du rôle. C'était lui qui avait recruté les quatre loulous. En dépit de sa coupe de douilles et de ses pompes cousues main, il avait l'air d'en connaître un bout sur les gens, et en particulier sur des gens que Westie préférait ne pas connaître.

Mike devait être capable d'en découdre en cas de besoin. Alors que Westie, lui, avait toujours été un pacifiste convaincu – et convaincu d'avoir touché son dû, qui plus est. *Peace and Love*, il en avait fait sa devise personnelle.

— Tu parles d'un trou à rats ! grommela une voix du côté de la porte.

Westie détailla d'un coup d'œil le nouveau venu qui avançait dans la pièce. Crâne rasé, veste en cuir, chaîne et bagouzes en or massif.

— On se demande pourquoi tu t'agites, fiston. Tu pourrais bien t'amuser à semer des miettes de pain, personne n'arrivera à remonter ta trace jusqu'ici !

— Je peux vous aider ? s'enquit Westie.

L'inconnu se gondolait, ravi de sa propre vanne.

— Un peu, que tu peux, fit l'homme en lui tendant sa grosse paluche. Pourquoi je serais là, sinon ? (Westie repéra qu'il avait les phalanges pleines de cicatrices.) Je suis Chib Calloway. Il commençait à être temps qu'on ait une petite conversation, tous les deux.

— Calloway ?

L'homme hocha la tête.

— Mon nom doit te dire quelque chose, à en juger par la largeur du four que t'ouvres. Tant mieux. Ça nous économisera des tonnes d'explications.

— Ouais, je sais qui vous êtes… reconnut Westie.

— Alors, tu dois aussi deviner pourquoi je suis là.

Westie se sentit flageoler sur ses genoux.

— Nnn-non… ça, aucune idée !

— Comment, Westwater ? Personne n'a pris la peine de te mettre au courant ? Alors ça, c'est un peu raide !

— Me mettre au courant de quoi ?

Calloway lui tapota l'épaule en se marrant, tandis que les genoux de Westie menaçaient à nouveau de se dérober sous lui.

— Les quatre extras pour votre équipée de samedi dernier… Tu crois peut-être qu'ils sont arrivés dans un nuage de fumée, comme par miracle ? Et les flingues, et le Transit ? Qui a organisé tout ça, à ton avis ?

— Vous ? fit Westie, dans un hoquet.

— Moi, confirma Calloway. En fait, vous m'en avez mis plein la vue. Je m'attendais à ce qu'au moins un de la bande foute la merde. Heureusement que mon nom n'a pas été prononcé… Et pourtant, me voilà !

Le gangster émit quelques grognements désapprobateurs en passant en revue la salle d'exposition de Westie et son contenu. Westie fut sur le point de lui demander ce qui l'amenait, mais la majeure partie de lui-même préférait ne rien savoir. Il n'y avait encore que deux ou trois tableaux d'installés. Les autres attendaient par terre, adossés à l'un des murs badigeonnés de blanc. Calloway s'était accroupi pour les regarder, sans un mot. Enfin, il se releva en se frottant les mains, comme pour se débarrasser d'une pellicule de poussière imaginaire.

— J'y connais pas grand-chose dans le domaine artistique, dit-il en guise d'excuse. Pour moi l'art, ça se limite au noble art, si tu vois ce que je veux dire…

— La boxe ? risqua Westie.

— Tout juste. La boxe.

Le gangster avait mis le cap sur la porte.

— Suivie de près par l'art du coup de pied, du coup de savate, du coup de pied-de-biche, de ciseau à bois, de cutter, de hache et de surin. (Là, il se retourna vers le peintre avec un sourire.) Bien qu'à ce stade, l'*art* n'ait plus grand-chose de *noble*, évidemment.

— Écoutez, monsieur Calloway, moi, je n'ai fait que ce qu'on m'a dit de faire. Personne ne m'avait informé que vous faisiez partie de… enfin, je veux dire, vous n'avez rien à craindre, en tout cas de mon côté !

Calloway avait tourné les talons et revenait sur Westie.

— Ce que tu sous-entends, là, c'est que tout est la faute de ta copine, c'est bien ça ? À propos, comment elle va, notre chère Alice ?

Westie plissa le front, égaré en plein brouillard.

— Je ne vois vraiment pas…

Calloway prit son souffle.

— Ta charmante petite Alice a envoyé un ultimatum à mon ami Mike Mackenzie, disant que tu voulais une rallonge de vingt mille livres ou une autre toile, au choix. Parce que, selon elle, tu t'estimerais lésé. C'est vrai ça, Westie ? T'as l'impression de t'être fait avoir ?

L'étudiant avait perdu sa langue.

— Alors, poursuivit Calloway, apparemment satisfait de sa réaction, comment tu crois qu'elle a eu le numéro de portable de Mike, hein ? Tu choisis quoi ? Tu fais cinquante-cinquante ou tu demandes l'avis du public ? Non, parce que c'est *toi* qui le lui as donné, Westie. Toi !

Du bout des doigts, Calloway percuta le sternum de Westie aussi rudement qu'avec la pointe d'une lame ou le canon d'un flingue. Puis le gangster s'inclina en avant pour regarder l'étudiant dans le blanc de l'œil.

— À moins que tu n'aies une autre explication à me fournir. Mais alors, arrange-toi pour qu'elle soit convaincante.

Un postillon avait atterri sur la joue de Westie. Il attendit pour l'essuyer que Calloway fût reparti dans la pièce selon un autre circuit, en évitant de se prendre les pieds dans les câbles.

— La situation est dangereuse, mon petit Westie. Les esprits s'échauffent, les idées s'emballent…

— J'ignorais qu'elle lui avait envoyé un texto, cette cruche.

— Mais tu savais qu'elle en avait l'intention, pas vrai ? La preuve, c'est que tu sais que c'était un texto ; j'avais fait bien gaffe de ne pas préciser.

Calloway s'était retourné et marchait droit sur Westie, les mains hors de ses poches, les poings serrés.

— Vous en avez discuté, tous les deux. Vous avez dû écrire et réécrire le message, jusqu'à ce que vous ayez trouvé le ton juste…

— On s'est juste dit que…

Le coup de poing atteignit Westie au ventre et le propulsa en arrière, l'envoyant heurter le mur, juste entre les deux tableaux. Puis Calloway fondit sur lui et lui mit la main à la gorge.

— Tu me vois ravi qu'on ait fini par se rencontrer, cracha-t-il. Parce que tu vas faire une chose pour moi. Deux, même. *Primo*, tu vas expliquer à la petite pétasse qui te sert de copine qu'elle n'entubera personne, sauf peut-être elle-même.

Westie, les yeux exorbités, s'efforçait tant bien que mal de hocher la tête. Calloway ôta sa main de sa gorge et le jeune homme s'effondra à genoux, secoué d'une violente quinte de toux. Un fil visqueux s'échappait de sa bouche. Calloway vint s'accroupir en face de lui, les mains sur ses épaules.

— Alors, nous sommes bien d'accord ?

— Entendu, monsieur Calloway, hoqueta Westie. C'est comme si c'était fait… (Il déglutit laborieusement.) Et *secundo* ?

— *Secundo*, on va faire équipe, toi et moi, Westie.

Calloway ponctua sa déclaration d'un vigoureux hochement de tête.

— Faire équipe ?

Westie avait les oreilles qui vibraient et la bouche pleine de sable. Il repéra une brique de jus d'orange par terre, juste à côté de lui, mais le moment lui parut mal choisi pour s'humecter le gosier.

— On dirait que tes copies ont bluffé tout le monde, mon pote, poursuivit Calloway. Et ça, pour moi, ça veut dire que tu touches ta bille. Tu connais ton boulot et tu réagis au quart de tour, à ce qu'on m'a dit. Alors maintenant, tu n'as plus qu'à m'en faire d'autres.

— D'autres copies ?

Calloway confirma d'un signe de tête.

— Ben oui. Il reste des tonnes de tableaux, dans cet entrepôt.

— Vous n'y pensez pas !

— T'inquiète, fit le gangster, tout sourire. Pas question de refaire un raid là-bas… J'ai vraiment l'air aussi con que ça ?

— Vous en voudriez quelques-uns pour vous ?

— En un sens, oui.

Westie se détendit un brin.

— Ça, bien sûr, monsieur Calloway. Bien sûr que je peux vous le faire. Après tout, avoir un original ou une copie sur sa cheminée, quelle différence ?

— T'as raison. Si c'est une bonne copie, y en a pas.

Calloway aida Westie à se remettre sur pied en lui époussetant les épaules.

— Vous pensiez à quelque chose en particulier ? s'enquit Westie. Rien ne nous oblige à nous limiter aux tableaux de l'entrepôt. Je peux vous faire une Joconde épatante, si vous voulez.

— Non, pas de ça. Faut que ce soit des œuvres inaccessibles au public.

— Il vous en faudrait combien ?

— Deux douzaines, ça devrait suffire.

Westie gonfla les joues.

— Eh ! C'est du boulot…

Les traits de Calloway se durcirent.

— N'oublie pas que t'as deux ou trois trucs à te faire pardonner, après la boulette d'Alice.

Westie leva les mains en signe de capitulation.

— Pas de problème, dit-il. Je ferai ça pour vous, monsieur Calloway. Puisque vous trouvez que mon travail est à la hauteur… Vous m'en voyez très honoré.

Comme le gangster semblait avoir retrouvé le sourire, Westie s'autorisa une question de plus.

— À propos, quel original vous avez eu, vous ?

— *Crépuscule sur Rannoch Moor,* d'un certain Utterson. Et toi ?

— Un DeRasse, parvint-il à articuler en dépit du nœud qui lui tordait tout à coup les entrailles.

— Inconnu au bataillon.

Les mains de Calloway restaient posées sur ses épaules.

— Qu'est-ce qu'il vaut, celui-là ? C'est un bon ?

Westie s'éclaircit la gorge.

— Pas mal, oui. Expérimental… Un genre de Jasper Johns, en plus pop art. Vous voudriez faire l'échange ?

Le gangster éclata de rire, comme si Westie venait de lui sortir la meilleure de l'année. Le jeune homme s'efforça de garder le sourire, pour maintenir l'illusion – mais en lui, tout hurlait :

L'Utterson !

Pourquoi avait-il fallu qu'il tombe sur ce putain d'Utterson ?

26

Allan était dans son bureau de la First Caledonian, au coin de George Street et de St. Andrew's Square. Le personnel commençait à être à l'étroit dans le petit immeuble qui, figurant sur la liste du patrimoine historique de la ville, risquait fort de ne pouvoir être rénové et ajusté aux besoins du XXIᵉ siècle. Le bureau d'Allan n'occupait plus que la moitié de sa surface initiale, après avoir été coupé en deux par une cloison. L'unique fenêtre qui lui restait donnait sur l'arrière d'un épouvantable immeuble de bureaux datant des années 1970. Comme tous les cadres de son échelon, Allan avait des critères de performances mensuelles à respecter et celles de son portefeuille de clients VIP avaient quelque peu laissé à désirer ces derniers temps. Il aurait dû passer des coups de fil, organiser des déjeuners ou des apéritifs, bref, mettre en œuvre l'arsenal habituel pour les convaincre de lui confier un peu plus de leur argent. Il savait que s'il le lui avait demandé, Mike Mackenzie aurait volontiers ouvert un compte à la First Caly, mais ça aurait fait de lui un client. Ils auraient cessé d'être juste amis. La transaction serait constamment restée entre eux.

Mais pourquoi se voiler la face ? Ils avaient déjà cessé d'être « juste amis ». Ils avaient fait un casse ensemble et Allan possédait à présent quelque chose qu'il avait toujours désiré, en théorie du moins : deux toiles que la First Caly ne pourrait jamais s'offrir, en dépit de son influence, de l'importance de ses collections et de l'entregent de son conservateur.

Et il détestait ça.

Ce n'était pas par pure lâcheté qu'il avait rendu les tableaux à Mike, sous prétexte de les mettre en lieu sûr. C'était surtout que les Coulton ne signifiaient plus rien pour lui. Il aurait été tout aussi content avec les copies de Westie – celles-là, du moins, il aurait pu les accrocher dans son salon. Ses doigts s'agacèrent un moment sur une coupure qu'il s'était faite au menton. Il devait penser à autre chose en se rasant, ce matin-là. Il n'avait pratiquement pas fermé l'œil depuis le casse. Il s'était tourné et retourné dans son lit en s'imaginant en garde à vue, puis dans une salle d'audience et enfin en taule.

— T'as fait une belle connerie, mon pauvre Allan... se morigéna-t-il à voix haute.

Rien de tout ça ne serait arrivé, s'il n'avait tenu qu'à lui : l'idée était de Gissing et Mike s'était chargé de sa mise en œuvre. Sans les relations de Mike avec Chib Calloway, le projet n'aurait jamais vu le jour. Allan n'y avait joué qu'un rôle accessoire, négligeable, même ! Grands dieux... On aurait dit qu'il plaidait déjà sa cause devant un procureur.

Un bourdonnement le fit sursauter. Ça n'était que le téléphone. Un appel interne. Il décrocha.

— Allan Cruikshank, j'écoute, fit-il en étouffant un petit bâillement.

— Ici la réception, monsieur Cruikshank. J'ai devant moi une personne qui demande à vous parler.

Son agenda était resté ouvert devant lui. Aucun rendez-vous jusqu'à quinze heures trente. Il savait d'avance ce que la réceptionniste allait lui dire, mais ses paroles ne lui en glacèrent pas moins les sangs :

— Un officier de police. L'inspecteur Ransome. Je vous l'envoie ?

— Pouvez-vous lui dire que je suis en plein rendez-vous ?

Il attendit que le message ait été relayé.

— Il dit qu'il a tout son temps et qu'il peut patienter, pépia la réceptionniste. Et il n'en aura que pour cinq minutes.

— Eh bien, qu'il m'attende à la réception, en ce cas. J'en ai encore pour un bon quart d'heure.

Il raccrocha d'un geste rageur et bondit sur ses pieds. La fenêtre semblait lui faire de l'œil : quatre étages jusqu'au trottoir et bye bye ! Mais elle ne s'ouvrait que de cinq ou six centimètres. On préférait éviter ce genre d'accident, à la First Caly. Près de l'ascenseur, juste en sortant de son bureau, s'ouvrait l'escalier d'urgence... Mais il ignorait où il menait. Peut-être donnait-il droit dans le hall, juste là où l'attendait sa Némésis...

— Enfer et damnation ! marmonna-t-il en sortant son téléphone personnel.

Le poste fixe de Mike ne répondait pas. Il essaya son numéro de portable.

— Allô ? fit une voix.

— Ça y est, il est venu, ce connard de flic ! glapit Allan. Il est en bas, il veut me parler. Il sait, Mike. Il sait *tout* ! Tu ferais bien de rappliquer...

— Qui est là ?

Allan regarda l'écran de son portable, horrifié. Il avait permuté les deux derniers chiffres du numéro de Mike. Il raccrocha, paupières serrées, à deux doigts de fondre en larmes. Finalement, il se vida les poumons bien à fond, avant de renouveler sa tentative, s'assurant cette fois que ce serait bien Mike qui répondrait…

— Ça ne peut être qu'au sujet du casse, Mike, lui expliqua-t-il. Faut que tu viennes m'aider !

— En débarquant dans ton bureau, comme une fleur ? répliqua Mike après un long silence. Tu imagines la scène ? Tu vas devoir y aller au culot.

— Mais qu'est-ce qu'il vient faire ici ? Qui a parlé ?

— Il lance des sondes, c'est tout. Il pêche à la ligne.

— Que tu dis !

— On n'en saura pas plus tant que tu ne lui auras pas parlé. Tu pourrais prendre un truc, pour te calmer un peu ?

— Un bon coup de marteau sur la tête, peut-être…

À peine s'entendit-il prononcer ces mots qu'il les regretta. Inutile de donner des idées à Mike, des idées qu'il aurait pu insuffler à son fidèle Calloway. Allan déglutit péniblement et prit un bon bol d'air.

— Ça va aller, Mike. Excuse-moi. Je me laisse un peu emporter…

— Rappelle-moi dès que tu en as fini avec lui.

La voix de Mike avait un tranchant d'acier.

— Ouais, en espérant qu'on me laissera passer le coup de fil réglementaire.

La blague sonnait un peu glauque, mais Mike se fendit tout de même d'un éclat de rire.

— Reste toi-même, Allan. N'oublie pas que tu es un brillant négociateur. Et que Ransome n'est même pas dans l'équipe chargée de l'enquête. À vue de nez, il est juste sur les traces de Chib. Il tente sa chance auprès de tous ceux qui l'ont approché, de près ou de loin.

— Justement : comment a-t-il su ?

— Il a dû nous repérer à la vente aux enchères. Ou après, au Shining Star.

— Il sait donc qu'on est amateurs d'art et de bon whisky…

— Je parierais que je suis sur sa liste, moi aussi. Mais réfléchis. Tu connais à peine Calloway, Allan. Vous vous êtes à peine croisés. Tu n'as pas besoin de lui en dire plus.

— OK, concéda Allan. Merci, Mike.

— Rappelle-moi juste après.

— Ça marche.

Allan reposa son portable et décrocha à nouveau son poste fixe, deux ou trois minutes plus tard, pour demander à sa secrétaire de descendre à la réception et d'accueillir un certain M. Ransome. Pas la peine de préciser qu'il était inspecteur… Sauf qu'elle ne tarderait pas à l'apprendre. Réceptionnistes et secrétaires s'entendaient comme larrons en foire, dans cette boîte. Allan mit à profit ces quelques minutes de répit pour reprendre ses esprits. Il tira quelques paperasses de ses tiroirs et les étala sur son bureau. Il alluma son ordinateur, afficha les cours de la bourse. Au moment où on frappa à sa porte, il trônait derrière son bureau en manches de chemise, la calculette à la main, sa veste suspendue au dossier de son fauteuil directorial.

— Entrez ! lança-t-il.

Ransome était nettement plus jeune qu'il ne l'imaginait, et d'apparence beaucoup plus soignée. Certains de ses clients VIP s'habillaient avec moins de goût.

— Pas désagréable, comme lieu de travail, fit l'inspecteur en guise de préambule.

Allan se leva, le temps d'échanger une poignée de main par-dessus son bureau, et, d'un geste, offrit un siège à Ransome.

— J'ai vu quelques œuvres d'art d'une certaine valeur sur vos murs… poursuivit Ransome. En bas, dans le hall, je veux dire. Et dans le couloir.

— La First Caledonian a son propre conservateur, répliqua Allan. Nos collections représentent plus de vingt millions de livres.

Ransome lâcha un petit sifflement.

— Est-ce que la direction vous autorise à emprunter quelques tableaux, un jour ou deux ?

— Certainement pas à mon niveau hiérarchique, répondit Allan avec un sourire d'une subtile modestie. Qu'est-ce qui me vaut votre visite, inspecteur ? J'avoue qu'elle m'intrigue un peu.

— J'ai eu un mal fou à remonter votre trace, monsieur Cruikshank. J'ai dû faire des tas de tours et de détours… (L'inspecteur secoua lentement la tête.) Je n'avais que votre nom, voyez-vous. Votre nom et celui de votre banque. Vous avez déjà eu des problèmes de blanchiment d'argent, ici ?

— Sûrement pas. Nous appliquons à la lettre les procédures en vigueur.

— Mais un banquier serait bien placé, non ? Pour quelqu'un qui aurait de l'argent à blanchir, enfin, ce serait une relation utile…

— Au contraire. Comme je vous l'explique, au-dessus d'un certain seuil, la loi nous oblige à signaler tout mouvement de fonds aux autorités.

Ransome ne semblait pas particulièrement captivé par les réponses d'Allan. Mais ses questions continuaient d'affluer.

— J'ai cru comprendre que vous vous occupiez de la gestion des grands comptes, monsieur Cruikshank ?

— C'est exact.

— Michael Mackenzie fait-il partie de vos clients ?

— Cela relève d'informations confidentielles, inspecteur. Mike aurait-il des problèmes ?

— Vous le connaissez donc ?

— Nous sommes amis depuis maintenant un an.

— Et Charles Calloway ? lança Ransome. Pardon… Vous le connaissez peut-être mieux par son surnom : Chib.

— En fait, je le connais à peine de vue, pour l'avoir croisé un soir, dans un bar.

— S'agirait-il du Shining Star, qui se trouve un peu plus loin, dans la même rue que cette banque ?

— Tout juste.

Allan s'était représenté un interrogatoire en règle avec calepin et stylo, avec peut-être le concours d'un collègue moins gradé mais plus musclé, qui serait allé se planter devant la porte sans desserrer les dents. Mais Ransome, placide, avait croisé les jambes et l'écoutait, les mains réunies par le bout des doigts.

— Quand vous dites que vous l'avez « croisé »…

— C'est la stricte vérité : il avait remarqué que nous le regardions, et il s'est approché de notre table en ricanant et en roulant des mécaniques.

— Ça, il sait faire, pas vrai ?

331

— Un vrai pro.

— Et il n'y avait que vous et M. Mackenzie, ce soir-là ?

— Nous étions avec un autre ami, le professeur Robert Gissing.

Ransome leva un sourcil.

— Ah, ce nom me dit quelque chose. Ça ne serait pas l'expert qui a été appelé d'urgence pour authentifier les tableaux volés durant ce braquage, à Granton ?

— Si, c'est lui. Le directeur des Beaux-Arts.

Ransome eut un hochement de tête songeur.

— En fait, vous n'avez même pas adressé la parole à Calloway, lors de la vente aux enchères ?

— Quelle vente ?

— Celle d'il y a deux semaines… et là aussi, amusante coïncidence, c'était à deux pas d'ici. Dans cette même rue.

— J'ignorais que M. Calloway se passionnait pour les ventes d'art.

Allan se laissa aller contre son dossier, les mains croisées sous la nuque. Ransome eut un sourire et parut se replonger dans ses réflexions.

— J'aimerais comprendre de quoi il s'agit, inspecteur.

— Vous dites que Calloway n'est passé à votre table que le temps d'échanger quelques mots ?

— Oui.

— Alors pourquoi votre ami Mackenzie l'a-t-il rejoint au bar, pour bavarder et trinquer avec lui ?

— Après mon départ, sans doute, improvisa Allan.

— La loyauté est une vertu admirable, monsieur Cruikshank. Encore faut-il l'appliquer à bon escient. De quoi ont-ils bien pu parler, à votre avis ?

— Ça, mystère. De leurs souvenirs d'enfance, peut-être ?

— De leurs souvenirs d'enfance ?

Allan s'humecta les lèvres.

— Ils étaient ensemble à l'école.

À sa façon de hocher la tête, Allan sentit que ce n'était pas un scoop pour l'inspecteur.

— Ce qui expliquerait qu'ils se soient vus si souvent, ces derniers temps, spécula Ransome. Il se trouve que je les ai aperçus ensemble au musée, à l'hôtel des ventes puis au Shining Star. Je sais aussi qu'ils ont fait quelques balades en voiture, tous les deux. Vous êtes sûr que vous ne les avez pas accompagnés, monsieur Cruikshank ?

— Ça, je peux vous le certifier.

Ransome se pencha en avant.

— Alors, que dites-vous de ça ? Calloway est passé ce matin chez Mackenzie, à Henderland Heights. Cela ne vous évoque rien, monsieur Cruikshank ?

— Non, rien.

— Votre ami Mackenzie collectionne les œuvres d'art, n'est-ce pas ? Je le tiens d'une personne bien informée qui travaille à la salle des ventes. Il emmène un délinquant notoire faire une petite visite au musée, puis ils assistent comme par hasard à la même vente aux enchères, pour s'informer de la cote des divers artistes. Ça ne vous évoque toujours rien, monsieur Cruikshank ?

— Non.

Allan serra plus fort ses doigts croisés derrière sa nuque, en se retenant de sauter à la gorge de Ransome, mais ce genre de réaction n'aurait pu que conforter l'inspecteur dans ses soupçons, n'est-ce pas ? Allan se borna donc à ronger son frein, en s'excusant de ne rien pouvoir offrir à boire à son hôte.

— Votre secrétaire s'en est chargée, monsieur Cruikshank. Elle m'a déjà proposé un café, mais je lui ai dit que je n'en aurais pas pour longtemps. Vous, par contre, vous auriez peut-être besoin d'un petit rafraîchissement, si je peux me permettre, dit Ransome en esquissant un geste dans sa direction.

Allan s'aperçut qu'il avait des auréoles sous les aisselles et se hâta de ramener les mains sur ses genoux. Avec un soupir, le flic glissa la main dans la poche de sa veste, dont il tira un petit lecteur de cassettes.

— Pendant que j'y pense… Si vous pouviez écouter ça une minute…

Il orienta vers lui l'appareil qu'il tenait à bout de bras et enclencha un bouton. Allan reconnut l'appel passé par Westie au standard de la police.

Écoutez… un truc franchement pas net… dans un Transit blanc. Décharger des corps ou je ne sais quoi…

À la fin du speech de Westie, Ransome éteignit le magnéto.

— Cette voix vous dit-elle quelque chose, monsieur Cruikshank ?

Allan secoua la tête, lentement mais sûrement.

— La police scientifique n'a pas fini de travailler sur la bande-son originale, précisa Ransome, qui examina un instant son lecteur de cassettes avant de le faire à nouveau disparaître dans sa poche. Incroyable, ce qu'ils arrivent à faire, au labo ! S'il y a, par exemple, un moteur qui tourne en arrière-plan, ils peuvent isoler le son et le « nettoyer » informatiquement, au point de pouvoir déterminer la marque de la voiture. Épatant, non ?

— Épatant, fit Allan en pensant à son Audi.

Est-ce que le moteur tournait, au moment où Westie avait téléphoné ? Il n'aurait su le dire.

— Vous bénéficieriez d'une mesure d'immunité, vous savez, reprit l'inspecteur en se levant. Enfin, excusez-moi… je réfléchis tout haut. Mais quiconque nous aiderait à mettre la main sur Calloway serait aussitôt élevé au rang de héros. Ne me dites pas que vous n'avez jamais rêvé de devenir un héros, monsieur Cruikshank…

— Je vous répète que je le connais à peine.

— Mais vous êtes un bon copain de Mackenzie qui, lui, le connaît.

— Posez plutôt la question à Mike.

Ransome hocha la tête.

— Je préférais m'adresser d'abord à vous, dit-il en tournant les talons. Vous m'avez l'air d'un homme rationnel. Le genre à garder les pieds sur terre.

À mi-chemin de la porte, Ransome se retourna vers Allan.

— Je pourrais vous garantir non seulement l'immunité, monsieur Cruikshank, mais l'anonymat. Ces temps-ci, nous sommes prêts à faire de gros efforts avec tous ceux qui nous aideront à mettre les Chib Calloway sous les verrous… (Il promena une dernière fois son regard dans la pièce.) Il y a quelques années, vous avez eu un casse, sauf erreur – à la First Caly, je veux dire ?

— Oui.

— Et à l'époque, le nom de Calloway avait été évoqué.

— Si c'était lui, ça n'était pas très malin de sa part. Nous faisons généralement en sorte de ne jamais garder sur place des sommes astronomiques.

— Ils se sont quand même fait un joli bas de laine…

Ransome renifla en se passant l'index sous le nez.

— Et à l'époque, on murmurait aussi que les malfaiteurs n'avaient pas agi seuls.

— Comment ça ?

— Ils auraient eu un informateur dans la place, monsieur Cruikshank.

— Mais où voulez-vous en venir, exactement ? lui lança Allan, en durcissant le ton.

— Nulle part, monsieur Cruikshank. C'est juste que Calloway nous a déjà joué des tours de ce genre. Il a des contacts, des gens qu'il soudoie, ou qu'il intimide, pour les convaincre de collaborer. Merci d'avoir pris le temps de répondre à mes questions. C'était très aimable à vous. J'ai tout de même noté un truc bizarre. Quand j'ai parlé à votre secrétaire, tout à l'heure, elle m'a dit que vous n'aviez pas de rendez-vous, ce matin… (Il lui fit un bref salut et tapota sa montre en souriant.) Eh ! Je vous l'avais bien dit : cinq minutes, à peine !

Sur quoi, il lui tira sa révérence.

C'est ça, oui ! se dit Allan. *Cinq minutes qui t'ont suffi pour me mettre les nerfs à vif et m'empoisonner la vie…*

Il se sentait un urgent besoin d'aller prendre l'air, pour dissiper son excès d'adrénaline. Mais pas question de sortir tout de suite… Peut-être l'inspecteur rôdait-il encore dans les parages. Allan aurait dû appeler Mike pour lui raconter tout ça. C'était lui que Ransome avait dans le collimateur. À travers Mike, l'inspecteur pouvait établir un lien direct avec Calloway. Mais lui, il n'avait rien à craindre. Il n'y avait plus la moindre preuve tangible chez lui.

Il se surprit à faire les cent pas, puis aperçut quelque chose sur le fauteuil de Ransome, quelque chose qui n'y était sûrement pas tout à l'heure, à son arrivée. Une carte de visite de l'inspecteur, avec son numéro de portable noté en bas, à la main. Quand le sien se mit à sonner, Allan prit l'appel sans réfléchir.

— Je ne sais pas qui vous êtes, vous, fit une voix furibarde, mais j'apprécie pas votre humour !

C'était le type qui avait décroché, la première fois qu'il avait essayé de joindre Mike.

Le faux numéro.

Il marmonna des excuses, raccrocha et éteignit carrément son portable. Mike attendrait, ainsi que le reste.

Jusqu'à ce qu'il se sente suffisamment d'attaque pour faire front.

27

Mike Mackenzie surveillait son portable. Il s'était arrêté dans un café à Stockbridge, après une longue balade le long du Water of Leith. C'était son trajet préféré quand il avait des questions à méditer ou des problèmes à résoudre. Et cette fois, le résultat avait dépassé ses espérances. Il s'était interrogé sur la conduite à tenir face aux menaces de la petite amie de Westie. Un coup de fil à sa banque lui suffirait pour virer vingt mille livres de plus sur le compte de Westie, mais il hésitait à le passer. Peut-être Gissing parviendrait-il à faire entendre raison à son étudiant ou à l'effrayer suffisamment pour le dissuader. Mais du côté du professeur, c'était le silence radio. Gissing ne répondait ni à ses messages ni à ses SMS. Dans le dernier, Mike l'avisait que Ransome remontait leur piste et qu'il allait probablement finir par frapper à leur porte. Mais jusqu'à présent, pas de réponse.

Et là, juste à la seconde où il poussait la porte du café, il avait reçu un texto de Westie :

Désolé pour Alice. Ne faites surtout rien,
Westie.

Bonne nouvelle, à supposer que Westie soit vraiment maître des manœuvres de sa copine. Mais ça permettrait à Mike de souffler un peu. Ça faisait au moins un dossier qu'il pouvait mettre en attente… Le coup de fil d'Allan l'avait surpris juste au moment où il attaquait sa *ciabatta* à la roquette et au chèvre. Pourquoi diable ne donnait-il plus signe de vie, à présent ? Ransome aurait-il vraiment pu l'embarquer au poste pour le soumettre à un interrogatoire plus poussé ? Poches vidées, ceinture, cravate et lacets de chaussures confisqués, si toutefois le protocole était toujours en vigueur ?

Ouais, en supposant qu'on me laisse passer le coup de fil autorisé…

Allan avait-il tout déballé aux flics ?

Quand son téléphone se décida enfin à sonner, Mike sursauta en recrachant sa gorgée de café dans sa tasse. Mais ce n'était pas Allan.

— Laura ! fit-il dans l'appareil. Écoutez, je regrette vraiment d'être parti comme ça, hier matin… Ça n'était pas très aimable de ma part. Je voulais vous rappeler pour m'excuser.

— Ça n'est pas le problème, l'interrompit-elle. Ils viennent de lancer un inventaire complet, à l'entrepôt.

— Une tâche ingrate, j'imagine… fit-il, désinvolte.

— Écoutez-moi, bon sang ! Il paraît qu'ils tombent sur des trous.

— Des trous ?

— Dans la collection. Des toiles qui manquent.

Mike fronça les sourcils.

— Mais je croyais qu'on avait tout retrouvé… dans le van.

— Pas celles-là ! Les autres. Celles qui n'ont pas été rendues. Celles que les voleurs ont réussi à emporter.

— *Réussi à emporter ?* répéta-t-il bêtement, en proie à une sorte de vertige. Combien ?

— Une demi-douzaine pour l'instant, et ils n'en sont même pas à la moitié du stock. Il manque aussi un carnet de croquis de Fergusson et un livre avec des gravures originales de Picasso.

— Fichtre !

— Mike… l'implora-t-elle. Si vous êtes au courant de quoi que ce soit qui puisse aider la police…

— Pardon ?

— Vous devez leur parler, Mike. Vous pouvez appeler Ransome. Je suis prête à vous servir d'intermédiaire s'il le faut. Je suis sûre que si les toiles venaient à être retrouvées quelque part, dans un terrain vague…

— Sympa de votre part, de me soupçonner d'avoir trempé là-dedans.

Il remarqua qu'une cliente le lorgnait, à deux tables de là, sans doute alarmée par les coups de couteau dont il criblait sa *ciabatta*. Il parvint à accrocher un sourire à ses lèvres et posa son couteau.

— Est-ce que Ransome vous a contacté ? demanda-t-elle.

— Je vous répète qu'il n'est même pas chargé de l'enquête. C'est Chib Calloway qu'il veut épingler, Laura. Du coup, sa paranoïa a tendance à s'étendre à Allan, au professeur et à moi.

— À Allan ? Pourquoi ?

— Comment ça, pourquoi ?

— Pourquoi citer Allan en tête de liste ?

Mike se massa les tempes dans l'espoir de soulager sa migraine. Il y avait une pharmacie, juste à côté…

Il n'aurait pas craché sur quelques aspirines, une vingtaine de tubes, ça aurait dû suffire.

— Pour rien, finit-il par répondre, mais l'éloquent silence qui avait précédé l'avait trahi.

— Si c'est Calloway qui a les toiles, vous pourriez peut-être essayer de le raisonner, suggéra Laura.

— Parce qu'il vous a eu l'air du genre raisonnable ?

— Ça veut dire quoi, ça ? Qu'il les a ?

— Mais non ! J'en sais fichtre rien, moi, de ces toiles disparues. Je vous dis simplement que je ne tiens pas à lancer ce genre d'accusation au nez de Calloway.

— Mike… Jusqu'où vous êtes-vous engagé ?

— Eh bien… badina-t-il, il se trouve que je n'ai aucun engagement pour le moment – je suis libre comme l'air ! (Elle émit un bruit sourd, évoquant un soupir de frustration.) Je vous en prie, Laura… rassurez-vous. Ça finira par retomber comme un soufflé, faites-moi confiance !

— Parce que vous croyez que c'est possible, Mike ? Je peux vraiment vous faire confiance ?

Bonne question, se dit-il. Lui aussi, il se la posait. À qui pouvait-il se fier, avec ces règles du jeu qui n'arrêtaient pas de changer…

Quelqu'un avait-il le nouveau règlement sous la main ?

Alice rentra tard, ce soir-là. Elle avait organisé une autre de ses soirées à thème, au bar de la Cinémathèque : une soirée quiz, avec cette fois pour sujet la Nouvelle Vague américaine. Mais ça n'avait pas donné grand-chose. C'était toujours la même équipe de quatre qui gagnait, ce qui expliquait sûrement la

baisse de fréquentation. Pour l'instant, elle était désar-
mée devant ce problème. Comme elle gravissait
l'escalier de l'appartement, elle tâcha de se rappeler
s'il restait quelque chose à manger là-haut. Peu
importe, ils pourraient toujours commander par téléphone. Mackenzie finirait sans doute par casquer,
comme d'habitude. Peut-être pas pour la totalité de la
rallonge, pour ça il faudrait négocier plus serré, mais
assez en tout cas pour la maintenir à flot, elle et ses
projets. Curieux qu'il n'ait toujours pas donné signe
de vie... Peut-être faudrait-il lui envoyer un autre
texto, avec un ultimatum, cette fois... Comme elle
glissait sa clé dans la serrure, la porte s'ouvrit à la
volée. À l'intérieur, Westie, l'haleine fortement alcoo-
lisée, la couvait d'un regard noir. Ses vêtements
étaient bons pour la poubelle.

— Qu'est-ce que t'as encore foutu ? lui hurla-t-il en la
tirant par le bras, avant de claquer la porte derrière elle.

— Aucune idée ! se récria Alice. Tu peux me
mettre sur la voie ?

— Espèce de petite conne ! Triple gourde !

Se détournant d'elle, il fonça dans le salon en se
tenant la tête à deux mains, comme s'il avait craint
que son crâne s'ouvre en deux. Elle l'avait déjà vu cri-
ser, mais à ce point, jamais.

— Écoute, dit-elle. Je n'ai fait que demander un
petit bonus... Qu'est-ce que ça coûtait d'essayer ?
Pourquoi ? Mike a râlé ?

— Mike ! Mike ! (Des postillons avaient volé au
coin de sa bouche.) Il ne s'agit pas de Mike ! rugit-il
en pivotant pour lui faire face. T'as oublié... je t'avais
parlé d'un homme de l'ombre, celui pour qui j'ai dû

342

faire un faux supplémentaire – ça y est, tu le remets ? Eh bien, il se trouve que c'est Chib Calloway.

Alice lui lança un regard vide.

— Qui c'est, celui-là ?

— L'équivalent de la mafia à Édimbourg. Le genre de mec que tu préfères éviter.

— Et Mike est allé le voir, direct ?

— Mais c'est *lui*, le partenaire de l'ombre, celui qui s'est chargé de trouver les flingues, le van et les extras ! Il est passé me voir aujourd'hui, aux Beaux-Arts, pour me dire deux choses : *primo*, qu'on n'aura pas un sou de plus, et *deuzio* que je vais devoir faire d'autres copies pour lui.

— Pour quoi faire ?

— Qu'est-ce que ça change, bordel ! Le truc, c'est que ton petit plan à la con a tourné au vinaigre et que je me retrouve dans la merde. Comment tu peux être aussi conne ?

L'expression d'Alice s'était durcie.

— J'ai pensé à nous, Westie. J'ai pensé à toi. Ils se sont bien foutus de ta gueule, tes chers amis !

— Eux au moins, ils m'ont laissé en vie ! Avec Calloway, c'est moins sûr ! Comment t'as pu me faire ça ?

— Quoi ?

— Essayer de faire chanter Mike, putain !

Elle approcha son visage à trois centimètres du sien.

— Arrête tes conneries, Westie ! T'as qu'à lui dire non, à ce mec. Qu'est-ce que tu veux qu'il fasse ? S'il lève le petit doigt, on file au poste de police le plus proche !

Westie la dévisagea un moment, avant de s'effondrer sur le canapé, les coudes sur les genoux, la tête toujours entre les mains.

— Mais c'est pas possible, marmonna-t-il. T'es vraiment bouchée…

— Et c'est reparti ! soupira Alice, les yeux au ciel. Ça va comme ça, hein, ton numéro d'artiste incompris ! Je commence à connaître !

— Ça te ferait rien de te casser ?

— Moi ? Que je *me casse* ? répéta-t-elle, un ton plus haut. Je te rappelle que je suis chez moi dans cet appart, au cas où t'aurais oublié !

Aucune réaction.

— OK, je m'en vais. Essaie de m'en empêcher, pour voir !

Westie l'entendit rassembler ses affaires et s'en aller. Quand il releva la tête, bien plus tard, des larmes lui embuaient la vue.

Ransome et son *SHOR* s'étaient retrouvés dans un pub sur Rose Street et communiquaient par portables interposés, chacun à un bout du bar – *SHOR* étant le nouvel acronyme institué par l'administration pour « Source Humaine Officieuse de Renseignements ». Mais Ransome s'en faisait une idée moins fleurie et nettement plus précise. Glenn était son informateur dans l'entreprise Calloway. Sa taupe, son mouchard, son sous-marin. Sa balance.

— Bientôt, ça sera toi, le patron, prédit-il au petit malfrat, sans avoir la moindre intention de laisser à Glenn l'ombre d'une chance de reprendre le flambeau après Calloway.

Le seul truc qu'il reprendrait, c'était le chemin de la taule, et peut-être même dans la même cellule que son chef, ce qui promettait de faire des bulles, si Chib venait à avoir vent du rôle clé joué par son premier lieutenant dans sa chute.

— Tous les hommes de Chib te font confiance, poursuivit Ransome. Il ne nous reste plus qu'à le coincer pour le vol des tableaux. Il en manque plus d'une douzaine, au dernier recensement. Il doit les avoir planqués quelque part.

— Je croyais que les voleurs les avaient abandonnés dans le véhicule, là…

— Lis les journaux, Glenn. L'équipe chargée de l'inventaire découvre tous les jours des toiles manquantes.

— Ils ont quand même réussi à en tirer quelquesunes, finalement ?

— On dirait, oui. T'as rien vu chez ton patron, ou dans son coffre de bagnole ?

— Ça fait un bout de temps que je n'ai pas regardé dans le coffre. Je peux y jeter un œil, si vous voulez.

— Ouais, et trouve-toi une excuse pour en jeter un deuxième chez lui, pendant que tu y es. Où est-ce qu'il pourrait planquer ça, sinon ?

— Vous êtes sûr que c'est lui qui les a, pour commencer ?

— Réfléchis, Glenn. Il a forcément laissé échapper un détail.

— Que dalle.

— Alors, c'est qu'il veut te tenir hors du coup. Vous êtes bons pour le banc de touche, Johnno et toi. Il a décidé de monter une nouvelle équipe.

Ransome porta son verre à son nez pour humer les notes d'algues et de tourbe, pimentées d'une trace de fumée et de bitume. Ce nectar venait d'une petite distillerie installée sur la côte, quelque part au nord-ouest d'Édimbourg… mais il s'en tiendrait à un seul verre. Il devait se réserver pour le canard à la vietnamienne que leur préparait Sandra. Il se força à garder les yeux fixés droit devant lui, sans chercher à établir le contact visuel avec Glenn. Plus d'une vingtaine de clients les séparaient.

— Qu'est-ce que tu bois, Glenn ? demanda-t-il.

— Merci, monsieur Ransome ! Pour moi, ça sera une Smirnoff *on the rocks*.

— Pas question de te payer à boire, Glenn. Manquerait plus que j'annonce au barman que je veux t'offrir un verre depuis l'autre bout du bar… T'imagines ce qu'il en penserait !

— Pourquoi vous demandez, alors ?

— Simple curiosité. C'est comme pour ces tableaux. Je suis curieux de savoir ce qu'ils sont devenus.

— C'est drôle, mais je vous avais dit qu'on était allés à Henderland Heights, vous vous souvenez ?

— Chez Mike Mackenzie, ouais.

— Ben, en revenant, Chib a reçu un coup de fil. Un certain Edvard, mais plus bizarre, comme prononciation. Et Chib lui a parlé d'un truc qui était « collatéral » et comme quoi il n'était même pas considéré comme perdu ou déclaré manquant…

— Qu'est-ce qu'il entendait par là, à ton avis ?

— Ça, chais pas. Il s'est aperçu qu'on écoutait, Johnno et moi, et il s'est éloigné pour qu'on n'entende pas le reste.

— Quoi que ça soit, il a dû le planquer quelque part.

— Y a déjà les clubs et les pubs, avec tout un tas de caves et de réserves. Ajoutez à ça les salles de billard, ça fait une sacrée tapée de planques possibles.

346

— Tu pourrais te renseigner pour voir si Chib y est passé récemment.

— Ouais, mais s'il vient à l'apprendre…

— Arrange-toi pour qu'il ne l'apprenne pas. T'es bien sûr que ses relations avec Mike Mackenzie ne remontent qu'à quelques semaines ?

— Certain. Dites donc, c'est peut-être Mackenzie qui planque les tableaux.

— L'idée m'a effleuré, mais ça va être dur d'obtenir un mandat de perquisition, dit Ransome avec un grand soupir. Écoute, Glenn, en fait, c'est relativement simple. Si on arrive à serrer ton patron pour l'histoire de l'entrepôt, ça sera net et sans bavure. Personne ne se risquera à lever le petit doigt contre toi, dans l'équipe de Chib. Ça facilitera d'autant ton accession.

— Mon quoi ?

Ransome ferma les yeux une seconde.

— Le fait que tu remplaces ton boss aux affaires, expliqua-t-il.

— Ah, OK !

Les doubles portes du pub s'ouvrirent sur le passage d'un enterrement de vie de garçon. Au premier coup d'œil, Ransome repéra le futur, qui n'avait plus que ses chaussures, son caleçon et un tee-shirt maculé de jaune d'œuf et de graffitis au marqueur. Il réorienta son téléphone pour le protéger de cette nouvelle vague de chahut.

— Ouvre les yeux et les oreilles, Glenn ! Les jours qui viennent vont être cruciaux. Tout l'empire de Chib va se casser la gueule, c'est moi qui te le dis, et pour toi, mon pote, ça sera quitte ou double. Alors, t'es prêt à remplacer ton chef au pied levé ?

— Hein ? Sur quel pied ?

Glenn avait posé l'index sur son oreille droite et maintenait son téléphone fermement plaqué contre l'autre.

— J'ai pas compris la fin, monsieur Ransome. À cause du bruit. Allô, monsieur Ransome... ?

Glenn recula de quelques pas pour regarder à l'autre bout du bar. L'inspecteur avait déjà franchi la porte et s'éloignait dans la nuit.

28

Mike ne put joindre Chib avant huit heures, le mercredi matin. Ils convinrent d'un rendez-vous à dix heures, dans la salle de billard désaffectée. Au téléphone, Mike était resté sur ses gardes. Volontairement lapidaire. Il tenait à économiser sa colère pour l'entrevue elle-même. Puis, se rappelant à qui et à quoi il avait affaire, il décida de revoir sa stratégie en fonction de la situation.

Quand il poussa la porte, Chib l'attendait derrière l'une des tables. Le visage du gangster restait dans l'ombre, tandis qu'il envoyait une série de boules rouges percuter la bande opposée, en étudiant leur trajectoire et leur vélocité.

— Alors, Michael ? demanda Chib d'une voix frigorifique. Qu'est-ce que t'as derrière la tête ?

— Tu dois t'en douter.

— Supposons que non…

Mike plongea les mains dans les poches de sa veste.

— Un certain nombre de tableaux manquent à l'appel, à l'entrepôt. Une douzaine minimum, aux dernières nouvelles. Ce qui a pour effet de foutre en l'air notre plan génial. Ils n'ont peut-être pas encore remarqué l'échange, mais ils savent qu'ils se sont fait dévaliser, parce qu'il leur manque tout à coup douze œuvres de première bourre.

L'une des boules en heurta une autre qui rebondit et partit valser à son tour.

— Ouais, déclara Chib. J'ai entendu ça hier soir aux infos. C'est en partie pour ça que j'ai préféré rester injoignable. Si on s'était vus, je risquais d'être un peu à cran. Non pas que je sois précisément ravi, ce matin…

— En réfléchissant ne serait-ce qu'une seconde, une malheureuse petite seconde, tu aurais prévu le coup. Il y avait toutes les chances pour qu'ils fassent un inventaire complet, après ça… Ou alors, ce sont tes quatre brillantes jeunes recrues qui ont craqué. Est-ce qu'ils n'auraient pas mis quelques toiles à gauche de leur propre chef ?

— Excuse-moi, Mike, j'ai un peu de mal à suivre, là…

Calloway se pencha en avant, les coudes calés au bord de la table. Sa tête était visible, à présent. Et ses yeux restaient fixés sur Mike.

— Ils n'étaient pas occupés à surveiller les gardes et la barrière de l'entrée, tous les quatre ? Pour vous laisser le temps de vider les coffres, à toi et à tes potes ?

Mike partit d'un éclat de rire incrédule.

— T'as eu toute la nuit pour t'inventer une excuse et t'as rien trouvé de plus convaincant ?

— Je te retourne le compliment.

— Attends, Chib… Tu ne crois pas sérieusement qu'on aurait pu tirer ces toiles, nous ? On les aurait planquées où, sous nos pulls ?

— Qu'est-ce que j'en sais, moi ! J'étais même pas là. D'ailleurs, mes gars non plus, ils n'y étaient pas : ils surveillaient les otages pendant que vous vaquiez à vos petites affaires. Ils sont devenus invisibles, pour pouvoir vous croiser dans les chambres fortes sans que personne ne s'en aperçoive ? À quel moment ils auraient pu accomplir un tel miracle, hein ?

Le poing de Mike s'abattit sur le feutre vert, d'où s'éleva un petit nuage de poussière.

— Mais, nom d'un chien ! Pourquoi on se serait emmerdés à voler d'autres toiles, après s'être donné tant de mal à préparer des copies pour embrouiller tout le monde ?

— Un d'entre vous a pu craquer.

— Je serais le premier au courant.

— Ah, tu crois ? Tu les as gardés à l'œil, tes potes, pendant qu'ils rassemblaient le butin ?

Chib garda le silence un long moment, puis souffla un grand coup.

— T'as vraiment une tchatche d'enfer, Mike. J'aurais presque besoin d'un mec comme toi dans mon équipe.

— Ça, c'est la meilleure !

Mike pivota pour s'éloigner de la table et se passa les deux mains dans les cheveux, en se retenant à grand peine de se les arracher par poignées.

— Non, la meilleure, je vais te la dire, enchaîna Chib sans élever la voix. Hier, ton pote Allan a reçu la visite de Ransome.

— D'où tu sais ça ?

Le gangster s'était redressé de toute sa hauteur. Son sourire luisait dans le contre-jour, comme celui du chat du Cheshire.

— J'ai dit à Johnno de le prendre quelque temps en filature, ce connard, histoire de voir un peu ce qu'il a dans le crâne. Il est allé faire un tour à la First Caledonian, là où bosse ton copain, je te rappelle.

— Rien de bien méchant. Allan m'a mis au courant.

— Et alors ? fit Chib, en contournant lentement la table.

— Alors rien. Allan m'a téléphoné après coup. Ransome fait de la pêche à la ligne. Il lance des sondes, c'est tout.

— T'en es sûr, de ça ?

— Écoute, Chib... essaie pas de noyer le poisson. Notre problème, pour l'instant, c'est les tableaux qui ont disparu.

— Qui d'autre est entré dans l'entrepôt ?

— Westie et Allan.

— Et le prof ?

— Il n'a pas quitté le van. Il ne pouvait pas prendre le risque d'être reconnu.

Ils étaient nez à nez, à présent.

— Et après coup ?

— Comment ça, *après coup* ?

Chib se massa la mâchoire en faisant crisser sa barbe de deux jours.

— J'ai déjà entendu parler de ce genre de plan. Une banque se fait braquer, je dis une banque, mais c'est tout aussi valable pour une station-service, un super-marché ou n'importe quoi... Une fois que les voleurs ont mis les voiles, les employés appellent les flics, mais il leur reste un battement de cinq, dix minutes, le temps que les flics se pointent... Cinq, dix minutes pendant lesquelles ils peuvent tranquillement gratter tout ce qu'ils veulent : ça sera mis sur le compte des braqueurs.

Les yeux de Mike s'étaient réduits à deux fentes.

— Tu penses aux gardiens de l'entrepôt… Mais il y avait les visiteurs. Ils les auraient vus. Non, fit-il en secouant lentement la tête. Pas très plausible.

— Tu préfères penser que c'était moi ?

Mike sentit l'haleine de Chib au passage. Il devait y avoir une pointe d'ail dans son menu de la veille. On discernait aussi des traces de thé au lait, souvenir de son petit déjeuner probablement…

— Seuls trois de mes gars sont entrés dans cet entrepôt, ce qui veut dire qu'ils auraient pris quoi ? Quatre tableaux chacun ? Ils avaient quoi sur le dos, des tentes ?

Chib eut un petit rire glacial.

— Non, mon pote. Ça ne peut être que vous. Je suis sûr que si je leur demande gentiment, Westie et Allan se déballonneront aussi sec, au sens propre, si nécessaire !

— Et si tu commençais par poser la question à tes gars ?

— Même pas besoin.

— Ça ne serait pas la première fois qu'un petit voyou céderait à la tentation.

Leur bras de fer visuel se prolongea une vingtaine de secondes. Chib fut le premier à détourner le regard, en feignant de chercher son portable dans sa veste. Mike veillait à garder son calme, à stabiliser son souffle et, plus globalement, son attitude. Il n'avait pratiquement pas fermé l'œil. Il avait passé la nuit à ressasser des soupçons, parmi lesquels ceux que Chib venait d'émettre, évidemment. Il avait ruminé en boucle certains mots ou expressions. *Bien mal acquis... Pas de crime parfait... Un traître dans nos rangs...*

Chib composa un numéro sans le quitter des yeux. Mike savait qu'il avait raison sur un point : aucun des gamins n'aurait pu planquer quoi que ce soit sous ses vêtements ou dans le van. Ils n'avaient pas eu la possibilité matérielle d'emmener une douzaine de toiles, de carnets de croquis ou de livres illustrés. Mike avait besoin de réfléchir à tout ça et d'en discuter avec Allan et Westie. Il avait décidé de ne pas les appeler, pour voir si l'un ou l'autre prendrait l'initiative de se manifester, en apprenant la nouvelle. Mais pas un mot. D'un côté, ils ne faisaient qu'appliquer les ordres, ceux de Gissing : profil bas.

— Glenn ? fit Chib dans son portable. Tu files me chercher Billy, Kev, Dodds et Bellboy, et tu les ramènes illico à la salle de billard.

Comme le portable de Chib se refermait dans un claquement, celui de Mike se réveilla. C'était Westie.

— Ça t'ennuie si je le prends dehors ? demanda-t-il à Chib.

— Encore des cachotteries !

— Un truc personnel, répliqua Mike en tirant la porte.

Sur le trottoir, il se vida plusieurs fois les poumons, bien à fond, avant de prendre l'appel.

— Allô ? dit-il, sans savoir s'il avait affaire à Westie ou à sa copine.

— Mike... C'est toi ? fit la voix de Westie.

— Qu'est-ce que je peux faire pour toi ?

— Je voulais juste, ben... m'excuser. J'ignorais qu'Alice allait t'envoyer ce texto. Et en toute logique, si tu réfléchis cinq minutes... tu verras qu'elle n'en pense pas un mot. On ne veut – moi, je ne veux rien de plus. Ni plus de fric, ni même un deuxième tableau. Je suis content de ce que j'ai.

Il n'avait pourtant pas l'air de nager dans le bonheur.

— Tu trouves que t'en as assez, finalement ?

— Ben, oui… je crois, fit Westie, embarrassé.

— Mais t'en as combien au juste, Westie ?

— Quoi, combien j'en ai ? J'ai le DeRasse, c'est tout. Alors maintenant, on est quittes ?

— Ça reste à voir.

— Écoute, Mike, j'ai un truc à te demander.

Les épaules de Mike se contractèrent. C'était le creux de la matinée. Le quartier était calme. Il y avait un marchand de journaux au coin de la rue et, plus loin, un dépôt-vente, pas encore ouvert à cette heure-là. Sur le trottoir d'en face s'alignaient des immeubles vétustes. Pas un chat aux fenêtres grisâtres.

— C'est vraiment pas le moment, Westie.

— Ça, je m'en doute… Mais bon, comme je t'ai fait mes excuses, tout ça, ben… tu pourrais peut-être, tu sais…

— Quoi ?

— Dire à Calloway qu'il me lâche la grappe !

Westie avait presque hurlé ces derniers mots, que le portable de Mike lui restitua dans un brouillard de crépitements et de bruits distordus.

— Parce qu'il s'en est pris à toi ? Première nouvelle.

— C'est pas toi qui me l'as envoyé pour me mettre la pression ?

Mike plissa le front.

— Et qu'est-ce qu'il t'a dit ?

— Il voulait que je lui fasse d'autres copies. Tout un tas. Et ça me fout la trouille, Mike. J'ai peur de lui dire non, et j'ai peur de ce qui risque de m'arriver, si j'accepte.

Mike s'était tourné vers la façade aveugle de la salle de billard. Le Diamond Jim's, indiquait l'enseigne, dont la peinture s'écaillait. Avait-il existé, ce Diamond Jim, et si oui, qu'était-il advenu de lui ?

— Pourquoi il veut des copies ?

— Tu penses si je lui ai demandé ! C'est un monstre, ce type, Mike ! Tout le monde sait ça. Il a même balancé quelqu'un du haut du Scott Monument !

— Il a *menacé* de le faire, rectifia Mike. Et tu sais ce qu'il voulait te faire copier ?

— Je ne pense pas qu'il le sache lui-même. Il a dit que ça devrait être comme pour celles qu'on a tirées, tu vois, des toiles dont la disparition passerait inaperçue.

Mike se surprit à hocher la tête.

— T'as vu les nouvelles, Westie ?

— Seigneur, quoi encore ? Il est arrivé quelque chose à Alice ?

Mike ne l'écoutait plus que d'une oreille. Ses yeux restaient fixés sur la ruelle qui séparait les deux immeubles d'en face, et suivaient les évolutions d'un gros rat qui frétillait parmi les détritus et les canettes de bière vides échappées d'un sac-poubelle éventré. Il se sentit soudain très loin de chez lui. Westie venait de traiter Chib de monstre. Difficile de soutenir le contraire. Édimbourg n'était-elle pas la patrie du Dr Jekyll et de Mr Hyde ? Comme sa main s'appuyait

356

à la façade lépreuse de la salle de billard, il sentit une pellicule de plâtre humide lui coller à la peau.

Un vrai petit coin d'enfer sur terre, songea-t-il.

Alors pourquoi retourner dans cette salle ? S'il se contentait de déguerpir, en tâchant d'oublier une fois pour toutes que son chemin avait croisé celui de Calloway ? Sauf que ça ne serait sans doute pas si simple. Et puis, le premier à prendre la fuite ne serait-il pas *de facto* le premier suspect ?

— Quoi ? fit-il dans son portable. Il est arrivé quelque chose *à qui* ?

Westie avait déjà embrayé sur autre chose.

— À Alice, répéta-t-il, d'une petite voix fêlée. Je ne sais vraiment plus quoi faire.

— Ça veut dire quoi, ça, au juste ?

— Hier soir, je l'ai engueulée pour le texto, pour la visite de Calloway, et tout et tout. Elle s'est tirée, Mike. Elle n'est pas rentrée de la nuit.

Les yeux au ciel, Mike étouffa un juron.

— Écoute-moi bien, parvint-il à articuler malgré les battements désordonnés de son cœur. Il faut que tu la retrouves...

Il dut prendre son portable à deux mains tant il tremblait.

— Tu te débrouilles pour qu'elle revienne et tu t'arranges avec elle. Fais-lui entendre raison. Elle est au courant de tout, Westie, et elle a beaucoup moins à perdre que nous !

— Pourquoi ?

— Les flics n'auront pratiquement rien à lui reprocher, si elle va les voir.

— Elle ne peut pas faire ça !

— Même si elle pense que tu t'es retourné contre elle ? La vache, Westie ! Qu'est-ce qui l'empêcherait de faire une nouvelle tentative de chantage ?

— Non ! Maintenant, elle sait que Calloway est sur le coup.

— Mais on ne peut pas l'exclure. Alors, voilà ce que tu vas faire, Westie… Tu l'appelles, tu lui laisses des messages partout. Tu fais la tournée de ses amis et de ses parents, tu vas l'attendre au cinéma où elle travaille, tu remontes sa piste… Et quand tu lui auras remis la main dessus, tu te jettes à ses pieds en implorant son pardon. Il faut qu'elle revienne, Westie. On n'a pas le choix.

Long silence au bout de la ligne. Suivi d'un bruit de reniflement, essuyé d'un revers de main.

— Je vais essayer, d'accord. Et pour Calloway ?

— Commence par le commencement. Dès que tu l'as retrouvée, tu m'appelles.

— Retrouver qui ? fit la voix de Chib.

Il était venu se poster sur le seuil de la salle, juste à gauche de Mike qui raccrocha et fit disparaître son téléphone dans sa poche.

— Rien, personne, dit-il en consultant ostensiblement sa montre. Tes gars vont en avoir pour longtemps, tu crois ? Je n'ai pas que ça à faire.

— Ils ne viendront pas.

Chib jeta un coup d'œil au bout de la rue, dans les deux sens, comme pour s'assurer qu'ils n'avaient pas de témoins.

— J'ai changé d'avis, Mike. Ils n'ont rien à voir là-dedans et tu le sais aussi bien que moi. Mais j'en dirais pas autant de toi, à voir ta tronche ruisselante et la tremblote qui t'agite les mains. Ça n'aurait pas un lointain rapport avec le coup de fil que tu viens de recevoir ?

— C'était Westie, reconnut Mike en s'essuyant le front.

Le temps était lourd et humide. Sa chemise lui collait à la peau.

Chib réfléchit un instant et se fendit d'un sourire.

— Alors, il t'a dit, pour mon plan ?

— Un peu tard, pour songer à remplacer les toiles qui manquent !

Chib secoua lentement la tête.

— Tu n'y es pas, Michael. Mais alors là, pas du tout !

— OK. Vas-y : qu'est-ce que tu mijotes ?

Mike avait croisé ses bras pour les empêcher de trembler.

Calloway renifla en soupesant la question.

— Quelque chose me dit, fit-il enfin, que nous mijotons tous quelque chose, Mike. Toi le premier. Ce qui implique qu'il va forcément y avoir des gagnants et des perdants. Tu veux qu'on parie ? Alors rentre là-dedans, qu'on s'offre un petit rafraîchissement.

Le regard de Mike se fixa sur la porte, que Chib lui tenait ouverte. Ça lui rappelait vaguement la scène de *Goodfellas*, où la femme du héros se voit offrir un manteau de fourrure par le méchant. Il lui suffit d'entrer dans l'entrepôt pour s'en choisir un…

— Non, merci. Je vais devoir y aller.

Calloway semblait lire dans ses pensées.

— Bien sûr, Mike. Vas-y, dit-il sans élever la voix. Mais rends-moi un petit service, tu veux ?

— Quoi ?

Un sourire lugubre se répandit sur le visage du gangster.

— Dis bien à Westie de ne pas trop tarder à remettre la main sur sa nana.

29

— T'en as mis du temps ! râla Ransome dans le téléphone de son bureau.

Il était à son poste et s'était attelé à un *vrai boulot*, quelque chose de *tangible* et de *quantifiable*, selon les propres termes de son collègue Ben Brewster, ce maître du sarcasme !, quand Glenn l'avait appelé. Il avait du nouveau.

— J'ai des bonnes et des mauvaises nouvelles, avait grommelé le malfrat.

— Commençons par les mauvaises, ça me laissera une raison d'espérer.

— Hier, Chib vous a fait suivre.

La main de Ransome se crispa sur le combiné.

— Et tu ne m'as pas prévenu ?

— Johnno vient juste de me le dire.

Ransome se demanda si Johnno était dans le coin, quand il avait fait un saut à la First Caly. Chapeau, songea-t-il. Il ne s'était aperçu de rien.

— Vers quelle heure ?

— Trois heures moins dix.

Calloway était donc au courant pour son entrevue avec Allan Cruikshank. Mais ça n'était pas forcément un mal : Chib pourrait resserrer l'étau sur le banquier d'un côté, tandis que Ransome le cuisinerait de l'autre.

— Et la bonne nouvelle ?

— J'ai les noms des gamins. Chib m'a dit d'aller les chercher parce qu'il voulait les voir, et après il a changé d'avis. Ça doit être les quatre gars qu'il a recrutés.

Glenn lui déclina les noms que Ransome s'empressa de noter.

— Alors, c'est qui, ces lascars ? Le seul nom qui me dise quelque chose, c'est Bellboy.

— Même chose pour moi.

Ransome soupira.

— Bon. En voilà une plus facile : où est Chib, en ce moment ?

— Au Diamond Jim's, à Gorgie.

— La salle de billard ?

Ransome tapota son bloc-notes du bout de son stylo et remercia son SHOR, avant de raccrocher. Des protestations fusaient, çà et là, dans la grande salle surpeuplée. Quelqu'un avait largué une caisse. Tout un assortiment d'écritoires et de chemises à dossier brassaient l'air comme autant d'éventails improvisés, le tout ponctué de quelques râles implorant qu'on essaie au moins d'ouvrir une fenêtre, de grâce ! Le nuage toxique n'était pas encore arrivé jusqu'à son poste de travail mais, sachant que les soupçons se porteraient sur lui s'il tentait de prendre la tangente, Ransome tint bon et médita sur les quatre noms alignés sur son bloc-notes.

Billy, Kev, Dodds et Bellboy.

Bellboy était un petit salopard endurci. Les trois autres devaient être des comparses, et sûrement pas des inconnus pour les flics de leur secteur. Avec Mike Mackenzie et Calloway lui-même, ça faisait une fine équipe, capable d'exécuter le braquage.

Le voilà, mon gang, pensa-t-il. Pour le banquier et le professeur, il n'avait pas encore statué. Mais ils étaient forcément dans la combine, ces deux-là. Mackenzie avait dû les mettre au courant, ne fût-ce que pour se faire mousser.

Ce qui en faisait des complices.

Voire des associés.

Il pouvait donc espérer que l'un d'eux finirait par craquer. Pour l'instant, Ransome n'avait même pas essayé d'avoir une vraie conversation avec Gissing. À en juger par ce qu'il savait du futur retraité, il pensait avoir identifié la catégorie dont il relevait : le professeur était du genre à avoir milité contre la bombe dans les années 1950, à avoir ourdi des projets d'émeutes estudiantines en 68, sans trouver âme qui veuille se soulever avec lui à Édimbourg. Un vieux briscard de la gauche caviar, viscéralement anti-flics et donc peu enclin à coopérer.

Ce qui laissait Cruikshank, le banquier.

Ransome comptait le laisser mariner deux ou trois heures de plus maximum, avant de lui rendre une autre visite, en espérant qu'entre-temps, il ne lui ferait pas une rupture d'anévrisme.

Mais à la réflexion, il ne serait peut-être pas inutile d'aller fouiner un peu du côté du professeur. Ça risquait même d'être marrant. Sauf qu'il devait commencer par creuser la piste des quatre noms, lancer une recherche ou trouver un subalterne pour s'en charger… Dans l'intervalle, il avait tout de même réussi à

faire baisser son tas de paperasses de deux bons centimètres.

— Là, je crois que la pause s'impose ! s'exhorta-
t-il, avant d'arracher la page de son bloc-notes.

Mike avait erré dans les Beaux-Arts pendant une
demi-heure, sans parvenir à mettre la main sur la
secrétaire de Gissing. Elle restait introuvable, tout
comme le professeur. La porte donnant sur le couloir
était ouverte, mais celle du bureau directorial, le saint
des saints, était fermée à double tour. Quelques docu-
ments jonchaient le bureau de la secrétaire et son
poste n'arrêtait pas de sonner. L'idée effleura Mike
que ça pouvait être Gissing lui-même qui appelait, et
il fut un moment tenté de décrocher… Mais il se
borna à effleurer de la main le gobelet de café encore
tiède échoué près du téléphone. La secrétaire ne devait
pas être bien loin, à moins qu'elle n'ait quitté son
poste plus tôt. En désespoir de cause, il griffonna
quelques mots sur un papier qu'il glissa sous la porte
de Gissing. Trois mots, pas un de plus – *J'aimerais
vous voir* – signés de ses initiales. En redescendant, il
en profita pour faire un saut dans la salle de Westie.
Le sous-sol était un vrai labyrinthe. Il croisa des tas
d'étudiants qui allaient et venaient, l'air très affairés,
mais aucun n'avait vu Westie. Il finit par tomber sur
un barbu à lunettes, un poil plus vieux que la moyenne
des autres jeunes quasi diplômés, qui s'activait dans
un atelier, plein de ballots de paille. Il lui répondit que
Westie devait être dans le coin, probablement dans la
salle d'à côté, où devait se tenir son exposition. Sauf
que non, aucune trace de Westie. La porte était restée
entrouverte et il y avait dans la pièce des signes d'acti-

vité récents : sept tableaux encadrés, prêts à être exposés. Deux d'entre eux n'attendaient visiblement plus que l'installation de leurs crochets dans le mur contre lequel ils étaient adossés. Les crochets en question gisaient par terre, près d'un petit marteau.

Mike croisa les doigts pour que Westie ne soit pas resté chez lui à geindre sur son sort, vautré sur son canapé, en fumant joint sur joint.

— Pourquoi ? Vous cherchiez des trucs à acheter ? lui demanda le barbu du studio d'à côté en s'essuyant les mains sur sa salopette. Vous êtes un revendeur, peut-être ?

Michael mit un moment à comprendre qu'il parlait d'art et non de substances illicites…

Il fit « non » de la tête.

— Parce qu'il y a un type qui est venu voir Westie, hier soir, enchaîna le barbu. Le genre musclé. Après coup, je lui ai demandé qui c'était, et il a dit que c'était un gros dealer. Il doit y en avoir de toutes les sortes, je suppose… conclut-il, philosophe, avant de s'en retourner à ses travaux.

— Excusez-moi, le rappela Mike. Vous aimez ce que fait Westie ? Ça vous paraît bon ?

— Faudrait déjà définir ce qui est bon, décréta le type, avant de s'éclipser.

Au bout d'une minute de réflexion, Mike renonça à élucider ce mystère et remonta au rez-de-chaussée. Là, il mit le cap sur la porte d'entrée qu'il poussa, en s'effaçant pour laisser passer quelqu'un qui arrivait en trombe. L'homme le remercia d'un signe de tête et poursuivit sur sa lancée, avant de s'arrêter net. C'était Ransome. Mike piqua du nez, mais trop tard.

— Vous ne seriez pas Michael Mackenzie ? demanda l'inspecteur en rebroussant chemin.

Mike joua les étonnés.

— Tout juste, fit-il. On se connaît ?

— Votre vieil ami Chib Calloway ne vous a pas parlé de moi, ni Allan Cruikshank, par hasard ?

Ransome lui présentait sa main en attendant que Mike se décide à la serrer, ce qu'il finit par faire.

— Allan ? Il ne me semble pas, non… Pourquoi ? Vous travaillez ensemble ?

Ransome se gondola. Ils durent battre en retraite devant une horde d'étudiants qui débarquèrent en force et les entraînèrent du côté de la réception.

— Je suis officier de police, monsieur Mackenzie. Allan Cruikshank vous a certainement parlé de moi…

— Pourquoi m'aurait-il parlé de vous ?

— Parce que j'enquête sur votre ami Calloway.

— En dépit de ce que vous semblez croire, Calloway n'est pas vraiment ce que j'appellerais un ami.

— Comment diriez-vous alors ? Un associé ? Un partenaire ? Ça vous paraît plus proche de la vérité ?

— Nous étions ensemble au collège de Tynecastle. Nous nous sommes croisés très récemment.

— Et vous avez découvert que vous partagiez une passion pour l'art, dit Ransome d'un air songeur. C'est sans doute ce qui explique votre présence ici, monsieur Mackenzie… ?

— Je suis un peu collectionneur, en effet, admit Mike. La grande exposition de fin d'études approche et j'espérais voir quelques travaux en avant-première.

Ransome l'écoutait en hochant la tête, l'air à demi convaincu.

— Vous n'étiez donc pas venu avertir le professeur Robert Gissing de mon arrivée, pour lui demander de garder le silence ?

Mike parvint à se fendre d'un éclat de rire.

— Pourquoi je ferais une chose pareille ?

Sa question s'acheva sur une petite quinte de toux : il avait été à deux doigts d'ajouter « inspecteur » mais, ne sachant trop si Ransome avait fait état de son titre, il s'était bien gardé de commettre la même bourde qu'avec Laura...

— Vous ne niez tout de même pas que le professeur Gissing soit de vos amis ?

— Je le connais certainement beaucoup mieux que Chib Calloway.

— Vous devez savoir où je peux le trouver, en ce cas ?

— Son bureau est au premier étage, mais je ne peux pas vous garantir qu'il s'y trouve.

— Eh bien, je vais tout de même tenter ma chance...

Ransome, toujours souriant, s'apprêta à le contourner.

— Mais qu'est-ce qui se passe ? D'abord Allan et maintenant le professeur Gissing ? Vous passez votre temps à interroger mes amis, ma parole ! s'exclama Mike d'un ton qui se voulait désinvolte et léger.

Ransome le transperça d'un regard d'acier.

— Oh, je suis sûr que vous avez bien d'autres amis, monsieur Mackenzie !

Ransome parut sur le point de rompre là-dessus, mais il se retourna et marqua une pause.

— Je viens justement de rendre visite à un certain Jimmy Allison. Ce serait beaucoup s'avancer que de supposer que vous le connaissez, lui aussi ? (Mike secoua la tête.) Il a été victime d'une violente agression la veille du braquage de l'entrepôt de Granton ; ça, vous en avez entendu parler, monsieur Mackenzie ?

— Du braquage ? Bien sûr, répondit Mike.

— Eh bien, ce conservateur, qui se trouve être un expert renommé dans son domaine, habite justement à deux pas d'ici, dans un de ces nouveaux immeubles construits près du canal.

— Ah oui ?

— Sauf que je ne l'ai pas trouvé chez lui. Il n'a pas donné de nouvelles depuis hier. Sa femme est morte d'inquiétude, vous pensez. Elle avait même appelé la police, mais malheureusement personne n'a songé à m'en faire part. En fait, M. Allison a disparu. Sa femme craint la commotion cérébrale.

Seigneur ! d'abord Alice et maintenant...

— Il a pu tomber dans le canal, suggéra Mike.

— C'est ce que vous diriez, vous, monsieur Mackenzie ? s'enquit Ransome en crispant la mâchoire. Le truc, c'est que M. Allison connaît très bien le professeur Gissing…

— Comme la moitié d'Édimbourg. Vous ne soupçonnez tout de même pas le professeur d'y être pour quelque chose !

La bouche de Ransome tressaillit.

— La seule bonne nouvelle que j'aie pour vous, monsieur Mackenzie, c'est que, vous ayant parlé, je suis à peu près sûr que ce n'est pas votre voix, sur la bande. Mais je ne vais pas tarder à savoir qui l'a passé, ce coup de fil.

— Quel coup de fil ?

— Votre ami Allan vous expliquera tout ça.

Ransome esquissa un petit salut avant de tourner les talons. Michael le regarda disparaître dans les profondeurs du bâtiment, avant de s'éclipser, le souffle court. Allison porté disparu ! Qu'est-ce qui avait encore foiré ? Peut-être s'agissait-il vraiment d'une commotion cérébrale… Le pauvre bougre avait très bien pu tomber dans le canal. Un bon coup sur la tête aurait amplement suffi. Mais Mike aurait dû être là pour s'en assurer.

Peut-être Allan était-il dans le vrai ?

Larguer les tableaux quelque part, avec un coup de fil anonyme…

Le hic étant qu'à présent Hate était toujours en possession de l'une des toiles. Quant aux copies, une fois reconnues comme telles, elles mèneraient les flics droit à Westie ; sans compter qu'il resterait encore à convaincre Westie et Gissing de rendre les leurs.

Tu l'as voulu, Mike, se rappela-t-il.

Oh, merde… Gissing !

Il se frappa le front. Et si la secrétaire était de retour à son bureau, si elle avait ouvert la porte ? Le flic risquait de trouver le mot qu'il avait laissé. Il s'envoya deux ou trois bonnes claques de plus pour conjurer le mauvais sort, mais s'avisa soudain que les étudiants qui le croisaient, le carton à dessin sous le bras, le dévisageaient d'un œil curieux.

— Il s'agit d'une performance… expliqua-t-il avec aplomb à la cantonade, avant de battre en retraite vers un autre de ses lieux de méditation favoris : les Meadows.

Les bureaux de la First Caledonian fermaient à six heures. Allan jugea qu'il pouvait sans trop de risques consulter le répondeur téléphonique de son domicile, et découvrit que les cinq ou six messages qui l'y attendaient et qu'il avait évité d'écouter toute la journée émanaient tous de sa secrétaire. Elle s'inquiétait de son absence, se demandait où il était, s'enquérait de son état de santé et l'informait qu'elle avait annulé tous ses rendez-vous. Pas un mot de Mike ni de Gissing. Aucune nouvelle de l'inspecteur. Allan avait éteint son portable et n'avait pas la moindre envie de le rallumer. Il avait l'impression qu'il finirait par se confesser à la première personne qu'il aurait au bout du fil. S'il avait eu la fibre religieuse, il aurait pu marcher le long de Leith Walk jusqu'à la cathédrale, où il devait bien rester un confessionnal en service. Il avait même envisagé de tout avouer à Margot, mais elle l'aurait sûrement mal pris – si elle ne lui avait pas carrément ri au nez, rétrospectivement soulagée de s'être débarrassée à temps d'une telle tache.

Son estomac s'était mis à gargouiller en milieu de matinée, mais il n'avait pas un brin d'appétit. Il avait bu cinq ou six verres d'eau du robinet, sans parvenir à étancher sa soif. La télé ne s'était pas révélée d'un grand secours. Il était tombé sur un talk-show pour ménagères, sur le trafic international d'œuvres d'art volées, avec toutes les heures un flash d'information qu'il zappait systématiquement pour éviter d'entendre parler du braquage. Après une brève nuit d'un sommeil entrecoupé, il s'était rasé et avait passé son costard, comme tous les jours, bien résolu à partir au boulot. Mais sa détermination n'avait pas franchi la porte d'entrée. La main sur la poignée, il était resté cloué sur place, hésitant à affronter le monde extérieur. Son appartement était son seul refuge. Il avait passé le plus clair de la journée près de la fenêtre, à attendre que Ransome ou un de ses homologues se décide à sortir du poste et à franchir les quelques mètres qui le séparaient de la porte de son immeuble, pour venir actionner la sonnette marquée Cruikshank. Les véhicules de police allaient et venaient, comme d'habitude. Aucun signe d'intérêt des médias. Des flics en civil sortaient discuter devant le poste, le temps de s'en griller une petite. Planté devant sa fenêtre ouverte, l'oreille aux aguets, Allan ne parvenait à distinguer que les gazouillis des oiseaux dans les arbres et la rumeur des bus sur Leith Walk.

Il aurait pu monter dans un de ces bus et prendre le large. Ou un train vers le sud, ou carrément un avion pour l'étranger. Il avait un passeport et deux ou trois cartes de crédit, dont une seule atteignait son débit maximum. Qu'est-ce qu'il attendait, de se faire épingler ? Dans son portefeuille, la carte de Ransome irradiait une sorte de vibration, comme pour se rappeler à son bon souvenir. Seuls ces onze chiffres le séparaient de la rédemption. Qu'est-ce qui lui faisait si peur ? De trahir Mike et Robert Gissing, ou de braver la colère de Chib Calloway ? D'imaginer sa photo dans les journaux, de se voir sur le banc des accusés, ou de devoir s'appuyer la corvée de chiottes avec ses codétenus ?

Il s'adossa au mur de son living et se laissa glisser à terre, les bras noués autour des genoux. À cette heure-là, sa secrétaire avait dû quitter le bureau, il n'y aurait plus de coups de fil. S'il tenait jusqu'au bout de la soirée, peut-être parviendrait-il à reprendre goût à la vie. Les choses finiraient peut-être par lui apparaître sous un meilleur jour. Demain, ça irait peut-être mieux.

Peut-être même que tout finirait par s'arranger.

30

Il était presque onze heures quand Chib Calloway rentra chez lui. Il avait finalement décidé d'avoir une petite mise au point avec son équipe, mais ça ne pouvait pas se faire par téléphone. Il faudrait qu'il les voie. Il suffisait parfois de regarder quelqu'un dans le blanc de l'œil pour voir s'il mentait. Et quelque chose lui disait que Mike ne mentait pas. Il ne savait pas qui était derrière tout ça, mais ça n'était pas lui – ce qui laissait un certain nombre de suspects… Sauf que les quatre gamins non plus ne lui avaient pas donné l'impression de mentir.

— Nous, on a fait ce qu'on nous a dit, ni plus ni moins, avait déclaré Bellboy, leur porte-parole.

Il n'avait plus qu'une dent sur deux, ce qui ne l'empêchait nullement de s'exprimer haut et clair. Enfin, comparé à ses camarades.

Chib avait consacré le reste de la journée à ses rendez-vous. Un club de *lap-dancing*, sur Lothian Road. Le bail arrivait à expiration et la direction actuelle songeait à délocaliser ses unités de production. Chib s'était vu proposer l'affaire. L'os, c'était que les filles les plus intéressantes risquaient de déménager avec leurs anciens employeurs et pour les remplacer, bonjour ! Sans compter qu'il faudrait prévoir des travaux de rénovation pour faire de ce boui-boui une boîte correcte, capable d'attirer une clientèle vraiment classe. Dans les soixante-quinze à cent mille livres… Mais qui essayait de berner qui, là ? On pouvait toujours annoncer « Spécial VIP » en vitrine ou sur la pub, en fait, les piliers de ce genre d'établissement, c'étaient toujours les mêmes traîne-patins… Ça et les équipées d'enterrement de vie de garçon. Chib avait donc pris le seul parti intelligent : il avait demandé à Johnno de se renseigner sur le videur et lui avait passé un coup de fil. Résultat, le mec lui avait confirmé que la boîte battait sérieusement de l'aile depuis plus de trois mois :

— Personnellement, j'y toucherais pas, monsieur Calloway. Pas même avec des pincettes…

Affaire classée.

Chib attendait d'autres coups de fil, de Hate et d'Edvard. Il n'arrêtait pas de consulter son répondeur, mais pour l'instant, silence radio. Comme la journée touchait à sa fin, il avait donné congé à Glenn et à Johnno et les avait largués devant un de ses pubs, en déclinant leur proposition de « s'en jeter un dernier pour la route ». Sur le chemin du retour, il avait écouté quelques titres des Dire Straits. Ça lui remontait toujours le moral. Il avait garé la BMW dans l'allée – le garage étant réservé à la Bentley –, et s'était attardé un moment sous le ciel nocturne où suintait une lueur fauve. Une fois, il s'était offert un télescope dans une boutique sur le Royal Mile, mais il n'avait jamais réussi à voir quoi que ce soit dans le ciel. « Pollution lumineuse », lui avait-on expliqué. Tous ces néons et ces lampadaires, dans les rues… Il avait exigé et obtenu de se faire rembourser et s'était aperçu un peu plus tard qu'ils lui avaient filé vingt livres de trop – ça ne l'avait pas empêché de dormir…

Certains de ses gars s'étonnaient qu'il ait choisi de vivre dans un pavillon neuf, type lotissement, alors qu'il aurait pu s'offrir la plus belle villa d'Édimbourg. Mais il avait horreur de ces grandes baraques chichiteuses qui entassaient leurs quatre ou cinq étages dans la New Town. Trop guindées à son goût… Et il ne tenait pas à vivre entouré de parcs, de pelouses, d'écuries et tout le tremblement. Ça l'aurait obligé à s'éloigner de la ville. Or, Édimbourg, c'était son fief. Il était un pur produit du terroir, lui ! Tout le monde ne pouvait pas en dire autant ! Impossible de faire un pas dans la rue sans entendre l'accent anglais et croiser ces hordes d'étudiants qui grouillaient partout… Mais Chib était chez lui dans cette ville, et il l'aimait avec une ferveur qui faisait parfois quelques étincelles.

Sa baraque, un gros pavillon individuel qui avait autrefois servi de maison témoin et faisait le coin du bloc, était plongée dans l'ombre. Un jour, un voisin lui avait conseillé de laisser une lumière à l'étage, pour dissuader les voleurs. Chib n'avait même pas jugé bon de relever. Qu'est-ce qu'il s'imaginait, ce type ? Que les cambrioleurs quadrillaient le quartier en se demandant pourquoi les familles du coin passaient toutes leurs soirées au premier étage ? Ce souvenir lui tira un éclat de rire. N'empêche, ils étaient plutôt cool, les voisins, personne ne mouftait quand il montait un peu la stéréo ou qu'il invitait quelques-uns de ses gars avec deux ou trois filles. C'était une idée de sa femme, cette maison. Sa femme, Liz. Ils n'avaient pas emménagé depuis un an, quand son cancer s'était déclaré. Elle s'était toujours bien entendue avec les voisins et ils étaient venus en masse à l'enterrement. C'était sans doute ce jour-là qu'ils avaient commencé à soupçonner que l'époux de la défunte n'était pas n'importe qui... Le cortège était fourni et principalement composé de gros bras à lunettes noires, manœuvrant sous la direction de Johnno et de Glenn.

Tu m'étonnes que personne ne se soit jamais plaint du bruit...

Il s'esclaffa en insérant sa clé dans la serrure de la porte d'entrée. Un autre point positif, avec cette maison, c'était qu'il avait réussi à obtenir une garantie de dix ans avec système d'alarme intégré, sans supplément. C'était pas pour ce qu'il l'utilisait, son système d'alarme... Mais une fois la porte refermée sur lui, il eut une bouffée de satisfaction : voilà, enfin chez lui ! Il allait pouvoir se poser, souffler un coup, oublier toutes ses emmerdes. Un ou deux whiskies et il pourrait s'écrouler devant la télé, commander de quoi dîner chez l'indien du coin, ou chez son italien préféré. Et si ça lui chantait, le mec du *fish & chips* se ferait un plaisir de sauter sur son scooter pour venir le livrer. Parce que Chib avait le bras long, dans le quartier... Mais ce soir-là, il allait se contenter d'un whisky – bon, trois ou quatre, à la rigueur – histoire d'oublier Hate, Ransome et Mackenzie – ce dernier étant, à son sens, le pire des trois. Les types de la trempe de Hate ou d'Edvard, voire de l'inspecteur Ransome, pas de problème, ils connaissaient la musique. Mais Mackenzie et consorts, c'était une autre paire de manches. Avec eux, on pouvait s'attendre à tout, et tout pouvait merder dans les grandes largeurs. En technicolor, même ! Bien sûr, lui, il n'avait joué qu'un rôle secondaire dans l'affaire. Qu'est-ce qu'ils trouveraient à lui reprocher, les flics, s'ils venaient lui renifler le train ? Et qu'est-ce que ça pouvait lui faire que Mackenzie, le banquier et le prof se retrouvent en taule ? Qu'est-ce qu'il en avait à battre, lui, hein ? Le hic, évidemment, c'était que Westie risquait de se faire serrer avec les autres…

Comme il retournait tout ça dans sa tête, il arriva dans son living, actionna l'interrupteur et – ô surprise ! – découvrit qu'il n'était pas seul. Quelqu'un l'attendait dans son salon, quoique pas tout à fait de son plein gré… Le type n'était plus que plaies et bosses. Il était ligoté et bâillonné comme un saucisson, sur une des chaises de son ensemble salle à manger, qui avait été tirée de sous la table et placée au beau milieu du passage, de manière à ce que ce soit la première chose qu'il voie en arrivant chez lui. L'homme semblait l'implorer du regard, bien que l'un de ses yeux fût fermé par l'enflure et l'autre réduit à une fente. Une croûte sanguinolente s'était formée sous son nez, ainsi que des deux côtés de sa bouche et une autre pendait de son oreille gauche. La sueur achevait de sécher dans les quelques cheveux qui lui restaient et ses vêtements, sa chemise et son pantalon étaient en lambeaux.

— Voici M. Allison ! lui lança Hate en surgissant de la cuisine, avec à la main une banane qu'il avait piquée dans le compotier.

— Je sais, je le connais.

— Ça, je m'en doute. C'est vous qui vous êtes occupé de lui la première fois, pas vrai ?

Chib avait pointé l'index sur Hate.

— Personne… fit-il sans élever la voix. Personne ne vient foutre le bordel sous mon propre toit.

— Le bordel, comme vous y allez ! répliqua Hate calmement.

Il laissa tomber la peau de banane sur le tapis, le beau tapis de Liz, et l'écrasa soigneusement sous sa santiag noire.

— Là, tu te goures d'adresse, mec… fulmina Chib, le souffle court.

Hate l'ignora et mit le cap sur Jimmy Allison, qui fit la grimace en voyant ses mains approcher… Mais Hate voulait juste lui ôter le gros adhésif argenté qui le bâillonnait.

— Inutile de vous rappeler les règles, n'est-ce pas, monsieur Allison ? demanda-t-il d'un ton où avait filtré une sourde menace, avant de ramener son attention vers Chib, la paume posée sur la tête d'Allison.

— Je sais qu'il est inutile de vous présenter M. Allison. Un expert réputé des Musées nationaux d'Écosse, spécialisé dans les peintres écossais des XIXe et XXe siècles. Il a un faible pour McTaggart, m'a-t-il expliqué, ainsi que pour Samuel Bought.

Hate se pencha pour regarder le conservateur dans les yeux.

— L'ai-je bien prononcé, monsieur Allison ?

Les paupières serrées dans une mimique d'effroi, Allison hocha la tête.

— Le sort, qui n'en est pas à une ironie près, poursuivit Hate en se redressant, a voulu que M. Allison soit victime de deux accidents très similaires en l'espace de quelques jours. Les risques inhérents à la mondialisation galopante, je suppose. Son nom m'est apparu comme celui de la personne la plus compétente dans le secteur pour me donner de plus amples détails sur Utterson – vous savez, le peintre... Et dès que nous avons réussi à nous entendre, nous avons eu une petite conversation des plus édifiantes. Au point que j'ai décidé de lui faire examiner *Crépuscule sur Rannoch Moor*.

Ce fut le tour de Chib de fermer un instant les yeux. Lu en filigrane, ça voulait dire qu'Allison en savait désormais trop. Jamais Hate ne le laisserait s'en tirer vivant, ce pauvre bougre. Il passa mentalement en revue divers sites possibles pour se débarrasser du corps, les yeux toujours fixés sur Hate qui se penchait à nouveau sur le conservateur. Du sommet de son crâne, la main du Norvégien glissa le long de sa joue, pour le saisir par le menton.

— Alors, cher monsieur Allison, ronronna le gangster à l'oreille de son otage, si vous répétiez à M. Calloway, ici présent, ce que vous m'avez dit, pour le faire profiter de votre diagnostic ?

Allison déglutit laborieusement, comme s'il tâchait de faire revenir un peu de salive dans sa bouche desséchée. Le premier son n'avait pas franchi les lèvres du vieil homme terrifié que Chib devina, presque mot pour mot, ce qu'il s'apprêtait à dire.

31

Mike avait rêvé de bateaux et de voyages en mer. Pour une obscure raison, il avait renvoyé son équipage et avait appareillé seul pour une longue traversée, mais il n'avait jamais réussi à manœuvrer la barre. Il y avait trop de cadrans, de boutons, d'interrupteurs et de leviers... Il avait eu beau marquer sa destination, Sydney, d'une grande croix rouge, il ne comprenait rien à ces cartes. Peu après, il s'était retrouvé en pleine tempête, avec une voie d'eau. Les embruns lui fouettaient le visage, il était trempé jusqu'aux os...

En ouvrant les yeux, il constata qu'il dégoulinait littéralement. Il y avait quelqu'un au-dessus de lui, avec un verre vide. Se redressant en sursaut, il s'essuya les yeux d'une main et allongea l'autre vers sa lampe de chevet. Quand la lumière fut, il reconnut Chib Calloway, qui venait de lui balancer un verre d'eau. Derrière lui, il distinguait deux autres silhouettes, dont l'une semblait tenir l'autre à sa merci.

— La vache, qu'est-ce qui se passe ? bafouilla-t-il en clignant les yeux. Comment vous êtes entrés ?

— Mon pote Hate a quelques notions de serrurerie, expliqua Chib. Et t'imagine surtout pas que t'es le premier à qui il fait le coup ! Vas-y, Mike... Grouille-toi de mettre ton fute.

Toujours vaseux, l'esprit en proie à un tourbillon de questions, il sortit les jambes de son duvet, sans pour autant se lever.

— Un moment d'intimité, ce serait trop demander ? râla-t-il, mais Chib secoua brusquement la tête et le fit à nouveau sursauter en se laissant tomber à quatre pattes.

— Tssst ! fit-il, en tirant les quatre toiles de sous son lit. T'as toujours pas retenu la leçon, hein, Mike ? Je n'aurais été qu'à moitié surpris de les retrouver derrière le canapé du salon... On aurait pu repartir avec que tu ne t'en serais même pas aperçu ! (Chib se remit sur pied et lui lança son pantalon.) Allez, sape-toi. C'est pas le moment de faire ta chochotte !

Mike enfila son jean avec un soupir et tendit la main vers son T-shirt, suspendu au dossier d'une chaise.

— Je peux savoir ce qui se passe ? demanda-t-il en passant la tête dans l'encolure.

— Tu sais qui c'est, je suppose ? demanda Chib.

Il ne devait pas parler de Hate, que Mike avait reconnu au premier coup d'œil. Quant au pauvre hère que le Norvégien tenait fermement redressé, ce type au visage en bouillie et à la chemise pleine de sang, eh bien, Mike s'était efforcé jusqu'à présent d'éviter sa vue. Il se rassit sur son lit pour glisser les pieds dans ses chaussures.

— Aucune idée, dit-il en attrapant sa montre sur sa table de chevet.

— Jolie ! fit Hate, en lorgnant la montre. La Santos 100 de Cartier... (Chib lui-même se retourna vers lui.) J'ai la même à la maison... (Puis Hate revint à Mike :)

J'ai fait quelques recherches sur le Web vous concernant, monsieur Mackenzie. Il semblerait que vous ayez les moyens, ce qui est une bonne chose : nous avons des chances de nous entendre.

— Hé ! Pas plus vite que la musique, hein ! lui rappela Chib, avant de se tourner vers Mike. Je t'ai demandé si tu connaissais le copain de Hate, là. Un certain Jimmy Allison, ça te dit quelque chose ?

Mike ouvrit de grands yeux.

— Allison, l'expert du musée ?

— Qui affiche à présent deux tabassages au compteur, ce qui, tu en conviendras, me paraît un tantinet abuser, vu que toi, tu ne t'es pas encore pris un seul gnon. Alors, grouille-toi de venir dans ton putain de living. J'ai à te causer.

Il attrapa les quatre toiles et mit le cap sur la porte. Hate attendit que Mike l'ait à son tour franchie pour fermer la marche avec M. Allison, dont Mike évitait toujours de croiser le regard. L'agression était une idée de Gissing, mais Mike lui avait donné son accord, déclarant même au professeur qu'il trouvait son plan « génial ». Il aurait eu peine à justifier son enthousiasme, à présent... Ils avaient purement et simplement éludé le problème des conséquences, en échafaudant leur fameux « plan » – et qu'est-ce que Hate fabriquait avec Allison ?

Mike avait compris que la réponse à ses questions l'attendait dans le salon, tout en appréhendant ce qu'il allait y trouver.

Hate jeta le conservateur sur l'une des chaises. Le vieil homme, bâillonné à l'adhésif, avait les mains attachées dans le dos. Mike songea à se servir à boire, mais il craignit d'être trahi par le tremblement des siennes, sans compter que, pour le malheureux Allison, un simple verre d'eau risquait de prendre des allures de torture. Une de plus.

— Tu vois ça ? demanda Chib.

Il avait entassé les toiles sur la table basse et, de l'index, lui indiquait le canapé où était posée une autre toile.

— Oui, fit Mike. C'est ton Utterson. *Crépuscule sur Rannoch Moor.*

— Exact. Qu'est-ce que j'en ai fait ?

— Tu l'as filé à Hate.

Mike n'avait pas la moindre idée du problème.

— Et qu'est-ce qu'il en a fait, Hate ?

— J'en sais rien.

— Ben, réfléchis un peu, si t'as autre chose que de la merde dans le crâne…

Pendant ce temps, Hate inspectait le système de *home cinema.*

— Un écran Pioneer, commenta-t-il. Le top !

— Putain, tu vas la boucler, oui ? brailla Chib.

Mike se demanda s'il préférait que l'isolation phonique empêche les voisins d'entendre ça ou, au contraire, qu'ils n'en perdent pas une miette et finissent par appeler les flics en leur disant qu'il s'en passait de drôles à l'étage du dessus. Chib se tourna à nouveau vers lui.

— Alors, tu commences à entrevoir le topo ?

Une fois de plus, Mike se frotta les yeux et lissa ses cheveux en arrière.

— Au hasard, je dirais que Hate a décidé de vérifier l'authenticité du tableau, malgré mes mises en garde. Il est allé voir M. Allison, l'autorité en la matière – mais il se trouve que M. Allison a eu un accident.

Alors vous avez préféré venir chercher du secours chez moi plutôt que d'appeler les urgences…

Mike soutint sans ciller le regard de Chib pendant une vingtaine de secondes. Avec un grognement, le gangster alla lui-même chercher l'Utterson sur le sofa et le brandit à dix centimètres du nez de Mike.

— Je vais pas prétendre que c'est pile-poil mon domaine de compétence, grinça-t-il. Alors tu vas m'aider un peu. De quelle époque ça date, au juste ?

— Début XIXe.

— Sans blague ? Bon, mettons que t'aies raison, mais regardes-y d'un peu plus près, Mike ! Là, dans le coin gauche en particulier…

Mike ne savait absolument pas quoi chercher. La signature de l'artiste, supposait-il. On voyait des touffes de bruyère, de longues tiges d'herbe, encore de la bruyère…

— Tu vois… en bas, là, dans le coin ? insista Chib.

C'est alors que Michael le vit. Et il ferma les yeux, en serrant très fort les paupières.

— Alors ? fit le gangster.

— Effectivement, on dirait qu'il y a un truc dans l'herbe, marmonna Mike.

— Et à quoi il ressemble, ce truc, Mike ?

— À un préservatif usagé.

— Alors, est-ce que tu pourrais nous éclairer un peu ? Pourquoi un peintre de la classe de Samuel Utterson aurait-il éprouvé le besoin d'ajouter cette petite touche si originale, plutôt futuriste pour l'époque ?

Mike ouvrit les yeux.

— C'est Westie, fit-il. Pour lui, c'est un genre de carte de visite. Il copie des toiles célèbres en y glissant

384

un petit détail anachronique : la trace d'un avion dans le ciel ou un téléphone portable…

— Ou une capote qui traîne, renchérit Chib. (Mike confirma d'un signe de tête.) Tu vois, ce que j'arrive pas à piger, là, alors que je me creuse vraiment les méninges, c'est « pourquoi ? ». Pourquoi tu m'as fait ça, Mike ? T'as vraiment cru que je serais trop con pour m'en rendre compte ?

— Et de fait, glissa Hate, ça vous avait totalement échappé.

— C'est moi qui pose les questions ici ! s'égosilla Chib.

— Je n'ai aucune idée de ce qui s'est passé, dit Mike. Sans blague. J'en sais pas plus que vous.

Chib ne put retenir un éclat de rire.

— Je suis sûr que tu peux trouver mieux comme explication, mon petit Mike.

— Je t'assure que non. Parce qu'il se trouve que c'est la vérité.

— Bon, ben, on va aller poser la question à Westie pour voir ce qu'il en pense. Mais avant ça, il nous reste un détail à régler : mes honoraires. La commission que j'aimerais obtenir de M. Michael Mackenzie, le roi de l'informatique, à savoir cent soixante-quinze mille livres en liquide, de façon que notre ami Hate ici présent puisse s'en retourner d'où il vient, sa mission dûment accomplie. Vu les soucis que vous m'avez filés, toi et tes potes, je devrais placer la barre nettement plus haut, mais commençons par cent soixante-quinze mille.

— Cent quatre-vingts, lança Hate.

— Cent quatre-vingts pour le monsieur dans le fond ! lança Chib, l'index pointé sur lui. Qui dit mieux ? Deux cent mille, monsieur Mackenzie ?

Son regard plongea dans celui de Mike.

— Deux cent mille une fois…

— Attendez que je mette la main sur mon porte-feuille… marmonna Mike, goguenard.

La saillie lui valut un bon direct à l'estomac. Il se sentit flageoler sur ses genoux. Il n'avait jamais rien expérimenté de tel. Tant de force alliée à tant de vitesse et de précision. Il croisa les doigts pour arriver au bout de la minute suivante sans que le contenu de son estomac ne se répande sur le tapis. Et pouvoir respirer, ça n'aurait pas été du luxe…

Penché sur lui, Chib l'avait empoigné par les cheveux pour le regarder dans le blanc de l'œil.

— Tu crois que je suis d'humeur à plaisanter ? cracha-t-il.

Des flocons blancs restaient accrochés aux coins de sa bouche.

— Je ne garde jamais de liquide chez moi, fit Mike entre deux hoquets. On ne sait jamais… Et de toute façon… rien que de faire la demande à ma banque, ça va prendre du temps… Il faut plusieurs jours pour rassembler une telle somme en liquide (il aspira une goulée d'air), sans compter qu'à la seconde où je dirai « liquide », ça va déclencher toute une flopée de sonnettes d'alarme…

— Mesures anti-blanchiment, approuva Hate. Les banques signalent tout aux autorités.

— Tu te prends pour qui, toi ! rugit Chib. Pour cette putain de Banque d'Écosse ?

— Écoute Chib, fit Mike, qui commençait à reprendre souffle. Ces quatre toiles valent largement plus que ce que vous demandez. Si vous en preniez trois, par exemple ? En me laissant juste celle-ci… Et justement, ajouta-t-il en désignant Allison du menton, il se trouve que nous disposons d'un spécialiste capable de vous garantir leur authenticité.

Chib le foudroya du regard.

— Tu manques pas d'air, Mike ! Qu'est-ce que t'en penses, toi, hein ? ajouta-t-il, apostrophant Hate par-dessus son épaule. Tu veux faire ton choix ?

Pour toute réponse, Hate se contenta de mettre le cap sur la table basse, pour s'emparer de la scène de plage de Cadell, qu'il éventra d'un coup de poing. Puis, toujours placide, le Viking s'en prit à la sublime lady Monboddo.

— Ça y est, tu vois le tableau ?

— Je crois, oui, répondit Mike dans un gémissement.

Chib lui avait lâché les cheveux. Il entreprit de se hisser sur ses pieds en s'assurant que ses genoux tenaient le coup. Le portrait… Hate l'avait laissé tomber. Les dégâts seraient-ils réparables ? Impossible à dire. Les deux affreux Coulton d'Allan, eux, s'en sortaient intacts !

— D'accord, et maintenant ? demanda-t-il à personne en particulier.

— On attend ici jusqu'à demain matin, et puis on fera un saut à ta banque avant de rendre une petite visite amicale à notre faussaire préféré, qui a déjà un pied dans la tombe !

Mike examinait le portrait de Beatrice.

— Ils ne peuvent pas tous être faux, grommela-t-il, presque pour lui-même.

— Le mien, en tout cas, il l'était. Putain d'erreur !

— Mais ça ne vient pas de moi, Chib.

Le gangster haussa les épaules.

— Sauf que c'est toi qui as le fric !

— La banque ne te le filera pas comme ça.

— Et les transferts de fonds, tu connais ? J'ai des comptes partout dans cette ville, sous des tas de noms d'emprunt. Le fric arrive sur un de mes comptes, que je solde aussi sec, et Hate touche son dû.

L'intéressé n'avait pas l'air ravi de ce scénario. Mike soupçonna qu'il n'avait déjà que trop attendu à son gré.

— Pourquoi Westie aurait fait ça, à ton avis ? s'enquit Mike.

— On va pas tarder à le savoir.

Chib examinait les tableaux d'Allan, un dans chaque main. Son Utterson gisait, abandonné sur le sol, à la merci du premier venu qui s'aviserait de marcher dessus. Chib brandit l'un des Coulton sous le nez de Jimmy Allison.

— Alors, Jimmy, qu'est-ce que t'en penses ? Ils sont vrais, ceux-là ? (Puis, sans attendre la réaction du conservateur, il se tourna vers Mike.) Je vais peut-être les emmener, si tu n'y vois pas d'objection…

— Ils sont à Allan, pas à moi.

— T'arrangeras le coup avec Allan.

Les yeux de Mike s'attardèrent sur le conservateur. Il fallait qu'il fasse diversion et Allison était sa seule chance.

— Je suis vraiment désolé pour tout ça, dit-il à voix basse, sans trop savoir si le malheureux pouvait encore l'entendre. Pour ce qui va vous arriver, je veux dire…

Le vieil homme soutint son regard du mieux qu'il put. Ses oreilles devaient être encore en état de marche.

— Ils ont besoin de moi, lui expliqua-t-il. Au moins pendant un jour ou deux. J'ai de l'argent et ils veulent mettre la main dessus. Mais vous, monsieur Allison, ils vont bientôt en avoir fini avec vous. Et Hate ne m'a pas l'air d'être du genre à laisser des témoins gênants. Vous pourrez leur jurer vos grands dieux que vous ne direz rien aux flics, jamais ils ne prendront un tel risque…

— Ta gueule ! aboya le Scandinave.

— Je me disais qu'il avait le droit de savoir. (Mike reporta son attention sur Chib.) Je n'ai vraiment pas la moindre idée de ce qu'a foutu Westie. Gissing avait pourtant vérifié les huit toiles…

Il s'interrompit. Il venait d'entrevoir une explication.

— Quoi ? demanda Chib.

— Rien.

— Tu veux que je demande à Hate de s'occuper de toi ? T'as vu de quoi il était capable ?

Hate s'était avancé de quelques pas, à l'appui de cette petite démonstration. Pour Jimmy Allison, c'était l'occasion ou jamais. Il bondit sur ses pieds et se rua sur la porte la plus proche, qu'il ouvrit d'un coup d'épaule. Comme il s'efforçait de la refermer derrière lui, Hate se précipita dans l'entrebâillement. Chib rigolait doucement. Le conservateur s'était engouffré dans la chambre de Mike, une pièce sans issue. Mais Mike savait ce qu'il faisait. Chargeant d'un coup d'épaule le gangster déséquilibré, il prit la fuite à son tour et enfila le couloir en direction de la porte d'entrée, qu'il ouvrit à la volée avant de dévaler les escaliers quatre à quatre. En sortant de l'immeuble, il nota avec soulagement que Chib était venu sans ses anges gardiens.

Mais la BMW noire était verrouillée. Mike la dépassa sans ralentir et courut d'un trait jusqu'au mur de la propriété qu'il escalada tant bien que mal, atterrissant dans le jardin voisin. Il traversa la pelouse au clair de lune et franchit un autre mur, pour se retrouver dans un autre jardin. Deux chats le lorgnèrent d'un œil furibard depuis le rebord d'une fenêtre, mais il n'y avait apparemment pas de chien en vue, et donc pas d'aboiements. Un troisième mur, et il se retrouva sur une voie publique. Une ruelle trop étroite pour les véhicules, que les riverains utilisaient comme raccourci. Il prit ses jambes à son cou et se tâta les poches pour s'assurer qu'il avait bien son portefeuille, et donc ses cartes de crédit et du liquide… Mais il n'avait pas pris son portable ni les clés de son appartement – à supposer qu'il ait la témérité d'y retourner. Il s'interdit d'imaginer le chaos que Hate et Chib allaient y semer, ainsi que la façon dont ils passeraient leurs nerfs sur le malheureux Allison.

Ses options étaient limitées. Il pouvait trouver une cachette pour attendre le matin – et se les geler pendant plusieurs heures –, ou rejoindre une rue plus passante où il aurait de bonnes chances de trouver un taxi. Il s'arrêta au bout de dix ou quinze minutes et s'accroupit derrière une haie, le temps de souffler. La rue était bordée de grandes maisons victoriennes dont certaines proposaient des chambres d'hôtes. Dans une seconde d'inconscience, il envisagea de sonner pour s'en prendre une… mais c'était trop près de chez lui.

Marche ou crève ! se dit-il.

Il avait retrouvé un second souffle. Il évalua rapidement l'étendue des dégâts : plusieurs phalanges écorchées et de gros bleus aux genoux et aux tibias. Une douleur lui cisaillait la poitrine et il avait les poumons en feu. Il aurait pu filer direct chez Westie pour lui dire de se mettre à l'abri… Mais Chib ne connaissait-il pas l'adresse de Westie ? Si oui, il risquait d'y être avant lui.

« Tu peux toujours aller chez les flics », s'exhorta-t-il à mi-voix. Mais est-ce que ça suffirait à sauver la vie d'Allison ? Que pourrait-il leur dire ? Et surtout quel intérêt, puisque Chib, Hate et Allison seraient déjà loin lorsque les flics débarqueraient enfin chez lui… Paupières serrées, il s'efforça de faire le tri.

Au cas où Chib savait où trouver Westie, le mieux était d'aller chez Allan. De là, il pourrait appeler le jeune peintre, ou du moins, voir si son numéro répondait. Peut-être écumait-il toujours la ville, en quête de sa chère et tendre – et, à la réflexion, pourquoi s'en faire pour ce petit con qui avait tout fait foirer ?

Certains l'y avaient bien aidé, cela dit…

De sa cachette, il entendit le moteur Diesel d'un taxi qui approchait. Les freins grincèrent, tandis que le taxi s'arrêtait devant un des hôtels pour déposer un couple d'âge mûr qui parlait haut et fort, quoique avec une élocution passablement embarrassée. Risquant un œil par-dessus la haie, Mike décida de tenter sa chance. De son air le plus désinvolte, il émergea de sa cachette et leva le bras. Le chauffeur, qui venait de rallumer son voyant « libre », le rééteignit en l'apercevant. Mike s'affala sur la banquette arrière, à demi asphyxié par les exhalaisons de parfum et de gnôle qu'y avait laissées la passagère précédente. Refermant la portière, il baissa la vitre pour avoir un peu d'air.

— Gayfield Square, annonça-t-il.

— Vous avez de la chance, m'sieur, répartit le chauffeur, j'allais juste rentrer ! (Il avait du mal à distinguer son client dans son rétroviseur : Mike s'était couché sur la banquette, aussi platement que possible.) Dites donc, vous m'avez l'air bien mûr, vous ! C'est pas moi qui vous jetterai la pierre, notez… Faut bien se détendre un peu de temps en temps, pas vrai ? Sinon, c'est toute la foutue Cocotte-Minute qui finit par exploser !

— Vous m'enlevez les mots de la bouche… marmonna Mike.

Il restait à l'affût d'une BMW noire croisant dans le quartier, ou bien de deux armoires à glace patrouillant à pied. Mais tout semblait désert.

— Pas un rat en ville, ce soir, poursuivit le taxi. C'est ça le problème, à Édimbourg, pas vrai, m'sieur ? Il se passe jamais rien dans ce bled…

32

La grimace d'horreur d'Allan ne fit que croître et embellir au fil du récit de Mike. Son seul moment de soulagement, ce fut quand Mike s'excusa pour les Coulton sur lesquels Chib avait fait main basse.

— Alors là, qu'il les garde ! avait répliqué Allan, comme s'il le pensait vraiment. Et maintenant que nous voilà débarrassés de tous nos biens mal acquis, filons balancer Calloway à Ransome.

— En laissant le professeur dans le pétrin ? Sans compter que Chib n'hésitera pas à tout raconter aux flics et qu'on plongerait quand même, toi et moi. Et puis, reste à statuer sur le cas de Westie.

Ils essayèrent son numéro de portable, mais tombèrent sur sa boîte vocale. Après le bip, Mike laissa un message de mise en garde qu'Allan compléta par un ajout de son propre cru :

— Tout ça, c'est ta faute, espèce de petit crétin !

Mike raccrocha.

— J'espère qu'il est quelque part en ville et non sur son canapé, ivre mort ou défoncé…

— S'il a un minimum d'instinct de survie, il a déjà passé la frontière.

— Là, tu ne crois peut-être pas si bien dire, fit Mike, l'air songeur.

— Ils peuvent crever, lui et son enquiquineuse, s'il ne tenait qu'à moi…

Allan se remit à faire les cent pas dans la pièce puis il desserra sa cravate et défit les premiers boutons de sa chemise.

— Pourquoi tu t'étais habillé ? demanda soudain Mike. On est en pleine nuit…

Allan s'examina.

— Je n'étais toujours pas déshabillé, tu veux dire.

— Et tu gardes ta cravate, chez toi ?

— Te prends pas la tête avec ça… Qu'est-ce qu'on va bien pouvoir faire, Mike ? Là est la vraie question… Je t'avais bien dit que ça allait foirer, je le savais, je l'aurais juré !

— Allan ! La première chose, c'est de retrouver un minimum de sang-froid.

Il fut à deux doigts de lui faire valoir que ce n'était pas sa maison à lui qui avait été mise à sac, qu'il n'avait été l'objet d'aucune menace et d'aucune agression, qu'il n'avait pas eu à déguerpir en pleine nuit ni à faire le mur de deux jardins voisins en pétant de trouille… Que ce n'était pas lui qui avait Chib *et* Hate aux trousses, et qu'ils tenaient pour responsable de tout !

Mais un coup d'œil l'en dissuada : ce genre de commentaire ne les aurait pas avancés à grand-chose. Allan râlait, furieux de voir leur plan si « soigneusement mis au point » tourner en eau de boudin. Mike se borna donc à l'exhorter, une fois de plus, au calme et à la patience. Allan acquiesça distraitement et ôta ses lunettes pour les essuyer d'un coin de son mouchoir. Mike refit le plein de café dans sa tasse sans proposer de resservir Allan, et s'autorisa à somnoler un moment, la tête calée contre le dossier de son fauteuil. Mais le souvenir de Chib Calloway et de sa mine courroucée lui fit bientôt rouvrir les yeux. Il n'était pas sorti d'affaire, il pouvait se préparer à banquer... Allan ne l'avait pas quitté de l'œil.

— Qu'est-ce qu'il a dans le crâne, ce petit con de Westie ? pesta-t-il. Il ne pouvait pas sc contenter d'empocher son dû ? Pourquoi s'est-il cru obligé de marquer ainsi son territoire ? Ou alors, est-ce qu'il tenait à nous narguer une dernière fois, parce que pour lui, on ne sera jamais qu'une bande de bourges ? Et pourquoi n'avoir pas échangé la copie contre l'original, à l'entrepôt ? Est-ce que c'était une simple bourde de sa part ?

— L'Utterson se trouvait dans ta chambre forte, Allan, dit Mike sans élever le ton.

— Quoi ?

— L'Utterson destiné à Chib. C'était une des toiles que tu étais chargé de collecter, à l'entrepôt.

— Alors là, je pige pas ! On aurait laissé *l'original* à l'arrière du van, tu veux dire ? Et *quid* de tous les autres tableaux portés disparus ? Combien on en a pris, au juste ?

— J'aimerais tirer ça au clair avec Gissing. Après Westie, c'est à lui que Chib et Hate voudront parler...

— Et après, ça sera notre tour ?

— T'inquiète, Allan. Tu dois arriver bon dernier sur leur liste.

L'intéressé accueillit ce commentaire d'un pâle sourire.

— Ça, je peux t'assurer du contraire, au risque de te décevoir !

Son sourire entendu arracha un grand fou rire à Mike, aussitôt imité par Allan. Les épaules secouées de rire, Mike se pinça l'arête du nez. Allan hoquetait, lui aussi, en se tamponnant le coin des yeux.

— Comment on a pu foncer tête baissée dans un tel pétrin, hein, Mike ?

— Concentrons-nous plutôt sur la façon de s'en sortir.

— Ouais, il nous reste toujours ça…

Allan avait sorti quelque chose de sa poche de chemise. Mike le prit et examina la petite écriture serrée. C'était une carte de visite de l'inspecteur Ransome, grisaillée, tachée, écornée, avec un numéro de portable noté à la main.

— En tout dernier ressort, reprit Mike en la glissant dans son portefeuille. Mais d'abord, allons voir Gissing.

— Et s'ils nous attendent là-bas ?

Allan commençait à retrouver ses esprits. Mike s'accorda un instant de réflexion.

— J'ai un plan, dit-il à son ami. Prenons ta voiture, je t'explique le reste en route.

Le chauffeur de taxi avait mis le doigt dessus : pas un rat en ville, ce soir-là. Décidément, il ne se passait jamais rien à Édimbourg… Rien à voir avec le joyeux bazar qui régnait à Glasgow ou à Newcastle. Comme il n'y avait pratiquement plus de circulation dans les rues désertes, l'Audi risquait de se faire repérer. Ils avaient tout de même une petite longueur d'avance : Mike connaissait la BMW de Chib, alors que Calloway n'avait jamais vu la bagnole d'Allan. Ils ne s'étaient croisés qu'entre deux portes et, pour Hate, Allan n'existait pas. Mike avait donc bien recommandé à son ami de se méfier des BMW, avant de s'allonger à l'arrière de l'Audi. Chaque fois qu'ils s'arrêtaient à un feu ou à un stop, Allan crispait les mains sur le volant et, dès qu'une autre voiture arrivait derrière eux ou à leur niveau, il gardait les yeux fixés droit devant lui, la nuque raide. Finalement, se dit Mike, il avait surtout l'air d'un fêtard en goguette, terrifié par la perspective de l'alcootest, et il pria pour que Chib et Hate aient la même idée, s'ils venaient à les croiser.

Ils voyaient passer quelques rares taxis, à la recherche d'improbables clients, à en juger par leurs voyants. Mike avait un moment envisagé de faire un détour par chez Westie, histoire de voir comment les choses se présentaient, mais il doutait qu'Allan soit partant. D'ailleurs, lui-même n'aurait pas juré que le jeu en valait la chandelle.

Gissing habitait un joli pavillon entouré d'un grand jardin, à Juniper Green, dans les proches faubourgs. Mike et Allan connaissaient bien l'endroit pour y avoir été invités à deux ou trois soirées, où le professeur leur avait présenté des critiques, des profs de fac et quelques artistes de renom, dont l'un avait passé le dîner à gribouiller sur sa serviette – Allan avait discrètement récupéré la serviette en question, pendant qu'on desservait… Comme ils gagnaient la périphérie de la ville, Mike lui rappela l'anecdote dans l'espoir de détendre un peu l'atmosphère, tout en détournant l'attention d'Allan des problèmes en cours.

— Ouais, dit son ami. J'ai toujours pensé la faire encadrer, cette putain de serviette… Dommage que j'aie oublié de la lui faire signer !

Deux kilomètres plus loin, Mike annonça qu'ils approchaient.

— Vas-y, gare-toi le long du trottoir….

Ils étaient encore à quelques centaines de mètres de chez Gissing. La maison donnait sur ce qui était devenu l'une des artères principales de la banlieue et s'abritait derrière un muret autrefois surmonté d'une grille en fer qui avait été déposée pendant la Seconde Guerre mondiale, pour alimenter l'industrie de l'armement. Un jour, entre le porto et le cognac, Gissing leur avait raconté ça :

— Pure foutaise, comme d'habitude ! s'était-il esclaffé. Ils ont récolté des tonnes et des tonnes de ferraille inutilisable, qu'ils ont fini par balancer dans le Firth of Forth. Il s'agissait surtout de donner aux gens l'impression d'avoir participé à l'effort de guerre…

Comme Mike finissait de raconter l'histoire, Allan coupa le moteur et éteignit les phares. Puis il lui passa son portable. Ils s'étaient dit qu'ils téléphoneraient d'une cabine, s'il y en avait une dans le secteur, mais pas l'ombre d'un téléphone public à l'horizon. Mike composa donc le numéro et attendit.

Puis il prit sa respiration.

— Y a des cambrioleurs dans la maison d'à côté ! glapit-il. J'ai entendu un bruit de verre cassé. Et comme mon voisin est un vieux monsieur qui vit seul, c'est vraiment inquiétant. Je vais y jeter un coup d'œil, mais grouillez-vous d'envoyer une voiture !

Il donna l'adresse de Gissing et raccrocha.

— Maintenant, y a plus qu'à attendre, conclut-il en rendant son téléphone à Allan.

— Ouais. Et maintenant, ils ont une trace de ta voix.

— Alors ça, c'est le cadet de mes soucis !

— Sans doute, oui, concéda Allan. Ils ont aussi la voix de Westie. Ransome me l'a fait écouter. Il prétend pouvoir identifier un modèle de voiture rien qu'au bruit du moteur sur une bande.

— T'inquiète, il bluffe, répliqua Mike avec une assurance qu'il était loin d'éprouver.

Ayant longuement bavardé avec lui, l'inspecteur reconnaîtrait sa voix sur un enregistrement, tout comme la voix d'Allan… mais quelle importance ? Qu'est-ce qui comptait vraiment dans le tableau d'ensemble ?

La nuit devait être calme, pour la police de Lothian & Borders, car quatre ou cinq minutes plus tard, ils virent arriver une voiture de patrouille dont le gyrophare bleu balaya les immeubles et les arbres d'alentour. Puis elle s'arrêta et ses phares s'éteignirent. Pas de sirène, soit que les flics aient voulu prendre les malfaiteurs sur le fait, soit par égard pour le voisinage. Le savoir-vivre… ça aussi, c'était Édimbourg ! Deux agents en uniforme mirent pied à terre. Ils n'avaient pas pris le temps de mettre leurs casquettes et avaient enfilé des gilets pare-balles noirs sur leurs chemisettes blanches à manches courtes. L'un d'eux s'était muni d'une lampe torche dont il orientait le rayon vers la maison du professeur. Ils ouvrirent sans bruit le portail du jardin et s'engagèrent dans l'allée en direction de la porte d'entrée. Mike attendit, en surveillant les autres voitures garées dans la rue, au cas où l'une d'elles aurait donné signe de vie.

— Rien, fit Allan.

Les deux policiers avaient disparu à l'arrière de la maison.

— OK, on y va. Doucement !

Allan mit le contact, alluma ses phares et passa la première. Ils roulèrent au pas jusque devant chez Gissing.
Mike surveillait les environs depuis la lunette arrière. La
lampe torche des flics projetait de grandes ombres sur la
maison voisine et sur le garage, inutilisé depuis que Gissing avait du mal à rentrer dans ses voitures de sport…

— Tu roules encore un peu et tu fais demi-tour…

— Oui, Bwana, approuva Allan.

Allan mit son clignotant à droite, fit demi-tour dans
une rue latérale et rebroussa chemin. À présent, les
flics étaient devant la porte d'entrée. Ils actionnèrent
la sonnette, glissèrent un œil dans la boîte aux lettres.
Mike entendit crépiter leur talkie-walkie.

— Y a personne, lui souffla Allan.

— Ou alors ils sont très discrets… dit Mike, sans
trop y croire.

Ils se garèrent à quelques encablures de là, cette
fois le long du trottoir d'en face. Ils n'attendirent pas
plus de deux ou trois minutes avant que les flics ne
redémarrent et, quelques secondes plus tard, le téléphone d'Allan se mit à sonner.

— Ça doit être le standard du poste, supposa Allan.
Ils doivent se demander pourquoi on leur monte des
craques.

— Excellente raison pour ne pas répondre.

— J'avais pas l'intention de décrocher. Je pourrai
toujours dire qu'on m'a volé mon portable.

— À toi de voir, mais ça m'étonnerait que ça suffise à rouler Ransome.

— Sûr.

La sonnerie finit par s'arrêter. Ils laissèrent passer
encore une dizaine de minutes, pour plus de sûreté,
puis Mike tapota l'épaule de son ami.

— Tu veux que j'approche la bagnole ?

— Non, allons-y à pied. Le grand air ne peut pas nous faire de mal.

Ils descendirent et, sans un mot, se dirigèrent d'un pas tranquille vers la maison de Gissing. Pas une lumière aux fenêtres du quartier. Aucune des voitures garées dans le secteur n'était une BMW.

— Peut-être que Calloway l'a déjà enlevé… murmura Allan.

— Peut-être, fit Mike, à moitié convaincu.

— Les flics peuvent revenir d'une minute à l'autre.

— Oui.

Mike poussa le portail de bois et descendit l'allée jusqu'à la maison. Il plaqua le front contre la grande baie vitrée du salon, mais les volets intérieurs étaient fermés. À gauche de la porte d'entrée s'ouvrait une autre fenêtre, celle de la salle à manger où Allan avait récupéré la serviette du peintre… Mais là aussi, les volets étaient clos.

— Gare aux empreintes ! souffla Allan, et Mike s'aperçut qu'il avait posé les deux mains sur les vitres.

Il haussa les épaules et contourna la maison, prenant l'allée qui menait au garage.

— Je n'y comprends rien, dit Allan, sur ses talons. Tout a l'air désert, mais il n'a pas pu filer comme ça. S'il loupe l'expo de fin d'année, ça va éveiller les soupçons…

Derrière la maison, le jardin était silencieux. La lune émergea d'un banc de nuages, leur prodiguant plus qu'assez de lumière pour inspecter les lieux. Ils allèrent voir la véranda où Gissing leur servait le café et le porto, après dîner, installés dans des grands fauteuils de rotin qui grinçaient sous leur poids. Mais là, pareil : plus rien. La grande verrière était vide. Mike parvint à jeter un coup d'œil par la fenêtre de la cuisine, dépourvue de volets. Tout avait disparu.

— Il a mis les voiles ! glapit Allan.

— Je ne vois pas d'autre explication.

La pelouse n'avait pas vu passer de tondeuse depuis un certain temps. Comme Mike reculait de quelques pas, son pied enfonça dans l'herbe jusqu'à la cheville. Mais du talon, il avait heurté quelque chose, un objet plus résistant, qui gisait dans l'herbe. Un écriteau en contreplaqué, fixé à un piquet de bois. Il le souleva pour qu'Allan puisse lire l'inscription : À VENDRE – par-dessus laquelle on avait cloué à la va-vite un morceau de carton, avec cette fois un seul mot : VENDU.

— Terminus, tout le monde descend ! marmonna Mike en laissant tomber la pancarte.

33

Le jour se levait quand Allan déposa Mike devant chez lui.

— T'es vraiment sûr de ce que tu fais ? lui lança-t-il depuis le siège conducteur.

Mike hocha la tête.

— À toi de voir, Allan. Va prévenir les flics, si tu veux.

— Tu ne préfères pas que je t'accompagne ? proposa Allan en se dévissant le cou en direction de l'appartement. Et s'ils sont encore là ?

Mike secoua la tête.

— Merci de me l'avoir proposé, fit-il d'une voix qu'il espérait ferme et assurée.

Il se sentait lessivé.

— Mais, quoi que tu fasses, ne retourne surtout pas chez toi tant que les choses n'auront pas abouti, dans un sens comme dans l'autre.

— Et toi, alors ? Pourquoi tu rentres chez toi ?

— Parce que c'est moi qui détiens les réponses.

Mike tendit la main à Allan et la lui serra, en même temps qu'il lui rendit quelque chose : la carte de Ransome avec le numéro de portable de l'inspecteur. Après quoi, il claqua la portière passager et frappa deux coups sur le toit, tandis qu'Allan repartait. La BMW de Calloway avait disparu, mais ça ne signifiait nullement qu'il n'avait pas laissé des hommes à lui dans l'appartement. Mike y monta néanmoins et, cette fois, pas par l'escalier. Il prit l'ascenseur. Il ne s'était écoulé que quelques heures depuis qu'il avait dégringolé ces mêmes étages, la peur au ventre, en laissant trois types chez lui. Un truc qu'il n'avait vraiment pas envie de trouver en rentrant, c'était le cadavre encore tiède de Jimmy Allison...

Il hésita un instant, quand les portes de l'ascenseur s'ouvrirent sur son palier. Sa porte d'entrée était restée entrebâillée, exactement dans l'état où il l'avait laissée. Il sortit de l'ascenseur et poussa sa porte. À peine eut-il mis le pied dans le couloir qu'il mesura l'étendue des dégâts. Tous les tableaux gisaient sur le sol, lacérés, sauvagement piétinés. Irrécupérables. Comme après le passage d'une bande de fauves. Il voyait d'ici les deux gangsters s'acharner sur eux, furibards, babines retroussées, à coups de cutter, de pied ou de poing. Il imaginait leurs soupirs de satisfaction, après coup...

« Je me demande bien ce que je vais pouvoir raconter à mon assureur... » pensa-t-il tout haut.

Des éclats de verre crissaient sous ses pas. Il se fraya un chemin jusqu'au salon. Ni cadavre, ni comité d'accueil. Il souffla un bon coup, puis il nota la présence de quelques traînées de sang sur la chaise où Allison s'était assis. Par terre, dans la chambre, une petite mare rouge sombre s'étalait sur la moquette. Le conservateur avait dû encaisser encore quelques beignes après sa tentative d'évasion avortée. Mike s'interrogea sur son sort, mais deux secondes, pas plus. Son problème, c'était surtout sa propre peau, et les chances qui lui restaient d'influer sur son propre destin. Soudain terrassé par la fatigue, il s'affala sur le canapé du salon. Il repéra une autre petite flaque devant la cheminée, ainsi qu'un léger parfum d'urine. Signé Calloway, sans doute... Ou alors Hate. La télé explosée, c'était du Hate tout craché. Les deux Coulton d'Allan avaient disparu, mais Mike put rassembler les restes de son Monboddo. Beatrice lui souriait toujours, avec ce qui lui restait de visage. Comme il tentait de remettre en place les lambeaux de toile, des éclats de peinture en profitèrent pour sauter. On aurait dit une victime fraîchement rescapée d'un monstrueux carambolage. Le portrait n'était plus qu'un puzzle de cicatrices.

— Désolé, chérie... lui dit-il en la posant près de lui.

À part la télé et les tableaux, les dégâts semblaient superficiels. Il se leva et alla se servir un verre d'eau au robinet de la cuisine. Le massacre de la télé avait dû faire un certain raffut. Ça avait dû rappeler aux deux vandales la présence des voisins, qu'ils risquaient de réveiller. Son verre d'eau à la main, il passa dans le bureau où était installé son ordinateur. Là aussi, deux ou trois trucs gisaient par terre, mais il suffirait d'un brin de ménage pour tout remettre en ordre. Le clavier baignait dans le whisky, provenant d'une bouteille qu'il laissait sur le placard à dossiers... OK, ce n'était pas grand-chose à remplacer. Le placard lui-même, où il rangeait tous ses papiers, ses relevés bancaires et ses rapports d'investissement, semblait avoir tenu bon. Dans la corbeille à papiers, il trouva un couteau de cuisine tordu. Quelqu'un avait dû tenter de forcer la serrure, mais la clé était toujours dans le tiroir de sa table de nuit, ce qui voulait dire que ce quelqu'un ne s'était pas vraiment donné la peine de chercher. Les tiroirs de son bureau béaient et leur contenu était soit sens dessus dessous, soit répandu sur le sol, mais rien de bien grave, là non plus.

L'inventaire lui avait rendu un peu d'énergie. Il s'avisa qu'à leur place, s'il avait dû vandaliser un appartement, il aurait été à la fois plus efficace et plus méthodique. En un mot, plus *professionnel*. Ce qu'ils avaient fait, c'était du boulot d'amateurs, impulsif et bâclé. Calloway avait manifestement oublié la première règle en affaires, et ce quel que soit le secteur d'activité : On ne peut pas s'offrir le luxe de faire du sentiment.

Il dénicha une cigarette au fond d'un paquet échoué près de son lit et sortit la fumer sur le balcon, embrassant la ville du regard. Les oiseaux commençaient à chanter. Du côté de Corstorphine Hill, il lui sembla même distinguer les lointains barrissements des éléphants du zoo municipal qui se réveillaient. Sa cigarette fumée, il revint à la cuisine et s'arma d'une pelle et d'une balayette. La femme de ménage passait tous les vendredis, mais ce genre de bazar excédait de très loin ses attributions… Comme il réunissait le verre brisé autour de la télé, la fatigue lui tomba une fois de plus dans les jambes. Il battit en retraite vers le canapé et, les yeux clos, se repassa mentalement le film des événements. Tout avait commencé par cette remarque lancée par Gissing, avec une désinvolture étudiée : *Toutes ces belles captives, dans les harems des musées… voilà trop longtemps qu'elles sont aux mains des infi-*

dèles ! Mike avait longtemps envisagé l'idée, jusqu'au jour où il était tombé sur Calloway, au musée. Et ce jour-là, le gangster lui avait paru vouloir s'instruire en matière d'art, ou du moins, se renseigner sur les moyens d'en tirer profit. Mike s'était alors empressé de donner son accord à Gissing. À ce moment-là, il pensait encore que leur cible serait l'une des institutions de la ville : le siège social d'une banque ou d'une compagnie d'assurances. Mais Gissing avait un meilleur plan.

« Et comment ! » s'exclama Mike en levant son verre d'eau pour porter un toast à l'ingéniosité de Gissing.

Du trio, Mike était le seul qui aurait pu s'offrir les toiles qu'ils complotaient de subtiliser. Pourquoi s'être si facilement laisser entraîner dans la combine ? Car il n'avait pas marché, il avait couru… au point de prendre la tête du projet !

Pourquoi ?

— Parce que vous vous êtes joué de moi comme d'un putain de Stradivarius, mon cher professeur ! s'exclama-t-il dans la pièce vide.

Gissing avait été trop heureux de lui laisser la place d'honneur pour désamorcer tous les soupçons. Il avait eu l'idée du coup un an plus tôt – le même plan, exactement. Mais à l'époque, il n'avait pas de complices. Puis Mike et Allan s'étaient pointés. Il les avait sondés, avait soigneusement soupesé leurs faiblesses et leur potentiel…

Et les avait trouvés proches de la perfection.

Tout d'abord, parce que Mike s'ennuyait. L'ennui et l'appât du gain. Il convoitait le portrait de Beatrice qu'il n'aurait jamais pu acquérir, eût-il été cent ou mille fois plus riche. Et là-dessus avait débarqué Calloway, qui leur avait ouvert de nouveaux horizons. À l'école, Mike les guignait avec envie, lui et sa bande. Il avait toujours rêvé de faire partie de cette petite coterie où l'on s'imposait plus facilement par l'énergie brute que par la jugeote ou la force de persuasion. Pendant sa première année de fac, Michael avait passablement déraillé. Il était caractériel, imprévisible. Il ne pouvait pas se pointer au bar du syndicat étudiant ou dans les fiestas sans déclencher une bagarre, dont il ne sortait pas toujours vainqueur, loin de là. Une fois sur deux, tout au plus…

Puis il avait fini par retrouver la raison et rentrer dans le rang.

Dr Jekyll et Mr Hyde… songea-t-il.

Un détail le titillait : Calloway était-il de mèche avec le professeur ? Il avait peine à le croire. Non, leur rencontre au musée devait être purement fortuite. C'était même le seul élément fortuit de tout le plan… C'était de lui qu'était venue l'idée désastreuse de faire participer Calloway au projet. Il ne pouvait donc s'en prendre qu'à lui-même, et c'était sûrement l'interprétation que donnerait Gissing de la situation.

Les yeux clos, il laissa rouler sa tête contre le dossier du canapé. Pendant leur petit périple en Audi, il avait expliqué à Allan une partie de ses propres soupçons et hypothèses. Son ami avait dû arrêter la voiture plus d'une fois, le temps de se représenter les choses et de lui opposer ses objections. Il avait d'abord refusé de le croire, en bloc. Puis il avait claqué son volant du plat de la main.

— Tu es un type rationnel, Allan… Réfléchis ! C'est la seule explication possible. Sinon, ça ne tient pas debout.

Mike n'aurait su dire si Allan appellerait la police. Peut-être qu'il finirait par rentrer chez lui en se résignant au sort qui l'attendait. Quant à Mike… Eh bien, lui, il n'allait pas tarder à être fixé sur le sien, de sort, à en croire le craquement révélateur que venait d'émettre le plancher du couloir.

Il reconnut son nom, prononcé sur une inflexion interrogative. Par une voix féminine. Inquiète.

— Laura ? répondit-il en se levant d'un bond.

Il réalisa qu'il n'avait pas allumé dans le salon, mais les stores n'étaient pas baissés. Il distingua donc sa silhouette dans le petit jour, quand elle entra dans la pièce.

— J'étais en train de me demander si je n'allais pas revoir toute ma déco… lui expliqua-t-il.

Le spectacle la laissait bouche bée, les bras ballants.

— Mais qu'est-ce qui s'est passé ?

— Simple petite divergence d'opinion…

— Avec qui, Godzilla ?

Il se fendit d'un faible sourire.

— Et vous, qu'est-ce que vous faites là ?

Elle s'avançait dans la pièce, en tâchant de trouver un endroit où poser le pied.

— J'ai essayé plusieurs fois vos deux numéros, votre fixe et votre portable. Et puis, voyant que vous ne répondiez pas, j'ai imaginé le pire. Mon Dieu, Mike… ! Dans quoi vous êtes-vous fourré ?

La question n'appelait pas de réponse. Les yeux de Laura venaient de tomber sur le portrait de Beatrice.

— Je le savais… soupira-t-elle. Comment avez-vous fait ?

— En remplaçant les originaux par des copies.

Ça semblait si simple, ainsi résumé.

— Que Gissing a ensuite authentifiées, je suppose ?

Elle hocha lentement la tête, avant de poursuivre :

— Il est dans le coup, lui aussi. Mais où sont passées les toiles manquantes ?

— Je n'ai rien à voir là-dedans. Depuis le début, j'ai été mené en bateau. Je croyais faire partie d'une équipe, mais...

Le souvenir de sa propre témérité et de son orgueil lui tira un petit rire crispé.

— Je vous offre un verre ? proposa-t-il en levant le sien.

— Non, merci.

— Ça vous ennuie si je m'en verse un autre ?

Comme il retournait dans la cuisine, elle lui emboîta le pas.

— Mais en fait, je n'étais pas le seul pigeon, poursuivit-il. J'ai commis l'erreur de faire monter un étranger à bord.

— Calloway... souffla-t-elle.

— On a donc décidé qu'il ferait le bouc émissaire idéal. C'est une brute épaisse, comme vous savez... et c'était le but même de toute l'opération : « nous » contre « eux ».

— Ransome avait donc vu clair depuis le début. Vous étiez de mèche avec cette crapule.

— Et aussi avec Allan et Westie – un brillant élève des Beaux-Arts en fin d'études.

— Plus Gissing, ajouta-t-elle.

Mike avala un grand verre d'eau, avant de répondre.

— Oui, dit-il à mi-voix. Ce cher professeur Gissing, qui a pris la fuite avec les toiles qui manquent.

— Je n'ai jamais compris ce que vous lui trouviez, à ce sale type. Je n'ai jamais pu le sentir !

— Si seulement vous me l'aviez dit, pour me mettre en garde...

Elle tenait toujours le Monboddo entre ses mains.

— Et tout ça pour ça, Mike…

— Eh oui !

— Mais pourquoi était-ce si important ?

— Je crois que vous connaissez la réponse.

— Parce qu'elle me ressemblait, c'est ça ? (Elle examina les restes martyrisés du portrait.) Vous saisissez ce que ça a de râlant, je suppose ? Enfin, Mike, il vous suffisait de m'inviter à dîner !

— Nous avions déjà eu rendez-vous, Laura. Et souvenez-vous… ça n'a pas été très concluant.

— Je trouve que vous baissez les bras un peu vite !

Elle examinait toujours la toile.

— Qui lui a démoli le portrait ?

— Un certain Hate…

— Pardon ?

Bien sûr, elle ignorait tout du Scandinave.

— Un type à qui Calloway doit de l'argent. Je vous passe les détails.

Ils laissèrent s'écouler une bonne minute, perdus dans leurs pensées. Puis Laura rompit le silence :

— Vous êtes bon pour la prison, Mike.

— Vous me croirez si vous voulez, mais pour l'instant, ce genre de souci ne vient pas en première position dans ma liste.

Tout comme lui un peu plus tôt, Laura s'efforçait de remettre en place les fragments de toile pour recomposer le visage lacéré.

— Elle était belle, n'est-ce pas ?

— Ô combien ! acquiesça-t-il, avant de se reprendre : Mais elle l'est toujours !

Elle cligna les yeux pour chasser ses larmes. Il aurait voulu la prendre dans ses bras et la serrer de toutes ses forces, jusqu'à ce que le monde entier s'évanouisse autour d'eux. Comme il pivotait pour poser son verre sur l'égouttoir, il s'agrippa des deux mains au bord de l'évier et entendit qu'elle posait le tableau par terre. Puis il sentit ses bras se nouer autour de lui, tandis que sa tête venait reposer contre son dos.

— Mais qu'est-ce que tu vas faire, Mike ?

— Prendre la fuite, dit-il, et il ne plaisantait qu'à moitié. Avec toi, si tu veux…

Quels étaient ses autres choix ? Payer Calloway et Hate, comme ils le demandaient, pour se débarrasser d'eux ? Mais ils auraient toujours ce moyen de pression contre lui. Tant qu'il lui resterait un sou vaillant, ils essaieraient de le lui faire cracher. Et puis il y avait ce pauvre conservateur. Quand la police retrouverait son cadavre en bouillie, ce serait le branle-bas de combat. Et, vu ce que savait Ransome, ils ne tarderaient pas à débarquer chez lui en le bombardant de questions, toutes plus gênantes les unes que les autres.

— J'appelle Ransome, décréta Laura. C'est la seule solution raisonnable.

Mike se tourna vers elle.

— Jusqu'à présent, la raison n'a joué qu'un rôle très secondaire dans tout ça.

Ses bras s'étaient un peu desserrés, mais restaient noués autour de lui. Seuls quelques centimètres séparaient leurs visages… quand il y eut du mouvement, du côté du living. Mike jeta un coup d'œil par-dessus l'épaule de Laura.

— Vous dérangez surtout pas pour nous ! rigola l'un des anges gardiens de Calloway. OK, ajouta-t-il à l'adresse de son comparse, je te dois vingt tickets !

L'autre eut un fin sourire.

— Qu'est-ce que je disais ? Il pouvait raconter ce qu'il voulait, le boss, ça valait quand même le coup de faire un saut ici ! Alors, Mackenzie... Qu'est-ce que tu préfères ? Tu fais le con ou tu nous suis sans histoire ?

Mike secoua la tête. Laura avait dénoué ses bras et faisait face aux deux intrus.

— Elle n'a rien à voir là-dedans, dit-il. Fichez-lui la paix et je vous suis.

— Ça me paraît correct...

Glenn et Johnno étaient entrés dans la cuisine.

— Dis donc, il a dû trop regarder les émissions de déco à la télé, le patron ! s'esclaffa Johnno. Il t'a refait un super appart en moins de deux !

Le tandem se gondola en chœur, mais leurs regards avaient tendance à s'attarder sur Laura plutôt que sur Mike.

— Vas-y, Laura, lui lança Mike, la main posée sur son bras. Dépêche-toi !

— En te laissant face à ces deux brutes ?

— File, vite !

Il la poussa légèrement dans le dos, tandis qu'elle foudroyait du regard les gorilles de Calloway.

— Je vous signale que l'inspecteur Ransome est un vieil ami à moi ! leur lança-t-elle. Si vous touchez à un cheveu de M. Mackenzie, vous pouvez compter sur moi pour aller tout lui raconter !

— Mauvaise pioche, Laura... marmonna Mike.

— Là, je crois qu'il a raison, ma petite dame. Va falloir venir avec nous, maintenant.

Mike se rua sur les deux colosses en criant à Laura de prendre le large. Mais Glenn l'envoya au tapis, tandis que Johnno empoignait d'une main le bras de

Laura et la bâillonnait de l'autre. Mike tenta de se relever, mais un coup de pied le cueillit sous le menton et l'envoya les quatre fers en l'air sur le carrelage de la cuisine. Après quoi, Glenn l'immobilisa en s'agenouillant brutalement sur lui. Les entrailles de Mike criaient grâce, quand il vit s'élargir un sourire sur le visage bovin, derrière le poing qui arrivait droit sur lui. Il eut juste le temps de se sentir partir, en se demandant si sa dernière heure était arrivée.

Et s'il reverrait un jour Laura.

34

En ouvrant l'œil, Ransome sut que c'était foutu pour la nuit. Il était presque cinq heures. Il avait réussi à dormir quatre heures et demie – pas mal, pour lui. Margaret Thatcher avait tenu des années comme ça, voire avec encore moins. Laissant Sandra endormie, il se dirigea à pas de loup vers la porte de la chambre et descendit l'escalier dans le noir. Dans le salon, il alluma la lampe du canapé et chercha la télécommande. Les titres des infos sur *Teletext* et *Ceefax* l'occuperaient pendant dix ou quinze minutes. Après ça, il aurait le choix entre Skynews ou BBC 24, sur Freeview. Il alla jeter un œil entre les rideaux. Dehors, la rue était déserte. Des années auparavant, quand il se réveillait trop tôt, il adorait prendre la voiture et aller se balader en ville, en s'arrêtant dans les boulangeries et les cafés ouverts vingt-quatre heures sur vingt-quatre. Il aimait écouter les conversations des taxis qui se racontaient leur nuit de boulot. Mais Sandra s'en était plainte : selon elle, il réveillait tout le quartier en passant la marche arrière, quand il sortait la voiture du garage. Peu de ses collègues connaissaient Sandra. Elle détestait tout ce qui était festivités, céré-monies officielles, mondanités ou soirées au pub entre flics. Elle travaillait dans l'administration de la santé publique et avait son propre réseau de copines, qu'elle retrouvait pour assister à des conférences dans des librairies ou des musées, voir des films étrangers ou prendre le thé. Ransome avait sa propre théorie là-dessus : sa femme regrettait de n'avoir pas poursuivi ses études et obtenu un diplôme universitaire, au lieu de se contenter d'une formation de secrétaire. Elle affichait toujours cet air de frustration larvée quant à son sort, et il n'avait aucune envie d'exacerber son mécontentement global par des bruits de moteur intempestifs, même si, à sa connaissance, aucun voisin n'avait jamais fait la moindre remarque à ce sujet.

Comme la bouilloire risquait de la réveiller, il se contenta d'un verre de lait, avec quelques tablettes digestives. Il mit d'abord sur le compte d'un passe-reau matinal le gazouillis qui lui parvenait du couloir, mais comme le bruit persistait, il comprit qu'il faisait erreur. Sa veste était suspendue au portemanteau de la porte d'entrée. Une idée de Sandra, ce portemanteau, et malheur à lui s'il laissait traîner ses affaires sur la rampe ou sur le dossier d'une chaise. Son portable était dans la poche de sa veste. Le bip n'était pas une alarme lui indiquant que les batteries étaient à plat, c'était un message datant de la veille. De Donny, son copain des archives criminelles. Le message tenait en deux mots : *rappelle-moi*. Ransome battit donc en retraite vers le living et, après avoir soigneusement refermé la porte, s'empressa de faire ce que Donny lui demandait.

— Salut, c'est Ransome.

— Merde, t'as vu l'heure ?

— Je viens d'avoir ton message.

— Ça pouvait attendre demain matin, non ?

Donny se mit à tousser à en cracher ses poumons.

— Vas-y, accouche… lui enjoignit Ransome.

— Ouais. Une minute, quoi !

Ransome entendit son correspondant s'extirper de son lit. Une porte s'ouvrit et se referma. D'autres quintes de toux, entrecoupées de reniflements. Une autre pièce. Des papiers qu'on fouillait…

— Je dois avoir mis ça quelque part !

Ransome était allé se poster près de la fenêtre du salon, le regard perdu de l'autre côté de la vitre. Impérial, un renard descendait la rue en trottinant au beau milieu de la chaussée, comme en terrain conquis, ce qui était sans doute le cas, à cette heure-là… Ransome habitait une rue tranquille, bordée d'arbres. Toutes les maisons voisines dataient des années 1930, ce qui maintenait les prix à un niveau correct, comparé aux demeures victoriennes qu'on trouvait non loin de là. Du temps où ils avaient emménagé ici, Sandra et lui, le secteur s'appelait encore Saughton Hall, mais les agents immobiliers avaient de plus en plus tendance à dire Corstorphine, voire Murrayfield, pour faire grimper le prix. Ransome et Sandra se demandaient parfois, en rigolant, s'ils habitaient Murrayfield Sud, ou Murrayfield Sud-Sud…

Encore un peu plus au sud, et on se retrouverait pile-poil dans la cour de la prison de Saughton !

— Te grouille surtout pas, Donny… marmonna Ransome au téléphone.

— Ça y est, je l'ai… (Bouquet final de bruits de paperasses…) Un gros méchant, ton client, et pas la moitié d'un.

— Qui ça ?

— Le Viking au tatouage, celui dont tu m'as demandé de retrouver le pedigree. T'as déjà oublié ?

— Non, bien sûr… Excuse-moi, Donny.

— Il s'appelle Arne Bodrum. Il est de Copenhague, mais il voyage beaucoup. Il a pris deux ans chez nous pour coups et blessures et voies de fait aggravées. Il roulait pour les Hell's Angels et on suppose qu'il y bosse toujours, rayon maintien de l'ordre. Pour une branche dont le quartier général serait à Haugesund, en Norvège, en particulier. On pense qu'ils font leur beurre en dealant de la came en France et en Allemagne, ainsi qu'au Royaume-Uni.

— Je sais déjà tout ça, Donny. T'as rien d'autre ?

— Le reste est du même tonneau, mais j'ai quelques photos de l'identité judiciaire. Le tout sera sur ton bureau dans trois heures… (Donny marqua une pause.) Bon, je peux retourner me coucher ?

— Ouais, fais de beaux rêves !

Ransome raccrocha et posa son portable sur le bord de la fenêtre.

Hate était une sorte d'intermédiaire. Non, un peu plus que ça. C'était un homme de main, un exécuteur, chargé du maintien de l'ordre. Glenn lui avait dit que Calloway devait de l'argent, à une bande de Hell's Angels basés sur le continent pour un deal de dope. Ce qui signifiait que Chib avait un besoin urgent de liquidités. Et lequel de leurs amis communs était plein aux as ? Mike Mackenzie ! Ou alors, la First Caly et rebonjour, M. Cruikshank ! C'était le genre d'indices concordants dont il aurait pu et dû parler à son chef, en demandant une mise sous surveillance permanente, voire deux ou trois petits mandats de perquisition. Il n'empiétait plus sur les plates-bandes d'Hendricks, là…

Rien ne l'obligeait à mentionner le casse de l'entrepôt. Son chef n'avait aucune raison de lui refuser ça. Et s'il n'y avait pas de budget, il était prêt à tout assumer tout seul comme un grand, à titre gracieux. Il ne lui manquait plus que le feu vert de son chef.

Il s'était éloigné de la fenêtre et lui tournait à présent le dos, ce qui fait qu'il mit un certain temps à entendre ronronner son portable. Un appel provenant d'un numéro extérieur. Donny, sans doute, il avait dû dénicher autre chose. Qui sait, peut-être un détail décisif ? Mais le rebord de la fenêtre était étroit et quand Ransome voulut attraper l'appareil, il lui échappa des mains et dégringola par terre. Le boîtier se sépara de la carte mémoire et l'écran s'éteignit. Étouffant une bordée de jurons bien sentis, Ransome remboîta l'appareil et le ralluma. L'écran était fêlé, mais le texte de cristaux liquides restait lisible. Pas de message. Il consulta la liste des appels reçus et ne reconnut pas le dernier numéro… mais il ne connaissait pas le numéro de portable de Donny. Il appuya sur la touche « rappeler ».

— Merci de me rappeler, inspecteur. Je crois qu'on a été coupés…

Ça n'était pas la voix de Donny.

Ransome ne remettait absolument pas son correspondant.

— Excusez-moi, mais à qui ai-je l'honneur ?

Silence au bout de la ligne. L'interlocuteur devait peser le pour et le contre, dernière chance de raccrocher, etc. Il y eut un toussotement et, dès que Ransome entendit le nom, il remit un visage sur cette voix. Il était justement en train de penser à lui… C'était la vraie réalité, ça ? Ne s'était-il pas rendormi, sans s'en rendre compte ? Ne pataugeait-il pas dans une sorte de rêve bizarre, curieusement satisfaisant ? Arne Bodrum d'abord, et maintenant…

Ransome s'installa dans un fauteuil et susurra quelques mots de bienvenue dans son portable.

— Monsieur Cruikshank. Je sens que quelque chose vous reste sur le cœur… Si vous me racontiez tout ça ?

— Sympa de ta part d'être passé, dit Chib Calloway.

En ouvrant les yeux, Mike reconnut la salle de billard. Chib était là, devant lui. Un peu plus loin, Hate examinait la position des boules sur l'une des tables. Cinq chaises avaient été alignées et Mike était assis sur la première à droite, les mains liées dans le dos et les chevilles fixées aux pieds de sa chaise par plusieurs tours d'adhésif. À sa gauche, il découvrit Laura, solidement ligotée elle aussi. Il poussa un petit grognement d'excuse auquel elle répondit par un lent clignement d'yeux. Ensuite venait Westie, en larmes, puis Alice, dont le regard acéré transperçait Calloway de son rayon venimeux. Et tout au bout, complétant la brochette, le malheureux Jimmy Allison, hagard, qui avait eu pour seul tort d'être le plus éminent spécialiste dans son domaine.

— Réveille-toi, crâne d'œuf ! lança Calloway à Mike. C'est l'heure de te prendre une bonne raclée.

Hate approchait, tenant à la main une boule rouge qu'il jouait à lancer et à rattraper, en la faisant claquer dans sa paume.

— Ça va faire pas mal de corps à évacuer… supputa le Norvégien.

— Ça n'est pas la place qui manque, fit Calloway. On a toute la mer du Nord et les Pentland Hills…

Ainsi qu'une flopée de chantiers, autour de Granton. À propos, ajouta-t-il à l'intention de Mike, notre ami Westie s'est déjà confondu en excuses…

Il allongea la main pour tapoter la joue du jeune peintre qui fit la grimace en serrant les paupières, comme s'il s'attendait à recevoir quelque chose de plus douloureux. Sa réaction tira de Calloway un petit gloussement.

— Des excuses en veux-tu en voilà, mais en fait d'explications, je reste un peu sur ma faim, acheva-t-il, ramenant son attention vers Mike.

— Et vous voudriez que je vous éclaire…

— Ouais, grogna Hate. Avant qu'on te débranche définitivement !

— J'espère pour vous que la maison n'applique pas de supplément pour les métaphores foireuses ! persifla Mike.

Hate empauma la boule de billard, prêt à frapper.

— Laisse-le-moi, Hate, grommela Calloway. J'ai dit qu'il était pour moi.

Il avait pointé un index menaçant sur le Scandinave.

— Vous n'êtes pas en position de me donner des ordres, répliqua Hate.

— Sur mon terrain, on applique mon règlement ! grinça Calloway.

On aurait cru deux fauves en cage, prêts à s'entr'égorger pour défendre leur territoire.

Hate cracha par terre et, passant ses nerfs sur la boule, l'envoya percuter le mur à toute volée, derrière les chaises. Mike entendit le claquement du projectile qui heurta le sol en retombant hors de son champ visuel, mais attendit vainement de l'entendre rouler. Elle avait dû éclater et se fendre en deux…

Calloway se pencha vers Mike pour le regarder bien en face.

— Mes gars m'ont raconté que t'avais joué les preux chevaliers avec la dame – la classe. Mais fallait pas avoir grand-chose dans le crâne pour y revenir, à ta putain de piaule !

— Pas tellement moins que pour s'amuser à lacérer un demi-million de livres de toiles de maîtres au lieu de partir avec…

— J'ai comme qui dirait vu rouge, riposta Calloway. Et, entre nous soit dit, qu'est-ce que j'allais me faire chier avec tes sales croûtes, hein ?

Dépliant son corps massif, il vint se poster devant Westie.

— Fous-lui la paix, charogne ! s'écria Alice. Je t'arrache les burnes si tu le touches !

Calloway étouffa une exclamation admirative, tandis que Hate lui-même se fendait d'un sourire épaté.

— Waouh ! Elle n'a pas froid aux yeux, la petite carne, hein Westie ! rigola Calloway. Pas la peine de demander qui porte le calbut, dans le ménage…

Puis il se tourna vers Mike.

— D'après Westie, ça serait Gissing qui aurait eu l'idée de me refiler un faux ? Paraîtrait même que tu n'étais au courant de rien.

— T'es passé chez Gissing ?

Le gangster hocha la tête.

— Alors tu sais ce qu'il en est. Il a dû prendre le large hier, au plus tard, mais sans doute bien avant. C'est ce qui explique son silence au téléphone. Je pensais qu'il voulait juste se faire discret, alors qu'il avait carrément filé. Sa maison devait être à vendre depuis un certain temps, preuve qu'il savait parfaitement ce qu'il faisait.

— Et qu'est-ce qu'il faisait, au juste, mon petit Mike ?

— Laisse partir les autres et je t'explique tout.

— Personne ne va nulle part ! s'interposa Hate, le doigt pointé sur Mike.

Le doigt en question était gainé de cuir noir, des gants de conduite, que Hate avait commencé d'enfiler : le droit... puis le gauche.

Mike savait ce que ça signifiait. Hate s'apprêtait à passer à la phase active, et le travail manuel ne l'effrayait pas. Il savait comment s'y prendre pour ne pas laisser de traces. Mike se tourna vers Calloway.

— Je tiens à te faire, à *vous* faire savoir quelque chose, à tous les deux. Vous ne me faites plus peur. Plus maintenant.

Et ça n'était pas du bluff. C'était apparemment tout ce qui lui restait, cette absence soudaine de peur, totalement irrationnelle. Il avait résolu d'affronter sans sourciller la terreur de sa cour d'école. Il sentait sur lui le regard des autres, pas seulement de Laura, de Westie et d'Alice, mais aussi d'Allison, qui se penchait en avant en tirant sur ses liens pour mieux voir. Hate lui-même, à présent dûment ganté, semblait curieux de connaître la suite.

— Ben, t'as tort, fit Calloway. Tu devrais.

— Je sais, admit Mike avec un haussement d'épaules dont ses liens limitèrent l'ampleur. Mais il se trouve que le ressort est cassé. Peut-être à cause du fric qu'il faudra bien que j'aille chercher. Tu as encore besoin de moi.

— Alors là, pas du tout ! rugit Calloway. Je peux me faire un sacré paquet de fric, avec ou sans ton aide.

Mais visiblement, Hate n'était qu'à moitié convaincu par sa petite démonstration.

— Relâche-les, fit Mike d'un ton égal. Dès qu'ils seront partis, je te raconte tout.

— Tu peux toujours courir, grogna Hate.

— Qu'est-ce que j'en ai à foutre, de ton histoire ? reprit Calloway. J'en sais suffisamment. T'as essayé de me gruger, ça me suffit.

Il se redressa en roulant des épaules, comme en guise d'échauffement avant de se mettre au boulot.

— Par lequel on commence, Hate ?

— Par le plus coriace. Vaut toujours mieux garder le plus faiblard pour la fin.

— Sage principe, admit Calloway. Ce qui veut dire qu'on devrait s'occuper en premier de la copine de Westie…

— Vas-y, amène-toi ! fit Alice en montrant les dents.

— Avec plaisir, mon chou.

Mike comprit qu'il allait devoir tout leur déballer. C'était la seule façon de gagner du temps.

— Tu n'es pas le seul à t'être fait avoir, Calloway ! On a tous été menés en bateau. Dès le début, on allait droit dans le mur. Gissing a planté cette idée dans ma tête et l'a arrosée en suggérant qu'il suffirait d'échanger les toiles contre des copies. Le plan était parfait. Il avait dû y penser depuis des années ; d'ailleurs, il n'en a pas fait mystère. Mais tout à coup, il avait un besoin urgent de passer à l'action, ce qui voulait dire, pour lui, trouver des alliés. Des alliés qui porteraient le chapeau à sa place.

— Toi et cette planche pourrie de Cruikshank ? Tu crois quand même pas que j'allais l'oublier, ce con !

Mike hocha la tête et regretta aussitôt son geste. Glenn n'y était pas allé de main morte, quand il lui avait écrasé les cervicales sous son genou…

— Moi et Allan, oui, dit-il en ravalant sa nausée. Gissing avait déjà repéré Westie pour le rôle du faussaire. Au début, il se méfiait un peu de toi et ne voyait pas ton arrivée d'un très bon œil, parce que ça faisait monter les enjeux, je suppose. Mais il a eu vite fait de retourner sa veste. Trop vite, je dirais. Sur le moment, ça m'avait fait tiquer. Je me suis dit qu'il s'était laissé persuader un peu trop facilement, mais maintenant, je comprends. De nous tous, tu faisais le meilleur bouc émissaire : les flics seraient trop heureux de t'épingler… Et ensuite, tu as demandé à avoir une toile, toi aussi. Mais de son point de vue, tu n'étais qu'un profane, une sorte de barbare culturel. Il n'a pu se résoudre à te laisser faire main basse sur un de ses précieux originaux. De son point de vue, c'était l'ultime sacrilège. En même temps, il s'est dit que tu n'y verrais que du feu et il a demandé à Westie de préparer une copie de plus – à notre insu, bien sûr.

Westie hocha la tête et prit le relais :

— Le professeur est venu me voir. Il a dit qu'il lui fallait une deuxième copie de l'Utterson et que je ne devais en parler à personne. Quand j'ai demandé pourquoi, il a dit qu'il valait mieux que je n'en sache rien et ça, ça m'est resté en travers. Depuis le début, je savais qu'il me considérait comme une tache, un simple exécutant à presser comme un citron.

— T'as donc décidé d'ajouter ta patte au produit fini, acheva Mike.

Westie acquiesça.

— On a fait l'échange pendant que vous étiez allés jeter un dernier coup d'œil dans l'entrepôt, Allan et vous. Le professeur avait caché l'original de l'Utterson derrière une des toiles qu'il s'était réservées. Les tailles correspondaient… En toute honnêteté, monsieur Calloway, si j'avais su que c'était pour vous, j'aurais jamais accepté de le faire !

Mike vit la main de Calloway tapoter à nouveau la joue de Westie. Il pensait à présent à une foule d'indices qui auraient dû lui crever les yeux. Les schémas si détaillés établis par Gissing d'après nature et ce commentaire qu'avait eu le professeur, quand Mike l'avait complimenté sur la perfection de son plan : *Tous les plans semblent si simples, au départ...* lui avait-il dit. Eh oui. Gissing mijotait son coup depuis des lustres, et pas seulement pour s'octroyer deux ou trois toiles de maîtres. Il en avait subtilisé des dizaines, au fil des années, à la barbe de tout le monde. Il embarquait au passage tel petit chef-d'œuvre ou telle miniature, lors des multiples visites qu'il faisait à l'entrepôt, dans le cadre de ses « recherches ». Jusqu'à ce qu'il ait eu vent du projet d'inventaire. Un inventaire complet et détaillé, le premier depuis des années ! Il avait soudain compris que ses larcins ne passeraient pas éternellement inaperçus. Il avait donc anticipé la date de sa retraite, sans rien dire à personne en dehors de l'école, et avait mis sa maison en vente. Mais surtout, il s'était mis en quête de complices. Quand il leur avait présenté son plan, il avait alléché Mike avec le Monboddo, et Allan avec les précieux Coulton, en tablant sur leurs points faibles : la jalousie, l'envie, l'appât du gain… Lors de l'inventaire, quand les « trous » seraient découverts, tout accuserait les deux gogos. Après tout, ne venaient-ils pas de monter un cambriolage ? En toute logique, on les accuserait d'avoir subtilisé aussi les toiles qui manquaient et Gissing aurait le champ libre pour s'évanouir dans la nature… À l'étranger de préférence, aurait parié Mike, mais sans doute dans aucun des endroits dont il leur avait parlé. Non, plutôt dans une contrée secrète, chère à son cœur. À un moment, il avait vaguement fait allusion à l'Espagne, puis il avait changé d'avis et s'était mis à leur rebattre les oreilles de la côte ouest de l'Écosse. L'un de ses rares lapsus. Mike aurait dû le voir venir.

— Vous me gonflez, avec vos conneries, lâcha Hate dans le silence. Ça fait un bail que j'ai buté personne, là. Ça commence à me démanger.

— C'est Gissing qui t'a estampé, souligna Mike, les yeux plongés dans ceux de Calloway. C'est lui qui te doit réparation. Promets-moi de t'en souvenir quand t'en auras fini avec moi.

— J'oublierai pas, fit le gangster. Mais pour l'instant, je serais plutôt de l'avis de M. Hate : ça commence à bien faire, la parlotte !

— Ouais, ça va comme ça, décréta Hate en vissant son poing droit dans sa paume gauche.

Mike tourna la tête vers Laura. Elle était si près qu'il aurait presque pu l'embrasser…

— Désolé de vous avoir entraînée là-dedans.

— Tu peux l'être, répliqua-t-elle, d'une voix qui n'avait rien perdu de son tranchant. Le moins que tu puisses faire, c'est de nous en tirer !

Les yeux de Mike restèrent plantés dans les siens et finalement, il hocha lentement la tête, ce qui envoya une atroce décharge de douleur jusque sous son crâne. Mais il avait acquiescé avec assurance et le regard qu'ils échangèrent lui fit un bien fou. Il se sentait requinqué, rechargé à bloc, comme après le braquage. Il était aux côtés de la femme qu'il aimait. *C'est ça la vie !* songea-t-il. Que pesait tout le reste, à côté ? Laura exigeait qu'il tente quelque chose et il n'allait pas la décevoir…

En fait, il ne lui manquait qu'un truc, pour foncer.

Un plan.

35

Johnno et Glenn montaient la garde sur le trottoir, devant la salle de billard. Johnno avait allumé une clope et semblait à cran.

— Qu'est-ce que t'as ? demanda Glenn.

— Pourquoi on reste dehors, nous ?

— C'est peut-être dans notre intérêt.

— Parce que Chib compte les descendre tous les cinq, tu crois ?

Les yeux de Johnno s'étaient écarquillés, mais à peine.

— Ça m'en a tout l'air.

— Et Hate, qu'est-ce qu'il vient foutre là-dedans ? Je lui garde un chien de ma chienne, à celui-là !

— Y a des polémiques dont il vaut mieux ne pas se mêler, Johnno.

— Des *polémiques* ? répéta Johnno, en ouvrant de grands yeux.

Glenn eut un haussement d'épaules.

— De toute façon, quel que soit le score final, devine un peu qui va s'appuyer le passage de serpillière, hein ?

— Nous ! fit Johnno, et d'une pichenette, il envoya son mégot sur la chaussée. Mais d'abord, c'est quoi le problème ? T'as une idée ?

— Plus ou moins, mais comme je te dis, je tiens pas à le savoir.

Johnno mit la main à son entrejambe.

— J'ai une de ces envies, là... Je tiens plus. Tu crois que je peux... ?

Du menton, il désignait la porte. Il y avait des toilettes au fond de la salle de billard, mais pour y accéder, il fallait tout traverser...

— J'irais plutôt en face, si j'étais toi, fit Glenn en lui montrant une venelle qui débouchait de l'autre côté de la rue.

— Ouais, pas con.

Du regard, Glenn suivit son collègue qui traversa la chaussée et s'engagea dans la ruelle, avant de disparaître derrière une rangée de conteneurs à poubelles municipaux. Il avait déjà sorti son portable. Dès que Johnno fut hors de vue, il l'ouvrit et composa un numéro.

Mike ne se sentait pas prêt à mourir. Il tenait même à rester en vie et, si possible, avec Laura. C'était à cause de lui qu'elle se retrouvait là. Si elle avait débarqué chez lui, c'était parce qu'elle s'inquiétait de son sort, ce dont il pouvait logiquement déduire qu'elle tenait à lui. La moindre des choses, c'était de la sauver ou du moins d'essayer, quitte à y laisser sa peau – ce qui paraissait plus que probable.

L'atmosphère était de plus en plus électrique. Hate s'était avancé d'un pas et Calloway ne donnait aucun signe de vouloir le retenir, au contraire. Il ne demandait qu'à lui prêter main-forte. Alice semblait avoir renoncé à les abreuver d'injures. Pour l'instant, ça ne lui avait rapporté qu'un bon aller-retour... Westie s'était mordu la lèvre sans piper mot, ce qui lui avait valu une nouvelle volée de bois vert de la part de sa dulcinée. Au bout de la rangée, Jimmy Allison semblait avoir accepté son sort et renoncé au peu de dignité qui lui restait, ainsi qu'au contrôle de ses fonctions corporelles de base – comme l'indiquait le devant de sa chemise et de son pantalon, qui semblait trempé d'autre chose que de sang.

— Voilà trop longtemps que je traîne dans votre foutu bled, déclara Hate. Maintenant, avec ou sans le fric de mon client, je vous bute tous et je rentre chez moi…

Il se tourna vers Calloway avec un rictus qui le rendit encore plus laid.

— Je suis sûr qu'Edvard va adorer cette histoire de faux tableau que t'as essayé de lui fourguer, fit-il.

— Pour la douzième fois, je te répète que j'en savais rien. Pour moi, il était vrai !

Puis les traits de Chib se détendirent un brin. La teneur du message avait enfin filtré.

— Parce que tu ne lui as encore rien dit ? demanda-t-il avec une inquiétante placidité.

— Tu me files le fric et il n'en saura jamais rien.

— Mais j'ai déjà entamé des négociations, fit Calloway.

Mike vit le coup d'œil qu'il glissa du côté de Westie. Oui… parce que les Hell's Angels de Scandinavie brassaient des tas d'affaires au niveau international. Les œuvres d'art devaient leur tenir lieu de garantie et de monnaie d'échange. Westie allait faire d'autres copies, sur l'ordre de Calloway, pour berner les employeurs de Hate – lesquels ignoraient encore qu'ils avaient été roulés avec l'Utterson !

Mike était bluffé. En l'espace d'une seconde, Chib avait calculé ses différentes options, leurs permutations et leurs effets possibles, et quand il passa à l'acte, ce fut avec la vivacité de l'éclair. Hate lui avait tourné le dos et faisait face aux otages, l'air de se tâter pour savoir par qui il allait commencer. Il n'entendit pas le raclement de la queue de billard que Chib attrapait sur une table et ne sentit pas le léger appel d'air qu'elle provoqua en s'abattant sur sa nuque. La violence du choc cassa l'épais bâton en deux. Des éclats de bois atterrirent sur les genoux de Mike. Alice se mit à hurler et Laura étouffa un petit cri. Le géant trébucha et faillit s'affaler sur Mike, mais parvint à se retenir de justesse, alors que Calloway se ruait sur lui en le martelant de ses poings et en appelant ses hommes à grands cris. La porte s'ouvrit.

— Johnno ! brailla Chib. Vas-y, mets-lui sa pâtée !

— Depuis le temps ! ricana Johnno en fondant sur le Norvégien groggy, toujours plié en deux, dont le nez pissait le sang.

Mais Hate contre-attaqua aussi sec. Dépliant sa grande carcasse, il souleva Calloway d'un magistral coup d'épaule qui l'envoya promener à travers la salle. Alice s'était remise à hurler à la vue de cette scène, mais pas de terreur... Non, cette fois, elle appelait au secours et se débattait de plus belle pour échapper à ses liens. En un éclair, Mike comprit d'où lui venait ce regain de courage : la porte était restée ouverte. Au-delà commençait le monde extérieur, si normal, si calme, si identique à lui-même. Un bout de trottoir, un lampadaire, une rue. Le premier passant venu pouvait remarquer quelque chose, aller chercher du secours. Un automobiliste, un chauffeur de taxi...

Westie avait eu la même idée. Il se démena sur sa chaise jusqu'à ce qu'elle tombe à la renverse. Puis il se tortilla en direction de la porte et, avec force soubresauts et contorsions, se mit à crapahuter en s'aidant de toutes les prises qu'il pouvait trouver.

— Tu vas pas me larguer ! s'égosilla Alice.

— Je vais chercher de l'aide, dit-il dans un hoquet.

Le talon de sa chaussure couinait désespérément sur le sol mais il avançait, centimètre par centimètre, en laissant derrière lui une trace humide qui fit soudain naître dans l'esprit de Mike l'image absurde d'un gros escargot lancé dans une dangereuse traversée. La tête de Mike pivota vers Laura. Elle contemplait, fascinée, le combat qui se livrait sous ses yeux. Elle avait les joues, le nez et le front constellés de sang. Celui de Hate.

Quant à Jimmy Allison, secoué d'un phénoménal éclat de rire, il était au spectacle, lui aussi… Johnno avait bondi sur le dos de Hate et l'étranglait de son bras. Calloway s'était remis sur pied, prêt à revenir à la charge. Mike était plus impressionné que jamais par une telle fluidité de décision… En un battement de cils, l'allié de Chib s'était mué en ennemi. Ce qu'il ne voyait pas très bien, par contre, c'étaient les conséquences d'une éventuelle défaite de Hate pour les otages. Il continua donc à se bagarrer avec ses liens. Westie était à mi-chemin de la porte et Alice appelait toujours au secours. Calloway avait une question pour Johnno :

— Qu'est-ce qu'il fout, Glenn ?

— J'aurais dit qu'il était derrière moi, souffla Johnno entre ses dents, tout en resserrant sa clé autour du cou de Hate.

Mais le Norvégien se cabra et se précipita à reculons contre l'une des tables de billard. Mike crut entendre un craquement suraigu, proche de celui qu'avait fait la queue de billard en explosant, tandis que les vertèbres de Johnno allaient s'écraser sur le rebord de bois. Le garde du corps lâcha prise et s'écroula, le visage tordu de douleur, tandis que Hate s'écartait d'un bond. Simultanément, Calloway parvint à lui décocher un coup de pied là où ça fait le plus mal, ce qui renvoya Mike à de pénibles souvenirs de cour d'école. Mais ça n'eut pas l'air d'affecter le géant, dont le poing ganté se détendit, cueillant Calloway à la mâchoire. Le coup suivant l'étala pour le compte. Hate se releva. Il ne lui avait fallu que quelques secondes pour retrouver ses esprits. De grosses bulles de sang éclataient sous ses narines. Sa trogne avait viré à l'aubergine, après la tentative de strangulation avortée. Il ne respirait plus que par grands hoquets irréguliers.

Il tituba jusqu'à la porte qu'il referma à la volée, puis se pencha pour récupérer Westie. Il l'empoigna par les cheveux, avant de le traîner sans ménagement à travers la salle, l'éloignant de la porte et de tout espoir d'évasion. Westie hurlait de douleur. Hate le remit d'aplomb sur sa chaise, entre Alice et Laura. Quand sa main gantée relâcha sa prise, une touffe de cheveux s'en échappa. Alice hurlait sans discontinuer, elle aussi, mais le Viking ignora ses aménités, le temps d'aller jeter un œil à ses deux adversaires terrassés, pour évaluer les dégâts et le degré de menace qu'ils représentaient encore. Puis, apparemment satisfait, il se détourna de Johnno et de Calloway.

— Je vais tous vous buter ! rugit-il en direction de Mike et des autres. Après quoi, je rentre chez moi.

434

— Je doute que vos employeurs apprécient, fit Mike, placide. Eux, ils tiennent à leur argent. Rappelez-vous... Il n'y a que moi qui puisse vous le donner.

Mais Hate secoua la tête :

— Une photo des corps, ça suffira.

— Et vous ne craignez pas d'éveiller l'attention de la police ?

— Je serai loin. (Il balaya la salle d'un coup d'œil.) Je dois liquider Calloway et il ne faut pas laisser de témoins.

Hate avait pointé l'index sur Mike.

— Mais toi, je te garde pour la fin, l'ami.

— Je croyais que c'était la place du plus faible !

— Vous êtes *tous* débiles, dans cette ville !

Hate releva la tête vers le plafond et lâcha un petit gémissement non pas de douleur, mais de frustration, pour l'océan de bêtise qu'il avait dû affronter en l'espace de quelques jours, dans le cadre de ce contrat.

— Prends ce bouffon de Calloway... un pur crétin ! Comment il a pu arriver au sommet ? Vous n'êtes qu'une bande d'idiots, tous autant que vous êtes.

— Là, je crois que vous marquez un point.

— Je veux, oui !

Un large sourire tordit sa trogne barbouillée de sang, tandis qu'il attrapait quelque chose dans son dos. Il sortit lentement du col de sa chemise une longue lame mince, étincelante, tout en survolant son royaume du regard... Calloway était toujours dans les pommes. Un filet de sang s'écoulait de son oreille. Johnno, lui, était encore conscient, mais il aurait sans doute préféré ne plus l'être : il s'était recroquevillé par terre, et poussait des râles d'agonie. Et puis les cinq autres, toujours sur leurs chaises, ligotés comme des poulets…

— En fait, reprit Mike, vous auriez tout intérêt à filer avant que Glenn ne revienne avec la cavalerie.

— Glenn ?

— Calloway a *deux* gardes du corps. Vous devriez déjà être loin !

— Il le retrouvera mort, son chef, et vous aussi.

À court d'arguments, Mike comprit que son ultime espoir était désormais d'attaquer le colosse, en essayant de lui mettre un coup de tête dans l'estomac. C'était pratiquement foutu d'avance, mais que pourrait-il faire d'autre ? La même idée devait avoir effleuré Hate, car il le regarda en étouffant un petit rire. Mike se tourna vers Laura qui s'évertuait à retenir ses larmes.

— J'espérais mieux, pour nous deux…

— J'admets que, comme second rendez-vous, on fait plus gai…

Westie rampait à nouveau. Il avait refait tomber sa chaise et Alice tâchait de l'imiter. Allison, toujours secoué de son rire de dément, avait fermé les yeux. Et tout ça pour quelques toiles, songea Mike. *Tout ça parce que je ne savais que faire de mon temps. Un enfant gâté, aveuglé par l'avidité…*

Et manipulé par la plus belle des crapules. Le professeur Robert Gissing.

Il s'était débrouillé pour prendre le large et coulerait des jours tranquilles au milieu de ses toiles de maîtres. Cocktails dans le patio, soleil et farniente à volonté… Il y avait de quoi râler.

— Un dernier détail ! lança-t-il dans l'espoir de détourner l'attention du géant sanguinaire. Je vous répète ce que j'ai dit à Calloway : c'est Robert Gissing qui nous a tous embobinés. Retrouvez-le et vous récupérerez une collection qui vaut des millions. N'oubliez surtout pas de signaler ça à votre client, en rentrant chez vous !

Le Viking soupesa un instant le tuyau, en hochant lentement la tête.

— Merci, fit-il. En retour, je m'arrangerai pour que ce soit rapide, pour toi. Indolore, peut-être pas, mais rapide.

S'approchant de Laura, Hate se pencha sur elle, le couteau brandi. Le cri qu'elle poussa vrilla les tympans de Mike. Il ferma les yeux en luttant désespérément contre ses liens, quand il y eut un autre bruit… Celui d'une porte qu'on ouvrait d'un coup de pied. Et comme il rouvrait les yeux, il vit un flot humain se déverser par la porte. Des silhouettes sombres, équipées de casques à visière et de gilets pare-balles noirs, avec le mot POLICE imprimé en grosses lettres blanches sur le devant. Le premier flic avait mis un genou à terre, son arme pointée sur Hate. Le colosse se figea sur place, le couteau à la main. La bouche de Laura restait ouverte sur un cri silencieux, comme si l'arrivée de la police l'avait laissée sans voix…

Comme Hate tournait la tête vers Mike, ils échangèrent un regard. Éloquent. Les flics aboyaient un ordre, toujours le même, encore et encore… Hate finit par obtempérer. Il laissa choir son couteau, s'agenouilla en levant les mains et attendit qu'on lui passe les menottes.

Les flics fondirent sur lui. L'arme pointée sur Hate ne regagna son holster qu'une fois le géant dûment maîtrisé.

— On nous avait dit qu'il y avait des armes à feu, dit l'un des policiers derrière sa visière de plexiglas.

— Pas à ma connaissance, répondit Mike.

— Détachez-moi de cette chaise, putain de merde ! glapit Alice.

Le regard de Mike se porta vers la porte où était apparu Glenn, le deuxième garde du corps, ainsi que Ransome, qui rappliquait en sifflotant, les mains dans les poches. Il s'avança dans la salle et, repérant Calloway, s'agenouilla près de lui. Il lui tâta le cou, en cherchant l'artère jugulaire et se releva, rassuré, en se frottant le pouce contre l'index pour se débarrasser des traces de sang.

— Bon, fit-il, en revenant vers la rangée des chaises. Tout le monde est sain et sauf, à part ça ?

Laura éclata de rire.

— Sers-toi de tes yeux, Ransome ! Le cinquième de la rangée, là-bas, il respire à peine !

Ransome avisa deux policiers et leur donna l'ordre de s'occuper d'urgence d'Allison, qu'ils transportèrent jusqu'à une ambulance. Cela fait, l'inspecteur se pencha pour ramasser le couteau de Hate. Il l'examina pour voir s'il y avait des traces de sang et, constatant que la lame était intacte, il s'en servit pour trancher les liens de Laura. Puis, faisant la sourde oreille aux imprécations d'Alice, il s'occupa de ceux de Mike et tendit le couteau à Laura en lui demandant de finir le boulot. Le regard de Laura fit vivement la navette entre Hate et le la lame du couteau qu'elle avait à la main, mais Ransome la rappela à l'ordre :

— Ça va comme ça, les drames ! Laisse-nous nous occuper de M. Bodrum.

— Bodrum pour vous, peut-être ! fit Mike. Mais pour moi, ça sera toujours M. Hate.

Tandis que Laura débarrassait Alice et Westie de leurs liens – ce dernier se plaignant de s'être cassé le bras dans sa chute –, Ransome aida Mike à ôter les adhésifs de ses chevilles. Il dut aussi l'aider à se remettre sur pied.

— Ça va mieux ? demanda l'inspecteur.

Mike acquiesça d'un signe de tête. Il se sentait à deux doigts de tourner de l'œil et sa migraine ne semblait pas partie pour se calmer de sitôt.

— Comment vous nous avez trouvés ?

— Grâce à Glenn Burns. Mais pour tout vous dire, nous étions déjà sur votre piste…

Le regard de Mike suivit celui du détective, qui avait glissé vers l'entrée. Allan se tenait sur le seuil, pas fier. Comme Mike lui faisait signe en souriant, il franchit la porte et le rejoignit, en tâchant d'enregistrer un maximum d'informations au passage.

— Bon dieu, Mike ! fit-il en le serrant dans ses bras.

— Qu'est-ce que tu leur as dit ? lui souffla Mike à l'oreille.

À la fin de leur accolade, Allan lui lança un regard sans équivoque.

Tout.

— Désolé, fit-il.

— Ne t'excuse pas.

— Espérons que ça en valait la peine, murmura Ransome, songeur.

— Vite ! dit Mike en retenant l'inspecteur par le bras. Les ports et les aéroports ! Empêchez Gissing de quitter le territoire !

— C'est un peu tard, monsieur Mackenzie. D'ailleurs, ce n'était pas votre petit gang de jolis cœurs que je visais. Un de mes collègues, un certain Hendricks, va sans doute vouloir vous en toucher mot… Non, mon gibier, c'était lui. (Ransome désigna Calloway d'un signe de tête.) Alors en fait, c'est moi qui devrais vous remercier !

Il les quitta sur un sourire, juste au moment où les ambulanciers débarquaient en force. Hate se leva et s'apprêta à quitter les lieux, encadré par deux flics.

— Vous n'êtes pas encore rentré chez vous, on dirait ! lui lança Mike.

— Y a pas que moi, cracha le géant.

— Eh non, admit Laura. Là encore, il marque un point.

36

— Vous allez témoigner contre Calloway ? demanda Ransome.

Mike et Allan se dirigeaient sous bonne escorte vers le fourgon cellulaire qui les attendait. On n'avait pas jugé nécessaire de leur passer les menottes. Le fameux inspecteur Hendricks était arrivé sur les lieux, l'air plutôt sombre. Mike avait assisté à l'exposé des faits par Ransome, dont le topo n'avait pas eu l'air de mettre Hendricks de meilleure humeur – contrairement à Ransome, qui en avait paru tout ragaillardi.

Mike haussa les épaules. Effectivement, la question se posait.

— Ça devrait presque être l'inverse, dit-il à Ransome. C'est moi qui l'ai entraîné sur ce coup-là.

— Oui, mais vous accepterez de témoigner. (Ransome l'avait dit sur le ton de l'évidence, sans la moindre nuance interrogative.) Ça vous facilitera énormément les choses.

— C'est-à-dire ?

Ransome haussa les épaules.

— Six ans au lieu de huit, à vue de nez, monsieur Mackenzie. Vous serez dehors au bout de trois ans, maximum. Je suppose que vos moyens vous permettent de vous offrir ce qui se fait de mieux en matière d'avocats. Les vôtres ne devraient pas avoir grand mal à vous présenter comme un play-boy désœuvré, un peu naïf, qui s'est laissé entraîner par de mauvaises fréquentations. Avec l'aide d'un psy compatissant, vous pourriez même vous en tirer en plaidant la responsabilité atténuée.

— Parce que je n'avais pas toutes mes facultés mentales, à votre avis ?

— Sur le moment, peut-être pas non…

— Et moi ? demanda Allan. Qu'est-ce que je deviens, là-dedans ?

— Même chose pour vous, avec en plus le fait que vous avez eu le bon réflexe. Vous vous êtes livré spontanément, évitant ainsi à cinq personnes de se faire massacrer, avec ou sans tortures préalables.

— Et même sept ! précisa Mike. Hate n'aurait sûrement pas laissé Chib et Johnno s'en tirer vivants.

— Vous voyez, fit valoir Ransome à Allan. Un vrai héros !

Une ambulance s'était garée près du fourgon cellulaire. Les infirmiers y enfournèrent Jimmy Allison dont le visage disparaissait sous un masque à oxygène. Un autre brancard arrivait pour Johnno. Le premier blessé avait grand besoin d'une transfusion, de quelques points de suture, et d'un soutien psychologique, probablement jusqu'à la fin de ses jours. Quant à l'autre, il allait devoir se passer de colonne vertébrale…

Une fois de plus, Mike s'émerveilla du monstrueux culot de Robert Gissing. Voler des œuvres d'art pendant des années, sans jamais attirer l'attention, et se faire bêtement pincer à cause d'un simple inventaire.

Gissing qui râlait amèrement contre l'administration des musées, l'accusant de garder dans ses cartons tant de chefs-d'œuvre si essentiels et si admirables... Et le professeur répétait inlassablement cet argument à qui voulait l'entendre, dans l'espoir de mettre la main sur quelques gogos suffisamment naïfs pour se proposer d'y remédier. Puis il avait organisé l'agression d'Allison, de façon à rester le seul expert disponible pour authentifier une série de copies.

Un plan sublime, bien qu'il comportât pas mal de « si »... C'était pourtant la seule option pour Gissing et, contre tout espoir, ça avait marché, sauf qu'à présent, Mike allait devoir ronger son frein plusieurs années sous les verrous, tout comme Allan et Westie. Allan semblait terrassé par cette perspective, mais pas Westie, loin s'en fallait. Le jeune peintre prenait la chose avec philosophie. Mike l'avait même entendu expliquer à Alice qu'en prison, il y avait toutes sortes d'ateliers d'arts plastiques et de peinture, avec tout ce qu'il fallait.

— En plus, il y a de bonnes chances pour que ça fasse grimper ma cote, à ma sortie. Tu sais, la notoriété, ça ne s'achète pas au supermarché !

Il n'avait peut-être pas tout à fait tort, lui non plus, mais ça n'avait pas empêché Alice de balancer dans son bras blessé une beigne qui lui avait arraché un hurlement de douleur et l'avait plié en deux, tandis que sa belle tournait les talons et le plantait là.

Elle aussi, elle allait devoir répondre aux questions de la police. Ils allaient tous subir des interrogatoires en règle, surtout Hate qui continuait à opposer une résistance farouche. Une vraie force de la nature, le Scandinave ! Mike se félicitait de n'avoir pas à partager le fourgon avec lui. Hate avait été évacué séparément, dans un autre véhicule.

— Si nous allons tous en taule, s'enquit Mike, ne risquons-nous pas de nous retrouver dans le même bâtiment que lui et Calloway ?

— Espérons que non, répondit Ransome. Je vais vous arranger ça. Nous ferons en sorte de vous simplifier l'existence autant que possible.

— Mais Calloway doit avoir des foules d'alliés dans la place ?

Ransome eut un petit rire.

— Ne le surestimez pas, monsieur Mackenzie. Il a plus d'ennemis que d'amis, derrière les barreaux. Je peux vous assurer que tout ira bien pour vous.

Un cri s'éleva non loin de là. C'était Glenn Burns que l'on emmenait, menottes aux poings, vers une voiture qui l'attendait.

— Vous m'avez bien eu sur ce coup-là, Ransome ! Sans moi, vous n'auriez rien pu faire !

L'inspecteur l'ignora royalement et parut concentrer son attention sur Mike. Les portes du fourgon étaient grandes ouvertes et laissaient voir une cellule grillagée avec deux bancs.

— Alors comme ça, ce serait Gissing qui aurait les toiles qui manquent ? demanda l'inspecteur.

Mike hocha la tête.

— Calloway a emporté deux de celles qu'on a échangées, s'il ne les a pas réduites en miettes.

Ransome opina du chef.

— Oui, M. Cruikshank m'en a parlé. Westie et son amie en auraient une troisième ?

— Un DeRasse.

444

— Et vous, monsieur Mackenzie, qu'est-ce qu'il vous reste ?

Mike soupesa la question en souriant.

— Ma santé, j'espère… Et une histoire fumante à raconter à mes petits-enfants !

Il regarda Laura quitter la salle de billard entre deux policiers.

— Au fait, Laura Stanton n'a pas participé à l'affaire. Je sais que vous êtes amis…

— Nous allons prendre sa déposition, fit Ransome. Après quoi, je la ferai raccompagner chez elle.

— Merci.

Mike contempla l'intérieur du fourgon cellulaire.

— C'est pas toujours rose, hein, monsieur Mackenzie ? reprit Ransome.

— Quoi ?

— D'être le cerveau d'une entreprise criminelle…

— Ça, posez plutôt la question à Gissing !

Laura les avait repérés et arrivait. Elle posa la main sur le bras de Ransome.

— Est-ce qu'on peut dire un mot aux prisonniers ?

Ransome renâcla mais d'un regard, Laura le fit capituler. D'ailleurs, l'inspecteur vit Calloway sortir de la salle de billard menottes aux poings. Il venait juste de reprendre connaissance, au milieu de la fine fleur de la police de Lothian & Borders.

— D'accord, vous avez une minute, pas plus.

Ransome s'éloigna en direction de Calloway, tandis que Laura se penchait pour poser un baiser sur la joue de Mike.

— Je t'avais demandé de nous sauver la mise… eh bien, c'est chose faite, on dirait !

— Je ne sais pas si tu as remarqué, lui rappela-t-il, mais je n'y suis pas pour grand-chose.

— En fait, s'interposa Allan, s'il fallait vraiment comparer les mérites des sauveteurs...

Laura le gratifia d'un sourire radieux, assorti d'un gros bisou et d'une amicale accolade, avant de se tourner à nouveau vers Mike, avec qui elle échangea, cette fois, un long et tendre baiser, dans les règles de l'art. Allan détourna ostensiblement la tête, histoire de leur ménager un semblant d'intimité. Elle avait noué ses bras autour de Mike qui se sentait tout chose.

— Alors, tu comptes rester longtemps en prison ?

— Et toi, combien de temps tu comptes m'attendre ?

— J'ai demandé la première !

— Ransome mise sur trois ans. Il me conseille de constituer la meilleure équipe d'avocats disponibles sur le marché, avec un expert psychiatre qui m'aidera à plaider la démence temporaire.

— Tu vas donc finir sur la paille ?

— Raide fauché, et officiellement raide dingue ! Tu crois que ça risque d'affecter notre relation ?

Elle étouffa un petit rire.

— On verra !

Mike resta un moment perdu dans ses pensées.

— Je me demande à combien de visites par semaine j'aurai droit.

— Ne vends pas la peau de l'ours, Mackenzie ! Est-ce que tu vas te retrouver dans une geôle puante pleine de délinquants sexuels ?

— Ouais, sans doute, à commencer par Cruikshank...

Deux flics en uniforme approchaient et s'apprêtaient à les faire entrer dans le fourgon cellulaire.

Laura et Mike retombèrent dans les bras l'un de l'autre, le temps d'un grand baiser final.

— Quand je pense que je n'avais que ça à faire pour te conquérir…

— En voiture ! lança l'un des flics.

— Une dernière chose, fit Mike avant de quitter Laura. Est-ce que tu pourrais m'apporter deux ou trois trucs, quand tu viendras me voir ? Tu crois que je peux te préparer une liste ?

— Quel genre, les « trucs » ?

Il feignit d'y réfléchir.

— Hmmm… Des atlas, dit-il. Des cartes du monde entier… (Il était déjà presque au fond du fourgon.) Des livres de voyage, des catalogues d'art. Des répertoires avec la liste des principaux musées et galeries d'art…

— Tu as l'intention de mettre tes loisirs à profit, à ce que je vois !

Il n'eut pour toute réponse qu'un hochement de tête prudent. Elle n'avait pas compris, mais Allan, lui, voyait très bien. Ils échangèrent un regard sans équivoque.

Dès sa sortie, Mike aurait deux mots à dire à quelqu'un.

Épilogue

Le professeur Robert Gissing était dans le cabinet de travail de sa grande maison blanche sise en plein cœur de Tanger, quand la pétarade d'une moto le tira de ses songes. Par la fenêtre ouverte de son bureau, il apercevait un vaste morceau de ciel, uniformément bleu. Le soleil était déjà haut et la rumeur familière du marché qui se tenait dans la rue montait jusque chez lui. Au brouhaha général des marchandages, des cris et des conversations se mêlait le vacarme des camions et des fourgonnettes, équipés de vieux moteurs Diesel. Non pas que ça l'ait jamais vraiment dérangé… Le raffut de la moto avait cessé, à présent. La brise lui apportait, par bouffées, des parfums d'épices ou de café, de cardamome, d'agrumes, d'encens… Un bouquet de sensations qui se combinaient pour lui donner le sentiment d'être pleinement présent à chaque instant, dans ce monde grouillant de petits miracles quotidiens. Il coulait des jours tranquilles entre ses bouquins et ses verres de thé à la menthe. Ses pieds foulaient de magnifiques tapis et ses murs étaient couverts de toiles de maîtres. Pas de téléphone, pas d'Internet. Il allait au café du coin consulter ses e-mails, mais seulement une ou deux fois par mois, pour avoir des nouvelles d'Angleterre. Il lançait aussi des recherches sur des noms tels que « Mackenzie » ou « Calloway », « Westwater » ou « Ransome ». Il n'était pas suffisamment rompu aux techniques informatiques pour pouvoir être absolument certain de ne laisser aucune trace. Il avait vaguement souvenir d'un article où l'on expliquait que le FBI surveillait les emprunts dans les bibliothèques, en relevant les noms des lecteurs qui s'intéressaient à des ouvrages tels que *Mein Kampf* ou le *Livre de recettes anarchistes*. Il soupçonnait bien qu'il devait y avoir le même genre de pièges et de chausse-trapes sur le Web, mais c'était un risque à prendre : ne valait-il pas mieux connaître son ennemi et savoir à quoi s'en tenir ?

Car d'un autre côté, il était fort possible que tout le monde l'ait oublié. Les flics avaient dû classer le dossier, depuis le temps. Et s'ils avaient jeté l'éponge, *eux*, quelles étaient les chances d'amateurs tels que Mike ou Calloway de remonter sa trace ?

Bien sûr, Mackenzie s'y connaissait en informatique, mais Gissing doutait que ses compétences s'étendent à ce genre de recherche.

Les deux premières années, il évitait de trop s'attarder au même endroit. Il s'était procuré plusieurs faux passeports à prix d'or et n'avait jamais regretté ses pennies, ses euros ou ses dollars. L'une des toiles qu'il avait en sa possession était signée de l'un des artistes favoris d'un homme d'affaires saoudien. Gissing l'avait subtilisée en toute connaissance de cause. Le riche collectionneur la lui avait achetée à cinquante pour cent de sa valeur réelle, à la condition expresse que la pièce ne sorte jamais de sa collection privée.

« Ça vaudra mieux pour nous deux, avait précisé Gissing ; pour vous, surtout… »

Le Saoudien, enchanté de l'aubaine, avait parfaitement compris. La transaction avait résolu à elle seule tous les problèmes d'argent du professeur. Ça lui avait permis de voyager en première classe : France, Espagne, Italie, Grèce, Afrique du Nord. Il y avait à présent quatre mois qu'il était à Tanger, mais il avait attendu, pour retirer ses affaires du garde-meuble, d'être certain de vouloir y séjourner quelque temps. Dans les cafés du quartier, on l'appelait « l'Anglais » et il s'était bien gardé de rectifier. Il s'était laissé pousser la barbe et ne sortait qu'avec son panama et ses lunettes noires. Sans compter qu'il avait réussi à perdre quelques kilos, au prix d'une lutte acharnée… Mais il n'avait presque jamais douté que le jeu en valait la chandelle. Il était en fuite, après tout. Il avait fait une croix sur l'Écosse et ses anciens amis. Plus jamais il n'aurait le plaisir de déguster un bon whisky dans un pub digne de ce nom, bien à l'abri du crachin. Mais il lui suffisait de s'installer confortablement et de s'abîmer dans la contemplation de ses chers tableaux pour que le sourire lui revienne, dissipant ses derniers doutes.

Le CD qu'il écoutait arrivait à la fin du dernier morceau : Bach par Glenn Gould. Idem pour les livres. Il explorait le répertoire classique. Idem pour les livres. Il se promettait de relire tout Tolstoï et même de tenter à nouveau le coup avec Proust. Il envisageait aussi de se remettre au grec et au latin. Il devait avoir encore quinze ou vingt ans devant lui, ce qui lui laissait amplement le temps de savourer chaque miette, chaque phrase, chaque gorgée, note ou coup de pinceau. D'ailleurs, Tanger n'était pas sans points communs avec Édimbourg, cette grosse bourgade qui se haussait du col pour se donner des airs de ville. Il s'était fait des relations parmi ses voisins et les vendeurs du marché. Un soir, le type du cyber café l'avait même invité à dîner chez lui, en famille. Les gamins des rues le taquinaient. Ils tiraient sur sa barbe, l'index pointé sur le nœud pap' qu'il portait désormais de façon quotidienne. Il dînait en terrasse, s'éventant nonchalamment de son panama.

Il en était venu à la conclusion qu'ici la vie n'était ni pire ni meilleure que celle qu'il menait à Édimbourg. C'était différent, voilà tout. Il regrettait les mésaventures d'Allan et de Mike – ô combien ! Mais après tout, Calloway était une idée de Mike, et sûrement pas la meilleure. Quoique, rétrospectivement, n'avait-elle pas servi ses propres desseins ? Le plan n'avait certes pas marché à cent pour cent : Michael et Allan – ne parlons pas de Calloway… – avaient réussi à convaincre les autorités qu'ils n'étaient pour rien dans la disparition des toiles manquantes. Sa photo avait fait la une de toute la presse mondiale, ce qui l'avait contraint à adopter des mœurs strictement nomades. Mais tout cela était derrière lui, à présent. Il pouvait enfin souffler un peu.

Ses lithographies originales de Picasso faisaient partie d'un livre de contes populaires espagnols, qu'il se promettait de lire dans le texte dès qu'il aurait appris quelques rudiments de cette langue. Sa toile préférée était une nature morte de Peploe, dont il aimait le réalisme et le charme un peu figé. Mais il n'était plus très sûr d'adorer le Wilkie de sa collection – un portrait. Ce serait probablement celui dont il lui serait le moins douloureux de se séparer, s'il venait à manquer à nouveau de fonds. Le Saoudien s'était dit intéressé, au cas où il aurait été vendeur. Mais pour l'instant, le professeur était satisfait de son sort.

La sonnette de l'entrée tinta, suivie de trois coups frappés à la porte. Gissing laissa s'écouler quelques instants, mais comme les coups reprenaient, il ne put se défendre d'une pointe de curiosité. S'extirpant de son siège, non sans effort, il traversa la pièce pieds nus. Attendait-il quelqu'un ?

La réponse était oui, comme toujours… Cela faisait une quinzaine de jours qu'il n'avait pas consulté le Web, et il avait pu se passer n'importe quoi, entretemps. Certains repris de justice avaient pu être remis en liberté. Mais quoi ?… Même s'ils avaient retrouvé l'air libre, il leur restait encore à le retrouver, lui…

La porte s'entrouvrit avant même qu'il ait eu le temps de l'atteindre.

— Il y a quelqu'un ?

Une voix avec un accent, mais il n'aurait su dire d'où.

— Oui, c'est à quel sujet ? dit-il en allant à la rencontre de son visiteur.

Du même auteur
aux éditions Lattès :

NOM DE CODE : WITCH, 2002.

DOUBLE DÉTENTE, 2003.

DU FOND DES TÉNÈBRES, 2004.

LA COLLINE DES CHAGRINS, 2005.

UNE DERNIÈRE CHANCE POUR REBUS, 2006.

TRAQUES, 2007.

CICATRICES, 2007.

FLESHMARKET CLOSE, 2008.

L'APPEL DES MORTS, 2009.

EXIT MUSIC, 2010.

PLAINTES, 2012.

LES GUETTEURS, 2013.

Le Livre de Poche s'engage pour
l'environnement en réduisant
l'empreinte carbone de ses livres.
Celle de cet exemplaire est de :
450g éq. CO_2
Rendez-vous sur
www.livredepoche-durable.fr

PAPIER À BASE DE
FIBRES CERTIFIÉES

Composition réalisée par NORD COMPO

Achevé d'imprimer en septembre 2013 en France par
CPI – BRODARD ET TAUPIN
La Flèche (Sarthe)
N° d'impression : 3002133
Dépôt légal 1re publication : octobre 2013
LIBRAIRIE GÉNÉRALE FRANÇAISE
31, rue de Fleurus – 75278 Paris Cedex 06

31/7360/6